Aus Freude am Lesen

In Berlin Zehlendorf wird ein Mann ermordet in seiner Wohnung gefunden. Seltsame Codes im Internet bringen die Radioreporterin Emma Vonderwehr auf eine brisante Spur: Der allseits beliebte Grundschullehrer verkehrte in rechten Kreisen. In seinem brandenburgischen Heimatort findet Emma heraus, dass der Schlüssel zu dem Mord in der DDR-Vergangenheit des Opfers liegt. Weitere Menschen sterben, und auch Emma steht auf der Liste der Täter. Die junge Journalistin muss sich entscheiden: Macht sie ihre Entdeckungen öffentlich, um Schlimmeres zu verhindern, oder verhält sie sich loyal zu ihrem Partner Kommissar Edgar Blume, der auf den Fall angesetzt ist?

MECHTHILD LANFERMANN ist 1969 in Niedersachsen geboren. Sie studierte Theater, Film- und Fernsehwissenschaften und später Journalistik an verschiedenen deutschen Hochschulen und an der Sorbonne in Paris. Nach dem Studium arbeitete sie als Reporterin und Redakteurin beim *WDR*, bei *Radio Bremen*, beim *RBB* und bei *Deutschlandradio Kultur*. Als Dozentin an der Hochschule für Musik, Theater und Medien in Hannover lehrt sie seit kurzem Hörfunk. »Wer ohne Liebe ist« ist der zweite Fall für die junge Radiojournalistin Emma Vonderwehr und Kommissar Edgar Blume. Mechthild Lanfermann lebt mit ihrem Mann und zwei Kindern in Berlin.

MECHTHILD LANFERMANN BEI BTB:
Wer im Trüben fischt. Kriminalroman (74376)

Mechthild Lanfermann

Wer ohne Liebe ist

Kriminalroman

btb

Verlagsgruppe Random House FSC® N001967
Das für dieses Buch verwendete
FSC®-zertifizierte Papier *Lux Cream*
liefert Stora Enso, Finnland.

1. Auflage
Originalausgabe August 2013
Copyright © btb Verlag in der Verlagsgruppe Random House GmbH, München
Umschlaggestaltung: semper smile, München
Umschlagmotiv: Trevillion Images / Adrian Muttitti;
Shutterstock / Shebeko
Satz: Uhl + Massopust, Aalen
Druck und Einband: CPI – Clausen & Bosse, Leck
SL · Herstellung: sc
Printed in Germany
ISBN 978-3-442-74377-3

www.btb-verlag.de
www.facebook.com/btbverlag
Besuchen Sie auch unseren LiteraturBlog www.transatlantik.de

Herbst 1987. Ostberlin

Er war 18 Jahre, als die Staatssicherheit ihn auf dem Weg zur Arbeit abfing. Er hatte sie nicht kommen hören, er war müde und dachte an den Tag, der vor ihm lag. Sie packten ihn am Arm und stießen ihn in einen fingierten Lieferwagen. Niemand sagte ein Wort. Auch der Junge nicht. Er hörte sein Herz schlagen und fragte sich, was er verbrochen hatte.

Sie brachten ihn ins Untersuchungsgefängnis Hohenschönhausen. Dort musste er sich nackt ausziehen, mehrere Männer untersuchten seinen Körper, schauten ihm in den After und schoben seine Vorhaut zurück. Er wickelte seine Arme um seinen dürren Jungenkörper und schämte sich vor den Blicken. Dann bekam er ein Paar ausgeleierte braune Pantoffeln, einen blauen Trainingsanzug, Bettwäsche und Waschzeug und wurde in einen Raum gesperrt, in dem ein Bett, eine Toilette und ein Waschbecken standen. Der Junge weinte die ganze Nacht. Er bat nicht darum, jemanden anrufen zu dürfen, er wagte es nicht. Am nächsten Morgen brachte man ihn zum Verhör in einen anderen Stock des Gebäudes. Dort teilte man ihm mit, dass er wegen des Überfalls am 17. Oktober 1987 in der Zionskirche verhaftet worden sei. Zeugen hätten ausgesagt, er wäre der Anführer der Aktion gewesen. Ihm drohe gemäß Paragraph 215 StGB der DDR wegen Rowdytum eine Gefängnisstrafe bis zu 5 Jahren.

Der Junge versuchte ruhig zu bleiben. Er sagte, dass er nichts von dem Überfall gewusst hatte. Dass seine Freunde ihn mitgenommen hatten. Dass er auf keinen Fall die Aktion geplant hatte.

Der Mann am Schreibtisch, ein älterer Herr mit schütterem Haar und toten Augen, legte wortlos Fotos auf die Tischplatte. Sie zeigten den Jungen im allgemeinen Tumult der Prügelei. Auf einem Bild stand er vor einem Mann, der vor Schmerz zu schreien schien. Er hielt sich beide Hände vor das Gesicht, Blut quoll ihm durch die Finger. Auf einem anderen Foto kniete er vor einer Frau, die reglos und blutüberströmt auf dem Boden lag.

Der Junge betrachtete lange die Fotos. Er hörte wieder die Schreie und fühlte die Panik in sich aufsteigen. Die Frau auf dem Boden hatte wie tot dagelegen. Aber er hatte doch gar nichts gewusst.

Der Junge machte den Mann hinter dem Schreibtisch darauf aufmerksam, dass er auf keinem Bild eine Eisenstange oder einen abgebrochenen Flaschenhals wie die anderen bei sich trug. Dass er den Verletzten hatte helfen wollen. Er bemühte sich, das Zittern in der Stimme zu unterdrücken, und hoffte, dass sich das Missverständnis bald aufklären würde. Der Herr mit dem schütteren Haar notierte akribisch, was der Junge sagte, und schickte ihn zurück in seine Zelle.

In den Tagen und Nächten darauf wiederholte sich der Vorgang. Nachts hielten sie ihn mit Kontrollen, lautem Rufen und Lichtattacken wach. Bald schlief er gar nicht mehr. Er kauerte zitternd auf der Pritsche und horchte, ob sich wieder ein Wachmann mit lautem Stiefelknallen näherte oder ein anderer Häftling schrie. Am Tag saß er wieder vor dem Mann mit den toten Augen, hörte die Anklage und beteuerte erneut seine Unschuld.

In den folgenden Monaten der Verhöre, Demütigungen und des Schlafentzuges versuchte der Junge zweimal, sich das

Leben zu nehmen. Einmal schluckte er einen vergessenen Rest Waschpulver der Marke Imi, was ihm eine Phosphatvergiftung und anschließende Magenspülung einbrachte. Der Arzt auf der Krankenstation spritzte ihm dreimal täglich Medikamente in den Bauch und sprach von einer Fehlsteuerung des Gehirns. Stumm beobachtete der Junge den Arzt und die Schwestern. Manchmal schien es ihm, als laufe Blut aus ihren Mündern und an den Händen wuchsen ihnen Krallen. Er fürchtete, verrückt zu werden, und wehrte sich gegen die Behandlung. Sie mussten ihn beim Spritzen mit drei Helfern ruhigstellen.

Nach zwei Wochen brachten sie ihn zurück in die Zelle. Wieder folgten Verhöre und nächtliche Störungen. Bei seinem zweiten Selbstmordversuch, am Abend seines 19. Geburtstages, knüpfte er zwischen zwei nächtlichen Kontrollen eine Schlinge in das Betttuch und hängte sich damit an einem Spalt am Fenster auf. Das Betttuch, mürbe von vielfacher Benutzung, riss unter der Belastung. Zu diesem Zeitpunkt verhandelten bereits Unterhändler der Staatssicherheit mit den zuständigen Organen der BRD über einen Austausch. Nach einem halben Jahr wurde er gegen Devisen in Höhe von 10 000 DM an die innerdeutsche Grenze gebracht und aus der DDR ausgewiesen.

Mitte der 90er Jahre kehrte der Junge, der nun ein Mann war, zurück. Die DDR gab es nicht mehr, seine Akte, so erfuhr er auf der Gauck-Behörde, sei nicht auffindbar. Der Mann sah älter aus, als er war. Noch immer schreckte er jede Nacht aus dem Schlaf auf und meinte, das laute Klacken der eisernen Türriegel zu hören und die Schritte der Wachleute, die ihn holen wollten. In der Fremde war es ihm nicht gelungen, das alles zu vergessen. In der alten Heimat hoffte er nun, wieder der zu werden, der er einmal gewesen war. Er kaufte sich ein Haus in dem Dorf, aus dem er kam, und versuchte, noch mal neu anzufangen. Aber in dem Maße, in dem er Fuß fasste, sich eine Existenz aufbaute und Freundschaften schloss, wuchs in ihm das brennende Verlangen herauszufinden, wer ihn damals verraten hatte.

Samstag, 22. März. Berlin, Kreuzberg

Mit einem Ruck war Emma wach. Sie lag allein in Blumes breitem Bett, die Tür zum Wohnzimmer stand offen, sie hörte ihn leise murmeln. Sie zog sich die Decke über den Kopf. Das Laken roch nach Sex. Ihr Handy klingelte, und sie streckte den Arm unter der Bettdecke hervor, um in die Tasche der Jeanshose zu greifen, die zusammengeknüllt vor dem Bett lag. Das Symbol des Bereitschaftsdienstes blinkte.

»Ja?«

»Einsatz mit Menschenrettung am Marschweg, Zehlendorf. Polizei und Krankenwagen sind vor Ort, der Pressesprecher fährt auch los. Scheint größer zu sein. Willst du den Ü-Wagen haben?«

Sie kroch steif unter der Decke hervor und warf einen Blick auf die Armbanduhr, die auf dem kleinen Tisch am Bett lag. Der Dienst des Ü-Wagen-Technikers begann in einer Stunde. »Lass mich erstmal gucken. Vielleicht wird's nur was für die Nachrichten.«

Zerzaust stand sie vor dem Badezimmerspiegel und betrachtete beim hastigen Zähneputzen ihre Augenringe. Heute war Jennis erster Todestag. Sie hätte gestern Abend nichts trinken dürfen, schließlich hatte sie Bereitschaft gehabt. Zum Glück war der Anruf erst jetzt gekommen.

In der Küche stand Hauptkommissar Edgar Blume in Unterhose und versuchte trotz brummenden Kopfes zu verstehen, was der Anrufer ihm gerade gesagt hatte. Langsam wiederholte er:

»Der Lehrer ist tot?«

»Ja. Eben kam der Rundruf, alle müssen ins Vereinsheim kommen. Alibi klarmachen.«

Blume fror. Er stellte sich auf den Läufer im Flur.

»Wieso Alibi?«

»Rocco Schmitz wollte ihn sich gestern vorknöpfen. Der Hooligan mit der Jacke von Lokomotive Leipzig, der Kleine mit der…

»Ja ja, ich weiß schon. Hat dieser Schmitz also den Lehrer umgebracht?«

»Nee. Weiß nicht. Angeblich hat Schmitz gesagt, der Lehrer hätte noch gelebt, als er mit ihm fertig war. Er hätte ihn nur derbe vermöbelt.«

Blume nieste. Ich muss mir was anziehen, dachte er. Laut sagte er:

»Warum hat er den Mann verprügelt?«

»Der Lehrer hat die Drogen aus dem Verkehr gezogen. Vorerst, hat er gesagt. Bis wieder Ruhe herrscht. Ihm war das alles zu heiß geworden. Rocco ist total ausgerastet. Seine Zulieferer aus Tschechien sind ihm im Nacken. Wenn er das Zeug nicht verkaufen kann, dann kann er sie nicht auszahlen. Und bei denen hat man besser keine Schulden.«

In der Toilette rauschte die Spülung. Das hieß, dass Emma jetzt wach war. Blume senkte seine Stimme.

»Wo sind die Drogen jetzt? Hat dieser Hooligan, der Schmitz sie?«

»Ich glaube nicht. Er hat gesagt, er hätte nichts gefunden.«

Emma kam rein. Ohne ihn anzusehen, griff sie nach der Espressokanne und schraubte sie auseinander. Blume betrachtete sie. Ihre Bewegungen waren müde, aber gleichzeitig ging eine Hitze von ihr aus, als stünde sie unter Strom. Er kannte diesen Zustand. Halblaut sagte er ins Telefon:

»Gut, wir sprechen uns. Wiederhören.«

Er warf den Hörer auf den Esstisch, ging zu Emma und strich ihr von hinten leicht über die Schulter. Sie drehte sich kurz zur Seite, er sah sie lächeln. Der Kaffee zischte leise auf der Gasflamme. Sie nahm die Kanne vom Herd, goss beiden eine Tasse ein und sagte:

»Ich hab einen Einsatz. Ein Toter, Marschweg in Zehlendorf.«

Jetzt ist schon die Presse dran, dachte er. Ich muss mich beeilen.

Sie trank den Espresso und verzog die Lippen bei der Berührung mit dem heißen Getränk. Blume sah weg. Er konnte es nicht ertragen, wenn sie so nachlässig mit ihrem Körper umging. Er fragte:

»Was ist mit Johann?«

Sie schwieg, das pure schlechte Gewissen. Sein Sohn war ein begeisterter Fußballspieler, und Emma hatte schon vor Wochen zugesagt, zum Auftaktspiel der Saison mitzukommen. Johann war nicht gerade gut auf Emma zu sprechen. Für ihn war sie der Grund für die Trennung seiner Eltern, auch wenn Blume schon ein halbes Jahr vorher ausgezogen war. Emma murmelte:

»Du wusstest doch, dass ich Bereitschaft habe.«

Ich muss ihm auch absagen, dachte Blume. Ich muss in die Wohnung kommen. Bevor die Spurensicherung alles durch hat. Er sah hoch. Emma war schon im Flur, sie kramte nach ihrem Aufnahmegerät. Er ging ihr nach.

»Er wird enttäuscht sein.«

Emma sah ihn an. »Wohl eher erleichtert.«

Sie standen voreinander. Emma war abfahrbereit, aber sie zögerte. Es ist noch etwas, dachte er. »Was ist los?«

Sie schluckte, schüttelte den Kopf. »Später. Sag Johann, dass ich arbeiten muss. Es tut mir leid.«

Das hört er schon zu oft von mir, dachte Blume. Hinter Emma fiel die Wohnungstür leise ins Schloss.

Im Hof schloss sie ihr Fahrrad auf und schob es vorbei an Glasscherben und Hundekot über die Straße. Jetzt Ende März taute der Schnee weg und brachte Reste von Silvester zum Vorschein. Emma hatte ihren ersten Berliner Winter hinter sich. Die Stadt war grau, der Schnee lag in schmutzigen Haufen auf den Fahrradwegen, und der Wind scheuerte die feuchte Nase wund. Ihre Wohnung am Alex wurde nicht richtig warm, und sie verbrachte immer mehr Zeit bei Blume hier in Kreuzberg. Sie mochte die Pizzeria unten im Haus, wo der Koch zu später Stunde italienische Punk-Musik auflegte. Sie fühlte sich wohl in der großen warmen Wohnung. Und sie mochte es, neben Blume aufzuwachen. Sie war so oft bei ihm, dass sie Angst hatte, ihn einzuengen. Noch schien er sich immer zu freuen, wenn sie zu ihm kam.

Auf dem Fahrradweg lag eine kaputte Bierflasche, Emma umfuhr sie vorsichtig. Auf der anderen Seite der Kottbusser Brücke warteten die türkischen Gemüsehändler an ihren Ständen auf Kundschaft. Emma warf einen Blick auf die U-Bahn, entschloss sich dann aber, die Strecke bis Zehlendorf mit dem Rad zu fahren. Auch wenn sie vermutlich eine halbe Stunde länger brauchen würde als mit der Bahn, war sie danach hoffentlich von ihrem Kater befreit.

Berlin, Zehlendorf

Edgar Blume bog in den Marschweg und stellte sich in das Halteverbot. Der Beamte vor der Tür sah stirnrunzelnd zu ihm rüber, bis Blume ausstieg und den Mann grüßte. Der erkannte den Kollegen, nickte und ließ ihn wortlos durch die Absperrung ins Haus gehen.

Blume war gleich nach Emma eilig aus dem Haus gegangen und über die Stadtautobahn nach Zehlendorf gerast. Er wollte vor ihr und wichtiger noch vor den Kollegen des zuständigen Dezernates vor Ort sein. An der Wohnungstür begrüßte ihn erstaunt ein Arzt der Gerichtsmedizin.

»Hallo Edgar! Mit dir hab ich gar nicht gerechnet. Ich dachte, die Kollegen vom 11. sind an dem Fall dran.«

Blume lächelte kurz und ging wortlos an ihm vorbei in die Wohnung. Obwohl sie verwüstet worden war, erkannte er die penible Ordnung, die hier einmal geherrscht hatte. Die Bücher, die jetzt alle auf dem Boden lagen, waren staubfrei, an der zerbrochenen und heruntergerissenen Garderobe hatten nur zwei Jacken und ein teurer Regenschirm gehangen. Er ging einen Schritt rechts ins Wohnzimmer. Der Bildschirm des riesigen Flachbildfernsehers sah aus wie mit einer Axt zertrümmert, die Sessel waren aufgeschlitzt und die Bilder von den Wänden gerissen worden. Blume fluchte innerlich... Vermutlich hatten dieser Hooligan Schmitz und seine Kumpanen die Wohnung so zugerichtet. Aber wenn sie die Drogen tatsächlich nicht gefunden hatten, dann musste der Lehrer sie woanders versteckt haben.

Er trat wieder auf den Flur und ging geradeaus zum Tatort, in die Küche. Die Kollegen von der Spurensuche waren bei der Arbeit, das Blitzlicht des Fotografen stach bei den Aufnahmen grell in die Augen. Der Tote lag auf dem Rücken, das Gesicht Blume zugewandt. Seine Augen waren kaum mehr als blutverkrustete schwarze Löcher, die Wangenknochen drückten sich spitz unter der blau-violetten Haut ab. Blume hockte sich hin, um den Körper näher zu untersuchen. Der Mann trug ein schwarzes T-Shirt und eine Jogginghose, die Sachen klebten jetzt mit erstarrtem Blut an ihm. Seine Hände hatten sich in den Rand eines alten Helmes verkrallt, den er im Todeskampf eng an die Brust gedrückt hielt.

»Das waren mehrere, da wett ich mit dir.« Hinter Blume tauchte Schubert auf, der Chef der Spurensuche. Blume erhob sich schnell. Die beiden kannten sich seit über zehn Jahren. Schubert sah sich suchend um.

»Wo ist Erkenschwick? Immer noch auf Kur?«

Blume nickte. Sein Assistent Hans Erkenschwick erholte sich nach einer Drüsenoperation in einer Rehaklinik in Mecklenburg-Vorpommern. Blume schätzte den älteren Mann wegen seiner Berufserfahrung und Lebensweisheit, hoffte aber, Erkenschwicks Schweißdrüsen würden in Zukunft ihre Überproduktion einstellen. Mit Blick auf den Toten fragte Blume:

»Woran ist er gestorben? Innere Blutungen?«

»Wohl eher äußere. Hast du den Helm nicht gesehen?«

Schubert reichte ihm ein Paar Einweghandschuhe. Blume nahm sie, zog sie sich über und ging wieder in die Hocke.

Erst jetzt sah er, dass es sich nicht um einen Helm der Bundeswehr handelte, wie er zuerst gedacht hatte, sondern um eine alte Pickelhaube der preußischen Polizei. Vermutlich war das Ding von Sammlerwert. Die eiserne Spitze war bis zum Helmansatz in die Brust des Mannes gerammt worden.

Schubert beobachtete Blume ruhig.

»Was machst du hier? Ist doch gar nicht dein Fall!«

Blume stand wieder auf, trat einen Schritt zurück und strich sich die Haare aus der Stirn.

»Du weißt doch, wie das ist, dann wird jemand krank, und wir sollen übernehmen, und dann war keiner beim Tatort. Ich war sowieso in der Nähe.«

»Mmmh mmh. Komische Hobbys hast du.« Schubert nickte mit dem Kinn in Richtung des Toten.

»Dann können wir den jetzt also einpacken oder was? Ich hab heut auch noch was anderes vor.«

»Ja klar.« Blume warf einen Blick durch die Küche. Auch hier hatten die Eindringlinge gründlich gesucht. Auf dem Boden der kleinen Küchenzeile lagen zerbrochene Teller und Töpfe, ein Strauß hellroter Rosen lag zwischen den Scherben einer Vase.

»Hat es einen Kampf gegeben?«

»Davon kannst du ausgehen, so wie der aussieht.« Schubert schnäuzte sich in ein buntkariertes Taschentuch. »Aber vom Kampf allein kann das alles nicht kommen. Die haben was gesucht.« Er stopfte sein Taschentuch zurück in die Hose und tippte Blume zum Abschied auf die Schulter.

»Und wenn du was von Hans hörst – schöne Grüße! Er soll sich ordentlich erholen!«

»Werd ich ausrichten.«

Die Holzdielen unter seinen Schuhen knarrten leise, als Blume wieder in den Flur trat und die Tür zum Schlafzimmer auf der gegenüberliegenden Seite aufstieß. Die Täter hatten die Matratzen aufgeschlitzt und die Kleider aus dem Schrank gerissen. Vorsichtig öffnete Blume die oberste Schublade einer Kommode und tastete den Boden der Ablage ab.

Die Fahrer der Gerichtsmedizin trugen den Sarg in die Wohnung. Sie blockierten den engen Flur, an dessen anderem Ende Blume jetzt eine wütende Stimme sagen hörte:

»Spinnt ihr, den Toten schon zu bewegen! Ihr sollt auf uns warten, Herrgottnochmal!«

Blume fuhr mit den Händen schnell über die anderen Schubladenböden. Jetzt hörte er, wie Schubert in den Flur kam und den Kollegen vorne an der Tür zurief.

»Beruhigt euch mal, der Blume war schon da und hat sein Okay gegeben.«

Blume schloss möglichst geräuschlos die Kommode und trat in den Flur. Er bemühte sich, ein gleichgültiges Gesicht zu machen.

»Hallo Hermann, ich war grad bei Karin, unser Haus ist doch hier gleich...«

»Ist mir scheißegal, wo du warst, du hast hier nichts zu suchen, klar!«

Hermann Wöns, Leiter der 11. Mordkommission von Berlin, stand mit hochrotem Gesicht in der Tür. Blume hob beschwichtigend den Arm.

»Kann ich dich mal kurz unter vier Augen sprechen?«

Wöns kniff seine Lippen zusammen und schob seinen mächtigen Bauch an dem Sarg vorbei auf Blume zu. Der legte seinen Arm um die Schultern des Kollegen und schob ihn vor sich in das Schlafzimmer. Dann schloss er die Tür zum Flur hinter ihnen. Die Kollegen im Flur hörten nur noch leises, aber heftiges Gemurmel. Schubert zuckte mit den Schultern und bat seine Leute, den Leichnam wegzuschaffen. Es war schließlich Samstag, und er hatte Besseres vor, als sich den Tag mit dem Kompetenzgerangel der Berliner Mordkommissionen zerschießen zu lassen.

Als Emma in den Marschweg einbog, sah sie als Erstes den Übertragungswagen ihres Senders. Er parkte vor dem rotweißen Absperrband der Polizei. Einen Moment ärgerte sie sich darüber, dass sich die Wochenendredakteurin nicht an ihre Absprache gehalten hatte. Allein mit ihrem Mikro schaffte sie es eher, Nachbarn oder Passanten eine Beobachtung herauszulocken. Bei dem auffälligen Wagen gab es immer einen Pulk von Neugierigen, und ein vertrautes Gespräch war kaum mehr möglich. Aber dann machte sie sich klar, dass sich die Redakteurin nicht an ihre Wünsche halten musste, sondern letztendlich verantwortlich für den Einsatz war. Vielleicht wusste sie ja mittlerweile mehr über den Fall und hatte sich deshalb anders entschieden.

Der Techniker war gerade dabei, den Sendemast hochzufahren. Er saß hinten im Wagen an der Computerstation, die Seitentür des Transporters stand trotz der Kälte offen. Manuel war noch jung und im Grunde ein netter Kollege. An einem Samstagmorgen eine Stunde früher zum Dienst gerufen zu werden hatte aber auch seine Laune nicht gerade gesteigert. Emma fühlte sich nach der Fahrt durch den kalten Wind frisch und konzentriert. Ihre Wangen glühten. Sie war bereit, es mit einem Todesfall und einem schlecht gelaunten Techniker aufzunehmen.

»Morgen, Manuel«, sie öffnete die Beifahrertür und legte ihre Tasche ab. Den Mantel ließ sie erstmal an. Manuel hielt den Blick weiter auf den Außenspiegel, bis der Sendemast Millimeter vor einem kahlen Eichenast zum Stillstand kam. Dann drehte er sich zu Emma um und grinste.

»Morgen. Soll ich uns Kaffee holen? Ich müsste auch noch austreten.«

»Ok, lass mir den Schlüssel hier. Ich nehme erstmal mein Gerät.«

Emma nahm das kleine flache Aufnahmegerät aus ihrer Tasche und überprüfte den Ladestatus. Kälte konnte die Batterien erstaunlich schnell entladen. Deshalb trug Emma das Gerät bei langen Fahrten auf dem Fahrrad lieber in der Innentasche ihrer Jacke, aber daran hatte sie heute Morgen nicht gedacht. Zum Glück leuchteten alle vier Balken der Batterieanzeige. Emma warf einen Blick die Straße hinunter. Es war eine stille Seitenstraße mit Bürgerhäusern aus der Jahrhundertwende, von alten Bäumen gesäumt und mit Vorgärten versehen, die, typisch für den Kiez, selbst jetzt mit Winterastern und immergrünen Sträuchern einen gepflegten Eindruck machten. Vor dem Haus rechts von ihnen parkten hinter dem Absperrband ein Notarzt und mehrere Polizeiwagen. Die Tür zum Haus stand offen, kein Mensch war zu sehen.

Manuel schloss hinter ihr den Wagen, reichte ihr die Schlüssel und trabte den Bürgersteig hinunter zur nächsten Querstraße. Grüßend ging er an einem kleinen Grüppchen von Anwohnern vorbei, die eng beieinander standen und sich mit düsteren Mienen unterhielten. Emma warf noch einen Blick auf das abgesperrte Areal. Noch immer war niemand zu sehen. Also ging sie zunächst zu der Gruppe der Nachbarn, die ihr mit einem Gemisch aus Misstrauen und Neugier entgegenblickten.

»Guten Morgen. Ich komme von RadioDirekt. Mein Kollege und ich wurden von der Polizei informiert, um die Berliner über das Geschehen hier zu unterrichten.« Emma setzte ihr, so hoffte sie, vertrauenserweckenstes Lächeln auf und hob kaum merklich ihr daumengroßes schwarzes Mikrofon, das bisher halb im Ärmel versteckt an ihrer Seite herunterhing. Vor ihr standen zwei Männer und eine Frau, die unterschiedlich reagierten. Die Frau drehte schnell den Kopf weg vom Mikrofon. Emma schätzte sie auf Anfang sechzig. Sie hatte sich nur eine dünne Jacke übergeworfen und schien zu frieren. Ein Mann stellte sich breitbeinig vor Emma hin. Er trug Joggingklamotten, war aber noch nicht weit gekommen, denn weder sein Gesicht noch seine Kapuzenjacke wiesen Spuren von Schweiß auf. Emma schätzte ihn ein paar Jahre jünger als sie, Ende zwanzig, Anfang dreißig. Er knetete seine Finger und richtete seinen Blick auf das Mikrofon.

»Ja, schlimme Sache. Wir wissen auch noch nichts Genaues. Soll wohl um den Lehrer gehen, der da im Erdgeschoss wohnt.«

Emma zog das Mikro etwas zu sich heran. Der Mann sprach ungewohnt laut, und sie wollte keine Tonverzerrung riskieren.

»Ein Lehrer, sagen Sie? Wissen Sie den Namen?«

Jetzt verschränkte der Mann seine muskulösen Arme und sah Emma finster an.

»Ich denke, Sie werden von der Polizei informiert?«

»Ja, das stimmt.« Emma registrierte aus den Augenwinkeln, dass in dem Haus, vor dem sie standen, leise ein Fenster geöffnet wurde. Hinter dem Vorhang blieb eine Gestalt verborgen, die offensichtlich ihrem Gespräch lauschen wollte.

»Wir werden informiert, dass hier ein Einsatz stattfindet.

Später erfahren wir dann alles vom Pressesprecher der Polizei. Aber jetzt wollen wir die Beamten natürlich nicht in ihrer Arbeit behindern und recherchieren erstmal hier vor Ort.«

Dem Mann schien die Antwort zu genügen, er nickte und löste wieder seine abwehrende Armhaltung.

»Lukas Brinkmann heißt der. Ich wohn hier im Haus und wollte gerade raus zum Joggen, da hat mich die Frau Jawes aufgehalten. Da ist was passiert, meinte sie.«

Emma lehnte sich kaum merklich zu der Frau.

»Sie sind das, ja? Was war denn passiert?«

Aber die Frau schüttelte nur den Kopf und trat noch einen Schritt zurück. Mit klammen Fingern zog sie eine Zigarettenschachtel aus ihrer Jackentasche und steckte sich eine Zigarette in den Mund. Unbeholfen fuhr sie mit den Händen in alle Taschen, fand das offenbar Gesuchte nicht und nahm die Zigarette wieder aus dem Mund.

»Ich weiß gar nichts und will auch keine Scherereien.«

Emma seufzte innerlich. Sie wandte sich an den zweiten Mann in der Runde, einen kleinen runden Herrn im fast bodenlangen Wollmantel. Die wenigen Haare hatte er sorgfältig über den Kopf gekämmt, und hinter seinem Ohr klemmte ein schmales beiges Hörgerät. Zu ihrem Erstaunen glaubte Emma Tränenspuren auf dem zerfurchten Gesicht zu sehen.

»Sie sehen sehr traurig aus. Kennen Sie den Mann?«

Obwohl Emma die Stimme gesenkt hatte, war der alte Mann bei der Ansprache zusammengezuckt. Er schien einen Moment zu überlegen, aber dann nickte er.

»Ein feiner Mann. Lehrer, hier an der Grundschule. Er hilft mir manchmal mit den Einkäufen.«

Die Stimme des alten Mannes klang rau, beim letzten Wort brach sie. Er sah Emma bittend an.

»Es ist doch nichts Schlimmes passiert, oder? Doch nicht hier in der Gegend!«

Ein schwarzes Auto fuhr langsam durch die Straße, die kleine Gruppe um Emma schaute auf. Die Frau ließ einen trockenen Schluchzer hören, der alte Mann fasste rückwärts nach einem Halt und stützte sich schließlich schwer atmend auf den schmiedeeisernen Zaun des Vorgartens. Der Leichenwagen hielt vor dem rot-weißen Band, der Fahrer wartete bei laufendem Motor. Ein Polizist kam aus dem Haus und hob das Band an, der Wagen fuhr durch und hielt direkt vor dem Haus. Zwei Männer in schwarzen Anzügen stiegen aus. Sie traten hinten an den Wagen heran, zogen einen Sarg heraus und verschwanden damit im Haus. Die Frau bei Emma schlug ihre Hände vor den Mund und lief kopfschüttelnd in ein Haus weiter oben in der Straße. Der alte Mann sagte weinerlich:

»Die arme Frau!«

Emma drehte sich zu ihm um.

»War Lukas Brinkmann verheiratet?«

Der Mann schüttelte den Kopf.

»Er hat eine Freundin. Eine ganz hübsche. Die arme Frau...«

»Wissen Sie zufällig, wie die Freundin heißt oder ob sie hier irgendwo in der Gegend wohnt?«

Der Mann schwieg, er schien Emma kaum mehr wahrzunehmen. In seinem fahlen Gesicht zeichneten sich jetzt deutlich die Altersflecken ab. Seine Augen bekamen einen harten Glanz, als er murmelte:

»Dass die jetzt schon hier sind, die...«

Emma stutzte und fragte:

»Wen meinen Sie mit ›die‹?«

Der Mann starrte gebannt auf die Tür, hinter der die Mitarbeiter des Begräbnisinstitutes verschwunden waren. Erst nach einer Weile schien er Emmas Frage registriert zu haben. Er schob sich seine flaumigen Haare wieder sorgfältig über den fast kahlen Kopf und sagte dann leise:

»Na, diese Banden. Ausländer. Asylanten.«

Emma sah erstaunt auf den alten Mann. Dann schaute sie zum Jogger, aber der zuckte nur mit den Schultern und lief in langsamen regelmäßigen Schritten von ihnen weg die Straße hoch. Emma dreht sich zu dem alten Mann und fragte:

»Wen meinen Sie? Wie kommen Sie denn darauf?«

Der Mann zog seinen Mantel jetzt enger um seine Schultern. Fast verächtlich sah er Emma an.

»Na, wer denn sonst?« Dann ging er mit kleinen, aber festen Schritten zu seinem Haus, öffnete die Gartentür und verschwand hinter der Haustür. Emmas gerufene Frage nach seinem Namen ignorierte er.

Emma speicherte die Aufnahme ohne große Überzeugung, etwas davon gebrauchen zu können. Mit einem Seitenblick auf das offene Fenster in ihrem Rücken sagte sie halblaut:

»Falls Sie Lust haben, sich mit mir zu unterhalten, brauchen Sie das nur zu sagen. Ich komme auch gerne zu Ihnen hinein.«

Einen Moment lang war Stille. Dann schloss sich das Fenster leise, und die Vorhänge wurden mit einem entschlossenen Ruck zugezogen.

Emma wartete über eine Stunde auf ein Interview mit dem Polizeisprecher. Sie saß mit Manuel im Ü-Wagen, trank den Kaffee, den er mitgebracht hatte, und telefonierte mit der Wochenendredakteurin. Die Fotografen der Zeitungen und

Agenturen schossen ihre Bilder, als die Männer vom Beerdigungsinstitut den Sarg heraustrugen. Emma sprach einen Polizeibeamten über das Absperrband hinweg an, der schweigend den Abtransport beobachtete, aber er schüttelte den Kopf. Der Polizeisprecher sei vor Ort und würde zu ihr herauskommen, sobald eine erste Stellungnahme möglich war. Emma schrieb aus dem wenigen, was sie wusste, und der Agenturmeldung eine Nachrichtenminute, die sie auf der Straße stehend aufnahm. Kurz vor elf öffnete sich wieder die Haustür, und Blume kam heraus. Emma schnappte sich das klobige Aufnahmegerät des Ü-Wagens. Es war schwerer als ihr mobiles Gerät, hatte aber den Vorteil, dass es über Funk mit dem Computer des Ü-Wagens verbunden war. So konnte die Aufnahme direkt von dem Techniker im Schnittcomputer bearbeitet werden.

Manuel warf die Aufnahme an, und Emma stellte sich an das rot-weiße Band. Blume war am Treppenansatz der Haustür stehengeblieben und unterhielt sich leise und anscheinend erregt mit dem Beamten, der mit seiner breiten Gestalt den Eingang des Hauses versperrte. Emma strengte sich an, aber sie konnte nicht verstehen, was die beiden sagten. Blume warf einen Blick zu ihr, sie lächelte und winkte mit dem Mikro. Er drehte ihr den Rücken zu und sprach weiter auf den Mann ein, der jetzt den Kopf schüttelte. Emma fragte sich, was da los war. Jetzt drehte sich Blume wieder um und ging die Treppenstufen am Eingang hinunter. Ohne sich nach ihr umzusehen, ging er schnell in Richtung seines Wagens. Emma biss sich wütend auf die Lippen. Blume ließ den Motor an und fuhr mit quietschenden Reifen davon.

Eine Viertelstunde später trat der Pressesprecher der Polizei aus dem Haus und winkte mit ernster Miene den Journalisten, zu ihm an die Seite der Absperrung zu kommen. Der Berliner Rundfunk hatte ein Fernsehteam geschickt, zwei Vertreter der Tageszeitungen warteten in parkenden Autos, eine Frau mit einer Handkamera und ein Mann vom Konkurrenzsender waren aufgetaucht. Der Mann studierte sein Aufnahmegerät und sprach immer wieder probehalber in sein Mikrofon. Ein Praktikant, vermutete Emma. Sie selbst saß auf dem Beifahrersitz des Ü-Wagens und las Zeitung. Dabei hatte sie die Haustür hinter der abgesperrten Linie im Blick. Manuel spielte hinten im Wagen PC-Spiele am Computer. Als der Beamte auftauchte, stieg Emma aus dem Wagen, ging nach hinten und griff nach ihrem Aufnahmegerät. Manuel wechselte mit einem Blick nach draußen die Oberfläche auf dem Bildschirm und ließ die Fingerknochen knacken. Sie lächelten sich an – endlich ging es los.

Zufrieden sah der Pressesprecher auf die ihn umringenden Mikrofone und Papierblöcke. Er lächelte in die Richtung der Kamera und begann im üblichen Amtsdeutsch den Vorfall zu schildern.

»Leider muss ich Ihnen mitteilen, dass der hier gemeldete Lukas Brinkmann eines gewaltsamen Todes starb.«

Gegen sechs Uhr heute morgen hätten Nachbarn Lärm vernommen, dann einen Schrei. Sie hätten die Polizei informiert, die nach kürzester Zeit vor Ort gewesen sei.

Die Kamera surrte, der Mann lächelte, und Emma registrierte einen Fleck auf seiner Krawatte. Das wird ihn heute Abend ärgern, dachte sie, wenn er sich im Fernsehen sieht. Laut fragte sie:

»Ich nehme an, dieser Lukas Brinkmann wurde hier eben

im Sarg herausgetragen. Oder sind weitere Menschen verletzt worden?«

Der Pressesprecher sah auf Emma und ihr Mikrofon. Im Dezember hatte er sich bei einer Wasserleiche verplappert und ihr Details verraten, die noch intern hätten bleiben sollen. Emma fand, dass es nicht ihre Schuld war, wenn er ihr etwas erzählte, was sie noch nicht wissen sollte. Seitdem war er zurückhaltend, wenn sie ihn interviewte.

»Darüber kann ich Ihnen bei dem frühen Stand der Ermittlungen noch nichts sagen.«

»Kommen Sie, wir stehen hier seit Stunden«, sagte einer der Journalisten, der vor 10 Minuten mit dem Auto seiner Zeitung angebraust gekommen war, »können Sie uns und unseren Lesern nicht noch etwas mehr über den Fall erzählen?«

»Es tut mir leid, dass Sie so lange warten mussten«, der Pressesprecher lächelte jetzt wieder in Richtung der Fernsehkamera, »wir wollten sichergehen, dass zunächst die Angehörigen informiert sind.«

»Hatte der Mann denn Familie?« Die Stimme der Reporterin klang zaghaft. Emma kannte sie von anderen Pressekonferenzen, sie arbeitete als Freelancerin für verschiedene Webseiten.

»Darüber kann ich Ihnen natürlich auch keine Auskunft geben.«

Die Kollegin vom Fernsehen beugte sich mit dem Mikro vor und fragte: »Wie ist er umgekommen?«

Wieder lächelte der Beamte strahlend in die Kamera, bis ihm der Gedanke kam, seinen Gesichtsausdruck dem Ernst der Lage anpassen zu müssen, und er schlagartig die Mundwinkel wieder geradezog.

»Er ist zusammengeschlagen worden und anschließend,

mh, also quasi erdolcht worden. Mit einem scharfen Gegenstand.« Der Mann räusperte sich.

»Es muss einen ziemlich heftigen Kampf gegeben haben. Vielleicht sind die Täter auch verletzt. Sicher sind sie voller Blut.«

Er merkte, dass er den steifen Amtsjargon verlassen hatte und blickte jetzt wieder geradeaus in die Kamera.

»Wir bitten die Bevölkerung, uns bei derartigen Vorkommnissen zu unterstützen. Die Täter sind vermutlich mit dem Auto entkommen. Vielleicht hat jemand sie gesehen? Sachdienliche Hinweise nimmt jede Polizeidienststelle entgegen.«

Emma überlegte, wie sie ihre Frage unbemerkt von den Kollegen stellen könnte, aber da sich der Pressesprecher bereits umdrehte, blieb ihr keine andere Wahl, als das Thema vor aller Ohren anzusprechen.

»Ein Nachbar meinte eben, da steckten vermutlich Ausländer dahinter«, Emma hatte den Satz kaum ausgesprochen, da fuhren alle Köpfe zu ihr herum. Sie sah, wie die Kollegen von der Presse bereits etwas auf ihren Block schrieben, und fluchte innerlich. Vermutlich war ihre Frage jetzt Anlass für eine weitere populistische Schlagzeile.

»Gibt es einen Anlass für so eine Vermutung?«

Der Pressesprecher tat erstaunt. Er versuchte zu lachen, was ihm aber misslang.

»Wissen Sie, es wird schnell viel vermutet in der Nachbarschaft. Dafür gibt es nicht den geringsten Hinweis.«

Der Zeitungskollege fragte: »Wie werden die Ermittlungen jetzt weitergehen?«

Der Beamte schien sich einen Moment zu sammeln. Dann schaute er wieder mit festem Blick in die Fernsehkamera.

»Wir werden jetzt die Spuren sichern und die Tat aufklären. Durch das schnelle Eingreifen und das Know-how der Berliner Polizei wird dieser Fall bald gelöst sein.«

Klar, dachte Emma. Ihr Arm mit dem Mikrofon wurde schwer. Der Polizeisprecher räusperte sich.

»Ich kann Sie nur noch mal nachdrücklich auffordern, den Appell der Polizei weiterzuleiten: Wir bitten die Bevölkerung, sich bei Hinweisen zu den Hintergründen der Tat oder Beobachtungen an die nächste Dienststelle der Polizei zu wenden.« Dann machte er eine halbe Drehung und sagte noch: »Das war's, meine Damen und Herren.«

Das Licht der Fernsehkamera erlosch, die Journalisten überflogen die zitierfähigen Sätze. Die Freelancerin sagte leise zu dem Kameramann vom Fernsehteam:

»Das heißt also, sie haben keine Ahnung, was hier passiert ist.«

Der Kameramann lachte, der Beamte zuckte leicht zusammen. Er presste seine Papiere an die Brust und warf der Frau einen Blick zu. Dann drehte er sich um und ging schnell wieder zurück ins Haus.

Emma ging mit steifen Knien zu ihrem Fahrrad und schloss auf. Manuel hatte die Aufnahme bereits ins Funkhaus gesendet, sich von ihr verabschiedet und war vorgefahren. Für ihn blieb es heute bei diesem Einsatz, das Straßenfest, für das der Ü-Wagen ursprünglich eingeplant gewesen war, war vorbei. Er hatte seinen Dienst mit Kaffeetrinken und Zeitunglesen verbracht, unterbrochen von den kurzen Einspielern ins Nachrichtenfach. Manche Techniker waren froh über so einen Arbeitstag. Seit die Reporter selber in der Lage waren, die Töne digital zu bearbeiten, waren die Aufgaben der Techniker zusammengeschrumpft. Meist ging es nur noch darum, den Sendemast hochzufahren und das

Mikro aufzumachen. Auch die Reporter mussten in der Regel nicht mehr als ein paar O-Töne zur Verfügung stellen. Lange Sendestrecken, die Live-on-tape, also ohne Unterbrechung eingespielt wurden, aufwendige Reportagen oder kunstvoll komponierte Collagen waren nur noch selten gefragt. Die Beratungsfirmen, die wie riesige Kehrmaschinen durch die deutsche Radiolandschaft gedröhnt waren und flächendeckend ein Radioformat auf dem kleinsten gemeinsamen Nenner des Durchschnittshörers entwickelt hatten, nannten solche Beiträge Bremsen im Programm, Abschalter, Wegzapper. Außergewöhnliche Sendungen irritierten den Nebenbeihörer, störten im Hintergrundfluss von Servicemeldungen, launigen Moderatorenhinweisen und den bekannten Hits vergangener Tage. Da Emma hauptsächlich als Polizeireporterin arbeitete, war sie von der Entwicklung noch nicht so betroffen wie andere Kollegen. Mord und Totschlag waren noch immer interessant. Aber sie sah, was die Degradierung zum bloßen Mikrofonständer mit den Kollegen machte. Viele waren verbittert, manche wurden krank. Andere, vor allem die, die noch eine der raren Festanstellungen bekommen hatten, stumpften ab und versahen Dienst nach Vorschrift. Das waren die Schlimmsten, fand Emma, denn sie fingen an, ihre Arbeit zu hassen, und sie ließen ihre Umgebung dafür büßen.

Emma war von der Sundgauer Straße in die vierspurige Clay-Allee eingebogen. Sie fuhr rechts in ein Wohngebiet und hoffte, auf der Hauptstraße in Richtung Funkhaus herauszukommen. Hier war es sehr ruhig, erste Fenster der Einfamilienhäuser standen zum Lüften offen, es war klar und kalt. Der Schnee war schmutzig, aber von halbverschimmelten Kotresten und Silvesterböllern wie in Kreuzberg war nichts zu sehen. Auf einmal zögerte Emma und bremste. Sie stand vor der Straßeneinfahrt, in der Karin, Blumes Exfrau mit dem Sohn wohnte. Emma erinnerte sich noch genau, wie sie zum ersten Mal im Wagen vor dem Haus auf Blume gewartet und sich gefragt hatte, was sie um Himmels willen von diesem Polizisten mit Familie wollte. Johann war damals herausgekommen und hatte sie mit seinen feindseligen Augen vertrieben. Emma bemühte sich seitdem, Johann freundlich entgegenzukommen. Sie verstand, dass es leichter für den Jungen war, einer Fremden böse zu sein, als sich gegen Vater oder Mutter aufzulehnen.

Wann immer Blume seinen Sohn sehen wollte, stimmte sie dem zu und hatte bisher auch noch kein Treffen zu dritt abgesagt. Tatsache war jedoch, dass sie sich nicht gerade auf diese gemeinsamen Nachmittage freute.

Emma zögerte noch einen Moment, aber dann fuhr sie in die kleine stille Straße bis vor den roten Klinkerbau, stellte das Fahrrad ab und klingelte an der Haustür. Der Tote war Grundschullehrer gewesen, vielleicht hatte sie Glück und er hatte hier in der Nähe gearbeitet. Einen Vorwand, sich hier zu melden, hatte sie außerdem: Sie könnte sich für das geplatzte Treffen entschuldigen.

Emma hörte Karins schnellen Schritt aus der Küche in den Flur, und sie streckte ihr Rückgrat. Neben der großgewachsenen Karin mit der milchfarbenen Haut und den langen blonden Haaren fühlte sie sich immer wie ein Waldschrat. Unwillkürlich fuhr sie sich mit den Fingern durch das kurze dunkle Haar, das nach dem Fahren mit Wollmütze platt anlag. Aber als Karin die Tür öffnete, ließ Emma erstaunt die Hand sinken. Die perfekte Karin sah schlecht aus. Ihr Haar fiel strähnig auf den Strickpulli, ihre Haut war bleich und in den Mundwinkeln entzündet.

Ohne die Tür weiter aufzumachen, blieb sie im Türrahmen stehen.

»Guten Tag, Emma.«

Emma räusperte sich.

»Hallo Karin, ich wollte mich nur kurz bei Johann entschuldigen, dass ich heute doch keine Zeit habe. Bereitschaft.«

Karin lächelte unschön. Emma fiel auf, dass sie Ringe unter den Augen hatte.

»Schon gut. Er wird's überleben.«

Emma fuhr mit der Hand in ihre Tasche. Sie fühlte die perforierte Oberfläche des Mikrofons.

»Ein Mann ist getötet worden, hier in der Nähe. Er hieß Lukas Brinkmann und war Grundschullehrer. Kanntest du ihn zufällig?«

Karin erschrak so, dass sie ihre reservierte Haltung Emma gegenüber vergaß. Sie schaute mit großen Augen, ihre rechte Hand fasste den Türrahmen, und ihre Knöchel traten hervor.

»Der Brinkmann? Das gibt es doch gar nicht!«

Emma fand den Aufnahmeknopf am Gerät.

»Kanntest du ihn?«

»Wie ist denn das möglich? Das ist doch so eine gute Schule! Das kann doch nicht wahr sein!«

Jetzt hatte Emma das Mikro sichtbar in der Hand.

»Würdest du mir einen O-Ton geben?«

Karin schaute auf das kleine schwarze Mikrofon, sie zögerte und schaute zurück in den Flur. Emma sagte schnell:

»Ich nehme an, er war ein Lehrer von Johann. Du bist doch Elternvertreterin. Hattest du mit ihm zu tun?«

»Ja, ich…schon. Ich meine, er war immer…«, Karins Stimme zitterte, dann fing sie sich und schaute mit festem Blick auf Emma, »du, ich möchte das nicht.«

Emma hielt das Mikro weiter vor sich hin. »Warum nicht?« Sie merkte, dass ihre Stimme genervt klang, und bemühte sich, wieder ruhiger zu sprechen.

»Du sollst ja keine geheimen Dinge erzählen, ich möchte nur wissen, was das für ein Mensch war. Komm schon, Karin, ich mache hier nur meine Arbeit!«

Schon als sie den Satz aussprach, wusste sie, dass es ein Fehler gewesen war. Karin begriff, dass Emma aus der Not heraus zu ihr gekommen war. Als sie antwortete, hatte sie ihre Stimme wieder unter Kontrolle.

»Tut mir leid, Emma, aber ich kann nichts dafür, wenn du dir so einen Beruf aussuchst. Ich werde Johann von dir grüßen.«

Mit einem seelenvollen Lächeln auf den Lippen schloss Karin leise die Haustür.

Emma spürte, wie eine Welle von Wut und Scham in ihr hochstieg. Sie stopfte das Mikro zurück in ihre Tasche und ging rasch zu ihrem Fahrrad.

Brandenburg, Hofsmünde

Hans Brinkmann legte eine letzte Schicht Bücher in den Karton und schloss die Klappen. Seine Knie schmerzten, und er setzte sich einen Moment auf die volle Kiste. Mit Fingern, grau vom Staub der Buchumschläge massierte er das Kniegelenk. Sein Blick ging über die halbvollen Reihen in den Regalen. Der Vorrat an Kisten, den er sich besorgt hatte, war bereits aufgebraucht. Allein die 20-bändige Kirchengeschichte auf dem obersten Brett würde zwei weitere Kisten brauchen. Brinkmann lächelte, als er zu den Bänden aufschaute. Hier hatte er seine Schätze aufbewahrt, und keiner der Stasi-Asseln hatte sich die Mühe gemacht, unter die rotgoldenen Einbände zu schauen. Der komplette Grass stand hier, Böll, Heiner Müller, Thomas Bernhard und Volker Braun. Du und deine Männer, hatte Margarete immer gesagt, wenn er wieder bis tief in die Nacht über ein Buch gebeugt blieb, warum lässt du dir nicht mal Ulla Hahn einschmuggeln, oder die Österreicherin, diese Elfriede Jelinek?

Jelinek, das fehlte noch, schließlich war er ein Mann der Kirche. Brinkmann hörte auf, sein Knie zu massieren, es nutzte doch nichts. Wie hätte er damals wissen können, dass dies die guten Zeiten waren – als Margarete noch lebte und er sich mit Lukas stritt. Immer gab es Türenknallen, Vorwürfe und Widerworte, und er hatte sich nach Ruhe gesehnt. Und dann war Margarete gestorben. Lukas lebte in Berlin, und die Stille, die jetzt im Haus herrschte, erschien ihm lauter als jeder Streit. Ob sie Lukas einen Brief hinterlassen hatte? Lange hatte er sich nicht zu fragen getraut und dann von seinem feindseligen Kind keine Antwort erhalten. Aber was hätte sie schreiben können? Der Krebs hat gewonnen, aber du hast mich schon vorher besiegt? Schreibt man so etwas seinem fünfzehnjährigen Sohn?

Brinkmann nieste von dem Staub, der auf den Büchern lag. Er seufzte. Damals hatten er und Lukas sich nur noch angeschrien. Sie führten einen Kampf um jedes Flugblatt, das der Junge mit nach Hause brachte, um seine Klamotten, seine fremdenfeindlichen Sprüche, die er am Küchentisch fallen ließ. Lass doch, hatte Margarete geflüstert und ihre Hand auf seinen Arm gelegt, merkst du nicht, dass er dich nur provozieren will? Aber er hatte nicht aufhören können, nicht aufhören wollen, obwohl er wusste, dass seine Frau nicht mehr die Kraft für diese täglichen Kämpfe hatte.

Er hörte Schritte, dunkle Männerstimmen, Flüstern. Ächzend erhob er sich und zog den Vorhang vor dem großen Fenster beiseite. Sie sollten nicht glauben, dass er sich vor ihnen verkroch! Aber Lukas' Anruf heute früh hatte ihn doch verunsichert. Er sollte alles zuschließen, vorsichtig sein. Planten sie wieder etwas gegen ihn? Seit Beginn des Wahlkampfes waren schon zweimal Steine gegen die Scheibe geflogen, einmal war ein Riss im Glas gewesen. Zum Glück fror es nachts nicht mehr, sonst würde die Scheibe wohl zerbrechen. Er hatte Anzeige erstattet, aber was nützte das schon.

Es läutete, einer der Männer klopfte kräftig gegen das Holz der Eingangstür. Überrascht trat Brinkmann aus dem Wohnzimmer in den dunklen Flur und ging rasch zur Tür. Vielleicht brauchte ihn jemand im Dorf, hatte nach ihm verlangt, seinen Beistand erbeten. Er riss die Tür auf. Vor ihm standen zwei fremde Männer, einer davon in Polizeiuniform. Brinkmann atmete aus, die Enttäuschung stach in den Lungen. Diese Männer wollten garantiert nicht seine Hilfe. Sie erinnerten ihn vielmehr an die Trupps der NVA, die früher Lukas nach Hause gebracht hatten. Verlegene Polizisten, selber Väter, die schnell ihre Pflicht erfüllen wollten. Und zwischen ihnen Lukas, mit kurz geschorenen Haaren und in zusammengeliehenen Nazi-Uniformen, manchmal blutig geschlagen oder in Handschellen, aber immer den Blick hochmütig über ihn hinweggerichtet. Lukas war jetzt erwachsen, solche Dummheiten machte er nicht mehr oder wenn, wurde sein alter Vater nicht mehr benachrichtigt, es sei denn...

»Hans Brinkmann? Pastor Brinkmann?«

Es war der Mann im Zivilanzug, der sprach. Brinkmann nickte. Hinten im Garten unter der alten Linde raschelte es. Auch der Uniformierte hatte es gehört, er drehte sich um. Der Mann in Zivil räusperte sich.

»Wir haben leider eine traurige Nachricht für Sie. Es geht um Ihren Sohn Lukas.«

Berlin, Charlottenburg. Redaktion BerlinDirekt

Im Einkaufszentrum, in dessen Dachgeschoss sich die Radiostation befand, war Samstagnachmittagsbetrieb. Menschen schoben sich schwitzend mit riesigen Einkaufstüten aneinander vorbei, Kinder plärrten und wurden weitergezogen, penetrant gutgelaunte Popsänger schallten aus den Boxen in den Läden.

Emma blieb auf der Rollstreppe stehen, stellte ihre schwere Tasche zwischen die Beine und strich sich das Haar zurück. Eigentlich hatte sie heute zum Frisör gehen und vielleicht ein paar Sachen zum Anziehen einkaufen wollen. Im Grunde war sie erleichtert, dass ihr das jetzt erspart blieb. Sie hatte noch nie verstanden, dass manche Menschen das freiwillig und ohne größere Notwendigkeit machten.

Sie spürte die vertraute Erregung, die sie am Anfang eines Falles überkam – wer war dieser Lehrer, warum war er getötet worden? Eine Frau vor ihr auf der Treppe lachte schrill, der Drogeriemarkt posaunte Sonderangebote heraus. Emma atmete auf, als sie im Dachgeschoss die schwere Tür zur Station öffnete und den Lärm hinter sich lassen konnte.

Sie grüßte den Pförtner, der nur kurz von seiner Zeitschrift hochschaute, ihr zunickte und den Summer drückte. Der lange Flur zu den Redaktionsräumen war leer. Emma ging zu ihrem Platz in der Großredaktion, warf ihre Jacke über den Stuhl und fuhr den Computer hoch. Im Grunde gab es keine fest zugewiesenen Arbeitsplätze, die Reporter und Redakteure sollten sich je nach Dienst zusammensetzen, um an den entsprechenden Tischgruppen, sogenannten Inseln, das Programm zu planen. Emma boykottierte das, wie alle ständigen freien Mitarbeiter. Sie setzte sich einfach immer wieder an den Platz, den sie sich ausgesucht hatte, und vertrieb mit freundlichem Lächeln und Beharrlichkeit andere Nutzer. Bei Sebastian, dem Redaktionsassistenten, hatte sie eine helle Schreibtischlampe und eine Berlinkarte beantragt und ihren Platz zum Zentrum der Polizeiredaktion ernannt.

Emma nahm ihren Block und ging rüber in die Sendezentrale. Susanne, die Wochenendredakteurin, saß am Regiepult. Als Emma die schwere Studiotür geöffnet hatte, warf sie ihr grüßend einen Blick über die Schulter zu, drehte sich dann wieder um und hörte weiter dem Nachrichtensprecher zu, der gerade die 15:30-Uhr-Meldungen verlas. Emma setzte sich in das schwarze Ledersofa für die Studiogäste und wartete. Der Sprecher war schon beim Wetter angelangt. Gleich kam die Schalte zur Verkehrsbeobachtung, dann der Jingle, die Begrüßung durch den Moderator und die erste Musik. Das alles folgte dem immergleichen Sendeschema, jeder Beteiligte kannte die Schritte, und die dafür notwendigen Regler auf dem Mischpult und alles, bis hin zu dem kleinen Versprecher, an den der Moderator einen Witz knüpfen konnte, lief nach Programm. Als PJ Harvey ihr Lied anstimmte und das rote Licht im Studio erlosch, drehte sich Susanne wieder zu Emma um.

»Es gibt eine Agenturmeldung, die ist aber mager. Hier, ich hab sie dir ausgedruckt. Mach bitte ein Update für die Meldungen um voll. Hast du genug für einen Beitrag?«

Emma nahm den Zettel entgegen und schaute oben auf die Uhrzeit. Er war von vor einer Stunde.

»Du brauchst mir keine Meldungen auszudrucken, ich muss sowieso aktuell in die Agenturen gucken. Und ein Beitrag klappt schon noch, aber höchstens eine Minute. Für 16:10?«

Die Redakteurin drehte sich wieder auf ihrem Stuhl und schaute in ihre Sendepläne. Dann schüttelte sie den Kopf.

»Da haben wir ein Live-Gespräch. Also 16:40.«

Emma nickte, zögerte und sagte dann:

»Warum hast du eigentlich den Ü-Wagen geschickt? Ich hatte doch gesagt,...

»Ich glaube, das kannst du draußen nicht einschätzen.«

Susannes Stimme klang unerwartet scharf, Emma sah sie erstaunt an. Die Redakteurin drehte sich mit Schwung wieder zu ihr.

»Da steckte einfach zu viel drin. Nachher berichten alle, und wir sind auf dem Nachbarschaftsfest, oder was?«

»Aber ich war ja vor Ort, ich hätte...«

»Ich bin dir keine Rechenschaft schuldig, da musst du schon tun, was ich für richtig halte.«

Susanne lächelte kurz.

»Dafür sind wir schließlich da, oder?«

Emma starrte sie an. Eine unangenehme Stille lag im Raum. Andreas, der Nachrichtenmann, trat aus dem Sendestudio. Emma schaute erleichtert hoch, stand schnell auf und lächelte ihm entgegen. Er hielt ihr die Tür zum Flur übertrieben höflich auf. Emma deutete einen Knicks an und ging vor ihm durch die Tür.

An ihrem Platz im Büro spielte sie die Töne der Nachbarn und die knappen Aussagen des Polizeisprechers in das System ein. Bei den Worten des alten Mannes zögerte sie, entschloss sich dann aber, den Ton nicht zu verwenden. Es war etwas anderes, die Kollegen von der Presse über die

Angst vor Ausländern eines alten Mannes zu informieren, als so eine Vermutung in die Welt zu posaunen. Zur Sicherheit legte sie den Ton aber auf ihrem persönlichen Speicher ab. Sollte sich der Verdacht erhärten, könnte sie ihn immer noch bringen.

Sie wählte alle Nummern der Berliner Polizeipresse und landete immer wieder auf dem gleichen Anrufbeantworter. Dann ging sie die Handynummern der Pressestellenmitarbeiter durch. Der dritte war im Dienst. Einen neuen Stand der Ermittlungen konnte der Mann nicht liefern, sagte ihr aber, dass der Tote aus Brandenburg stammte und dass Kollegen die Familie bereits informiert hätten.

Emma schrieb einen kurzen Text und ging rüber ins Aufnahmestudio. Durch große Glasfenster sah sie ins Sendestudio und in den Regieraum. Der Moderator nickte ihr zu, während er ins Mikro sprach, Susanne hingegen tat so, als habe sie sie nicht gesehen. Emma schaltete den Sendeton aus und fuhr den Regler für ihr Mikrofon hoch. Sie schaute noch einmal zu Susanne, die demonstrativ in ihren Unterlagen blätterte. Emma fragte sich, ob sie sie verärgert hatte. Dann entschloss sie sich, das Ganze zu ignorieren. Sie war nicht für die Stimmung der Kollegen verantwortlich.

Ruhig und mit dem nötigen Nachdruck in der Stimme sprach sie den Text für den Beitrag auf und speicherte ihn im Schnittsystem. Als das Datum auf dem Monitor aufleuchtete, stockte sie. Jennis Todestag. Heute vor einem Jahr hatte sich ihre Freundin erhängt. Emma starrte auf die flimmernden Ziffern. Dann drehte sie sich abrupt um und riss die Tür zum Flur auf.

Auf dem Gang sah sie Bente. Die Kollegin kam mit raschem Schritt auf sie zu und sprach dabei leise in ihr Telefon. Emma war erstaunt sie zu sehen, soweit sie wusste, hatte

Bente keinen Wochenenddienst. Sie ging über den Flur in das Redaktionsbüro und ließ die Tür für sie offen. Im Büro wartete die nächste Überraschung. Chefredakteur Manfred Schneider saß am Platz des Redaktionssekretärs und sah gerade die Agenturmeldungen durch. Emma blieb vor ihm stehen.

»Was ist denn mit euch los, Bente ist auch schon im Anmarsch. Habt ihr kein Zuhause?«

Sie lachte, aber Schneider blieb ernst und scrollte weiter durch die Agenturen. Emma wurde klar, dass etwas Besonderes vorgefallen war. Bente kam herein, Emma wollte sie ansprechen, registrierte dann aber, dass die Kollegin noch immer in ihr Handy sprach. Also warf sie ihr Blatt und den Stift auf den Schreibtisch, setzte sich und wartete ab.

Bente verabschiedete sich knapp am Telefon, fuhr den Computer an ihrem Platz hoch und warf sich in den Schreibtischstuhl. Sie wandte sich an Schneider, der ihr gegenübersaß.

»Keine Bestätigung.«

Schneider verschränkte die Arme und lehnte sich zurück.

»Shit. Ich muss Schulenburg informieren.«

Emma fasste an die Ecke ihres Schreibtisches und rollte schwungvoll mit ihrem Stuhl zur Tischgruppe der Kollegen.

»Was ist los?«

Schneider sah zu ihr. Er war unrasiert, und eine Strähne seines grauen Haares hing abgeknickt über den buschigen Brauen. Mit fahrigen Bewegungen nahm er eine Lesebrille ab und strich seine Haare nach hinten, die ihm sofort wieder über die Augen fielen. Für einen Moment sah Emma ihren verstorbenen Vater vor sich. Er hatte sich mit derselben nutzlosen Geste die Haare aus der Stirn gestrichen. Schneider war ihr Onkel, der Bruder ihres Vaters. Letztes Jahr hatte er ihr nach dem Skandal in ihrer Heimatstadt Bremen eine Chance bei diesem Sender gegeben.

»Bente ist auf etwas gestoßen bei deinem Mordopfer.«

Emma sah zu der Kollegin, die mittlerweile auf der Tastatur ihres Computers tippte.

»Bei dem Toten von heute Morgen? Was?«

Bente drehte den Monitor ihres Computers so, dass die beiden auf den Bildschirm schauen konnten.

»Hier.«

Emma beugte sich gespannt zum Monitor. Bente hatte einen Internet-Blog aufgerufen, dessen Hintergrund in Schwarz-Weiß-Rot gehalten war. Mit dem Cursor fuhr sie an zahlreichen Eintragungen entlang.

»Ich bin in mehreren Blogs angemeldet, die mir automatisch melden, wenn es viel Bewegung gibt. Heute Morgen ist der Blog fast explodiert.«

Schneider setzte wieder seine Lesebrille auf und beugte sich vor.

»Was ist das für ein Blog?«

»Eine rechte Community, eingeführt von einem Parteimitglied der Rechten Liga. Der Blog ist vor allem in Berlin und Brandenburg aktiv.«

Bente war die Rechtsextremismus-Expertin der Redaktion. Seit vielen Jahren beobachtete sie die Szene und berichtete darüber.

»Hier«, Bente hielt an und öffnete eine Mitteilung. Emma sah ein schwarzes Emblem, ein Dreibein mit einem nach oben ragenden Stamm.

»Ein Kameraständer?«

Bente grinste.

»Könnte man meinen. Das ist die Yr-Rune, ein altnordisches Zeichen, das den Tod symbolisiert. Die Rechten benutzen so etwas für ihre Todesanzeigen. Dazu der Text: Gewaltsam war sein Tod, er war einer der Besten. Oder hier«, Bente öffnete ein weiteres Dokument.

»Er sitzt jetzt im Asgard, zur Rechten von 18 und 14.«

Emma sagte:

»18 ist doch ein Synonym für Adolf Hitler, oder? AH, der erste und der achte Buchstabe des Alphabets. Aber was bedeutet die 14? Und was ist Asgard?«

»Asgard ist so eine Art Göttersitz der Kampferprobten. Die nordische Mythologie unterscheidet zwei Göttergeschlechter. Die Wanen und die Asen. Die Wanen sind vorrangig Fruchtbarkeitsgötter, die Asen stehen für Kampf und Macht. Zu den Asen gehören auch Odin und Thor, die werden häufig von den Rechten als Symbol benutzt. Sitz dieser Götter ist Asgard.«

»Und die 14? Sind das auch Buchstaben? Also A und ähm, D?«

Bente schüttelte den Kopf.

»Die 14 stehen für die famous 14 words des amerikanischen Neonazis David Lane. Ich krieg sie jetzt nicht zusammen, aber es geht dabei um den Erhalt der weißen Rasse. Lane ist vor ein paar Jahren gestorben. Seitdem sind seine 14 Worte so eine Art Erkennungszeichen in der Szene.«

»Das ist ja alles sehr interessant«, Schneider lehnte sich wieder zurück und verschränkte die Arme, »aber wieso glaubst du, dass es sich dabei um den Toten von heute Morgen handelt?«

Bente sah ihn an.

»Mehrfach wird die Reichshauptstadt genannt, damit meinen die ja wohl Berlin. Ich habe bei der Polizei angerufen, es war der einzige gewaltsame Todesfall heute Morgen. Und außerdem hab ich noch das hier gefunden.«

Sie scrollte bis fast an das Ende der Nachrichtenleiste und öffnete einen weiteren Eintrag.

»Hier.« Emma schob sich noch etwas näher heran und las laut:

»Thors Hammer soll deinen Mörder erschlagen, Du, Klingsor, starbst in aufrechtem Kampf.«

Ratlos sah sie zu Bente. Die Kollegin sagte:

»Thors Hammer ist ein Symbol für die Kraft der rechten Szene. Und Klingsor ist in der nordischen Legende so eine Art Merlin, ein Zauberer. Wie Merlin hat er die jungen Herrscher ausgebildet, deshalb gibt es in den alten Schriften auch noch eine andere Bedeutung für den Namen.«

Emma schaute zu Schneider. Sie sagte:

»Der Lehrer!«

»Ganz genau.«

Einen Moment schwiegen alle drei. Dann räusperte sich Schneider.

»Wenn wir rausfinden, dass der Tote ein Rechtsradikaler war, dann ist das der Hammer! Er war doch Grundschullehrer, oder?«

Emma nickte. Dann fragte sie, an Bente gewandt:

»Gibt es eine Bestätigung der Verbindung von der Partei?«

Bente schüttelte den Kopf.

»Kein Kommentar. Der Pressesprecher der Rechten Liga war ganz beglückt, dass ich ihn anrief, aber zu dem Toten und den Eintragungen wollte er nichts sagen.«

Schneider trommelte mit dem Kugelschreiber auf die Tischplatte.

»Und der BND?«

»Mein Informant ist im Urlaub. Und finde dann mal jemand anderen an einem Samstag.«

Schneider sah Bente nachdenklich an.

»Ohne Bestätigung kann das nicht raus. Ich ruf Schulenburg an. Und dann überlegen wir uns, wie wir weiter vorgehen.«

Schneider erhob sich ächzend und ging dann rasch über den Flur in sein Büro. Emmas Magen knurrte. Bente lachte.

»Komm, wir holen uns was von unten. Ich hab auch Hunger.«

Die beiden gingen über den Flur zum Empfang. Als sie am Sendestudio vorbeikamen, steckte Bente den Kopf durch die Tür und fragte Susanne, ob sie ihr was mitbringen sollten. Dass sie immer an so etwas denkt, fuhr es Emma durch den Kopf, kein Wunder, dass jeder sie mag. Susanne hielt zur Antwort ihren angebissenen Apfel hoch und schüttelte den Kopf. Immerhin lächelte sie dabei in ihre Richtung.

Sie holten sich belegte Brote am Biostand und Kaffee bei Starbucks. Emma wickelte eine Serviette um den heißen Pappbecher.

»Wahnsinn, wie du dich auskennst. Woher weißt du das alles?«

»Wenn du was mitbekommen willst, musst du dich damit beschäftigen. Sonst verstehst du nichts.«

»Hast du diese Gruppen immer so im Blick?«

Bente lächelte. Sie hielt in jeder Hand einen Becher.

»Ich versuch's. Im Moment allerdings mehr als sonst. Mensch ist das heiß.« Sie nahm ein Papptablett und stellte die Becher darauf.

»Wegen der Landtagswahlen in Brandenburg?«

Bente nickte und hielt ihr das Tablett hin.

»Kannst auch abstellen. Ja, klar, da ist gerade viel Bewegung.«

Emma gab Bente ihren Kaffeebecher und nahm ihr die Brötchentüte ab.

»Glaubst du, die Rechten kommen in den Landtag?«

»Sieht leider ganz danach aus. Die Chancen sind auf jeden Fall besser als beim letzten Mal.«

Sie waren beim Aufzug angekommen. Bente drückte mit dem Ellenbogen auf den Knopf.

»2009 waren die Rechten total zerstritten. Sie sind gegeneinander angetreten und haben in den meisten Wahlkreisen nicht mal ein Prozent geholt.«

Der Fahrstuhl kam, die Türen öffneten zischend. Emma ging voraus und lehnte sich an die Seite, Bente folgte ihr.

»Jetzt haben sie mal wieder einen Deutschlandpakt geschlossen. Sie treten in den einzelnen Wahlkreisen nicht gegeneinander an. Die meisten Gegenden hat die Rechte Liga übernommen. Diese Partei hat zur Zeit einen ungeheuren Zulauf in Brandenburg. Sie führen einen sehr geschickten Wahlkampf.«

Die Türen schlossen sich. Emma sah ihr verzerrtes Spiegelbild an der Rückwand der Kabine. Sie drehte ihren Kopf zur Seite.

»Was heißt das?«

»Ein gemäßigter Teil tingelt über die Dörfer. Da kommen die Spitzen der Partei jedes Wochenende und schütteln Hände.«

Bente verlagerte das Tablett auf ihren linken Arm.

»Und eine radikale Gruppe sorgt für Aktionen. Rechtsrockkonzerte, Demos, Pöbeleien.«

Emma beobachtete Bente. Sie sah fast zufrieden aus. War es eine Genugtuung für sie, dass ihr Thema, der Rechtsradikalismus, wieder in den Top-Nachrichten vorkam? Sie schob den Gedanken beiseite. Laut fragte sie:

»Ein rechtsradikaler Lehrer – wenn das stimmt, ist das doch ein Riesenskandal! Aber geht so was eigentlich? Muss der als Beamter nicht so eine Art Führungszeugnis abgeben?«

Bente zuckte die Achseln:

»Nicht jeder Lehrer ist verbeamtet. Und selbst wenn – vielleicht war er nicht offiziell in der Partei. Die Frage ist doch auch – wusste das sein Umfeld – die Leitung der Schule zum Beispiel, oder die Eltern seiner Schüler? Und hat er bei den Kindern agitiert?«

Emma dachte an den alten Nachbarn, dem die Tränen in den Augen standen. Karin fiel ihr ein, wie sie fassungslos am Türrahmen lehnte. Und Blume – hatte Blume davon gewusst?

»Denkst du«, die Türen des Aufzugs öffneten sich zischend, und der Mann am Empfang hob den Kopf. Als er die Frauen erkannte, schien er wieder zurück in seine Starre zu fallen, Emma senkte ihre Stimme.

»Denkst du, das hat etwas mit seinem Tod zu tun?«

»Keine Ahnung.«

Bente ging vor ihr den Gang bis zu den Redaktionsräumen. Kurz vor Schneiders Tür drehte sie sich zu Emma um.

»Mitten im Wahlkampf. Die Rechte Liga wird ihn zum Märtyrer machen. Es sei denn ...«

Bente klopfte, und Schneider rief sie herein. Da sie das Tablett in den Händen hatte, stieß sie die angelehnte Tür mit dem Fuß auf. Schneider stand wie üblich am Fenster und rauchte eine verbotene Zigarette. Bente stellte das Tablett auf dem vollen Schreibtisch ab und drehte sich zu Emma um.

»Es sei denn, er ist von den eigenen Leuten umgebracht

worden. Diese Rechten sind voller Hass. Die glauben doch, sie können ihre eigenen Gesetze machen. Und wenn niemand sie stoppt, dann wird das extrem gefährlich.«

Berlin, Schöneberg

Sie träumte von Marlon, jede Nacht. Er stand einfach vor ihr und sah sie an. Die langen Wimpern um seine Augen hatten ihm etwas Mädchenhaftes gegeben, aber sein Körper war schmal und sehnig gewesen. Er stand im Traum vor ihr, so, wie sie ihn zum ersten Mal gesehen hatte. Den langen Tag über sehnte sie sich nach diesem Bild, aber mit der Zeit hatte sie angefangen, die Träume zu fürchten.

Wenn der Wecker klingelte, stand sie auf, schleppte sich ins Bad und duschte sich den Schweiß der Nacht ab. Hohlwangig und blass stand sie vor dem Badezimmerspiegel. Sie hatte kaum etwas gegessen in den letzten Wochen, ihre Beckenknochen stachen aus dem Fleisch.

Sie zog sich an, ging in die Küche und drehte am Radioknopf. Ihre Hände zitterten, als sie das Kaffeepulver in die Maschine schüttete. Sie hatte noch zwei Tage, um in Form zu kommen, am Montag musste sie wieder vor der Klasse stehen und durfte sich keine Schwäche erlauben.

Mechanisch kaute sie auf ihrem Brot herum und hörte dem Moderator im Radio zu. Er sprach von dem herrlich langen Wochenende, was ihr wie Hohn vorkam, schließlich musste er doch arbeiten. Oder gab es Menschen, die ihre Arbeit mochten?

Sie nahm einen Schluck von dem Kaffee und zwang sich, den Klumpen in ihrem Mund herunterzuspülen. Ihr Blick fiel auf den Heftstapel auf dem Küchentisch. Sie musste korrigieren, seit Tagen schleppte sie die Hefte durch die Wohnung. Eine Woche hatte sie gefehlt, Grippe, totale Erschöpfung, zum Glück hatte ihre Ärztin nicht weiter nachgefragt. Sie würden erwarten, dass sie die Hefte zurückgab. Warum eigentlich? Für die wenigsten gab es gute Noten, kaum einer hatte etwas in ihrem Chemieunterricht verstanden. Es langweilte sie, mit starren Augen hörten sie ihr zu, Wort für Wort ging sie den Stoff durch, trotzdem waren die Arbeiten zu schwer für sie. Woran dachten diese Kinder, wenn sie sie anstarrten und mechanisch die Modelle der Elemente in ihre Hefte übertrugen?

Sie dachte an Marlon, wie er im Unterricht aufgesprungen war, wie er ihr bis auf den Flur gefolgt war, um sie weiter auszufragen. Sie war fasziniert gewesen von dieser Energie. Jetzt, nach seinem Tod, sagten alle, er war auf Drogen gewesen, aber sie wusste, dass es nicht stimmte. Er wollte wach sein, die Welt aufnehmen, sie verstehen und verändern. Warum soll ich mich zudröhnen, hatte er gesagt, ich habe keine Zeit dafür, es gibt zu viel zu sehen. Als hätte er geahnt, dass ihm nicht viel Zeit blieb.

Sie seufzte wieder, stellte ihren Teller mit dem angebissenen Brot in die Spüle und zog die Hefte vor sich auf den Tisch.

Obenauf lag die Arbeit eines Jungen, den sie heimlich Pickel-Fred nannte. Die Akne hatte ihn schon vor der Pubertät im Griff. Ein dunkler Fleck, Fett vermutlich, prangte auf dem blauen Einband, sie ekelte sich und schlug das Heft mit spitzen Fingern auf. Vorne lag ein gefalteter Zettel, darauf die Kopie eines Fotos. Der Junge saß nackt auf dem Rand einer Badewanne, in der Hand hielt er seinen erigierten Schwanz. Er lächelte schief und sah stirnrunzelnd, als müsse er sich konzentrieren, in die Kamera. Ihr Magen brannte, trotzdem konnte sie den Blick nicht von dem Foto lassen. Wieso riskierte dieses Kind, sich so auszuliefern? Nicht zu denken, was geschehen wäre, wenn ein Mitschüler das Bild gefunden hätte. Oder war es ein Test? Machten sie sich lustig über sie? Fragten sie sich, wie sie reagieren würde?

Unter dem Bild stand in gemalten Druckbuchstaben ein kurzer Text. Sie sind die schönste Frau, die ich jemals gesehen habe, ich liebe Sie!

Sie klappte das Heft zu, das Essen kam ihr wieder hoch, sie spürte den bitteren Geschmack im Rachen. Sie stand auf, ging zur Spüle und trank einen Schluck Wasser. Ihr Mund zitterte, und sie fühlte, dass sie kurz davor war, die Fassung zu verlieren.

Sie wünschte, sie könnte zaubern. Sie wünschte, diese Männer würden in der Hölle schmoren.

Sie atmete tief durch und nahm noch einen Schluck Wasser. Im Radio kamen die Nachrichten. Der Mann erzählte etwas von einem Verbrechen letzte Nacht. Jetzt sprach eine Frau. Sie sagte, der Lehrer Lukas Brinkmann sei tot in seiner Wohnung gefunden worden. Der Lehrerin fiel das Glas aus den Händen und zerbrach auf der Edelstahlspüle.

Berlin, Charlottenburg, Radiostation BerlinDirekt

Schulenburg findet das Ganze vielversprechend.«

Schneider warf den aufgerauchten Zigarettenstummel in eine Blechdose, schraubte den Deckel zu und wedelte kurz mit den Händen durch die Luft. Bente und Emma warfen sich einen Blick zu und grinsten. Rauchen war in den Räumen der Redaktion verboten. Nach dieser rhetorischen Geste hing der Nikotindunst noch immer schwer über ihnen. Immerhin hatte Schneider auf sein nach Rosmarin duftendes Raumspray verzichtet. Heute am Samstag war die Gefahr eines Überraschungsbesuches des Chefs unwahrscheinlich.

Schneider nahm den Kaffee, den Bente ihm auf die Tischplatte gestellt hatte, und bedankte sich mit einem Nicken dafür.

»Ich hab ihn genötigt, seine alten Kontakte anzuzapfen.« Der Chefredakteur nahm einen Schluck und verzog die Lippen. »Vielleicht ist der ein oder andere ja noch im Dienst.«

Ihr Wellenleiter Gregor Schulenburg hatte als junger Reporter illegale Politikerabsprachen öffentlich gemacht und damit Mediengeschichte geschrieben. In der späten Kohl-Ära der Bundesrepublik soll er sogar Hausverbot im Kanzlerbungalow gehabt haben. Schulenburg wurde ungern daran erinnert, er sah sich heute als Manager einer Welle, die Quote machen sollte. Investigativer Journalismus war das Letzte, was er von seinen Leuten verlangte.

Schneider zog den Plastikdeckel von seinem Kaffeebecher und häufte mehrere Teelöffel Zucker hinein.

»Was ist mit dem Leiter der Schule? Das Schulamt können wir jedenfalls bis Montag vergessen.«

Bente zog ein unbeschriebenes Blatt aus dem Drucker und kritzelte etwas darauf.

»Ich kümmere mich darum.«

»Hat er Familie? Freunde? Rechte Kameraden?«

Emma beugte sich vor.

»Wir wissen nicht, wo er herkommt. Der Name Brinkmann taucht in Brandenburg um die 30-mal auf, und das sind nur die, die im Telefonbuch stehen.«

Bente drehte ihren Kopf zu Emma.

»Stehst du im Telefonbuch?«

»Nee, du?

»Nee.«

Schneider nahm wieder einen Schluck aus dem Kaffeebecher. Er wandte sich Bente zu.

»Schreib bitte einen Aufsager für die Nachrichten mit allem, was du weißt. Aber mit dickem Sperrvermerk! Und sprich auch noch mal mit Andreas, nicht dass uns das durchrutscht. Er darf es auf keinen Fall senden, bevor ich nicht das Okay dafür gebe.«

Schneider nahm die Zigarettenschachtel, drehte sie in seinen Händen und legte sie wieder in die Schublade. Dann sprach er zu Emma:

»Schau mal, ob wir deinen Beitrag durchgängig nehmen können. Bente soll eine neue Anmoderation schreiben, aber bitte auch mit Sperrvermerk! Dann haben die Nachrichten was zum Wechseln.«

Emma runzelte die Stirn.

»Eine neue Anmod kann ich schon auch noch schreiben.«

Schneider zog aus einem wackligen Papierstapel auf dem Tisch ein Notizbuch heraus und schlug es auf. Ohne den Blick zu heben, sagte er:

»Nee, lass das mal Bente machen, die kennt sich besser aus, was juristisch durchgeht. Du könntest die Parteien übernehmen. Versuch, jemanden an die Strippe zu kriegen, vielleicht gibt's ein Statement.«

»Wer soll denn was sagen, jetzt am Samstag? Das ist doch total...«

Schneider unterbrach sie. Er tippte bereits eine Nummer in sein Telefon und winkte sie mit den Händen nach draußen.

»Los jetzt, hopp hopp! Versuch die Handynummern aus dem Petermann. Für morgen ist das kein Thema, aber wenn sich das bestätigt, müssen wir für Montag Töne haben. Dann ist das der Kracher.«

Bente und Emma standen auf und verließen Schneiders Büro. Seinen angenehmen tiefen Bass hörten sie noch auf dem Flur, er begrüßte jemanden launig und lachte dröhnend über eine Bemerkung. Bente warf ihren leeren Kaffeebecher in den Mülleimer auf dem Flur und ging voran in das Redaktionsbüro. Emma folgte ihr langsamer. Sie trat an den Schreibtisch des Redaktionsassistenten und fuhr den Computer hoch. Der Petermann war ein internes Telefonverzeichnis mit Nummern, die nicht offiziell bekannt, in Situationen wie dieser aber hilfreich waren. Da die Nummern vertraulich behandelt werden sollten, war das Verzeichnis nur auf dem lokalen Speicherplatz der Redaktion abgelegt. Ursprünglich war der Petermann eine dicke schwarze Kladde gewesen, die ein Kollege Petermann, der schon lange nicht mehr dort arbeitete, vor Jahren angelegt hatte. Irgendwann war das Ganze in eine Datei übertragen worden, der Name war geblieben.

Nach einer Stunde hatte Emma drei Parteisprecher ans Telefon bekommen. Sie hatte kurze Einspieler aufgenommen und mit dem entsprechenden Vermerk in die Nachrichtenleiste geschoben. Wie erwartet waren in den Büros nur die Anrufbeantworter geschaltet. Per Handy hatte sie die Pressevertreter der SPD und der Linken erreicht. Beide kannten weder den Toten, noch wussten sie etwas von dem Mord. Da sie sich aber nicht entgehen lassen wollten, kurz vor den Landtagswahlen in den Nachrichten des größten Senders im Raum Berlin-Brandenburg zu erscheinen, waren sie zu einem generellen Statement bereit. Sie sprachen über die bevorstehenden Wahlen in Brandenburg und den Kampf der bürgerlichen Parteien gegen die erstarkende Rechte. Emma war klar, dass diese O-Töne nur bedingt zur Berichterstattung herhalten konnten, aber sollte sich der Verdacht bestätigen, dass ein rechtsradikaler Vertreter, noch dazu ein Lehrer an einer Berliner Grundschule, umgebracht worden war, dann würden auch solche lauwarmen Statements zum Einsatz kommen. Denn auch wenn eine Topmeldung in jedem Nachrichtenblock auftauchen sollte, so doch nicht im gleichen Wortlaut. Den Hörern sollte der Eindruck vermittelt werden, der Sender informiere sie umfassend und immer wieder aktuell, wenn sich auch im Grunde die Nachrichtenlage nicht veränderte. In der Regel galt ein O-Ton nach dreimaligem Senden als »verbrannt«, und wurde aus dem Programm genommen. War die Meldung groß genug, waren dann auch solche zweitklassigen Töne willkommen.

Den Pressesprecher der CDU konnte Emma zuerst kaum verstehen, so laut schrien und lachten Kinder im Hintergrund. In einer halben Stunde sei er im Büro, rief er in den Hörer, ob sie da noch einmal anrufen könne? Er habe vor, dieses Wochenende zu arbeiten. Willkommen im Club,

dachte Emma, sagte zu und beendete das Gespräch. Bei dem Lärmpegel im Hintergrund war es für den Mann vielleicht eine Erleichterung, ins Büro flüchten zu können. Sie schaute auf und sah zu Bente rüber. Die Kollegin beugte sich über ihren Tisch und starrte auf den Monitor. Emma sagte:
»Vielleicht brauchst du eine Brille?«
Bente schaute nicht hoch, sondern ließ nur ein fragendes Grunzen hören.
»Dein Rücken! Wenn du so sitzt, kriegst du noch 'nen Buckel.«
Bente lachte und streckte sich.
»Ich bin ein Wrack. Hast du schon was erreicht?«
»Nur Bla Bla. Der von der CDU will noch mal angerufen werden. Und du?«
»Keine Bestätigungen, wenn du das meinst. Ansonsten wird weiter gepostet, aber nichts Konkretes.«
»Echt? Zeig mal!«
Emma stand auf und ging zu Bente. An ihrem Monitor klebte ein kleiner Zettel mit Kussmund, auf dem stand: Für die beste Mami. Emma zeigte darauf.
»Was sagen denn deine Töchter, wenn die beste Mami am Samstag im Büro hockt?«
Bente lachte.
»Die Süßen sind jetzt noch beim Sport und dann drei Stunden im Bad, um sich für den Samstagabend zu tuschen. Das Letzte, was die wollen, ist eine Mutter, die Fragen stellt.«
Ihre Stimme klang wie üblich spröde spottend, aber ihre Augen lagen warm auf dem abgegriffenen Zettel.
»Krass pubertär die beiden. Diesen Zettel hab ich letztens gefunden und aufgehoben. Ganz schön kitschig, was? Der ist bestimmt fünf Jahre alt.«
»Und was gibt's Neues im Netz?«

»Hier. Ein Eintrag von ›Frid‹ – Wieder die Yr-Rune.
»Nihil fit sine causa. Nichts geschieht ohne Grund.«
Sie drehte sich zu Emma um.
»Eine Frau, nehme ich an.«
»Weil du wahrscheinlich weißt, was Frid bedeutet?«
»Nee, aber ich hab's gegoogelt.«
Bente grinste.
»Frid heißt im Schwedischen Ruhe, Frieden. In der altnordischen Schrift bedeutet es auch ›die Schöne‹.«
»Aha.«
Die Tür öffnete sich, und Susanne steckte den Kopf rein.
»Gibt's was Neues?«
Bente sagte:
»Nichts Offizielles. Keine Bestätigung. Es sei denn, Schneider hat was gesagt. Ist er noch da?«
Susanne schüttelte den Kopf.
»Seine Tür ist abgeschlossen.«
Bente starrte wieder auf ihren Monitor und sagte leise:
»Kann ja auch mal was sagen, der Mann. Aber wozu auch, wenn hier die fleißigen Bienen sitzen bleiben.«
Emma sah sie erstaunt an. Susanne grinste.
»Ich plane jetzt erstmal das normale Programm. Emma, machst du mir noch ein update?«
»Aber womit denn? Es ist nichts Neues passiert!«
»Na, dann formulierst du das eben um! Eine Minute wirst du schon zustande bringen.«
Susanne schlug die Tür lauter als nötig zu, und Emma murmelte etwas Unfeines, während sie zurück an ihren Platz ging. Sie öffnete ihr Textprogramm und klickte ihren Nachrichtentext an. Dann verschob sie den ersten mit dem zweiten Satz, tauschte zwei Wörter aus und druckte den Text aus. Bente hob erstaunt den Kopf, als der Drucker losratterte.

»Das ging ja flott.«

Emma antwortete nicht. Sie legte den Zettel zur Seite. Die Aufnahme hatte Zeit, beschloss sie, sie würde sie machen, wenn sie den dritten Pressesprecher aufnehmen und sowieso ins Studio gehen müsste. Sie schaute auf die Uhr, noch 10 Minuten, bis sie ihn anrufen konnte. Sie klickte auf das Internet-Symbol ihres Computers und rief die Homepage der Grundschule auf. Unter Team fand sie den Lehrer. Lukas Brinkmann sah ihr freundlich entgegen. Er hatte blonde, sehr kurz geschnittene Haare und einen weichen Zug um den Mund. Er war 45 Jahre alt geworden, geboren in Brandenburg, aufgewachsen in der DDR und jetzt wohnhaft in Berlin. Er unterrichtete Deutsch, Mathematik und Kunst. Unter »was ich mag«, hatte er geschrieben: Unterrichten, die Orgelwerke von Bach, Umweltschutz und Heimatkunde.«

Ihr kam eine Idee.

»Haben wir eigentlich auch kleinere regionale Blätter im Archiv?«

Bente streckte den Kopf hinter ihrem Monitor vor.

»Was meinst du?«

»Na so Stadtgazetten, Heimatblätter, so'n Zeug.«

»Nur für Berlin und Brandenburg. Geh mal auf Regionales und dann Sonderhefte. Ist aber nur ausgewählt.«

Emma klickte sich schweigend durch. Vielleicht hatte sie Glück. Sie gab den Namen Lukas Brinkmann ein. Zwei Treffer. Der erste war ein Bericht über ein gemeinsames Schülerprojekt von Berliner und Potsdamer Grundschulen. Emma überflog den Text. Brinkmann wurde als begleitender Lehrer erwähnt, es gab aber keine weiteren Informationen über ihn. Beim zweiten Eintrag tauchte der Name in der Autorenzeile auf. Berichtet wurde über eine alte Mühle in Hofsmünde, einem kleinen Ort in der Märkischen Schweiz, die vor dem Verfall gerettet und durch Spenden restauriert werden sollte. Lukas Brinkmann schrieb gefühlsbetont (schwülstig, wie Emma fand) über seine Erinnerungen an die alte Mühle, »in deren Schatten wir als Kinder spielten«. Weiter unten stand eine Adresse und die Kontonummer des Fördervereins zur Unterstützung der Restaurierung. Emma notierte sich das Dorf und suchte im Onlineverzeichnis der Post nach Brinkmann in Hofsmünde. Bingo.

Hans Brinkmann, schrieb sie vor sich auf ein Blatt. Und die Telefonnummer. Sie griff zum Telefonhörer. Zögerte. Wie spricht man jemanden an, der gerade ein Mitglied seiner Familie verloren hat? Statt der Nummer vor ihr wählte sie noch einmal die Handynummer des Polizeisprechers. Als er abnahm, sagte sie ihren Namen und meinte, ihn leise stöhnen zu hören.

»Es gibt nichts Neues, Frau Vonderwehr.«

»Bei mir schon.« Emma zögerte und schaute zu Bente rüber. Die spürte ihren Blick und sah hoch. Emma holte tief Luft und sprach in den Hörer:

»Haben Sie die Familie in Brandenburg erreicht?«

Der Mann schwieg einen Moment und sagte dann:

»Ich werde Ihnen nicht sagen ...«

»Es reicht schon, wenn Sie mir diese Frage beantworten.«

Wieder Stille. Schließlich sagte der Mann:

»Ja. Die Angehörigen wissen Bescheid.«

»Gut, ich danke Ihnen.« Emma legte auf, behielt den Hörer aber in der Hand. Bente stand auf und kam zu ihr an den Schreibtisch.

»Was ist? Hast du die Familie gefunden?«

Emma spielte mit dem Zettel vor ihr.

»Ich denke ja. Der Lehrer mochte Heimatkunde, er hat

einen Artikel über eine alte Mühle in Hofsmünde geschrieben. In dem Dorf wohnt ein Hans Brinkmann.«

»Vermutlich der Vater. Oder ein Bruder.«

Emma spielte mit dem Hörer in ihrer Hand, schließlich legte sie ihn beiseite.

»Ich brauch noch einen Kaffee, was ist mit dir?«

Bente sah sie scharf an.

»Bring's lieber hinter dich.«

»Schon gut.«

»Wir sind kein Revolverblatt. Frag ihn höflich, ob er mit dir reden will, wenn nicht, dann eben nicht.«

Emma biss sich auf die Lippen. Sie nahm den Hörer wieder in die Hand. Bente ging an ihren Schreibtisch zurück und sagte leichthin über die Schulter:

»Vielleicht will er gerne reden. Vielleicht hat er niemanden.«

Emma holte tief Luft und wählte die Brandenburger Nummer. Während es läutete, drehte sie ihren Bleistift zwischen den Fingern.

»Ja?«

»Mein Name ist Emma Vonderwehr. Spreche ich mit Hans Brinkmann?«

»Ja.«

Die Stimme war tief und warm, ein älterer Mann, vermutete Emma. Er klang freundlich, das machte ihr es leichter.

»Herr Brinkmann, ich rufe wegen des Unglücks heute an. Wegen Ihres Sohnes, Lukas Brinkmann.«

Der Mann schwieg, und eine schreckliche Sekunde dachte Emma, dass sie sich geirrt hätte und der Mann keinen Sohn mit dem Namen Lukas hätte.

»Es war kein Unglück. Es war ein Verbrechen. Mord.«

Emma atmete aus.

»Ja. Es tut mir leid.«

»Wer sind Sie, und warum rufen Sie an?«

»Ich arbeite für RadioDirekt. Wir berichten über den Mord.«

»Da kann ich Ihnen nicht weiterhelfen.«

»Herr Brinkmann«, Emma warf einen Blick zu Bente. Sie hatte eine Zeitung vor sich liegen, aber Emma wusste, dass sie genau zuhörte. »War Ihr Sohn Mitglied einer rechtsradikalen Gruppe?«

Stille. Jetzt legt er auf, dachte Emma. Schnell sagte sie: »Klingsor. War das Ihr Sohn?«

Wieder keinen Ton. Emma hörte den alten Mann atmen.

»Wofür arbeiten Sie noch mal?«

»RadioDirekt.«

»Und Sie wollen im Radio erzählen, dass mein Sohn rechtsradikal war?«

»War er es?«

Der Mann schnaufte. Vielleicht weint er, dachte Emma erschrocken. Sie sagte:

»Ich berichte erst darüber, wenn wir eine Bestätigung haben.«

»Er hatte extreme Ansichten. Aber das ist eine längere Geschichte.«

Emma schluckte einen Kloß in ihrem Hals hinunter. Leise sagte sie:

»Wollen Sie mir von ihm erzählen? Seine Geschichte?«

Wieder schwieg der Mann. Dann sagte er, mit gefasster Stimme:

»Können Sie herkommen? Dann rede ich mit Ihnen über meinen Sohn.«

»Ja, Herr Brinkmann, das will ich. Ich brauche eine Weile, ich bin jetzt in Berlin.«

»Fahren Sie die B5 raus. Unser Dorf liegt hinter Hoppegarten. Sie finden mich in dem roten Haus am Dorfanger, neben der Kirche.«

»Ich mache mich gleich auf den Weg.«

Emma war schon auf der Ausfallstraße, da fiel ihr der Pressesprecher der CDU ein. Sie fluchte, blinkte und fuhr rechts ran. Sie hatte sich Bentes Auto ausgeliehen, einen alten Peugeot, um nicht in einem Firmenwagen mit dem Senderlogo vorne auf der Kühlerhaube im Dorf vorfahren zu müssen. Je weniger Aufsehen es vor der Veröffentlichung gab, desto besser. Die Heizung hatte sie voll aufgedreht, dennoch war es kühl. Aus der Lüftung kam nur ein schwacher Hauch.

Ihre Tasche lag auf dem lederbezogenen Beifahrersitz. Sie zog ihr Handy heraus und rief in der Redaktion an. Bente versprach ihr, den Pressesprecher anzurufen.

»Danke. Und da ist noch was…«

»Ja?«

»Ich hab das update noch nicht aufgesprochen. Der Zettel müsste noch auf meinem Schreibtisch liegen.«

Bente lachte leise.

»Eigentlich wollte ich schon weg sein. Was hättest du dann gemacht?«

»Mich drei Wochen vor Susanne versteckt.«

»Na, dann sprech ich das lieber mal auf. Ich nehme dann übrigens den Wagen vom Sender mit. Komm nachher vorbei, dann tauschen wir wieder.«

Emma war erstaunt. Warum behielt Bente den Firmenwagen nicht bis morgen früh? Aber dann verstand sie und grinste.

»Du willst wissen, wie es war, oder? Okay, ich komm nachher vorbei.«

Während sie sich am Telefon verabschiedeten, lief ein Paar mit einem Mädchen im Teenageralter im Schlepptau an ihrem Auto vorbei. Emma stockte für einen Moment der Atem. Das Mädchen sah aus wie Jenni. Die gleiche schlaksige Gangart, die langen schwarz gefärbten Haare, die so gar nicht zum hellen Teint der Haut passten. Das Mädchen trottete hinter ihren Eltern her. Mit jeder Faser ihres Körpers gab sie zum Ausdruck, wie wenig ihr an dem Spaziergang lag. Jetzt waren sie an ihr vorbei. Emma warf ihr Handy zurück auf den Sitz und umfasste mit beiden Händen das Lenkrad, bis ihre Knöchel weiß hervortraten. Heute genau vor einem Jahr hatten sie Jenni gefunden, aufgeknüpft an einem Springseil in der Turnhalle ihrer Schule. Emma hatte ihre Heimatstadt verlassen und sich hier in Berlin verkrochen, weg von den Beschimpfungen von Jennis Mutter, die ihr die Schuld gab, weg von den tuschelnden Kollegen und Nachbarn.

Sie drehte sich um. Das Paar und seine Tochter waren nicht mehr zu sehen. Emma holte Luft und startete den Wagen.

Die Bäume am Straßenrand waren noch kahl. Statt Blätter trugen sie die Wahlplakate der Parteien. Emma schaute im Vorbeifahren auf lächelnde Gesichter, gepflegt frisierte Köpfe und Slogans, die von Sicherheit und Tatkraft tönten. Nur die Rechten hatten auf Politikerporträts verzichtet. Auf einem gezeichneten Plakat flogen Männer mit Turban und verschleierte Frauen auf einem Teppich davon, darunter stand »Ab in die Heimat«. Auf einem anderen lachte eine blonde Frau mit einem Baby auf dem Arm in die Kamera. Zuerst waren diese Plakate nur vereinzelt hoch oben an den Stämmen der Bäume aufgetaucht. Doch mit der Zeit säumten immer mehr davon den Straßenrand. Emma gab Gas. Auf dem neuen Betonbelag der Bundesstraße klebten getrocknete Tierkadaver, Igel oder Kaninchen, die die Märzsonne aus ihrem Versteck gelockt hatte. Auf den Feldern hinter den Gräben lag noch Schnee.

Berlin, Zehlendorf

Der Sportplatz lag versteckt hinter einem Gräberdenkmal. Die Jungs konnten hier ungestört schreien und toben, nur das Parken war immer ein Problem. Blume ließ seinen Wagen an der Hauptstraße stehen und ging quer über die Anlage, vorbei an Blumenrabatten und langen Steinplatten mit verwitterten Inschriften zum Fußballplatz.

Er hatte es nicht über das Herz gebracht, seinem Sohn den Besuch beim Spiel abzusagen. Aber er musste dringend mit seinem Informanten reden. Gewöhnlich trennte er sein Privatleben strikt von seiner Arbeit, aber manchmal ging es eben nicht anders. Achim hatte sich bereit erklärt, zum Fußballplatz zu kommen.

Johann spielte jetzt das zweite Jahr und war in die F-Jugend gewechselt. Die zusätzlichen Sportstunden taten seiner Kondition gut, aber Blume war noch immer erschreckt von dem martialischen Geschrei des Trainers und mancher Väter am Spielfeldrand. Sein Sohn schien davon unbeeindruckt. Nach den Spielen konnte er stundenlang über diesen genialen Pass oder jene verpatzte Torchance reden. Ein aufgeschrammtes Knie wurde stoisch ertragen, ein Lob vom Trainer hundertmal wiederholt.

Blume beobachtete das mit gemischten Gefühlen. Johann hatte noch immer nicht seinen Platz in der Klasse gefunden. Mit Freundschaften tat er sich schwer. Wenn er den Jungen von der Schule abholte, sah er ihn oft allein auf dem kleinen Sportfeld einen Ball vor sich hin kicken oder scheinbar teilnahmslos am Rand einer Gruppe stehen und mit sehnsüchtigem Blick dem Lachen und Necken der größeren Jungs lauschen. Jedes Mal gab es Blume einen Stich, und er fragte sich, ob seine und Karins Trennung mit dem Verhalten des Jungen zu tun hatte. Vielleicht hatte er das Vertrauen in stabile Beziehungen verloren und nahm aus Angst vor Enttäuschungen gar nicht mehr die Mühe auf sich, andere kennenzulernen? Im Sportverein hingegen strengte er sich mächtig an, um dazuzugehören. Er schien die körperliche Nähe im Spiel mit den anderen zu genießen. Nach jedem Tor fielen sie sich begeistert in die Arme. Vor den Berührungen seiner Eltern wich er zurück.

Der Trainer war ein Vater, dem nach drei Mädchen endlich ein Junge geschenkt worden war. Schon vor der Halbzeit hatte er sich heiser geschrien.

»Decken, Marvin, scheiße, du musst den Typ decken, verdammt!«

Blume biss sich auf die Lippen. Er hatte den Trainer nach den ersten Spielen gebeten, die Kinder weniger anzubrüllen. Der Mann hatte sich das schweigend angehört und vielleicht auch aufgrund von Blumes Stellung als Kriminalpolizist nur genickt. Drei Wochen lang hatte Johann das auf der Ersatzbank büßen müssen. Seitdem war Blume vorsichtiger geworden.

»Abgeben, Johann, Mensch guck doch, Hannes steht ganz frei!«

Johann verlor den Ball an seinen Gegenspieler und sah schuldbewusst zum Trainer. Dabei streifte sein Blick auch seinen Vater, der ihn anlächelte und leicht den Arm zur Begrüßung hob. Johann freute sich, dass er da war, und winkte zaghaft, drehte sich dann aber gleich wieder um und rannte dem Ball hinterher. Blume sah sich suchend um und schaute auf die kleine Tribüne am Spielfeldrand. Dort saßen ein paar verstreute Gestalten, eine Gruppe von Müttern, die sich ohne auf das Spiel zu achten unterhielten, ein Vater, der leise telefonierte, und Achim Schrandt, ein fettleibiger Mann um die vierzig, der in einen schwarzen knielangen Mantel gehüllt vor sich hin fror. Blume ging zielstrebig auf ihn zu, lächelte den Frauen zu, nickte grüßend zu dem telefonierenden Vater und setzte sich neben Schrandt, der, ohne auf seinen Gruß zu reagieren, starr nach vorne auf das Spielfeld blickte.

Eine Weile sahen beide stumm dem Spiel zu. Die Hautfarbe des Trainers wechselte langsam von Rot ins Pflaumenfarbene, trotzdem ignorierten die Jungs sein Schreien. Wer könnte den Langmut haben, im hinteren Spielfeld den Gegner zu decken, wenn er die Chance hatte, vorzupreschen und ein Tor zu schießen!

Der breite Mann neben Blume regte sich.

»Sie werden alle sagen, dass sie bei Rocco Schmitz waren.«

Blume wandte den Blick nicht vom Spielfeld.

»Bist du sicher, dass es nicht so war?«

»Ich bin mit dem Auto vorbeigefahren. Da war alles dunkel.«

Ein Spieler aus Johanns Mannschaft zielte halbherzig auf das Tor. Der Torwart hielt den Ball und schoss ihn mit Kraft zu einem Spieler in die Mitte des Feldes. Dort war alles frei, die gesamte Abwehr war mit vor das gegnerische Tor gelaufen.

Der Trainer raste, und die Jungs machten kehrt.

Der Dicke sagte leise:

»Rocco Schmitz hat den Lehrer übel zusammengeschlagen. Er wollte unbedingt rausfinden, wo er die Drogen versteckt hat. Als der Lehrer zusammenklappte, hat Rocco Schiss bekommen und ist abgehauen. Aber er schwört, dass Brinkmann noch gelebt hat, als er mit ihm fertig war.«

Ein Mittelfeldspieler lief jetzt mit dem Ball auf das Tor von Johanns Mannschaft zu. Dort stand der Sohn des Trainers, rotblond und stiernackig wie sein Vater und wartete auf ihn.

Blume warf einen schnellen Blick auf den Mann neben ihm.

»Brinkmann ist erdolcht worden. Mit einer Eisenspitze von einem alten Helm. Kein Totschlag, sondern Mord.«

»Rocco sagt, er hat ihn nur vermöbelt. Aber ich weiß nicht. Er kann total ausrasten. Dem trau ich alles zu.«

Tooor! Entsetzt starrte der stiernackige Trainersohn dem Ball hinterher, der wie ihm zum Hohn langsam in die Ecke des Netzes trudelte. Für einen Moment herrschte Stille, dann brachen die Fans der gegnerischen Mannschaft in Jubel aus. Johann verzog das Gesicht, als müsste er weinen, fing sich dann aber und trottete mit verbissenem Blick zurück zu seiner Position. Der Trainer sagte ausnahmsweise einmal gar nichts.

Der fettleibige Mann zog ein Taschentuch aus der Manteltasche und schnäuzte sich lautstark. Dann sagte er:

»Rocco war völlig fertig. Die Tschechen rücken ihm auf die Pelle.«

Blume war abgelenkt durch das Spiel und fragte zerstreut:
»Wieso die Tschechen?«

»Er hat Schulden bei denen, das hab ich dir doch schon erzählt. Er muss die Drogen finden und sie verkaufen, sonst sieht es übel für ihn aus.«

Blume sagte schnell:
»Wenn die Liga tatsächlich da mit drinsteckt, brauchen

wir Beweise. Du musst etwas ranschaffen, was dich als Zeugen untermauert.«

»Wie soll ich das machen? Die arbeiten nicht gerade mit Quittungen.«

Die Jungs auf dem Platz wurden müde. Einer der gegnerischen Mannschaft stolperte, und Johann nahm ihm geschickt den Ball ab. Kurz kam Jubel auf, die Frauen auf den unteren Rängen klatschten laut. Johann schielte zum Trainer. In dem Moment rannte ihn ein Gegenspieler einfach um. Johann kippte nach hinten und schlug mit dem Kopf auf. Blume erstarrte. Der Schiedsrichter ließ weiterspielen, und Johann stand taumelnd wieder auf. Der Ball war längst am anderen Ende des Spielfeldes. Blume holte tief Luft, sammelte sich einen Moment und sagte dann leise zu seinem Nachbarn:

»Das Geld von der Partei muss verbucht werden. Prospekte, die nie ankommen, Honorare, die nicht gezahlt werden. Es muss Belege geben.«

Der Dicke stand auf und wickelte sich fest in seinen dünnen Mantel. Blume hob den Kopf:

»Und, Achim…«

Schrandt hielt in der Bewegung inne und wartete. Blume sagte:

»Es könnte sein, dass wir jetzt früher eingreifen müssen.«

Der dicke Mann sah auf Blume herab und sagte leise:

»Von mir aus. Ich will nur raus da.«

Er blieb noch einen Moment stehen und sah auf das Spielfeld. Der Trainer rannte neben einem Jungen her und brüllte ihn an, schneller zu laufen. Der Junge weinte, aber er lief schneller. Achim sagte:

»Du weißt nicht, wie das ist. Ich bin für die doch nur der Fußabtreter. Der Dicke. Die machen mich fertig.«

Blume sah starr nach vorn und sagte:

»Ich weiß, dass ich dir viel zumute. Aber wenn sie dich unterschätzen, ist das unser Vorteil.«

Der Mann lachte, es klang nicht fröhlich. Er schien noch etwas sagen zu wollen, schwieg dann aber. Stattdessen schlang er die Arme um seinen mächtigen Leib und verließ den Sportplatz.

Der Schiedsrichter pfiff zur Halbzeit, und Blume stand auf und ging zum Spielfeldrand. Johann kam zu ihm gelaufen. Blume schloss ihn fest in die Arme und sog den Duft des Jungen ein. Er war sieben und fühlte sich oft schon zu alt für solche Zärtlichkeiten. Auch jetzt strampelte er sich gleich wieder frei.

»Ich muss zum Trainer. Was für ein scheiß Tor, Mann!«

Johann ahmte nicht nur die Wortwahl seines Trainers nach, er versuchte auch die Stimmlage zu treffen. Er sprach viel tiefer als sonst. Blume strich ihm zärtlich über den Kopf.

»Ihr schafft das schon. Ihr seid doch ein super Team!«

Johann lachte glücklich und machte kehrt. Am gegenüberliegenden Spielfeldrand versammelte der Trainer die Jungs um sich.

Blume holte sein Telefon aus der Tasche, wählte und bat, Staatssekretär Hirsch in einer wichtigen Angelegenheit sprechen zu können. Während er wartete, sah er über den Platz. Der Trainer hatte seine Arme um zwei der Jungen gelegt und sprach mit ernstem Gesicht auf die Mannschaft ein. Die Jungen wagten es nicht, sich gegenseitig anzusehen, sondern starrten vor sich hin. Immerhin brüllt er nicht, dachte Blume.

Dann hörte er am Telefon die tiefe Stimme des Staatssekretärs.

»Hirsch?«

»Edgar Blume hier. Herr Hirsch, Sie sind sicher über den Mord an dem Lehrer Lukas Brinkmann informiert.«

»Ich bin im Bilde, ja. Stört dieser Tod unsere Ermittlungen?«

»Ich fürchte ja. Brinkmann war ein Mittelsmann zur Rechten Liga. Er hat unserem V-Mann vertraut. Über ihn hofften wir, Beweise für die illegalen Geschäfte der Partei zu bekommen.«

Eine Weile schwieg der Staatssekretär. Dann sagte er:

»Was wollen Sie jetzt tun?«

Blume holte Luft und sagte bestimmt:

»Wir brauchen einen Durchsuchungsbefehl.«

»Wer?«

»Rocco Schmitz. Ein Hooligan aus der Leipziger Szene. Vielleicht ist er der Mörder von Brinkmann, auf jeden Fall war er in der Nacht noch bei ihm. Vielleicht finden wir bei dem Mann die Drogen.«

Es war still in der Leitung. Blume hörte ein rhythmisches Klacken. Der Staatssekretär spielte mit seinem Benzinfeuerzeug, wie immer, wenn er nachdachte. Dann sagte er:

»Zu riskant.«

Blume biss sich auf die Lippen. Er hatte es erwartet. Trotzdem wiederholte er mit Nachdruck:

»Er war bei Brinkmann. Vielleicht hat er ihn getötet.«

»Die Ermittlungen zum Mord sind eine andere Geschichte. Blume, Sie sind Teil meiner Sonderkommission, alles andere ist nachrangig.«

Staatssekretär Hirsch ließ wieder sein Feuerzeug auf- und zuschnappen. Das klingende Geräusch zerrte an Blumes Nerven. Hirsch sagte:

»Wenn wir jetzt gegen diesen Rocco Schmitz vorgehen, dann müssen wir unseren Mann als Zeugen nennen. Das könnte unsere monatelangen Bemühungen zunichtemachen.«

Eine Weile schwiegen beide. Dann sagte Hirsch leise: »Ich werde nichts veranlassen, das unser Vorhaben gefährdet. Haben wir uns verstanden, Blume?«

Blume sagte ja und beendete das Gespräch.

Dann wartete er mit abwesendem Gesicht auf den Anpfiff zur zweiten Halbzeit.

Brandenburg, Hofsmünde

Nach einer halben Stunde bog Emma in die Dorfstraße von Hofsmünde ein. Der Wagen war noch immer kalt, und Emma fror. Der Straßenbelag wechselte von Teer in eine grobe Steinpflasterung, die den Stoßdämpfer des alten Peugeots überforderte. Emma wurde durchgerüttelt und stieg auf die Bremse. Hinter ihr hupte ein Golf GTI und überholte sie mit Tempo. Emma sah ein aggressives junges Gesicht an sich vorbeirasen.

Auf einem freien Feld am Dorfeingang parkten Autos. Männer schleppten eine chromblitzende Zapfanlage auf den Platz, andere montierten Zeltstangen auf einer Holzplattform. Das Klong Klong der Metallstangen übertönend, riefen sie sich gegenseitig Anweisungen zu. Emma parkte am Rand und kurbelte die Scheiben herunter. Dann zog sie mit klammen Fingern ihr Aufnahmegerät aus der Tasche und hielt das Mikrofon bei laufender Aufnahme eine Minute aus dem Fenster. Ein paar der Männer drehten den Kopf in ihre Richtung, sahen auf ihr Autokennzeichen und machten sich gegenseitig auf sie aufmerksam. Sie nickte grüßend, beendete die Aufnahme und fuhr weiter.

Ein Großteil des Dorfangers war zu einem Parkplatz umfunktioniert worden, der verlassen dalag. Emma fuhr bis fast vor die Kirche und hielt an. Sie stieg aus und warf einen Blick in die Runde. Wie viele brandenburgische Gemeinden bestand das Zentrum von Hofsmünde aus einer breiten

Dorfstraße und den Häusern am Rand. In der Mitte teilte sich die Straße, dort standen die Kirche, ein Haus und ein paar mächtige alte Linden, deren Pracht man jetzt im Frühjahr nur ahnen konnte. Der Platz war gepflastert mit Plakaten der rechten Partei. Weiter unten an der Straße sah Emma einen Netto-Supermarkt und eine Opel-Werkstatt. Kein Mensch war zu sehen.

Emma nahm ihre Tasche aus dem Wagen, schloss ab und ging auf das dunkelrote Backsteingebäude zu. Es war bestimmt über hundert Jahre alt. Ursprünglich eingeschossig, waren die Dachgauben ausgebaut und mit vier kleinen Fenstern versehen worden. Kahle Weinranken, dick wie Unterarme, liefen an den Außenwänden entlang. Im Herbst, wenn gelbe und rote Blätter das Haus einhüllten, musste das hier der reinste Postkartenanblick sein. Ein Emailleschild neben der Haustür wies auf die Sprechzeiten im Pfarrhaus hin. Emma stutzte überrascht. Der Vater – ein Pastor? Sie zögerte und warf einen Blick auf die Kirche nebenan. Eine Seitentür stand einen Spalt weit offen. Sie dachte an Jenni und ging quer über den Rasen zur Kirche. Letztes Jahr war es um diese Zeit ungewöhnlich warm gewesen. Emma hatte bei der Beerdigung den Worten des Pfarrers über Jennis kurzes Leben gelauscht, und sie hätte am liebsten gelacht. Nichts von dem, was er sagte, hatte mit Jenni zu tun gehabt. Aber sie hatte nur stumm dagesessen und den Blick gesenkt gehalten. Am Grab war Jennis Mutter zu ihr gekommen und hatte ihr ins Gesicht gespuckt. Helene war ihr mit ihrem weichen Wollhandschuh über die Wange gefahren, hatte den Arm um sie gelegt und war mit ihr und ihrer kleinen Schwester Ida im Schlepptau durch das schweigende Spalier der Trauergäste nach Hause gegangen.

Emma schob die schwere Kirchentür ein Stück weiter auf und schlüpfte hindurch. Überrascht blieb sie stehen.

Die hölzernen Sitzreihen waren abmontiert. Stattdessen standen abgelegte Sitzmöbel in lockeren Kreisen herum. Auf einem Couchtisch lagen Zeitschriften, es roch nach kaltem Rauch. Die Apsis war bis auf den mächtigen Granitblock des Altars unmöbliert.

Emma lehnte sich an eine Säule und ließ die Tasche sinken. Die Kirche wirkte wie ein karg möbliertes Jugendzentrum, aber es gefiel ihr. Jenni hätte es vermutlich auch gemocht. Sie sah sich nach einer Kerze um, fand aber nur einen Metallständer in einem kleinen Seitenflügel, an dem noch Reste von Wachs klebten. Die Geldbox vorne am Ständer war aufgebrochen worden und knirschte leise, als Emma sie bewegte. Sie sah sich unschlüssig um, ging dann zu der Treppe, die zum Orgelboden führte, und setzte sich auf die hölzernen Stufen. Sie waren in der Mitte abgetreten und von den vielen Schritten der Menschen vergangener Zeiten glattgeschliffen. Emma starrte auf den Mosaikfußboden vor ihr. Wenn sie sich lange genug auf einen Punkt konzentrierte, wuchsen aus dem Muster die Umrisse gewaltiger Fabelwesen. Jennis Körper kam ihr in den Sinn, seit einem Jahr in der Erde. Ihre Freundinnen gingen heute vermutlich auch zum Sport und tuschten sich die Wimpern, wie Bentes Töchter es taten. Sie sah Jenni vor sich, wie sie bei dem Anblick spöttisch den Mund verzogen hätte. Nach der Vergewaltigung war ihr der Körper zum Feind geworden. Die Fohlenbeine versteckte sie in den ausgebeulten Jeanshosen ihres Vaters, ihr Haar färbte sie schwarz und ließ es verfilzen. Emma lehnte sich an die kalte Steinwand. Ihr entfuhr ein Stöhnen, ohne dass sie es merkte. Sie hatte versucht ihr zu helfen und das Gegenteil erreicht.

Nach einer Weile fuhr sie sich mit den Händen über die Wangen und stand auf. Sie nahm ihre Tasche und ging schnell quer durch das Kirchenschiff zur Seitentür. Ihre Schritte hallten auf dem steinernen Boden.

Die Tür zum Pfarrhaus öffnete sich sofort nach ihrem Klingeln. Ein schlanker älterer Mann in Cordhose und einem karierten Flanellhemd lächelte ihr entgegen. Sein dunkles Haar war spärlich, er trug es nach hinten gekämmt und offenbarte ausladende Geheimratsecken. Der Bart war mit grauen Stoppeln gesprenkelt. Emma stellte sich vor und lächelte unsicher.

»Kommen Sie rein.«

Der Mann trat zur Seite, öffnete die Tür weit und ließ sie hindurchgehen. Dann trat er vor die Tür nach draußen, sah sich um und blieb einen Augenblick stehen. Emma stand im Flur und beobachtete ihn. Er drehte sich zu ihr um.

»Sind Sie allein gekommen?«

»Ja.«

Emmas Stimme klang zittrig. Sie räusperte sich und sagte laut:

»Erwarten Sie noch jemanden?«

Als Antwort drehte der Mann nur kurz seinen Kopf zur Seite und schnaubte leicht durch die Nase. Er ließ die Tür zufallen und ging ihr voraus ins Haus, vorbei an halbvollen Umzugskisten und einer leer geräumten Garderobe. Emma folgte ihm.

Sie betraten eine Küche, in der ein Kachelofen bollerte. Obendrauf, ganz nah am Ofenrohr, schlief eine schwarzbunt gemusterte Katze auf einem zerschlissenen Vorhangstoff. Ein alter Küchentisch stand in der Mitte des Raumes. Der Mann machte eine einladende Handbewegung zur Holzbank, die halb unter den Tisch geschoben war, und fragte:

»Möchten Sie Kaffee?«

»Ja, gern.« Emma setzte sich und bewegte ihre klammen Zehen in den Schuhen. Ihr Blick fiel auf einen verstaubten Wandkalender aus dem vergangenen Jahr. In einem kleinen Regal standen Kochbücher und Schulhefte, vollgestopft mit Zetteln und rausgerissenen Rezeptblättern. Kein Foto vom Sohn. Kein Kreuz.

»Sind Sie der Pastor?«

Der Mann schraubte eine Espressomaschine auseinander und kratzte den alten Kaffeesatz in einen Mülleimer unter der Spüle.

»Das bin ich. Besser gesagt, ich war es.«

»Wie meinen Sie das?«

Emma hatte ihre Tasche geöffnet und holte das Aufnahmegerät heraus. Der Pfarrer drehte sich zu ihr um. Er verschränkte seine Arme vor der Brust und wies mit einem Nicken in Richtung der Kirche.

»Sie waren doch schon drüben. Die Kirche ist entweiht, und ich bin sozusagen in Rente geschickt worden.«

Er drehte sich wieder um und füllte Kaffeebohnen in eine Mühle. »Monatelang standen die Rechten hier auf dem Platz und haben beobachtet, wer zu mir in den Gottesdienst kam. Sie haben sie sich einzeln vorgeknöpft, bis sich keiner mehr hertraute.«

Er drückte auf den Knopf der elektrischen Mühle. In dem Lärm der Mahlgeräusche dachte Emma, ob der Pastor nicht vielleicht übertrieb. Sanken nicht überall die Zahlen der Kirchgänger?

Der Pastor stoppte das Mahlwerk und schüttete den Kaffee in die Kanne. Ohne sich umzudrehen, sagte er:

»Die Gemeinde hat durchgesetzt, dass die Kirche von den Jugendlichen genutzt werden darf. Es sei nicht einzusehen, dass das einzige öffentliche Gebäude hier dauerhaft leer stehe.«

Die Stimme des Pastors war schärfer geworden. Emma sah, wie der alte Mann seine Fäuste vor Wut ballte.

»Jetzt saufen sie dort und grölen ihre Lieder. Eine Schande ist das!«

Der Pastor hielt sich an der Küchenzeile fest. Er atmete heftig. Eine Weile sagte niemand etwas.

Emma fingerte an dem Mikrofonständer herum und murmelte dann:

»Es tut mir sehr leid. Das mit Ihrem Sohn.«

Der Mann nickte, ohne sich umzudrehen. Dann wischte er sich mit einem großen Taschentuch über das Gesicht.

Aufgeschreckt vom Lärm der Maschine streckte sich die Katze und sprang vom Ofen. Sie landete elegant auf der Holzbank und stupste Emma mit ihrer Nase an. Emma streichelte das weiche Fell. Schnurrend ließ die Katze sich bei ihr nieder.

Der Pastor schien sich wieder gefangen zu haben. Er nahm die Kanne mit dem Kaffee vom Herd und stellte sie vor Emma auf eine alte Kachel. Mit einem Nicken zu der Katze hin sagte er:

»Ich hoffe, sie stört Sie nicht.«

Emma lächelte.

»Nein, gar nicht. Wir hatten zuhause auch eine Katze. Aber sie wollte immer nur bei meiner Schwester Ida schlafen. Wenn sie in der Nähe ist, hab ich bei Tieren keine Chance.«

»Ist Ihre Schwester auch Journalistin?«

Die Katze legte sich auf den Rücken und streckte die Beine von sich.

»Meine Schwester ist noch klein, zehn Jahre.«

Emma kraulte den Bauch der Katze. Das Schnurren wurde lauter.

»Sie ist behindert. Sie hat das Down-Syndrom.«

»Es heißt immer, solche Kinder machen viel Freude.«

Der Pastor füllte den Kaffee in zwei Tassen.

»Stimmt das, oder ist das nur ein verlogener Trost für die Eltern?«

Emma zog langsam die Tasse zu sich heran und runzelte die Stirn.

»Ida macht viel Freude und viel Arbeit. Wie jedes Kind.«

Der Pastor lachte leise und häufte sich Zucker in seine Kaffeetasse. Dann setzte er sich Emma gegenüber und sah sie forschend an.

»Emma und Ida, schöne Namen. Ihre Eltern haben das gut ausgesucht.«

Die Katze, die jetzt nicht mehr gestreichelt wurde, sprang von der Bank und inspizierte ihren Fressnapf hinter der Tür. Emma schob ihr Aufnahmegerät über den Tisch und schaltete es ein.

»Herr Brinkmann, am Telefon hatten Sie gesagt, Sie wollen mir von Ihrem Sohn erzählen?«

»Wissen Sie, was Ihr Name bedeutet?«

Emma überlegte einen Moment, ob sie die Frage ignorieren sollte, entschloss sich dann aber, dem Mann die Atempause zu geben. Sie sagte:

»Ich glaube, allumfassend, alles wissend.« Sie lachte. »Schön wär's.«

Der Pastor nickte und rührte in seinem Kaffee.

»Der Name ist stammesverwandt mit Emanuela, das kommt aus dem Hebräischen und heißt ›Gott ist mit uns‹.«

»Das wusste ich nicht. Meine Mutter sagte, sie hätte mich

nach der Bremer Gräfin Emma von Lesum benannt. Sie soll den Armen viel geschenkt haben. Es gibt ein schönes Bild von ihr in einem Kirchenfenster bei uns. Das hab ich mir als Kind immer angeschaut, wenn ich mich bei der Predigt langweilte.«

Sie stockte und hoffte, den Pastor nicht beleidigt zu haben. Aber er lächelte nur und nahm einen Schluck vom Kaffee. Ein brauner Tropfen blieb in seinem Bart hängen. Er holte ein kariertes Taschentuch aus seiner Hosentasche und fuhr sich damit mehrfach über den Mund. Unvermittelt sagte er:

»Lukas hat sich auch immer in der Kirche gelangweilt.«

Emma hörte auf zu lächeln. Mit einem Seitenblick kontrollierte sie den Pegel des Aufnahmegerätes. Dann schwieg sie und wartete ab. Der Pastor wischte sich mit der Hand über die Augen.

»Er hatte es nicht leicht.«

Emma fragte:

»Wieso nicht?«

»Er war ein sehr gefühlsbetonter Mensch. Für ihn gab es nichts Halbes.«

Der Mann lachte unfroh.

»Entweder war man voll und ganz für ihn, oder man war ein Feind.«

Emma sagte: »Das klingt so, als wäre es schwer gewesen, mit ihm zu leben.«

»Das war es auch.«

Er stand auf und ging um den Tisch herum ans Fenster, zog die Gardine zur Seite und sah hinaus. Emma drehte sich um. Die Straße lag verlassen da.

»Haben Sie jemandem vom Tod Ihres Sohnes erzählt?«

Brinkmann sah sie erstaunt an, schüttelte den Kopf und

setzte sich wieder. Die Katze strich ihm um die Beine, und er langte hinunter und streichelte sie.

»Die wissen das bestimmt schon.«

»Wer, die?«

Er stand wieder auf und machte sich an der Spüle zu schaffen.

»Wollen Sie was essen? Ich hab nicht viel hier, aber...«

Emma seufzte. Sie fühlte jetzt, dass der Tag lang gewesen war.

»Herr Brinkmann, geht es Ihnen gut?«

Erschrocken hielt sie den Atem an. Wie gedankenlos von ihr, so etwas zu fragen.

»Ich meine, wollen Sie überhaupt mit mir reden? Ich kann verstehen, wenn Sie es sich anders überlegt haben.«

»Nein.«

Er setzte sich wieder und faltete die Hände wie zum Gebet.

»Ich bin froh, dass Sie hier sind. Mit jemandem darüber zu reden, das gibt mir das Gefühl, dass es wahr ist. Dass es wirklich passiert ist, meine ich.«

Emma schwieg und wartete ab. Nach einer Weile hob er den Kopf und wies mit dem Kinn auf das Mikrofon.

»Es ist nur – es ist ein bisschen wie bei einer Predigt, verstehen Sie? Einmal Gesagtes ist in der Welt und klingt in den Köpfen der Menschen anders als gemeint. Ich habe Angst...«

Er fuhr sich mit den Händen über den Bart.

»Dass mir nicht das Richtige einfällt.«

Er stockte und fügte dann leise hinzu:

»Angst, dass Sie es nicht verstehen.«

Emma sah ihn an. Sie legte ihre Hand auf das Aufnahmegerät.

»Wir reden einfach. Und wenn Sie etwas nicht richtig formuliert finden, dann wird es nicht gesendet. Das verspreche ich Ihnen. Okay?«

Der Mann nickte. Emma zog ihre Hand wieder weg und lehnte sich zurück an die hölzerne Lehne der Bank.

»Wie ist Ihr Sohn zu den Rechten gekommen, Herr Brinkmann?«

Der Pastor räusperte sich.

»Die Rechten haben um ihn geworben. Zu dem Zeitpunkt war er der beliebteste Junge hier, Gruppenratsvorsitzender seiner Schule.«

Er sah Emma an.

»Sie kommen aus dem Westen, oder? Bremen, sagten Sie?«

Emma nickte. Brinkmann lachte leise.

»Dann können Sie sich vermutlich nicht vorstellen, was das für eine Leistung war. Als Sohn eines Pastors der Verbindungsmann zur Patentbrigade, Lessing-Medaille, exzellente Kopfnoten. Margot Honecker hat ihn persönlich gelobt.«

»Ich nehme an, dafür reichte es nicht, Einsen zu schreiben, oder? Wie hat er das gemacht?«

Brinkmann schwieg. Emma beobachtete ihn. Er war ein anziehender Mann, ein Charakterkopf. Vermutlich gehörte er zu den Menschen, die im Alter besser aussahen. Seine Augen waren schmal und von einem warmen Braunton. Sein Mund war ungewöhnlich voll, die Stirn hoch. An seiner Schläfe pochte eine blaue Ader.

»Er hatte eine Begabung.«

Er sah hoch. Emma erschrak über seinen verzerrten Gesichtsausdruck. War das Trauer oder Hass?

»Er konnte unerbittlich an einer Sache festhalten. Wenn er sich etwas in den Kopf gesetzt hatte, dann zog er das durch – gegen alle Widerstände.«

Der Pastor schwieg. Dann fuhr er leise fort:

»Er schaffte es, alle zu manipulieren. Und von mir fortzutreiben.«

Der Pastor fuhr sich über das Gesicht.

»Ich hab ihm das Orgelspielen beigebracht, ihm und seinem besten Freund Thomas. Sie spielten im Duett wie ein Mensch mit vier Händen. Die alten Frauen kamen nur wegen der Jungs zur Messe.«

Emma lächelte, aber der Pastor verzog keine Miene. Nach einer Weile stand er wieder auf, zog den Vorhang zur Seite und starrte auf die dunkle Dorfstraße hinaus.

»Lukas wäre besser behindert gewesen wie Ihre Schwester.«

Emma hörte auf zu lächeln. Sie zog das Aufnahmegerät näher zu sich heran.

»Sie wissen nicht, wovon Sie reden.«

Der Pastor lachte bitter.

»Die Liebe kann ein Fluch sein, Frau Vonderwehr. Sie sind zu jung, um das zu verstehen.«

Sie sah zu ihm hoch.

»Was hat er Ihnen angetan?«

Brinkmann breitete die Arme aus.

»Sehen Sie sich um, Frau Reporterin. Sehen Sie sich die Kirche an. Ich bin allein. Mein Lebenswerk ist vertan. Ich haben keinen Menschen mehr an meiner Seite.«

Er sackte in sich zusammen und sagte leise: »Heute Morgen hat er mich noch angerufen. Er hat mich gewarnt.«

»Gewarnt? Wovor?«

»Ich sollte die Tür verriegeln. Wachsam sein.«

»Hat er Ihnen gesagt, vor wem Sie sich in Acht nehmen sollten?«

Der Pastor starrte vor sich hin, als sähe er sie nicht.

»Er hatte Angst um mich. Ich habe ihm immer noch etwas bedeutet.«

Emma starrte den alten Mann an und versuchte zu verstehen, was er sagte. »Was ist denn ...«

Ein Geräusch von draußen ließ sie beide zusammenfahren. Der Pastor stand auf und trat ans Fenster. Einen Moment blieben beide still und lauschten. Dann ging er mit schnellem Schritt aus der Küche in den Flur. Emma stoppte das Aufnahmegerät, steckte es in die Tasche, schnappte sich Jacke und Tasche und folgte ihm.

Brinkmann riss die Haustür auf und ging auf die Kirche zu. Es dämmerte bereits und war noch kälter geworden. Jetzt hörte es auch Emma. Die Orgel gab holperige, langgezogene Töne von sich. Es klang wie ein schauriger Klagegesang.

Brinkmann ging durch die Tür und quer durchs Kirchenschiff zur Orgeltreppe. Er war so schnell, dass Emma ihm kaum folgen konnte.

»August!«

Brinkmanns Ruf hallte durch die kleine leere Kirche. Abrupt endete das Spiel. Jetzt stand der Pastor oben an der Treppe, Emma direkt hinter ihm. Sie sah einen vielleicht zehnjährigen Jungen auf der Bank an der Orgel sitzen. Seine Wangen brannten, er war nass von Tränen und Rotz.

Brinkmann trat zu ihm. Er holte sein Taschentuch aus der Cordhose und wischte dem Jungen über das Gesicht. Wie ein Kleinkind schnäuzte der in das Tuch. Er war blond, etwas dicklich und schlotterte am ganzen Körper. Vor Trauer oder Kälte, das war nicht auszumachen. Sein Polyesteranorak, die Jeans und Turnschuhe waren auf jeden Fall zu dünn für diese Temperaturen. Der Pastor schloss seinen Anorak am Hals und strich ihm mit etwas ruppigen, aber doch fürsorglichen Bewegungen über das Haar.

»Weiß deine Schwester, dass du hier bist?«

August zuckte mit den Schultern und versuchte, das Zittern seines Körpers unter Kontrolle zu bekommen.

»Stimmt es, Pastor? Lukas ist tot?«

Brinkmann nickte. Der Junge sah starr vor sich hin. Der Pastor wollte ihm die Hand auf die Schulter legen, aber August wich zurück. Er sprang auf und rannte an Emma vorbei über den Orgelboden und die Treppe hinunter. Emma machte einen Schritt an die Brüstung und sah den Jungen aus der Kirche laufen. Sie drehte sich zum Pastor um.

»Wollen Sie nicht hinterher?«

Brinkmann hob den Kopf.

»August hat vor ein paar Wochen seinen Bruder Marlon verloren. Noch so ein früher Tod. Er hat ihn sehr geliebt.«

»Sie müssen ihm beistehen!«

»Wie soll ich ihn trösten, Frau Vonderwehr? Ich hab selber keinen Trost.«

»Aber Sie sind doch der Pastor!«

Er stand auf und sah sie wütend an.

»Fahren Sie zurück nach Berlin. Ich habe Ihnen nichts mehr zu sagen.«

Er ging an ihr vorbei die Treppe hinunter und verschwand aus der Kirche. Emma beeilte sich diesmal nicht, ihm zu folgen. Als sie vor die Kirchentür trat, sah sie den Pastor durch das Fenster in der Küche. Mit einem energischen Ruck zog er den Vorhang zu.

Emma zog den Autoschlüssel aus der Tasche und ging langsam auf den alten Peugeot zu. Sie wollte so schnell wie möglich zurück nach Berlin. Bentes ruhige Stimme hören, Eierreis bei ihrem Freund Khoy essen und Blumes Arm um ihre Schulter fühlen. Als sie den Schlüssel ins Schloss steckte, zögerte sie. Auf dem Festplatz probierten sie jetzt die Anlage aus. Emma hörte den tiefen Brummton der Lautsprecher, ein Mann lachte, ein zweiter rief etwas. Dann schallte Disko-Musik zu ihr rüber. Emma kämpfte einen Moment lang mit sich. Dann drehte sie den Schlüssel wieder um, zog ihre Tasche fest über die Schulter und ging schnell über den Anger zum Ausgang des Dorfes.

An der Ecke des Pfarrhauses duckte sich August hinter einer Zikadenhecke und sah ihr nach.

Das Bierzelt stand. Die weiße Plane am Eingang war zurückgeschlagen und gab den Blick frei auf eine lange Theke. Ein paar Männer stützten sich darauf und testeten das Bier, das jetzt frisch nach dem Fassanstich überschäumte. Eine Losbude, ein Schießstand und ein Imbisswagen standen mit heruntergeklapptem Visier im Schneematsch. Kinder jagten sich um die Wagen und lachten, voller Vorfreude auf das Fest. Aus den Lautsprechern dröhnte ein altmodisch klingender Schlager, den Emma noch nie gehört hatte. Sie streckte ihr Kinn und ging mit festen Schritten in das Bierzelt. Die Männer an der Theke drehten ihre Köpfe und starrten sie neugierig an. Sie warf einen Blick durch das Zelt. Weiter hinten wurden Tische und Sitzbänke auseinandergeklappt, ein paar Frauen wickelten Girlanden um die Zeltstangen. Ein Trupp junger Leute stand vor dem Campingtisch mit der Musikanlage, an die noch immer weitere Boxen angeschlossen wurden. Emma blieb mitten im Zelt vor einem älteren Mann mit einem von roten Äderchen durchnetzten Gesicht stehen. Sie musste schreien, um bei der lauten Musik gehört zu werden.

»Guten Abend!«

Der Mann glotzte sie an und sagte nichts. Ein jüngerer drängte sich zwischen den anderen durch, stellte sich vor Emma auf und grinste sie an.

»Tach, schöne Frau. Sind Sie vom Fernsehen?«

Na, der Autotausch hat sich ja gelohnt, dachte Emma. Der Mann vor ihr sah sie offen an, lieb und ein bisschen dümmlich wirkte er. Sie lächelte und schüttelte den Kopf.

»Nein. Wie Sie sehen, habe ich keine Kamera dabei.«

Jetzt drängelten sich noch mehr Männer nach vorn. Emma stand in einem Halbkreis und wurde schweigend angestarrt. Bieratem schlug ihr entgegen. Einer rief:

»Mensch, stell doch mal den Schöbel ab, ich versteh ja gar nix!«

Die Musik brach ab. Emma zwang sich, fröhlich in die Runde zu lächeln. Sie griff in ihre Tasche und zog ihr Mikro raus. Der Mann vor ihr pfiff durch die Zähne und drehte den Kopf zu den anderen.

»Siehste, hab ich doch gesagt!« Emma sagte mit lauter Stimme:

»Mein Name ist Emma Vonderwehr, und ich arbeite für das Radio. RadioDirekt aus Berlin. Ein, mhm, ein Sohn der Gemeinde ist gestorben, und wir berichten über ihn.«

Eine hohe Fistelstimme sagte:

»Der Sohn vom Pastor, wissen wir schon.«

Die Männer drehten sich um und gaben den Blick frei für Emma auf einen Mann, der bei der Gruppe um die Musikanlage stand. Er war jung, vielleicht zwanzig Jahre. Er trug Camouflagehosen und einen grauen Kaputzenpulli, auf dem mit gelben Buchstaben das Emblem des Fußballvereins FC Lok Leipzig stand. Sein dunkles Haar war sorgfältig zurückgegelt. Emma machte einen Schritt auf ihn zu, die Männer bildeten eine Gasse für sie.

»Woher wissen Sie das denn schon?«

Der Mann stand auf und wandte sich ihr zu. Seine Arme und Beine waren muskelbepackt, dennoch wirkte sein

Körper zart. Er guckte ihr starr in die Augen und sprach mit seiner ungewöhnlichen hohen Stimme.

»So was spricht sich eben rum.«

Emma hob ihren Arm mit dem Mikrofon bis dicht vor seinen Mund.

»Dann kannten Sie den Mann? Wie heißen Sie denn? Und können Sie mir von Lukas Brinkmann erzählen?«

Er sah nicht auf das Mikro, wich keinen Millimeter zurück. Langsam sagte er, während er sie nicht aus den Augen ließ: »Mein Name ist Rocco. Rocco Schmitz. Und Lukas Brinkmann war ein feiner Kerl, wie alle von hier.«

Emma spürte, wie der starre Blick sie verunsicherte, aber sie versuchte, sich nichts anmerken zu lassen. Obwohl es sie Überwindung kostete, trat sie noch etwas näher an den Mann heran.

»Wussten Sie, dass er Mitglied einer rechtsradikalen Partei war?«

Schmitz lächelte.

»Nein, das ist mir vollkommen neu.«

Er drehte seinen Kopf zu den anderen Männern.

»Doch stimmt, er war mal bei unseren Versammlungen, oder Männer?«

Sie lachten laut. Emma schluckte. Sie fühlte sich plötzlich eingekreist von einer Gruppe Männer und trat instinktiv einen Schritt zurück in Richtung Ausgang. Sofort schloss sich der Kreis hinter ihr, und sie sah, wie sich zwei Männer von der Theke rechts und links vom Zeltausgang postierten. Der Fußballfan, der sich ihr als Rocco Schmitz vorgestellt hatte, beobachtete sie grinsend. Emma kämpfte mit sich. Sie hatte Angst, sagte sich gleichzeitig, es könne ihr nichts passieren. Dies war schließlich ein öffentlicher Ort. Der Mann mit der Fußballjacke, Schmitz, stellte sich wieder zu seinen

Kumpels an die Musikanlage und beachtete Emma nicht weiter. Sie kämpfte mit sich. Am liebsten wäre sie einfach aus dem Zelt gegangen, aber sie wollte vor den Leuten nicht zugeben, dass sie ihr Angst einjagten. Dabei würde sie, was immer sie jetzt noch aufnähme, nicht senden können. In der Hinsicht war ihr Chef unerbittlich – ein bekennender Rechtsradikaler bekam kein Forum auf der Welle. Trotzdem wollte sie jetzt nicht einpacken. Es sähe zu sehr nach Rückzug aus. Sie ging langsam dem Mann mit der Fußballjacke hinterher. Ihr Mikrofon hielt sie noch immer fest in der Hand. Er tat so, als würde er ihr Näherkommen nicht merken. Sie sagte mit lauter Stimme.

»Er ist ermordet worden, Herr Schmitz.«

»Für schöne Frauen bin ich der Rocco. Ermordet worden, soso. Naja, läuft ja auch genug asoziales Pack in Berlin herum.«

Draußen vor dem Zelt tauchte August auf. Er lehnte sich gegen den Pfosten am Eingang und ließ seinen Blick durch die Reihen gehen. Eine junge Frau löste sich aus der Gruppe und lief an Emma vorbei auf den Jungen zu. Emma wandte sich wieder an Rocco Schmitz.

»Asoziales Pack? Wen meinen Sie?«

Die Frau riss August unsanft vom Pfosten und schob ihn nach draußen. Der Junge wehrte sich lautstark. Schmitz beobachtete die beiden, während er zu Emma sagte:

»Na, linke Zecken und Asylanten und so.«

Er ging an Emma vorbei auf den Jungen und die Frau zu. Er knuffte August sanft in den Rücken und legte beschwichtigend den Arm um die junge Frau. Die hörte sofort auf zu keifen und lächelte ihn etwas verkniffen an. Sie war sehr schlank und unterstrich das mit engen Jeans und einer weitmaschigen Strickjacke, unter der ein Top hervorschaute, das ihren Busen betonte. Der Junge nutzte seine Chance, schlüpfte unter dem Arm der Frau hindurch zurück ins Zelt und stellte sich zu den Männern an die Theke. Schmitz ging mit der Frau an Emma vorbei zurück zur Musikanlage. Den Arm immer noch fest um sie gelegt winkte er dem Mann hinter dem Tresen. Der brachte zwei Plastikbecher mit Bier und stellte sie vor sie hin. Schmitz hob den Becher, drehte sich um und prostete Emma zu.

»Wer deutsch denkt, der lebt gefährlich in diesem Land!«

Emma beendete die Aufnahme und verstaute betont langsam ihr Gerät in der Tasche. Sie versuchte Zeit zu gewinnen, um sich eine Antwort zu überlegen. Dann sah sie hoch in die Runde und stellte sich zu dem rotgesichtigen Mann. Sie zwang sich zu einem Lächeln und sagte halblaut:

»Ich wusste gar nicht, dass Sie sich hier so um Ihr Leben fürchten!«

Der Mann lächelte unbehaglich und warf einen Blick zu Schmitz. Der starrte wütend zu ihr rüber und wischte sich den Bierschaum vom Mund. Plötzlich fing er mit seiner hohen Fistelstimme an zu singen.

»Ich glaube an das Reich und an den deutschen Sieg.

Ich glaube an mein Volk und an den weißen Rassenkrieg.«

Emma stellten sich die Härchen an den Armen auf. Die Männer und Frauen im Zelt wirkten peinlich berührt. August starrte neugierig zu ihr rüber, offensichtlich gespannt, wie sie reagierte.

»Was ist denn los, kommt schon, alle mitsingen!«

Schmitz nahm noch einen Schluck vom Bier und grölte weiter.

»Ich glaube an den Führer, er war Deutschlands größter Sohn.

89

Ich glaube an die Wiedergeburt der weißen Nation.«

Im Zelt war es still. Rocco Schmitz legte wieder den Arm um die Frau neben sich und lachte laut. Ein älterer Mann mit glasigem Blick rief zu Emma rüber:

»Na, wie gefällt Ihnen das? Sowas sollten Sie mal bringen in Ihrem Radio!«

Emma drehte sich zu dem Mann, der gleich hinter ein paar Kumpanen an der Theke in Deckung ging. Das Lächeln war ihr vergangen. Sie hoffte, dass ihre Stimme nicht zitterte, als sie sagte:

»Rassistische Lieder sind zum Glück verboten.«

Sie zog die Jacke enger um sich und ging auf den Ausgang zu. Über die Schulter sagte sie laut:

»Rassisten sind Verlierer, die anderen die Schuld an ihrem eigenen Versagen zuschieben. Aber singen Sie ruhig. Singen soll ja helfen, die Angst zu vertreiben.«

Sie war noch nicht beim Zeltausgang angelangt, da stellte sich Rocco Schmitz in ihren Weg. Seine Augen hatte er zu Schlitzen verengt. Gerade wollte er etwas sagen, als jemand von draußen eine Hand auf seine Schulter legte. Schmitz fuhr herum.

Am Eingang stand ein Mann um die vierzig mit sorgfältig gekämmten Haaren und braunen Augen. Er trug einen schlichten, aber teuer aussehenden Wollmantel über seinen Anzughosen. Der Fußballfan Schmitz und er sahen sich einen Moment lang zwingend in die Augen. Dann knickte Schmitz ein und verzog sich wieder an die Theke. Der Mann lächelte Emma entgegen.

»Darf ich Sie zu Ihrem Auto bringen?«

Emma nickte, obwohl ihr die Situation missfiel. Sie ließ sich nicht gerne retten und fürchtete, in den Augen der Dorfbewohner als schwache Frau abgestempelt zu werden.

Trotzdem war sie erleichtert. Schmitz war schwer einzuschätzen.

Draußen war es mittlerweile ganz dunkel geworden. August war verschwunden. Andere Kinder flitzten mit Taschenlampen zwischen den Autos herum, und in den Häusern links und rechts der Hauptstraße waren manche Fenster hinter den Gardinen erleuchtet.

Sie gingen langsam auf den Dorfanger zu. Emma warf einen Blick zu ihrem Begleiter.

»Danke.«

Der Mann lachte. Er sah gut aus, auch wenn das Gesicht etwas aufgeschwemmt wirkte und das Haar am Hinterkopf langsam dünn wurde.

»Hunde, die bellen, wissen Sie. Große Klappe, nichts dahinter. Rocco Schmitz hätte Ihnen schon nichts getan.«

»Da bin ich mir nicht so sicher.«

Der Mann blieb stehen und streckte ihr seine Hand entgegen.

»Ich bin der Bürgermeister hier. Christian Eichwald.«

Emma griff nach der Hand und schüttelte sie kräftig. Eine etwas altmodische Geste, die sie meistens verlegen machte. In Bremen hatte sich niemand die Hand gegeben. Aber in ihrem Jahr in Berlin hatte sie schon festgestellt, dass das im Osten sogar unter jungen Leuten üblich war. Die Hand des Bürgermeisters fühlte sich rau an.

»Ihr harmloser Freund hat gerade ein rassistisches Lied gesungen. Ein Neonazi – finden Sie die tatsächlich so harmlos?«

Eichwald schüttelte unwillig den Kopf.

»Das macht der doch nur, um Sie zu ärgern. Sein Verein, Lokomotive Leizig, hat heute verloren. Da sind die Jungs immer ein bisschen auf Krawall gebürstet. Wenn Sie sich darüber aufregen, tun Sie ihm nur einen Gefallen.«

Emma runzelte die Stirn, dann beschloss sie, das Thema für den Moment fallen zu lassen.

»Herr Eichwald, könnte ich Sie kurz zu dem Verstorbenen interviewen?

Der Bürgermeister verschränkte die Arme und sah sie lächelnd an.

»Meinetwegen. Damit Sie nicht denken, hier sind alle unfreundlich.«

Emma holte das Mikro heraus und hielt es dem Mann vor den Mund.

»Kommen Sie hier aus dem Ort?«

»Hier, da die Straße runter, gleich links, das Haus habe ich gekauft. Zu einem ordentlichen Preis. Ich bin kein Wendegewinner, das müssen Sie wissen. Ich komme aus der Gegend. Aber Lukas Brinkmann bin ich nur selten begegnet.«

Emma kontrollierte den Pegel und drehte die Lautstärke etwas nach oben. Eichwald sprach leise, aber angenehm. Sie hob den Arm mit dem Mikrofon noch etwas dichter an seinen Mund und sagte:

»Sein Tod hat eine große Anteilnahme in rechtsradikalen Foren im Internet ausgelöst.«

»Ist das so? Darüber weiß ich nichts. Ich verkehre nicht in solchen Foren.«

»Was können Sie mir über Lukas Brinkmann sagen?«

»Nun, er war ein Bürger, der es zu etwas gebracht hatte und den ehrenvollen Beruf des Lehrers ausübte. Er interessierte sich für das kulturelle Erbe dieses Landstriches. In den 90ern versuchte er, einen Heimatverein aufzuziehen, aber es stieß leider auf wenig Interesse. Die Brandenburger sind manchmal schwer zu bewegen.«

Interessiert beobachtete Emma den Mann beim Sprechen. Er hatte die Hände wie zum Gebet gefaltet und lächelte die ganze Zeit. Er wählte die Worte mit Bedacht. Emma fiel auf, dass er Arbeiterhände besaß – groß und rot.

»Hatte er Kontakt zu den Leuten hier?«

»Das weiß ich nicht. Wie gesagt – ich kannte ihn kaum.«

»Was ist mit seiner Mutter?«

»Soviel ich weiß, ist sie an Krebs gestorben, als Lukas noch zur Schule ging. Wissen Sie, im Dorf reden sie viel. Man darf darauf nichts geben.«

»Was wird denn geredet?«

Der Mann zögerte. Dann blieb er stehen und hielt seine Hand über ihr Mikrofon.

»Dass der ewige Streit zwischen dem Alten und ihrem Sohn sie ins Grab gebracht hat. Der Pastor kann recht bärbeißig sein, wie Sie ja vielleicht schon mitbekommen haben.«

Emma nickte, murmelte einen Dank und zog die Hand mit dem Mikrofon weg. Sie speicherte die Aufnahme und steckte das Gerät zurück in die Tasche. Dann gingen die beiden schweigend weiter. Am Anger angekommen, entriegelte Emma den Wagen. Da fiel ihr Blick auf den Plakatwald der rechten Partei vor dem Pfarrhaus. Die kleine Hecke am Dorfanger war gepflastert mit dem Logo der Rechten Liga, den beiden Buchstaben R und L in schwarzer Farbe auf weißem Grund, rot umrandet. An jedem Baum hingen die RL-Plakate mehrfach übereinander, der Weg vom Pfarrhaus zum Parkplatz glich einem Spalier. Sie zeigte mit dem Finger darauf und fragte den Mann an ihrer Seite:

»Hier sehe ich allerdings ein starkes Engagement. Glauben Sie, es ist die richtige politische Taktik, das Problem des Rechtsradikalismus kleinzureden?«

Eichwald meinte ungehalten:

»Erstens tut das hier niemand, und zweitens wird da auch übertrieben. Ich sage immer, gebt uns hier Arbeitsplätze, dann hat sich das mit den rechten Parolen ganz schnell erledigt.«

»Steht Ihre Position eigentlich auch in zwei Wochen zur Wahl?«

Er lächelte jetzt wieder.

»Nein. Die Wahl der Bürgermeister verläuft unabhängig von den Landtagswahlen. Ich muss hier also keinem nach dem Mund reden.«

Emma sah nachdenklich zu ihm hoch. Er bemerkte es und lächelte noch breiter.

»Kommen Sie doch morgen zu unserem Gemeindefest. Ein paar Frauen aus der Gemeinde backen ausgezeichnete Kuchen. Sie werden sehen: Wir sind auch nur Menschen. Ihren Mörder müssen Sie wohl in Berlin suchen.«

»Ich werd's mir überlegen.«

Eichwald öffnete für sie die Autotür.

»Die Menschen hier fühlen sich als Verlierer der Wende. Es nützt nichts, sie zu verurteilen. Man muss ihre Probleme sehen und lösen, nur so kann man den Rechten entgegentreten.«

Emma warf ihre Tasche auf den Beifahrersitz und sagte:

»Die Politik wird nie alle Probleme der Menschen lösen können. Wer darauf wartet, bevor er gegen Extremisten vorgeht, der wartet zu lange. Ich finde es wichtig, von Anfang an konsequent die Menschen zu schützen, die eingeschüchtert werden sollen. Ich hatte den Eindruck, der Pastor fühlt sich bedroht. Was passiert hier wirklich?«

»Pastor Brinkmann sagt, was er denkt. Das ist sein gutes Recht.«

Er schob die Tür noch etwas weiter auf, aber Emma blieb stehen und wartete ab. Eichwald seufzte.

»Aber ist es nicht Aufgabe eines Kirchenmannes, Frieden zu stiften, anstatt immer wieder für Ärger zu sorgen?«

Emma setzte sich in den Wagen. Sie sagte:

»Also überlassen Sie diesen Halbstarken das Feld.«

Eichwald sah sie jetzt wütend an. Er schien etwas erwidern zu wollen, aber dann überlegte er es sich offensichtlich anders und zwang sich zu einem neutralen Gesichtsausdruck. Emma startete den Motor, und Eichwald warf die Tür des Wagens zu, kräftiger als nötig. Langsam rollte sie vom Parkplatz und sah im Rückspiegel den Mann mit verschränkten Armen hinter ihr herschauen.

Als sie am Festplatz vorbeifuhr, war keiner der Dorfbewohner mehr draußen zu sehen. Die Plane am Zelteingang war zurückgeschlagen worden, laute Popmusik dröhnte. Deppentechno hatten sie und Jenni das genannt, dachte sie und grinste in Gedanken.

Am Ortsausgangsschild sah Emma im Licht der Autoscheinwerfer ein Kind am Rand der Straße. Sie bremste scharf. Es war August. Er hatte eine Stirnlampe über die Pudelmütze gezogen und zog einen Handkarren hinter sich her, auf dem eine Kiste stand.

Sie stieg aus und ging die wenigen Meter zurück. Der Junge zerrte mit hochrotem Gesicht am Griff des kleinen Wagens. Emma langte über ihn hinweg nach dem eisernen Stiel und zog den Karren aus dem Matsch. In der Kiste rappelte es. Sie trat einen Schritt zur Seite und schaute den Jungen fragend an. August lächelte.

»Willst du mal sehen?«

Emma nickte. August legte die schwere Eisenstange zu Boden und ging um den Karren herum zur Kiste. Er rückte seine Stirnlampe nach vorn und hob vorsichtig den Deckel. Ein Kaninchen drängte sich ängstlich in die Ecke der Kiste. Der Junge strich dem Tier beruhigend über die Ohren.

»Das ist Burschi. Ein Deutscher Großsilber.«

Emma lächelte.

»Sehr schön. Wo willst du denn hin mit deinem Burschi?«

»Gucken Sie mal, der hat überall graue Haare. Sie glauben bestimmt, der ist schon total alt, oder?«

»Hätte ich jetzt gedacht.«

Der Junge lachte triumphierend.

»Ist der aber gar nicht. Das ist so wegen der Rasse. Der ist erst sechs Monate alt.«

Er strich dem Kaninchen noch mal über die Ohren und schloss dann behutsam wieder die Kiste. Dann richtete er sich wieder auf

»Morgen ist doch Rasseschau hier. Er kriegt bestimmt 'nen Preis.«

»Und da bringst du ihn heute schon hin?«

»Der Bauer leiht mir den Karren bloß heute. Morgen braucht er ihn selber.«

»Kann dir denn nicht deine Mutter helfen? Die Frau vorhin im Zelt?«

August sah sie an.

»Das ist nicht meine Mutter. Das ist meine Schwester Heike. Die hat kein Auto.«

»Und der Rocco. Der hat doch bestimmt ein Auto, oder?«

Betreten sah der Junge auf den Boden.

»Der wollte Burschi nicht im Wagen haben. Hat Angst um seine Sitze.«

»Der Rocco scheint ganz schön viel Angst zu haben.«

August grinste leicht, wurde aber gleich wieder ernst. Emma sah ihn prüfend an.

»Ist er mit deiner Schwester zusammen?«
August nickte.
»Der wohnt jetzt bei uns.«
»Und, findest du das gut?«
Der Junge schwieg. Und sagte dann:
»Seit der da ist, darf ich immer Fußball gucken. Der hat uns einen Riesenfernseher mitgebracht.«

»Nimmt er dich auch manchmal mit ins Stadion? Er ist doch Fan von Lokomotive Leipzig, oder?«

August schüttelte den Kopf. »Da darf er nicht mehr hin. Er hat Stadionverbot. Aber das darf man nicht sagen, sonst wird der total wütend.«

Emma nickte, sie hatte schon vermutet, dass Schmitz zu den berüchtigten Leipziger Hooligans gehörte. Seit der Verein stärker durchgriff und Hausverbote unter den gewalttätigen Fans durchgesetzt hatte, waren die Krawalle zurückgegangen.

Der Junge hob den Kopf und sah Emma prüfend an. Auf einmal kam er noch einen Schritt näher und stieß hervor:

»Stimmt das mit Lukas? Ich mein, dass der umgebracht wurde?«

Emma nickte.
»Ja. Woher weißt du das?«
Der Junge zuckte nur mit den Schultern und stierte vor sich hin. Emma forschte in seinem Gesicht nach Trauer, aber der Junge verbarg seine Gefühle.

»Kanntest du den Lukas?«
»Der hat manchmal mit mir an der Orgel gespielt. In der Kirche. Der konnte das richtig gut.«
»Aha.«
»Mann, so einen Lehrer wollte ich auch mal haben. Wir haben ja nur die Doofis.«

»War Lukas denn mit Rocco befreundet?«

Der Junge schniefte. Er zog mit seinem Handschuh über die Nase und hinterließ an der Wange einen braunen Dreckstreifen, vermischt mit Rotz.

»Weiß nicht. Glaub schon.«

Emma seufzte. Sie hockte sich vor den Jungen hin.

»Der Pastor hat gesagt, dein Bruder ist gestorben.«

Der Blick des Jungen wurde wachsam. Er sagte nichts. Emma fragte zögernd.

»Er hieß Marlon, nicht wahr? Was ist denn mit ihm passiert?«

August trat einen Schritt zurück. Er nahm den Griff des Handkarrens wieder hoch und zerrte den kleinen Wagen weiter. Der Karren ruckelte über einen Stein, und das Kaninchen rappelte in der Kiste. August sah sich nicht mehr um und verschwand hinter einer Reihe parkender Autos. Emma seufzte und ging langsam wieder in die Höhe. Na toll, Emma, dachte sie, sehr sensibel vorgegangen. Sie stieg ins Auto und fuhr rasch davon.

*Berlin, Charlottenburg,
Redaktionsräume von RadioDirekt*

Zurück in Berlin hatte sie kurz im Sender Halt gemacht und die Töne auf ihr persönliches Laufwerk gespielt. Die Ausbeute an verwendbaren Tönen war gering. Vom Gespräch mit dem Vater war im Grunde nur der Teil über das Klavierspiel von Lukas Brinkmann sendbar. Der Hooligan Schmitz ging gar nicht, und die Aussage vom Bürgermeister war langweilig. Trotzdem stellte Emma das Verwertbare in den Nachrichtenspeicher und schrieb einen kurzen Text für die Anmoderation dazu. Dann öffnete sie eine Word-Datei und notierte ihre Eindrücke. Hans Brinkmann, Vater, Pfarrer. Ein Einzelgänger im Dorf. Rocco Schmitz, Rechtsradikaler, Fußball-Hooligan aus dem Umfeld der Lokomotive Leipzig, Freund von Lukas. Schien aber nicht über den Tod zu trauern. Der Bürgermeister Christian Eichwald. Ein Verbündeter?

Emma speicherte ab und öffnete ihr E-Mail-Programm. Dort lag ein neuer Brief von Ida. Emma beugte sich vor und studierte das Bild, das ihre kleine Schwester im Anhang mitgeschickt hatte.

Seit Helene ihr beigebracht hatte, den Computer zu bedienen, war es aus mit den Paketen voll Fischgräten und Bonbonpapier. Ida mailte jetzt. Schon immer war sie eine leidenschaftliche Fotografin gewesen, jetzt lud sie ihre Bilder hoch und ließ Emma raten, was darauf zu sehen war. Die große Schwester war im Gegenzug für akustische Signale verantwortlich.

Emma kniff die Augen zusammen. Zu sehen war ein Gemisch aus grauen und weißen Tönen in einer rauen Oberflächenstruktur. Sie mailte zurück, es handele sich vermutlich, nein, ganz sicher, um einen Pflasterstein. Dann lud sie den Ton vom Zeltaufbau hoch und schickte ihn mit.

Berlin, Pankow

Der alte Peugeot hatte kein Navigationsgerät. Emma brauchte eine halbe Stunde, bis sie die Straße gefunden hatte, in der Bente mit ihrer Familie lebte. Sie war immer noch durchgefroren, die kurze Zeit im Sender hatte daran wenig geändert. Sie parkte am Straßenrand hinter dem Firmenwagen mit dem Senderlogo, stieg aus und sah sich um.

Das Haus lag an einer der alten Berliner Wohnstraßen, die so breit waren, dass sich Autos gefahrlos begegnen konnten, obwohl an beiden Seiten Wagen parkten. Mächtige Eichen säumten die Straße, die mit ihren jahrhundertealten Wurzeln das Kopfsteinpflaster sprengten.

Bente wohnte in einem dunkelroten, von Efeu umrankten Backsteinbau. Die Vordertür und die kleinen Fenster waren mit massivem Eichenholz gerahmt. Emma drückte auf die Klingel am schmiedeeisernen Zaun. Niemand reagierte. Sie öffnete die Tür und ging die drei Schritte hoch zum Eingang. Aus dem Innern meinte sie, entfernt Popmusik zu hören, aber niemand reagierte auf ihr Klopfen. Sie ging um das Haus herum. Ein fußballfeldgroßer Garten schloss sich an, hinten begrenzt durch eine mächtige Thujenhecke. Hohe Fichten und eine kahle Linde steckten einen Teil des Gartens ab. Die Beete waren braun, die Rosenstöcke mit Kartoffelsäcken vor dem Frost geschützt. Emma rief noch mal. Martin, Bentes Mann, streckte den Kopf aus der Garage.

»Emma, hi, wie geht's?«

»Ganz gut. Ist Bente da?«

»Ja klar. Warte.«

Er ging die wenigen Meter bis zur Hintertür, öffnete sie und rief nach seiner Frau. Emma hörte die Popmusik jetzt lauter. Martin war fast 1 Meter 90. Sein blondes Haar schien jeder Pflege zu trotzen und stand immer kreuz und quer vom Kopf ab. Jetzt versuchte er wieder, es mit seinen großen Händen zu glätten.

»Die Klingel ist kaputt. Sie hat dich wahrscheinlich wegen der Mädchen nicht gehört.«

Martin arbeitete als Theatermaler am Berliner Ensemble. Emma hatte ihn bei einer Premierenfeier kennengelernt, zu der Bente sie mitgenommen hatte. Er war lustig und offen, Emma mochte ihn.

Bente rief etwas von innen und tauchte an der Hintertür auf. Sie war jünger als ihr Mann, aber ihre schmale Gestalt und die glatten braunen Haare gaben ihr eine Strenge, die sie älter erscheinen ließ. Sie wirkten beide gegensätzlich, und am Anfang hatte sich Emma gewundert, dass ihre ernste Kollegin mit so einem impulsiven Mann zusammen war. Bente lächelte sie an und winkte mit Spülhandschuhen.

»Komm rein.«

Martin grinste kurz, tippte sich an sein Drahthaar und verschwand wieder in der Garage. Emma ging in die warme Küche. Bente schloss schnell die Tür hinter ihr.

»Ist das kalt. Trinkst du noch einen Tee? Du hast bestimmt geklingelt, oder? Die ist kaputt.«

Emma nickte und trat den Schmutz von ihren Stiefeln sorgfältig an der Matte ab. Bente ging in den Flur und schloss die Verbindungstür zum Wohnzimmer. Die Musik wurde leiser.

Emma setzte sich dicht an die Heizung, die leise

brummte. Sie nieste und bewegte vorsichtig ihre Zehen in den Stiefeln.

Bente stellte eine Tasse mit dampfendem Tee vor sie hin und schob das Glas mit Honig über den Tisch.

»Das mit der Autoheizung hab ich ganz vergessen, tut mir leid.«

Emma winkte ab und schloss die Finger um die heiße Tasse. Dann holte sie den Schlüssel vom Peugeot aus ihrer Hosentasche und legte ihn auf den Küchentisch.

»Was macht der Blog? Hast du das noch im Auge?«

»Nichts Gravierendes mehr. Die Szene scheint informiert. Auch nichts mehr von Frid. Wie war's beim Vater?«

»Ehrlich gesagt hab ich's mir schlimmer vorgestellt.«

Emma nahm einen Schluck vom Tee. Heiß rann er ihr durch die Kehle.

»Ich mein, im Dorf selber war es schon schlimm. Rechtsradikale Typen, die das ganz offen zeigen. Aber beim Vater – er ist der Pastor im Ort. Ich fand, der war jetzt nicht völlig am Boden.«

»Wie meinst du das?«

Emma dachte nach.

»Er wirkte irgendwie gefasst. Als ob er mit so etwas gerechnet hätte.«

Bente zuckte mit den Schultern. Sie stand auf und goss sich frischen Tee in eine benutzte Tasse.

»Wer weiß. Aber was war das mit den Rechten im Dorf?«

»Die waren krass. Einer, so ein Fußball-Hooligan, hat ein Nazilied gesungen. Auf einem Dorffest, ganz offen, vor allen Leuten! Und keiner hat sich aufgeregt. Im Gegenteil, ich hatte eher den Eindruck, die stimmen gleich alle mit ein!«

»Hast du ihn gefragt, ob der Tote auch rechtsradikal war?«

Die Tür ging auf, die Musik wurde lauter. Anna, Bentes 13-jährige Tochter kam herein. Sie hatte das dicke blonde Haar vom Vater und die leicht herben Gesichtszüge der Mutter geerbt. Angestrengt lauschte sie in den Hörer des Telefons, das sie zwischen Kopf und Schulter geklemmt hatte, lächelte den beiden Frauen zu und ging zum Kühlschrank. Bente und Emma beobachteten sie.

»Mmh. Mmh. Mmh. Nee. Glaub ich nicht. Ach Mensch. Mmh.«

Anna nahm sich einen Trinkjoghurt heraus, schüttelte ihn im Vorbeigehen und schloss leise wieder die Tür hinter sich. Bente und Emma grinsten sich an. Emma sagte:

»Dieser Hooligan, Rocco Schmitz hieß der, hat angedeutet, dass Brinkmann auf den Parteisitzungen war. Mann, der hat so getan, als ob das ganze Dorf da mitmacht.«

Bei dem Gedanken an die Situation im Festzelt kroch in ihr wieder die Gänsehaut hoch. Sie umschloss die Teetasse mit beiden Händen und verdrängte die Bilder im Kopf. Sie fragte:

»Hast du noch was gehört von deinem Mann beim BND?«

»Nein. Ich hab einen Aufsager mit Sperrvermerk gemacht. Wenn ich die Bestätigung kriege, dass er bei den Rechten war, geb ich ihn frei.«

»Ich hab noch einen Ton vom Bürgermeister geholt. War aber nicht sehr ergiebig, der Typ kannte ihn kaum.«

»Egal, die Nachrichten können das brauchen. Hast du sonst noch was?«

Emma zog den Honigtopf näher zu sich heran und nahm einen Löffel voll heraus. Langsam rührte sie den Honig in den Tee.

»Später hab ich dann noch mit seinem Ziehsohn gesprochen. Oder der mit mir, besser gesagt.«

»Moment, welchen Sohn jetzt von wem? Von dem toten Lehrer?«

»Nee, von dem Rocco Schmitz. Ist nicht sein richtiger Sohn, aber er lebt mit der großen Schwester zusammen.«

Emma trank noch einen Schluck Tee.

»Dieser Junge, August heißt der, meinte, Rocco und Lukas Brinkmann seien Freunde gewesen. Zumindest war Lukas öfter bei ihnen zuhause.«

Sie stellte die Tasse nachdenklich wieder ab und sah zu Bente rüber.

»Weißt du was über einen Todesfall in der Gegend? Der Bruder von dem Jungen soll vor ein paar Wochen umgekommen sein.«

Bente schüttelte langsam den Kopf.

»Woran ist er denn gestorben?«

»Keine Ahnung«, murmelte Emma, »ich weiß nur, dass er Marlon hieß.« Sie ärgerte sich, dass sie den Pastor nicht danach gefragt hatte. Dann zuckte sie mit den Schultern.

»Ich geh der Sache morgen noch mal nach. Ist vielleicht nur ein blöder Zufall.«

»Willst du da noch mal hin?«

Emma nickte.

»Scharf drauf bin ich nicht, das kann ich dir sagen. Aber vor Montag komm ich nicht an die Schule ran. Und das Dorf haben wir, soviel ich weiß, noch exklusiv.«

Bente stand auf, ging zum Küchenregal und legte den Schlüssel vom Dienstwagen auf den Tisch.

»Na, dann schönen Sonntagsausflug.«

Emma nahm den Schlüssel und ließ ihn durch die Finger gleiten. Sie sah zu Bente hoch, die an die Spüle gelehnt stehen geblieben war.

»Ist das okay für dich? Ist ja eigentlich dein Spezialgebiet.«

»Kein Problem. Ich bin nächste Woche eh in der LaPo.«

Erstaunt sah Emma sie an. Die Landespolitik, kurz LaPo, sorgte für die Berichterstattung aus dem Berliner Senat. Die Kollegen saßen nicht im Funkhaus, sondern sendeten direkt aus einem kleinen Studio im Parlament.

»Was verschlägt dich denn da hin?«

Für manche war die LaPo ein Sprungbrett ins Hauptstadtstudio, andere ließen sich als Pressesprecher von den Abgeordneten ködern. Emma hatte der LaPo bisher wenig Aufmerksamkeit geschenkt. Lieber machte sie Umfragen im strömenden Regen als den Tag bei Sitzungen und Ausschussvorträgen zu verbringen. Bente nahm die Tassen und stellte sie in die Spülmaschine. Sie sagte leise:

»Ich kann nicht ewig Reporterin bleiben.«

Emma schwieg überrascht. Sie stand auf und steckte den Autoschlüssel in ihre Tasche. Sie machte einen Schritt auf Bente zu, die ihr immer noch den Rücken zukehrte.

»Na dann…«

Bente drehte sich um und umarmte Emma. Die war davon so überrumpelt, dass sie steif stehenblieb. Nach einer Weile strich sie ihr vorsichtig über den Rücken.

»Hey, Bente, was ist denn…«

Da löste sich die Kollegin wieder von ihr. Sie hatte rote Flecken im Gesicht, aber sie weinte nicht.

»Schon wieder gut. Kennst du manchmal das Gefühl, alles wird dir zu viel?«

Emma lächelte unsicher.

»Machst du Witze? Das hab ich erfunden!«

Bente lachte. Der ernste Zug um den Mund verflog.

»Warte, ich bring dich noch raus.«

Sie schnappte sich eine wollene Strickjacke und zog sie sich über. Dann öffnete sie die Küchentür, die direkt in den

Garten führte. Kalte Luft schlug ihnen entgegen. Schweigend gingen sie den Pfad um das Haus.

Am Gartentor blieb Emma stehen.

»Bist du morgen im Sender?«

Bente sagte: »Ich denke nicht.«

Sie öffnete das Tor.

»Nur wenn sich da noch was Neues ergibt.«

»Mama?«

Die fünfzehnjährige Miriam, Bentes ältere Tochter, stand am offenen Fenster im ersten Stock und sah zu ihnen hinunter. Bei ihr war es umgekehrt: die offenen warmherzigen Züge des Vaters, das dunkle Haar der Mutter. Sie war eine Schönheit. Bente winkte ihr zu.

»Ich komme gleich!«

Miriam nickte und schloss das Fenster. Emma sah noch einen Augenblick in ihre Richtung.

»Stell dir mal vor…«

Bente wickelte sich eng in ihre Strickjacke.

»Was denn?«

»Die kommen eines Tages mit Springerstiefeln von der Schule. Na gut, denkst du, wir haben früher die Jeans zerrissen. Dann liegen so Flyer rum. Von Konzerten.«

Bente sah die Kollegin jetzt aufmerksam an. Emma schaute immer noch hoch zum Fenster.

»Und dann, mitten im Gespräch, fallen so Sätze wie: Die Ausländer sind schuld.«

Sie löste den Blick vom Haus und drehte sich zu Bente um.

»Was machst du dann?«

Bente schwieg einen Moment. Dann lachte sie und schüttelte den Kopf.

»Komm gut nach Hause. Und grüß mir deinen Polizisten!«

107

Berlin, Schöneberg

Die Spüle war voller Scherben. Die Lehrerin sammelte sie heraus und warf sie in den Mülleimer. Dabei schnitt sie sich tief. Sie wickelte mechanisch ein Geschirrtuch um den Finger, das sich langsam dunkelrot färbte.

Nach der Radiomeldung setzte sie sich mit der eingewickelten Hand auf das Sofa. Langsam wurde es dunkel. Irgendwann fuhr sie ihren Computer hoch und las die Mails im Blog. Klingsor, wie lange hatte sie den Namen nicht mehr benutzt. Klingsor und Frid, das waren sie einmal gewesen. Jetzt war er tot, und sie horchte in sich hinein. Sie fühlte nichts.

Nihil fit sine causa, schrieb sie im Blog, nichts geschieht ohne Grund, das sagt euch Frid.

Das Licht aus dem Monitor ließ den dunklen Raum bläulich schimmern. Ihr Finger tat weh. Sie faltete das blutige Geschirrtuch auseinander und roch daran. Dieser Kult ums Blut, den die anderen machten, das hatte sie nie verstanden. Sie fuhr sich mit den Fingernägeln über die Tätowierung am Handgelenk. K und F. Lukas hatte sie dazu überredet, Klingsor und Frid. Als er ihr damals seine rechtsradikalen Freunde vorstellte, war sie nicht schockiert gewesen, im Gegenteil. Aber sie war nicht so dumm, wie sie dachten. Sie wusste, dass es ihnen auch nur um den eigenen Vorteil ging.

Sie stand auf, machte Licht und suchte sich ein Pflaster aus dem Badezimmerschrank. Sie sah sich selbst im Spiegel – etwas war verändert. Ihre Haut war noch genauso fahl, ihre

Wangen eingefallen. Wenn sie keinen Appetit hatte, nahm sie immer zuerst im Gesicht ab. Aber ihre Augen leuchteten. Ein neuer Wille schien aus ihnen herauszustrahlen.

Natürlich hatte sie mit dem Gedanken gespielt, dass ihr Verrat Lukas das Leben kosten würde. Es war ein verführerischer Gedanke gewesen, ein Spiel, dessen Konsequenzen ihr jederzeit bewusst gewesen waren.

Sie nahm ihre Bürste und strich sich mit langsamen Bewegungen über das dunkle Haar.

Sie wusste, dass jetzt alle hinter den Drogen her waren.

Sie legte die Bürste behutsam auf die Ablage und lächelte sich im Spiegel an. Sie musste gar nichts tun. Nur Lukas' Geheimnis noch ein bisschen für sich behalten. Und sollte das nicht reichen, würde sie noch ein wenig nachhelfen. Sie würden sich gegenseitig zerfleischen, und sie könnte in aller Ruhe dabei zusehen.

Berlin, Mitte. Imbiss Sampeah

Emma saß wie immer vorne in der Nische neben dem Verkaufstresen. Hungrig löffelte sie ihren Eierreis. Im Hintergrund dudelte das Radio. Seit Khoy wusste, wo sie arbeitete, war er nicht davon abzubringen, ihren Sender zu spielen. Immerhin drehte er es leiser, wenn sie ihn darum bat.

Im Imbiss herrschte Hochbetrieb, und Emma sah zu, wie Khoy, seine Mutter und seine ältere Schwester schnell und fast wortlos die Kunden bedienten. Khoys Vater saß nebenan in ihrem kleinen asiatischen Supermarkt an der Kasse. Khoy lief mit drei Tellern im Arm an ihr vorbei.

»Willst du Kaffee?«

Sie nickte mit vollem Mund. Bei seinem nächsten Gang stellte er eine Tasse vor ihr ab. Es war Filterkaffee, der seit Stunden auf der Warmhalteplatte gestanden hatte. Emma lächelte dankbar und häufte Zucker in die Tasse.

Blume kam herein und sah sich suchend um. Emma bemerkte es und ärgerte sich auf der Stelle. Es schien, als wollte er nicht akzeptieren, dass sie hier einen Stammplatz hatte. Blume verstand nicht, warum sie immer in diesen Imbiss ging. Der Alexanderplatz war keine Gourmetadresse, aber die Straße hoch Richtung Volksbühne gab es ein paar gute Lokale. Emma wollte immer zu Khoy.

»Hallo.«

Edgar Blume stand vor ihr, strahlte sie an und küsste sie heftig. Emmas Ärger verflog. Sie lächelte und wischte ihm ein Reiskorn vom Mund, das bei dem Kuss an ihm haften geblieben war. Blume quetschte sich zu ihr in die Nische, zog eine Speisekarte aus dem Ständer und überflog sie stirnrunzelnd.

Khoy raste mit einem Stapel schmutziger Teller in Richtung Küche und kam schwungvoll vor ihnen zum Stehen.

»Hallo Edgar, willst du was essen?«

Wie immer in Khoys Nähe versteifte sich Blume leicht. Von Emma darauf angesprochen, leugnete er das entschieden. Aber sie hatte nicht lockergelassen und auf sein Schweigen hin die Vermutung gewagt, der zarte Asiate Khoy mit seinen Kajalaugen wecke in ihm eine versteckte schwule Seite. Blume hatte daraufhin einen ganzen Tag lang nicht mehr mit ihr gesprochen.

Er klappte die Karte zu und bestellte lächelnd ein Glas Wasser.

Khoy grinste, wechselte einen Blick mit Emma, die mit den Augen rollte, und verschwand in der Küche. Emma löffelte weiter ihren Eierreis. Im Laden war es jetzt etwas ruhiger geworden, ein Trupp Schüler auf Klassenreise, die vor einer halben Stunde in den Imbiss gestürmt waren, bezahlten und gingen. Khoys Vater, ein schmaler Mann mit grauem Haar, kam durch die Verbindungstür aus dem Supermarkt in den Imbiss. Er zwinkerte Emma zu und sagte etwas auf Kambodschanisch zu seiner Ehefrau. Er war mit 17 Jahren nach Deutschland gekommen und hatte schnell gelernt, sich anzupassen. Seine Frau war traditioneller aufgewachsen und sprach auch jetzt noch nur gebrochen Deutsch. Wenn der Vater sich abends zu Khoy und Emma an den Tisch setzte und Geschichten über die Touristen erzählte, die an dem Tag in seinen Supermarkt gekommen waren, dann saß sie meist schweigend daneben und legte ihrem Mann bei allzu derbem Spott die Hand auf den Arm, während Emma und Khoy Tränen lachten.

Emma legte den Löffel zur Seite und wischte sich den Mund mit einer Serviette ab.

»Warum warst du heute eigentlich so komisch am Tatort?«

Blume setzte ein unschuldiges Gesicht auf.

»Wieso?«

»Na, reden hättest du schon mit mir können.«

Khoy kam aus der Küche und stellte ein Glas Wasser vor Blume ab. Sein Vater ging an ihm vorbei. Emma sah den Blick, den der Vater seinem Sohn zuwarf – eine Mischung aus Ärger und Sorge.

Blume trank einen Schluck Wasser und stellte es weit vor sich auf den Tisch. Er sagte:

»Ich war sauer. Erst werde ich am Samstag angerufen, und dann ist plötzlich ein anderes Dezernat zuständig.«

Er drehte seinen Kopf zu ihr.

»Tut mir leid, wenn ich das an dir ausgelassen hab.«

»Schon gut.«

Khoys Vater ging zurück in den Supermarkt. Durch die Verbindungstür sah man eine alte Dame, die eine Gurke auf das Band an der Kasse gelegt hatte. Khoys Vater setzte sich an die Kasse und begrüßte die Frau im breiten Berliner Dialekt.

»Wie war es in Brandenburg?«

Überrascht drehte sich Emma zu Blume.

»Woher weißt du, wo ich war?«

Er grinste.

»Dein Handy ging nicht. Das hab ich noch nie erlebt. Ich hab Bente angerufen. Sie meinte, du seist vermutlich im Funkloch.«

Emma schwieg. Und fragte dann:

»Wusstest du eigentlich, dass der Lehrer deines Sohnes rechtsradikal war?«

Er sah auf das Glas in seinen Händen und fragte, ohne sie anzusehen:

»Woher wusstest du, woher der Tote stammt?«

»Ich hab zuerst gefragt.«

Blume fixierte sie. Dann schüttelte er den Kopf

»Ich habe heute zum ersten Mal davon gehört.«

»Lukas Brinkmann war ein Heimatkundler. Er hat mal was über sein Dorf geschrieben.«

»Mit wem hast du geredet?«

»Mit seinem Vater. Habt ihr was gefunden in der Wohnung?«

Blume brummte:

»Ist nicht mehr mein Fall.«

Khoy kam an den Tisch und nahm Emmas Teller.

»Hat's geschmeckt?«

»Lecker, Gruß an deine Mutter.«

Blume stand auf und legte zwei Euro auf den Tisch.

»Wollen wir?«

Emma zog ihn am Ärmel zurück.

»Jetzt wart doch mal.«

Er verschränkte die Arme und sah sie an. Sie malte mit der Gabel Kreise auf den Tisch.

»Ich will noch was wissen. Dafür erzähl ich dir dann doch noch was.«

Er setzte sich wieder zu ihr auf die Bank.

»Schieß los.«

»Gab es vor ein paar Wochen dort einen ungewöhnlichen Todesfall? Ein Junge?«

Er sah sie an.

»Was weißt du darüber?«

Sie ließ die Gabel sinken und lehnte sich zurück.

»Ein Junge, August, läuft in dem Dorf herum. Älter als Johann, ich schätze, so zehn, elf Jahre. Etwas neben der Spur, scheint aber seine Ohren und Augen überall zu haben. Pastor Brinkmann, also der Vater des Opfers, sagte, er habe seinen Bruder verloren.«

Zwei Paare kamen in den Imbiss, die Männer im Smoking, die Frauen in Abendkleidern. Laut lachend und redend stellten sie sich vor die Theke und studierten das Angebot auf der Tafel hinter der Kasse. Der Geruch eines herben Männer-Aftershaves wehte zu ihnen herüber. Blume rückte etwas näher an Emma heran und senkte die Stimme.

»Marlon Siebenbacher starb an einer Überdosis. Er wurde auf dem Bürgersteig vorm Tresor gefunden, dem Club an der Köpenicker Straße.«

Blume beobachtete die Paare an der Theke, während er weiterredete:

»Er lebte noch, als man ihn fand. Er starb eine halbe Stunde später im Krankenwagen. Er muss Stunden da gelegen haben, er war stark unterkühlt. Hätte man gleich den Notarzt gerufen, würde der Junge vielleicht noch leben.«

Emma starrte ihn an.

»Überdosis? Was hatte er genommen?«

»Chrystal. Marlon war erst fünfzehn, deshalb hielt das Gericht seinen vollen Namen und den Wohnort unter Verschluss. Aber du kriegst es ja doch raus.«

War das jetzt ein Vorwurf? Emma beschloss, den letzten Satz zu ignorieren und fragte:

»Und was hat das jetzt mit dem toten Lehrer zu tun?«

Blume zuckte die Schultern.

»Sag du es mir.«

Emma starrte nachdenklich auf die beiden Paare. Sie hatten ihre Bestellung bei Khoys Mutter aufgegeben. Die beiden Frauen quetschten sich mit raschelnden Röcken in die Bank am anderen Ende des Imbisses und steckten kichernd ihre Köpfe zusammen. Die Männer gingen vor die Tür und rauchten. Die Frau im roten Kleid hob den Kopf, sie begegnete Emmas Blick und musterte sie leicht überheblich. Emma bemerkte sie gar nicht. Sie drehte den Kopf zu Blume.

»Ein toter Jugendlicher, ein rechtsradikaler Lehrer. Sein Lehrer?«

Blume schüttelte den Kopf.

»Brinkmann war Grundschullehrer. Immerhin an der gleichen Gesamtschule. Aber Marlon ist erst nach der 7. Klasse dahin gewechselt.«

»Auf eine Schule nach Berlin Zehlendorf? Warum so weit weg?«

»Das haben wir uns auch gefragt. Er hat eine größere Schwester, die für ihn und den kleinen Bruder sorgt...«

»Ich hab sie heute gesehen. Sie heißt Heike.«

»Heike, genau. Sie sagte, Marlon wollte so weit weg von dem Dorf wie möglich. Anderthalb Stunden Schulweg hätte er mit Freuden auf sich genommen, um möglichst wenig bei ihr sein zu müssen. Übrigens schwört sie, dass Marlon nie Drogen genommen hat.«

Emma spielte mit einem Bierdeckel auf dem Tisch vor ihr. Nachdenklich sagte sie:

»Ist das glaubwürdig? Vielleicht will sie sich nur selbst schützen. Schließlich hatte sie doch die Verantwortung für ihre Brüder.«

Blume antwortete nicht. Emma sah ihn von der Seite an und meinte: »Er will zu einer Schule, die so weit weg wie möglich ist von zuhause. Klingt ganz schön hart, oder? Auch für die Schwester. Heike ist doch auch noch total jung.«

Blume zuckte mit den Schultern. »Diese Jugendlichen auf dem Land wollen doch alle raus und in die Stadt. Die Schwester ist doch genauso drauf. Kann man ihr ja auch nicht verübeln, wer will schon in dem Kaff versauern. Du musst das doch kennen.«

Emma kniff ihn in die Seite.

»Bremen ist eine Stadt! Eine Stadt, du Angeber.«

Blume lachte wieder und zog sie in die Arme. Sie befreite sich schnell.

»Ich muss noch zahlen.«

»Ich warte draußen.«

Blume ging raus. Emma schlüpfte aus der Nische und stellte sich an die Kasse. Khoy ging mit dem leeren Teller an ihr vorbei in die Küche. Als er zurückkam, hielt sie ihn am T-Shirt fest.

»Hier, du kriegst noch die drei Euro. Mach nicht immer so ein Theater.«

Khoy tat, als hätte er sie nicht gehört, und wischte den Tisch ab. Sie legte das Geld neben die Kasse.

»Tschüss, Sturkopp.«

Sie legte ihre Hand auf seine Schulter und drückte ihm einen flüchtigen Kuss auf die Wange. Er roch nach Gras.

»Hast du eigentlich schon mal Ärger gekriegt?«

»Wegen Kiffen?«

Emma lachte.

»Nee, ich mein mit Rechten.«

Jetzt lachte auch Khoy, aber es klang anders als sonst.

»Na klar, Landei. Ich komm schließlich aus dem Weitlingkiez.«

»Ich denk aus Lichtenberg?«

Khoy sah durch das Schaufenster auf Blume, der auf dem Bürgersteig eine Zigarette rauchte.
»Das lass dir mal von deinem Superbullen erklären.«
»Blödmann.«

Blume und Emma gingen nebeneinander die Rosa-Luxemburg-Straße hoch. Es war viel los, Samstagabend. Paare gingen an den Schaufenstern vorbei, eine Gruppe Jugendlicher drängte sich in eine neue orange-grün angestrichene Bar an der Ecke, Theaterbesucher liefen im Eilschritt die Stufen zur Volksbühne hoch, und am Babylon standen schwarzbebrillte Cineasten frierend in der Schlange und warteten auf Einlass. Emma seufzte zufrieden. Blume sah sie von der Seite an und fragte:

»Willst du ins Kino? Doch nicht etwa Theater?«

Emma grinste und schüttelte den Kopf. Sie wickelte ihren Schal fest um den Hals.

»Am liebsten würde ich noch ein bisschen rumlaufen.«

»Mir soll's recht sein.«

Die Schönhauser hoch wurde es noch voller. Im White Trash lärmte das Publikum, und aus dem Due Forni roch es nach Knoblauch.

»Manchmal«, Emma wich einem Kinderwagen aus und sprach etwas lauter, um den Mann mit der Gitarre über dem warmen U-Bahn-Luftschacht zu übertönen, »manchmal muss man wegfahren, um zu wissen, wo man sein will.«

Blume lachte leise und legte den Arm um sie.

»Wo jetzt genau? Vor den hupenden Autos oder zwischen den Schülern auf Klassenfahrt?«

Emma sah auf das Muster der Pflastersteine.

»Neben dir reicht schon.«
Blume reagierte nicht, aber Emma spürte, dass er lächelte.
Es wurde dann noch ein schöner Abend.

Sonntag, 23. März.
Berlin, Alexanderplatz, Mitte

Am Morgen weckte sie ein Anruf von Helene. Emma lag allein in ihrem Bett, Blume war später noch nach Kreuzberg in seine Wohnung gefahren. Die Sonntage verbrachte er meist mit seinem Sohn. Ohne dass sie darüber gesprochen hatten, versuchten sie zu vermeiden, dass Blume direkt von ihr nach Zehlendorf zu seiner Familie fuhr.

Helene klang munter. Sie hatte Emma und die behinderte Ida allein aufgezogen, als der Vater die Familie nach Idas Geburt verlassen hatte. Emma hatte ihrem Vater nie verziehen, bis es zu spät war – er war vor fünf Jahren gestorben.

»Ich hoffe, wir haben dich nicht geweckt! Ida löchert mich seit Stunden!«

»Kein Problem, ich wollte sowieso gleich aufstehen.«

Seit Emma mit ihrem Onkel Manfred Schneider über die Ehe ihrer Eltern geredet hatte, sah sie die Sache in einem anderen Licht. Schneider hatte seinen Bruder, ihren Vater, damals aufgenommen, als er sich von seiner Familie getrennt hatte. Im Gespräch mit Schneider hatte Emma erkennen müssen, dass auch der Vater Gründe für sein Verhalten gehabt hatte.

Helene fragte:

»Musst du heute arbeiten?«

»Ja, ein Mord an einem gebürtigen Brandenburger. Ich muss wohl aufs Land fahren.«

Seitdem kämpfte Emma mit sich, wenn sie mit ihrer Mutter sprach. Im Grunde hatte sie ihr nichts vorzuwerfen.

Und doch blieb das Gefühl, dass Helene ihr damals nicht die ganze Wahrheit gesagt hatte.

»Hoffentlich hast du dann überhaupt Zeit für uns nächstes Wochenende!«

Emma hatte es bisher vermieden, ihre Mutter zu besuchen, und war auch Weihnachten nicht nach Hause gekommen. Sie hatte sich bereiterklärt, über die Feiertage den Dienst zu übernehmen und war danach an Heiligabend zu Khoy und seiner Familie gefahren.

Da sie das Fest nicht feierten, war es ihr nicht schwergefallen, die Weihnachtstage zu ignorieren. Nur ihre kleine Schwester Ida vermisste sie sehr. Nächste Woche hatte Emma Geburtstag, und Helene hatte es sich nicht ausreden lassen, mit Ida nach Berlin zu kommen.

Bevor Emma antworten konnte, hatte Ida der Mutter schon das Telefon aus der Hand gerissen und rief:

»Ich hab deine Mail gehört!«

Emma lachte glücklich.

»Und, mein Sonnenschein? Was ist es?«

»Ein Spielplatz!«

»Nein.«

»Eine Baustelle!«

Emma kuschelte sich wieder in ihre Decke und legte den Hörer etwas entfernt auf das Kissen. Wenn Ida gute Laune hatte, und das hatte sie fast immer, dann kannte sie keine Lautstärkebeschränkung.

»Auch nicht, aber du bist ganz schön nah dran. Es wird auf jeden Fall etwas aufgebaut.«

Dann war es so still, dass Emma den Hörer wieder nahm und an ihr Ohr presste. Ida atmete laut. Emma konnte sie vor sich sehen, den Blick starr vor Konzentration, die Unterlippe zwischen die Zähne geschoben. Sie streichelte den Hörer.

»Soll ich's sagen?«

»Nein!!!« schrie Ida, und Emma hielt schnell wieder den Hörer vom Ohr weg.

»Ich hab doch noch den ganzen Tag!«

»Das stimmt, 24 Stunden, das ist die Regel. Lag ich denn richtig mit dem Pflasterstein?«

»Nein!«

»Aber ein Stein!«

»Nein, ja, na gut. Das ist von Jennis Grabstein. Ich war gestern mit Mama da.«

»Oh.«

»Aber eine Frau kam und hat die Blumen von Mama auf den Müll geworfen. Echt. Die war vielleicht dumm!«

Emma schluckte. Sie hatte nicht gewusst, dass Helene zum Grab gehen wollte. Normalerweise vermieden sie das Thema bei ihren Telefongesprächen.

»Du, Emma?«

»Ja?«

»Hast du echt keine Zeit für uns?«

»Aber klar hab ich Zeit! Ich freu mich doch schon total auf dich!«

»Und auf Mama auch?«

Emma zögerte.

»Sicher.«

»Na, dann ist ja gut.«

Berlin, Zehlendorf

Blume saß an seinem alten Küchentisch und schnitt die Paprika für den Salat. Johann saß neben ihm und kämpfte mit den Tomaten. Dabei stocherte er mit dem scharfen Messer so nahe an seinen Fingern vorbei, dass Blume wegsehen musste. Sein Blick durch das Fenster fiel auf Karin. Sie streute gerade Futter in das Vogelhäuschen. Blume erinnerte sich noch gut daran, wie er das Häuschen vor drei Jahren im Baumarkt gekauft und aufgestellt hatte. Johann war damals vier gewesen. Stundenlang hatte er auf der Fensterbank gehockt und nach draußen auf die sich vorsichtig nähernden Vögel gestarrt. Karin drehte sich um und begegnete seinem Blick. Sie lächelte ihm zu und ging mit der angebrochenen Futterpackung zurück in die Garage. Die Jeans und ihre alte schwarze Jacke schlotterten um ihren schmalen Körper. Seit Norbert gegangen war, wurde sie immer dünner.

Johann hatte aufgehört, die Tomaten zu schneiden. Er beobachtete seinen Vater. Als Blume sich zu ihm umdrehte, schob er sich mit der Faust, in der noch immer das Messer steckte, die Haare aus der Stirn. Behutsam nahm Blume ihm das Messer aus der Hand.

»Vorsicht mit dem Messer, Johann. Leg es aus der Hand, wenn du nicht mehr schneidest.«

Johann ließ es gleichgültig geschehen. Er schüttete die geschnittenen Tomaten in die Salatschüssel. Dann wischte er sich die Hände an seinem Pullover ab und beugte sich mit dem Oberkörper über den Tisch.

»Du, Papa...?«

Karin kam jetzt wieder in den Garten. In der Hand hielt sie einen Eimer mit Mulch. Ist doch schon längst erfroren, das meiste, dachte Blume. Er warf einen kurzen Blick auf seinen Sohn.

»Was ist?«

Karin schüttete den Mulch auf das Rosenbeet rund um die kahlen Sträucher. Blume musste sich recken, um sie noch weiter beobachten zu können. Johann zupfte an seinem Pulloverärmel.

»Papa, was machen wir heute?«

Er drehte sich zu ihm um.

»Nach dem Essen muss ich leider wieder weg. Ich muss noch arbeiten.«

Johanns Blick verdunkelte sich. Er glitt zurück auf seinen Platz, nahm das Messer und stach auf die Tomaten in der Schüssel ein.

Blume seufzte.

»Nächstes Wochenende nehm ich mir frei. Und dann machen wir einen Ausflug, versprochen!«

Johann sah hoch.

»Du und ich und Mama?«

Blume zögerte, dann schüttelte er den Kopf.

»Wir beide mit Emma. Sie bekommt Besuch von ihrer kleinen Schwester, und ich dachte...«

»Nö, keine Lust.«

Johann beugte sich wieder über die Schüssel und bearbeitete das Gemüse. Blume schloss sanft seine Hand um die Finger seines Sohnes.

»Wir reden ein andermal darüber.« Er strich über die Finger seines Sohnes.

»Das ist der Daumen...«

Johann lächelte.

»Der schüttelt die Pflaumen...«

Blume kniff zart in die Fingerkuppen. Johann quietschte vor Begeisterung.

»Der hebt sie auf, der legt sie in den Korb, der schleppt sie nachhaus...«

Karin klopfte von draußen gegen die Terrassentür. Blume ließ die Hand seines Sohnes noch nicht los.

»Und wenn du willst – eine Stunde kann ich schon noch bleiben.«

Johann wand sich aus dem Griff seines Vaters, stand von seinem Stuhl auf und lief zur Terrassentür. Karin lächelte ihrem Sohn durch die Scheibe entgegen. Johann riss die Tür auf, ein Schwall kalter Luft wehte herein. Karin kam rein, zog sich die Gartenhandschuhe von den Fingern und wuschelte ihrem Sohn durch die Haare. Sie ging durch die Küche in den Flur und hinterließ dabei eine Spur ihres Duftes und dreckige Fußabdrücke auf dem Holzboden. Blume kippte die fertig geschnittene Paprika in die Schüssel. Johann schloss wieder die Terrassentür und drehte sich zu seinem Vater um.

»Wir können uns doch nach dem Essen aufs Sofa schmeißen und eine DVD gucken.«

Blume stand auf und spießte eine Nudel aus dem kochenden Topf auf eine Gabel. Er verbrannte sich die Zunge, als er probierte.

»Mmmh, mh, okay.«

Mit Gepolter zog sich Karin im Flur die Stiefel von den Füßen. Blume goss das heiße Wasser in die Spüle und schreckte die Nudeln ab. Karin kam wieder in die Küche und nahm im Vorbeigehen drei Teller aus dem Geschirrschrank. Johann kletterte wieder auf seinen Stuhl und zog die Salatschüssel an sich. Mit dem Finger suchte er sich ein Stück Paprika heraus. Blume verteilte die Nudeln. Johann sagte:

»Ich such den Film aus. Wie früher. Und du sitzt in dem blauen Sessel und Mama auf dem Sofa. Und es gibt Kakao. Ok?«

Ok, murmelte Blume. Er spielte mit seiner Gabel. Karin vermied ihn anzusehen. Schweigend aßen sie die Nudeln.

Brandenburg, Hofsmünde

Punkt zehn Uhr schloss Pastor Brinkmann die Kirchentür auf. Er trug keinen Talar. Kein Messdiener schritt voran, und keine Gemeinde erhob sich mit raschelnden Kleidern. Keine Orgel spielte, und keine Kerze brannte. Es war Sonntagmorgen zehn Uhr, und Hans Brinkmann betrat, wie er es nun schon seit über vierzig Jahren tat, seine Kirche.

Zögerlich ging er über den Mittelweg und blieb vor dem rostigen Kerzenhalter stehen. Es roch nach kaltem Rauch. Vielleicht waren ein paar der Jugendlichen heimlich letzte Nacht hier gewesen. Die Gemeinde hatte die Erlaubnis, den Kirchenraum für Gruppen zu öffnen, aber noch musste er davon in Kenntnis gesetzt werden. Er wischte eine ausgedrückte Zigarettenkippe von einem kahlen Sockel. Die Muttergottes, die ihn hier angelächelt hatte, war bereits verpackt auf dem Weg nach Süddeutschland. Als ob die da noch eine bräuchten, dachte er. Brinkmann zog aus der Tasche seiner Cordhose eine schlichte weiße Kerze und stellte sie auf den Sockel. Seine Hand zitterte, als er das Streichholz anzündete. Auf einmal spürte er, dass er nicht allein war. Mit einem Ruck drehte er sich um. Im Halbdunkel des Kirchenschiffes saß in einem speckigen Ledersessel eine hochgewachsene schmale Gestalt.

Leise schrie Brinkmann auf. Das brennende Streichholz hatte seinen Daumen erreicht. Er fluchte und schüttelte das Feuer aus.

Der alte Mann in dem Sessel lachte heiser. »Ein ehemaliger Pastor, der in einem ehemaligen Gotteshaus flucht. Armes Deutschland.«

Missmutig starrte Brinkmann auf seinen verletzten Daumen.

»Was hast du hier verloren, Blattner?«

Der alte Mann lehnte sich mit einem Stöhnen an die fleckige Rückenstütze.

»Ich bete, Hans. Für deinen Sohn Lukas. Wenn der eigene Vater keinen Glauben mehr hat.«

Abrupt drehte sich Brinkmann wieder zum Sockel um und zündete mit einem neuen Streichholz die Kerze an.

Blattner kam mühselig aus dem tiefen Sessel hoch. Dabei stützte er sich schwer auf einen eleganten schwarzen Stock. Umständlich machte er ein Kreuzzeichen. Dann seufzte er und schaute nach vorn, dorthin, wo das Kreuz gehangen hatte.

»Du hättest nicht aufgeben dürfen, Brinkmann.«

Brinkmann schwieg. Blattner ging langsam auf ihn zu. Das Tock Tock seines Stocks hallte auf dem Steinfußboden. Auf halbem Weg machte er eine Pause. Er atmete heftig.

»Die Kirche gehört doch zu Deutschland, Menschenskind!«

Brinkmann sah hoch.

»Sag das mal deinen Leuten! Wer macht denn hieraus einen Jugendclub?«

»Wenn du nicht so störrisch gewesen wärst, dann hätten wir nie...«

»Du hast deinen Laden nicht mehr im Griff, Blattner!«

Der alte Mann blieb stehen. Er nickte versonnen, dann sah er hoch zum Orgelboden.

»Wie er Bach spielen konnte.«

Pastor Brinkmanns Wut verrauchte. Ihm wurde schwindelig. Der alte Mann seufzte tief.

»Ich hätte alles gegeben, alles, Brinkmann, für so einen Jungen.«

Brinkmann tastete mit der Hand nach dem Sockel. Plötzlich sah er sie beide da stehen, zwei Männer wie zwei alte müde Hunde, die sich um einen faulen Knochen stritten.

»Ich will nicht mehr, Helmut. Ich kann nicht mehr. Mach, was du willst.«

Der Mann mit dem Stock trat noch näher an Brinkmann heran.

»Dann komm zu uns, Hans. Das ist eine historische Chance! Die Kirche soll wieder christlich werden, und den anderen Kram verlegen wir ins Pfarrhaus. Vergiss die alten Streitereien. Uns verbindet doch etwas! Dein Junge hat das erkannt. Wir brauchen dich! Ich brauche dich!«

Brinkmann lachte freudlos. Er löschte die Kerze und steckte sie zurück in die Tasche. Dann ging er an dem alten Mann vorbei auf den Ausgang zu. An der Tür drehte er sich noch einmal um.

»Du bist ein Teufel, Helmut. Aber meine Seele bekommst du nicht.«

Der alte Mann rief ihm hinterher:

»Bald hast du hier nichts mehr zu sagen, Hans! Du bist jetzt ganz allein!«

Den Vormittag über hatte es getaut. Die Vorderräder des Audis versanken tief im Matsch, als Emma den Wagen vom Sender auf dem Zeltplatz parkte. Sollte es anfangen zu regnen, würden die Räder durchdrehen. Sie beschloss, sich darüber keine Gedanken zu machen, schnappte sich ihre Tasche vom Beifahrersitz und stieg aus.

Die zum Parkplatz umfunktionierte Weide war jetzt um die Mittagszeit schon gut gefüllt. Emma sah verschiedene Kennzeichen aus der Gegend, für das Märkische Oderland MOL, LOS für Oder-Spree und BAR für Barnim. Ein paar Autos trugen das Berliner B im Kennzeichen.

Im Imbisswagen brutzelten die Friteusen, ein Mann im weißen Kittel kassierte mit hochroten Wangen von einem Paar das Geld für zweimal Pommes. Auch der Schießstand und die Losbude hatten jetzt das Visier hochgeklappt und präsentierten ihr Angebot an Plastikblumen und grellen Plüschtieren. Ein Familienvater kaufte gerade zum Jubel seiner Kinder eine Unmenge von Losen. Sie zogen sich in eine Ecke des Standes zurück, um dort in Ruhe die kleinen Zettel aufzurollen.

Mitten auf dem Platz war ein Mann dabei, einen Wahlstand der Rechten Liga aufzubauen. Ein Sonnenschirm mit dem Parteilogo stand bereits, auf dem Tapeziertisch ordnete er Flyer, auf denen die charakteristische Frakturschrift prankte, Kulis und Fähnchen.

Schräg hinter dem Zelt richtete sich langsam eine Hüpfburg auf. Ein paar Kinder sprangen ungeduldig vor dem Eingang der Plastikburg zwischen den Pfützen hin und her und kreischten, wenn der warme Luftstrom des Gebläses in ihr Gesicht fuhr. Schon standen die zwei rot-gelben Türme des gigantischen Spielzeugs, und ein kleines Mädchen klatsche vor Vorfreude in die Hände.

Vom Grillplatz wehte ein würziger Duft herüber. Zwei Schweine brutzelten an Metallspießen über dem offenen Holzfeuer. Rocco Schmitz stand dahinter, begoss die Spieße mit Bratfett und drehte sie in gleichmäßigen Abständen um. Er hatte sich ein rot-weiß kariertes Handtuch um den Hals geschlungen und die Ärmel seiner Fußball-Fanjacke hochgeschoben. Er schwitzte trotz der winterlichen Temperaturen. Ein paar Jugendliche standen um das Feuer und sahen begehrlich auf die brutzelnden Schweine. Einer kam mit Plastikbechern voll Bier aus dem Zelt und ging an Emma vorbei zum Grillplatz. Er reichte Schmitz ein Bier und sagte etwas zu ihm. Schmitz nahm einen Schluck und sah dabei in ihre Richtung. Dann stellte er den Becher beiseite, zog ein Messer und stach in die dunkle Kruste. Das Fett troff zischend in die Glut, und Schmitz nickte zufrieden.

Emma warf einen Blick in das Zelt. An der Theke zapfte der Wirt die Biere zum Frühschoppen für die Festgäste, von denen sich einige schon am Tresen festhalten mussten.

An den Bänken saßen Familien und Alte, vor sich benutzte Plastikschüsseln, in denen Reste von Erbsensuppe trockneten. Ein paar Familienväter nutzten die Schüsseln als Aschenbecher. Weiter hinten wuschen Frauen in Kittelschürzen eine geleerte Gulaschkanone aus, Erbsensuppe für 1,50, mit Knacker für 2 Euro, stand auf einem Schild hinter dem provisorischen Ausschank. Emma sah Augusts Schwester, Heike. Sie schenkte Kaffee aus. Viele der alten Leute schienen sie zu kennen, sie sprachen sie an, streichelten ihr über den Arm oder winkten sie zu sich. Die junge Frau reagierte kaum darauf, sie verteilte mit gleichgültiger Miene weiter ihren Kaffee. Sie trug wieder enge Jeans in den Stiefeln, eine pelzgefütterte Jacke in Silber und hellblonde Strähnen im dunklen Haar.

»Frau Vonderwehr!«

Der Bürgermeister im dunkelblauen Wollmantel löste sich aus dem Pulk an der Theke und kam auf sie zu. Als er ihre Hand ergriff und schüttelte, hüllte sie eine Wolke seines Rasierwassers ein.

»Wie schön, dass Sie tatsächlich gekommen sind!«
Emma lächelte.
»Hallo, Herr Eichwald.«
Er umschloss fest ihre Hand und zog sie mit sich in das Zelt. An der Theke blieb er stehen.
»Darf ich Ihnen etwas zu trinken besorgen?«
»Gerne. Ich nehme eine Cola.«
Eichwald gab dem Wirt einen Wink, der nickte und bückte sich unter den Tresen. Die Gespräche der anderen Gäste ringsherum waren verstummt, alle starrten auf Emma. Sie zog den Riemen ihrer Tasche fester auf ihre Schulter.

»Herr Eichwald, ich würde gerne mit ein paar Leuten reden, die Lukas Brinkmann gut kannten, vielleicht können Sie mich …«

Eichwald strahlte sie an. Er sah heute besser aus, sein Gesicht war nicht mehr so aufgedunsen. Er drückte ihr die Cola in die Hand und sagte:

»Jetzt vergessen Sie mal die Arbeit. Kommen Sie, ich führe Sie herum!«

Der Bürgermeister ging ihr voraus tiefer in das Zelt hinein, und Emma folgte ihm notgedrungen. Er stellte sie den Frauen an der Gulaschkanone vor, den Familien und Alten an den Tischen und grüßte zwischendurch wieder zur Theke. Sie nahmen am Ende eines Tisches Platz, Eichwald zog zwei unbenutzte Kaffeetassen zu sich und winkte der Bedienung. Heike kam und füllte ohne ein Wort zu sagen Kaffee aus der Thermoskanne in die Tassen. Auf einen Scherz des Bürgermeisters reagierte sie mit einem kleinen herablassenden Lächeln, dann ging sie weiter zum nächsten Tisch. Der ältere Mann, der dort mit seiner Frau saß, legte seinen Arm um Heikes Taille und zog sie eng an sich.

Sie presste ihre Lippen zusammen und löste sich mit aller Kraft von ihm. Er lachte und griff nach seinem Bier, seine Frau sah weg.

Emma stellte die noch fast volle Flasche Cola auf den Tisch und nahm einen Schluck von ihrem Kaffee. Er war nur noch lauwarm. Sie beugte sich zu Eichwald hinüber und sagte halblaut.

»Die Frau, die uns gerade bedient hat, das ist doch die Schwester von dem jungen Drogenopfer, nicht wahr? Marlon Siebenbacher, wenn ich mich richtig erinnere.«

Eichwald schaute sie etwas verlegen lächelnd an.

»Na ja, klar kennen Sie die Geschichte. Wissen Sie, das hat uns allen sehr zugesetzt. Wir passen hier aufeinander auf.«

»Glauben Sie, die beiden Todesfälle haben miteinander zu tun?«

Eichwald verschluckte sich fast an seinem Kaffee.

»Aber nein, wie kommen Sie denn darauf! Das war doch etwas ganz anderes. Ein Unglücksfall. Marlon war uns entglitten, er war fast gar nicht mehr hier im Ort. Seine Eltern starben bei einem Autounfall, und Heike war mit der Aufgabe überfordert.«

Der Bürgermeister sah der jungen Frau nach, und Emma folgte seinem Blick. Heike stand hinter der Theke und rauchte. Ihre Hand, die die Zigarette zum Mund führte, zitterte. Sie stand abseits von den übrigen Frauen, die sie offensichtlich ignorierten. Eine Gruppe älterer Besucher riefen nach ihr und hoben ihre leeren Kaffeetassen. Heike klemmte sich die Zigarette zwischen die Lippen, nahm die leeren Thermoskannen in die Hand und drehte sie um. Die Angesprochenen protestierten lautstark, aber sie zuckte nur mit den Schultern. Eichwald sagte:

»Heike arbeitet als Altenpflegerin hier in der Gegend,

deshalb kennen sie alle. Ich hab ihr den Job hier vermittelt. Sie kann jeden Pfennig brauchen.«

Ein paar Jugendliche sammelten die benutzten Plastikschüsseln in Müllbeutel und räumten die Tische zur Seite. Am DJ-Pult war ein Streit um die Musiktitel entbrannt. Nach einer Weile dröhnte lautstark und verzerrt Lady Gaga aus den Boxen. Eine Unterhaltung war damit nicht mehr möglich, und die Alten verließen rasch das Zelt. Die Trinker wandten sich wieder ihrem Bier zu und warfen nur noch hin und wieder einen Blick auf Emma.

Das Lied war zu Ende, ein 80er-Jahre-Hit fing an. Schmusetanz. Emma sah aus den Augenwinkeln, wie die Mädchen die Jungs auf die Tanzfläche zerrten. Die wehrten sich eine Weile pro forma, bis sie sich endlich eng an ihre Tanzpartnerinnen schmiegen konnten. Heike stand noch immer hinter der provisorischen Kaffeetheke und spülte jetzt die letzten Kannen aus. Emma drehte sich wieder zu Eichwald und sagte laut in sein Ohr:

»Gestern war ich in der Kirche. Das ist ja ein kurioser Anblick.«

Er lächelte und winkte einer Seniorin zu, die sich gerade an ihnen auf der Tanzfläche vorbeischob.

»Ja, das war auch für mich gewöhnungsbedürftig, das können Sie mir glauben. Aber warum sollten wir den einzigen öffentlichen Raum, den die Gemeinde hat, ein paar alten Frauen überlassen? Zumal der Pfarrer nur noch sonntags morgens Andacht hielt.«

»Und was findet dort jetzt statt?«

»Konzerte, Versammlungen. Wissen Sie, wo sich die Jugendlichen vorher getroffen haben?«

Emma zuckte mit den Schultern.

»An der Bushaltestelle!«

Eichwald sah zufrieden in die Runde und zog den Teller mit den Schnittchen näher an sie heran.

»Mögen Sie?«

»Nein danke.«

»Stimmt, ich hatte Ihnen ja Kuchen versprochen. Dann müssen Sie noch bis heute Nachmittag bleiben. Aber das lohnt sich!«

»Herr Eichwald«, Emma beobachtete Heike, die sich langsam in Richtung Zeltausgang schob, »was ist mit dem Pfarrhaus? Der Pastor scheint ja dort auszuziehen!«

»Natürlich. Das ist schließlich eine Dienstwohnung.«

»Was soll damit geschehen?«

»Wieso, wollen Sie aufs Land ziehen?«

Der Bürgermeister lachte über seinen eigenen Scherz und stand auf.

»Schenken Sie mir den Tanz!«

Emma schüttelte den Kopf.

»Sie feiern hier, Herr Eichwald. Ich bin hier zum Arbeiten.«

Der Mann vor ihr versuchte, sie am Arm zu ziehen, wie vorhin die Mädchen es bei den Jungen gemacht hatten.

»Nun kommen Sie schon!«

Freundlich lächelnd, aber nachdrücklich befreite Emma sich aus der Umklammerung.

»Wirklich nicht. Ich geh mal kurz nach draußen.«

Am Zeltausgang blieb sie stehen. Sie hielt Ausschau nach Heike, konnte sie aber nirgendwo entdecken. Die junge Frau rührte sie. Sie schien sich einen Panzer angelegt zu haben, um niemanden hinter die Fassade blicken zu lassen.

Neben dem Zelt roch es nach Erbrochenem, ein Hund schnüffelte an einer Lache, die dunkel an Erbsensuppe erinnerte. Nur wenige Schritte weiter war die Hüpfburg in

Betrieb genommen worden. Am Eingang stapelten sich die Stiefel. Die Kinder tobten auf Socken über die Fläche, sie schrien und lachten, und die luftgefüllten Plastiktore am Eingang wackelten hin und her. Ein paar größere Jungs warfen sich mit Schwung in die Mitte auf die anderen Kinder. Kleinere klammerten sich an die Haltegriffe und weinten. Eltern standen am Rand, rauchten, fotografierten ihre Kinder oder unterhielten sich. Rocco Schmitz hatte auf dem Grillplatz das Schwein angestochen und verteilte große Stücke davon auf Pappteller. Der Mann im Imbisswagen beobachtete ihn mit verschränkten Armen.

Neben dem Parkplatz war die Kleintierschau aufgebaut. Auf Tapeziertischen standen Kisten, Kartons und Transportkäfige, in denen sich Kaninchen und Hasen verschreckt vom Lärm aus dem Zelt ins Stroh drückten. Emma entdeckte August, der hinter seinem Kasten stand, während er die Tiere der anderen Teilnehmer taxierte.

»Hallo August! Hat Burschi die Nacht gut überstanden?«

Der Junge sah hoch. Er nickte und biss sich angespannt auf die Lippen.

»Na klar, der ist ja sonst auch draußen. Der kennt das.«

Emma ging an der Reihe der Käfige vorbei und stellte sich dann wieder zu August. Halblaut meinte sie:

»Ich finde, dein Kaninchen sieht am besten aus. So ein schönes Fell haben die anderen nicht.«

August nickte grimmig und leistete sich ein winziges Lächeln.

»Ist ja auch ein Deutscher Großsilber.«

Emma spürte, wie sich jemand vom Zeltplatz her näherte. Sie drehte sich um und sah Schmitz vor sich stehen. Seine Fanjacke hatte er sich um die Hüften geknotet, trotz der

Kälte schien er noch immer von der Hitze des Grillens zu zehren. Er sah an ihr vorbei auf den Jungen und sagte mit seiner merkwürdig hohen Fistelstimme:

»Na, August, gewinnste? An deinem Vieh ist jedenfalls das meiste dran!«

August wich kaum merklich zurück und starrte den Hooligan mit zusammengekniffenen Augen an. Er überlegte einen Moment, dann nickte er. Schmitz lachte.

»Wenn de gewinnst, dann geb ich dir 50 Euro für den.« Der Mann sah jetzt zu Emma. »Dann gibt's nächste Woche noch'n Festessen. Kaninchenbraten!«

Emma sah aus den Augenwinkeln, dass August blass wurde. Schnell legte er eine Hand auf sein Kaninchen, das von der plötzlichen Berührung erschreckt in seiner Ecke zappelte. Emma streckte ihr Rückgrat durch und lächelte Schmitz kalt an.

»Das ist ein Zuchtkaninchen, der Braten wird Ihnen kaum schmecken.«

Der Mann hörte auf zu lächeln und trat einen Schritt näher an sie heran.

»Ich bin da nicht wählerisch, wissen Sie. Wenn ich erstmal Blut rieche.«

Emma sah aus den Augenwinkeln, dass Heike näher kam. Sie sagte schnell:

»Zuchttiere werden mit Chemikalien aufgepäppelt. Gar nicht gut für den menschlichen Organismus. Vor allem, wenn man noch einen hochkriegen will.« Emma lächelte weiter.

»Aber vielleicht ist das ja gar kein Thema für Sie.«

Schmitz zog seine Augenbrauen nach oben.

»Sie haben eine ganz schön große Klappe, Frau Reporterin.«

Emma zischte:

»Und Sie scheinen Ihre nur gegenüber kleinen Jungs aufzureißen. Macht es Ihnen Spaß, August einzuschüchtern? Glauben Sie, Sie wirken mutig, wenn er Angst um sein Kaninchen bekommt? Ich finde das armselig.«

Die Schwester trat jetzt neben August. Sie holte eine Packung Zigaretten aus ihrer Tasche und zündete sich eine an. Schmitz warf ihr einen kritischen Blick zu. Er trat an die Kiste und strich dem Kaninchen über die Ohren. August erstarrte. Schmitz hörte auf, das Tier zu streicheln, und wandte sich wieder an Emma:

»Wir können keine verweichlichten Jungen gebrauchen. Wer sich für Schwache einsetzt, wird selber schwach.«

Er drehte sich zu Heike um.

»Ich füttere kein schwules Weichei mit durch.«

Die Frau starrte an ihm vorbei auf das Zelt. Sie zog heftig an ihrer Zigarette. Rocco Schmitz drehte sich um und ging zurück zum Grillplatz. August hängte sich an ihren Arm.

»Heike, du musst ihm sagen, dass er Burschi nicht…«

»Sei still!« Die Frau entzog sich heftig der Umklammerung ihres kleinen Bruders. Sie gab ihm einen Klaps auf den Hinterkopf und zischte:

»Mach mir das nicht kaputt mit dem Rocco, haste verstanden?«

Ohne Emma anzusehen, drehte sie sich um und ging mit wiegendem Schritt in Roccos Richtung. Gekonnt schnippte sie die halbgerauchte Zigarette in die Pfützen. Rocco sah ihr entgegen. Dann drehte er sich zu seinen Freunden und sagte leise etwas. Sie lachten hämisch und sahen in die Richtung der jungen Frau. Sie blieb einen Moment unsicher stehen, dann drehte sie ab und ging schnell zurück ins Zelt.

Emma wandte sich zu August, der mechanisch sein

Kaninchen streichelte und zu Schmitz hinüberstarrte. Emma strich ihm mit der Hand ganz sacht die Haare aus der Stirn.

»Pass gut auf deinen Burschi auf, ja?«

August nickte. Emma holte eine Visitenkarte aus ihrer Tasche und hielt sie ihm hin.

»Guck mal, das ist mein Name und das hier meine Telefonnummer. Ich heiße Emma. Wenn was ist, kannst du mich anrufen, okay?«

August nahm die Karte und besah sie sich mit gerunzelter Stirn. Dann stopfte er sie schnell in die Tasche seines Anoraks. Emma sagte:

»Ich geh jetzt noch zum Pastor. Soll ich dir nachher helfen, deinen Burschi wieder nach Hause zu fahren?«

August sah sie an. Er zögerte.

»Ich muss noch warten, bis die ihn angekuckt haben.«

»Na klar. Dann warte ich auch noch so lange.«

Der Junge lächelte.

»Okay.«

»Na denn tschüss. Bis nachher.«

»Tschüss.«

Emma fand den Pastor in der Kirche. Er fegte mit gebeugtem Rücken die Kippen auf dem Mittelgang zusammen. Als die Seitentür knarrte, sah er hoch und schien verlegen.

»Ach, die Frau Reporterin. Enna, nicht wahr? Sie sehen einen alten Mann bei unnützer Arbeit.«

Emma setzte sich auf die zersplitterte Bank.

»Ich heiße Emma, Herr Brinkmann. Und Arbeit lenkt ab. Dann ist sie eben dafür nütze.«

Der Mann legte den Besen zur Seite und setzte sich neben sie. Seine Hände zitterten leicht, bis er sie wie zum Gebet verschränkte.

»Ich hab bei Todesfällen immer das Gegenteil geraten. Kommt zur Ruhe, hab ich gesagt, betet. Aber immer war da nur Hektik, Anzeige schreiben, Tante Inge anrufen, die Blumen und den Sarg aussuchen.«

Er starrte auf seine Hände. Emma fiel auf, dass er noch immer einen Ehering trug. Er seufzte und sagte:

»Nur ich hab nichts zu tun. Was soll ich denn sagen? Und zu wem? Ich weiß ja nicht mal, wann ich Lukas beerdigen kann.«

»Was sagt denn die Polizei?«

Brinkmann sah sie an.

»Auf die Polizei zu hören, das habe ich mir schon vor vielen Jahren abgewöhnt.«

Emma erwiderte seinen Blick und meinte leise:

»Aber es ist doch auffällig, der Tod zweier junger Männer, so kurz nacheinander, aus dem gleichen Dorf.«

Brinkmann schien sie nicht gehört zu haben, er saß da, in Gedanken versunken. Emma hakte nach:

»Ihr Sohn Lukas wird in seiner Wohnung ermordet aufgefunden. Der junge Schüler Marlon stirbt wenige Wochen vorher, mit Drogen vollgepumpt vor einem Club auf der Straße abgelegt und dort liegen gelassen. Zwei Männer, keiner alt, beide hier aus dem Dorf.«

»Was soll ich Ihnen darauf sagen, Enna? Soll ich Ihnen mit Gottes Wegen kommen? Das erspar ich uns.«

Der Pastor stand auf und ging zum Altar. Emma fragte laut:

»Kannten die beiden sich?«

»Ja.«

Ganz leicht legte der Mann die Hand auf den weißen Marmor des Altars. Dann drehte er sich zu Emma um.

»Als Jugendlicher hat Lukas auf die kleine Heike aufgepasst. Und als Student war er manchmal hier und half ihr bei den Schularbeiten. Marlon hat ihn vergöttert.«

»Warum?«

Der Pastor sagte:

»Nach dem Tod der Eltern waren die Kinder ziemlich verwahrlost. Heike bemühte sich, aber sie war ja selber fast noch ein Kind. Lukas kümmerte sich um Marlon. Er brachte ihn an seiner Schule unter, er lernte mit ihm. Marlon wollte so sein wie er.«

»War Marlon auch bei der Rechten Liga?«

Pastor Brinkmann wandte sich vom Altar ab und ergriff wieder den Besen. Auf ihn gestützt starrte er nachdenklich vor sich hin.

»Ich hab versucht, es zu verhindern. Marlon war nicht so wie die anderen.«

Er lächelte bitter. »Aber welche Chance haben Sie bei einem halben Kind, das dazugehören will?«

»War Lukas noch oft hier im Dorf?«

»Wenn, dann hat er nicht bei mir vorbeigeschaut. Die Kirche hat er nur noch für ihre Versammlungen betreten. Und zu mir ins Pfarrhaus ist er nur einmal gekommen – um mir zu sagen, dass ich packen muss. Die Partei will das Haus übernehmen.«

»Die Partei?«

»Offiziell die Gemeinde, aber Sie haben ja sicher schon mitbekommen, dass ohne die Rechten hier nichts läuft.«

»Komisch, dass das hier niemanden zu stören scheint.«

Der Pastor lachte unfroh.

»Oh doch. Es stört schon einige. Die meisten geben den Kampf aber irgendwann auf und gehen.«

Emma sah auf den breiten schlichten Goldring am Finger des Mannes und sagte leise:

»Hat Lukas' Mutter den Bruch zwischen Ihnen und Lukas mitbekommen?«

Brinkmann stopfte sich die Hände in die Taschen seiner Cordjacke.

»Sie hat ihren eigenen Kampf gegen den Krebs geführt.«

Er sackte etwas zusammen. Der große schwere Mann sah plötzlich alt und müde aus. Leise sagte er:

»Ich habe es vor ihr verbergen wollen. Die Flugblätter und Nazibücher, die Musik und Lukas' neue Freunde. Ich wusste, dass sie keine Kraft dafür hatte. Vielleicht habe ich es zu lange verdrängt. Ich hoffte, dass es nur eine Phase war, eine Trotzreaktion gegen mich.«

Der Pastor und Emma schwiegen. Brinkmann holte tief Luft, dann begann er, mit langsamen Strichen durch den Mittelgang zu fegen. Auf einmal hielt er inne und sagte:

»Dann kam der Tag, an dem ich es nicht mehr ignorieren konnte. Ich wusste, dass ich ihn endgültig verloren hatte.«

Emma beugte sich vor.

»Was war passiert?«

»Es war am 17. Oktober 1987. Diesen Abend werde ich nie vergessen. Zum ersten Mal wurde er von der Polizei nach Hause gebracht. Lukas war 15. Mir hatte er gesagt, er wollte mit seinem Freund Thomas auf ein Konzert in Berlin gehen. Die beiden waren damals unzertrennlich, sie machten alles zusammen.«

Der Pastor ballte die Fäuste. Seine Augenbrauen zogen sich drohend zusammen.

»Nach Mitternacht klingelte die Polizei. Sie brachten Lukas – in Springerstiefeln und Armeeuniform. Er hatte auf dem Konzert mit einem Knüppel auf wehrlose Jugendliche eingeschlagen, hatte sie angegriffen, nur weil ihnen eine andere Musik gefiel. Die Polizei nahm ihn fest und brachte ihn hierher. Er konnte sich kaum auf den Beinen halten, betrunken und vollgekotzt hing er am Arm vom Vopo, das Gesicht grün und blau geschlagen. Dabei hatte er noch Glück.«

»Wie meinen Sie das?«

Brinkmann wandte sich ihr zu.

»Sein Freund Thomas war zwei Jahre älter und kam nach Hohenschönhausen. Stasi-Gefängnis. Er wurde immer wieder verhört und in Einzelarrest gesteckt. Er hat versucht, sich das Leben zu nehmen. Nach einem halben Jahr ist er in den Westen abgeschoben worden.«

»Und Lukas?«

»Er kam mit einer Verwarnung davon. Und bei uns brach nach dem Vorfall der Krieg aus. Ich durchsuchte sein Zimmer, schmiss weg, was ich an rechtem Zeug fand. Reagierte mit Verboten. Wir hatten keine ruhige Minute mehr.«

Der Pastor wischte sich mit beiden Händen über das Gesicht.

»In der Nacht, als Margarete starb, bekamen wir das zuerst gar nicht mit. Wir waren zu sehr damit beschäftigt, uns anzuschreien.«

Emma sah, wie der Pastor mit den Tränen kämpfte. Ohne nachzudenken, legte sie ihre Hand auf seinen Arm. Einen Moment blieben sie so sitzen, dann stand der alte Mann auf. Er nahm Besen und Schaufel aus dem mitgebrachten Putzeimer, bückte sich und fegte das kleine Häufchen Schmutz darauf. Als er sich wieder aufrichtete, stöhnte er leise.

»Wollen Sie noch sitzen bleiben? Ich würde gerne abschließen.«

Emma stand langsam auf. Sie nahm den Reisigbesen und folgte dem Pastor, der mit schweren Schritten die Kirche verließ. Draußen war es noch hell. Der Wind hatte aufgefrischt und wehte feuchte, mit winzigen Hagelkörnern vermischte Luft in ihre Gesichter. An der Tür zum Pfarrhaus drehte sich Brinkmann um und nahm ihr den Besen aus der Hand. Sie hielt den Stock noch einen Moment fest.

»Er war aus Liebe dabei, haben Sie gestern gesagt. Bei den Rechten. Was haben Sie damit gemeint?«

Der Pastor sah sie an. Mit sanftem Druck zog er den Besen zu sich heran.

»Sie haben so viele Fragen.« Er öffnete die Tür zum Pfarrhaus. Dann drehte er sich noch mal zu ihr um. »Und die wichtigste haben Sie mir noch gar nicht gestellt.«

»Welche ist das?«

»Warum ich Sie Enna nenne.«

Emma fixierte ihn. Dann seufzte sie.

»Was bedeutet der Name, Herr Brinkmann?«

»Er kommt aus dem Irischen und bedeutet ›Feuer‹. Ich musste gleich daran denken, als ich Sie sah. Sie brennen.«

Emma schoss es heiß in die Wangen. Der Pastor betrachtete sie lächelnd. Er schien es zu genießen, sie zu verunsichern. Emma räusperte sich und fragte mit rauer Stimme:

»Und was war jetzt mit der Liebe, Herr Pastor?«

Brinkmann hörte auf zu lächeln. Sein Blick verlor sich. Er sagte leise:

»Es war die Liebe zu mir, Frau Reporterin. Deshalb bin ich schuld. Und ich habe nicht nur sein Leben auf dem Gewissen.«

Er drehte sich um, ging ins Haus und schloss leise die Tür hinter sich. Emma stand einen Moment stirnrunzelnd da. Dann zog sie ihr Notizbuch aus der Tasche und notierte sich das Datum 17.10.1987. In großen Buchstaben schrieb sie den Namen Thomas daneben. Dann klappte sie das Heft zu und steckte es zurück in die Tasche. Nachdenklich kaute sie auf ihrer Unterlippe, als sie wieder zum Festplatz ging. Sie fragte sich, was aus Thomas geworden war.

Berlin, Schöneberg

Jeden Sonntag ging die alte Hansen aus dem dritten Stock ihre einzige Enkelin besuchen, eine Totgeburt, die im Garten der Sternenkinder auf dem Matthäusfriedhof lag. Es sei ihr größter Wunsch, hatte sie der Lehrerin letztes Jahr im Treppenhaus erzählt, dort begraben zu werden. Sie hoffte, durch ihr Engagement in der Gemeinde einen Platz in der Nähe der Kindergräber zu bekommen.

Langsam und schnaufend kam die alte Frau die Treppe herunter und zeigte sich erfreut, auf die junge Lehrerin aus dem Zweiten zu stoßen, die gerade einen Spaziergang machen wollte. Gerne ließ sie sich unterhaken, die Treppe machte ihr in den letzten Jahren immer mehr Schwierigkeiten. Vor der Tür beließen sie es gleich bei der vertrauten Stellung und marschierten langsam in Richtung Grosgörschenstraße. Lina Hansen hatte in der Abendschau ein Bild des Mannes gesehen, der so oft bei der Lehrerin zu Besuch gekommen war und der auch ihr einmal höflich die Tür aufgehalten hatte. Ihr Mann war schon 30 Jahre tot, aber sie wusste noch, wie es sich damals angefühlt hatte, als er in der Nacht nach Luft rang, blau angelaufen. Sie hatte geweint, gestern Abend, bei Salzstangen und einer Weißweinschorle und sich ein wenig getröstet gefühlt. Es stimmte eben doch, dass die Zeit die Wunden heilte. Aber der Satz kam ihr jetzt banal vor, sie traute sich nicht, ihn auszusprechen, deshalb plapperte sie ein wenig von ihren Balkonpflanzen. Sie hoffte, die junge Frau etwas ablenken zu können, aber sie schien ihr gar nicht zuzuhören. Die Hansen folgte den Blicken der Lehrerin und entdeckte zwei Männer auf dem Spielplatz der Kita. Sie lehnten an der roten Rutsche und rauchten, dabei war doch heute Sonntag, und kein Kind musste abgeholt werden.

Als sie an der Großgörschen waren, drehte die alte Frau noch einmal vorsichtig den Kopf – schnelle Bewegungen im Nacken vermied sie seit ihrem letzten Hexenschuss. Die Männer waren verschwunden. Die junge Lehrerin neben ihr schien sich zu entspannen. Erst jetzt fühlte die Hansen, dass die Frau schweißnasse Hände hatte. Sie sah sie aufmerksam an und lud sie nach einem kurzen Zögern ein, mit ihr zum Kinderfriedhof zu kommen, den die Gemeinde wirklich hübsch hergerichtet hatte. Die Lehrerin schüttelte den Kopf. Sie versuchte zu lächeln, aber sie sah furchtbar aus, obwohl sie doch eigentlich eine sehr adrette Person war. Die alte Hansen nickte und tätschelte liebevoll ihren Arm. Sie hätte ihr gern von ihrer Enkelin erzählt. Dieses Mädchen, von dem sie geträumt hatte, dass es ihrer schönen im Krieg verhungerten Schwester glich. Sie hatte es nie im Arm halten können, aber seit 13 Jahren war der Gedanke an das Kind der Grund, warum sie am Morgen aufstehen konnte. »Omnia vincit amor.«

»Wie bitte?« Die junge Frau an ihrer Seite sah sie nicht an, sondern warf einen Blick zurück zum Haus.

»Die Liebe besiegt alles.« Die Alte ließ den Arm der Jungen los und lächelte. »Ich war auch mal Lehrerin. Latein.«

Die Junge nickte, schien sie aber nicht verstanden zu haben. Ohne sich zu verabschieden, bog sie nach rechts ab. Lina Hansen seufzte, richtete ihre Haare, schaute ausgiebig nach links und rechts und trippelte dann geschäftig über die Straße.

Brandenburg, Hofsmünde

Burschi hatte den dritten Platz belegt, hinter einem reinweißen Mecklenburger Schecken und einem Zwergwidder mit Schlappohren, der gleichmütig auf der gewonnenen Rosette herumkaute. August sah erleichtert aus. Er winkte Emma schon von weitem, als sie über die platt gefahrene Weide auf ihn zukam.

»Bist du fertig? Mein Auto steht da hinten auf dem Parkplatz.«

August nickte und versuchte, die Kiste mit Burschi hochzuheben.

»Warte, ich helfe dir.«

Emma ging um den Tapeziertisch herum und fasste das andere Ende der Holzkiste. In dem Moment kam Rocco Schmitz aus dem Zelt. Emma ließ vor Erstaunen die Kiste wieder los, die wenige Zentimeter zurück auf den Tisch knallte. Burschi fiepte empört.

Emma fragte leise:

»Was ist denn hier los?«

August zuckte die Schultern und beobachtete Schmitz mit zusammengekniffenen Augen. Zwei seiner Kumpels schleiften einen sehr dicken Mann zum Imbisswagen. Ein hochgewachsener Schlaks kletterte über die Wagenwand ins Innere des Imbisswagens und reichte Bierflaschen aus der Kühlanlage an die anderen weiter. Sie drängten den Dicken gegen die Außenwand des Imbisswagens. Der Schlaks zog den Mann an seinen Haaren nach hinten und hielt ihm grob eine Bierflasche an den Mund. Links und rechts hielten ihn die Männer an den Oberarmen fest. Der Dicke machte keine Anstalten zu fliehen. Er rollte ängstlich mit den Augen und versuchte, hastig zu schlucken, um die Luftröhre frei zu halten. Das Bier rann ihm schäumend die Jacke hinunter. Die Männer an seinen Seiten stemmten sich gegen ihn, dabei lachten sie und taten so, als ächzten sie unter dem Gewicht des Mannes.

Emma drehte sich zu August um.

»Warte, ich komm gleich wieder.«

Der Junge reagierte nicht. Emma ging zum Imbisswagen und stellte sich vorne an die Ausgabe. Die Männer taten, als sähen sie sie nicht, sie lachten und prosteten sich zu. Der Schlaks kam mit einem neuen Bier und goss es einfach über den Dicken. Der schnappte nach Luft. Der Schlaks lachte, und Emma sah, dass ihm vorne zwei Zähne fehlten. Emma holte tief Luft und stemmte ihre Arme in die Seiten.

»Stopp! Hören Sie auf damit!«

Der Schlaks hielt mitten in der Bewegung inne, die Bierflasche hoch in der Luft. Erstaunt glotzte er in Emmas Richtung. Sie schluckte und rief dann mit fester Stimme:

»Hören Sie sofort auf, oder ich hol die Polizei!«

Ganz langsam drehte sich der Hooligan Schmitz zu ihr um. Er grinste und taxierte sie von oben bis unten. Seine hohe Fistelstimme füllte die Luft.

»Regen Sie sich ab. Das ist hier ein Spiel unter Freunden, nicht wahr, Achim?«

Der Dicke wischte sich den Bierschaum von der Jacke und nickte ängstlich. Emma räusperte sich. Sie hoffte, ihre Stimme würde nichts von ihrer Angst verraten.

»Lassen Sie den Mann gehen.«

Die Männer johlten, klatschten sich gegenseitig ab und

warfen die Bierflaschen nach dem ersten Schluck in den Matsch, so dass der weiße Schaum bis zu Emma spritzte. Sie machten keine Anstalten, den Mann aus ihrer Mitte zu lassen. Emma fixierte ein paar der Männer, die in ihrer Nähe standen. Sie hatten stark vergrößerte Pupillen, die fast das komplette Auge füllten. Schmitz hob leicht die Hand. Sofort trat Stille ein.

»Es wäre besser, wenn Sie sich hier raushalten, Frau Reporterin. Sie sehen ja, die Männer hier sind außer Rand und Band. Da kann so eine hübsche Frau schon mal unter die Räder kommen.«

Emma trat einen Schritt auf Schmitz zu. Er schien der Einzige zu sein, der nicht auf Droge war. Seine Augen blickten ruhig und scheinbar amüsiert auf sie. Emma versuchte den Blick auszuhalten. Sie war sich sicher, dass er ihre Angst spürte.

»Lassen Sie ihn gehen.«

Der Schlaks im Wagen kicherte, verstummte aber sofort, als Schmitz ihm einen warnenden Blick zuwarf. Seine Stimme wurde härter, als er erwiderte:

»Vorsicht, Frau Reporterin. Von schönen Frauen lasse ich mir viel gefallen, aber langsam reicht es. Legen Sie sich nicht mit mir an.«

Emma wollte etwas sagen, als jemand sie von hinten heftig an ihrer Jacke zog. Sie fuhr herum und sah August vor sich stehen. Die Kiste mit Burschi stand neben ihm im Matsch.

»Komm, Emma, du wolltest mir doch helfen.«

Schmitz kam noch näher und trat mit einem Stiefel auf Burschis Kiste. Es knirschte, und das Kaninchen fiepte ängstlich. Der Mann sah nur Emma an und lächelte gemein. Niemand sagte ein Wort.

Eine hochgewachsene schmale Gestalt näherte sich von der Dorfstraße dem Zelt, ein alter Mann, der sich beim

Gehen schwer auf einen eleganten schwarzen Stock stützte. Sofort zog Schmitz den Fuß zurück. Einer der Männer wischte den Bierschaum von seiner Jacke, ein anderer strich sich über die Haare. Nur der Schlaks schien den alten Mann noch nicht bemerkt zu haben. Er trank einen langen Schluck aus seiner Bierflasche, so dass sich sein Adamsapfel hüpfend auf und ab bewegte. Dann hielt er die Flasche mit der Hand zu, schüttelte sie kräftig und zielte damit auf den fettleibigen Mann in ihrer Mitte. Als ein Kumpel ihn anrempelte und mit einem Kopfnicken auf den alten Mann zeigte, erstarrte der Schlaksige in seiner Bewegung und setzte ein dümmliches Lächeln auf. Das Bier spritzte durch seine Finger hindurch und durchnässte seinen Arm. Auch Schmitz verlor sein süffisantes Lächeln und sah unwillig zu dem alten Mann. Der blieb vor dem Zelteingang stehen und betrachtete mit gerunzelter Stirn die Männer. Sein Blick blieb an Schmitz hängen.

Einen Augenblick herrschte gespannte Stille. Dann gab Schmitz dem Schlaks ein Zeichen, woraufhin der über die verschlossene Wagentür nach draußen kletterte. Er verschwand im Zelt.

Der Alte stand noch immer auf seinen Stock gestützt vor dem Eingang. Einer nach dem anderen drückten sich die Männer an ihm vorbei ins Zelt, bis schließlich nur noch Schmitz und der Dicke am Imbisswagen standen. Jetzt ging der alte Mann langsam auf Emma zu. Er beachtete aber weder sie noch Schmitz, sondern schaute auf August und sein Kaninchen.

»Und, hat dein Kaninchen gewonnen?«

Seine Stimme war etwas heiser, aber er klang ehrlich interessiert. Emma beobachtete August. Der Junge schluckte, schüttelte dann den Kopf und sagte:

»Dritter Platz.«

Der alte Mann lachte leise und tätschelte dem Jungen den Kopf.

»Es kommt schon noch deine große Stunde, August.«

Dann drehte er sich um und ging zum Zelteingang. Wieder ignorierte er Emma und Schmitz. Emma starrte ihn an, er kam ihr bekannt vor, aber sie wusste nicht woher. Vor den Stufen des Zeltes blieb er stehen und schien zu warten.

Rocco Schmitz schob seinen Kopf ganz nah an Emma heran und sagte leise: »Irgendwann werden wir nicht gestört, Süße. Darauf freue ich mich schon.« Dann trat er mit einer kleinen schnellen Bewegung gegen die Radkappe des Imbisswagens, drehte sich um und verschwand im Innern des Zeltes. Der alte Mann streckte vorsichtig seinen Rücken und stöhnte dabei leise. Dann machte er sich daran, wieder schwer auf seinen Stock gestützt, die Stufe am Zelteingang hinaufzusteigen.

Der Dicke blieb noch einen Moment stehen und sah Emma ängstlich an. Das Bier tropfte ihm aus den Haaren, er wischte es aus dem Gesicht. Dann steckte der Schlaks den Kopf durch die Zeltöffnung und ließ einen kurzen scharfen Pfiff hören. Der Mann zuckte zusammen. Ohne zum Zelt zu schauen, schüttelte er seinen Kopf und ging mit wankenden Schritten in Richtung Parkplatz davon. Der Schlaks starrte ihm wütend hinterher, doch dann lachte er schrill auf, spuckte in die Richtung, in die der andere gegangen war, und verschwand wieder im Zelt. Emma drehte sich zu August um.

»Warte bitte noch einen Moment.«

Sie ließ den Jungen stehen und lief zu dem Feld, auf dem die Autos parkten. Der Dicke stand an einem Auto mit der Aufschrift Fahrschule Schrandt. Er stützte sich mit der linken Hand schwer auf die Fahrertür, während er versuchte, seinen Autoschlüssel aus der Tasche zu ziehen. Emma trat langsam auf ihn zu.

»Sie sollten jetzt besser nicht fahren, Herr…«

»Schrandt heiß ick. Achim Schrandt.«

Jetzt hatte er den Schlüssel in der Hand und drückte auf den elektronischen Türöffner. Der Wagen piepte. Emma streckte ihre Hand aus.

»Geben Sie mir den Schlüssel. Sie sind doch Fahrlehrer, oder? Wollen Sie riskieren, dass die Polizei Ihnen den Führerschein abnimmt?«

Der Mann lachte, während er sich schwer in den Autositz fallen ließ. Dabei entfuhr ihm ein Rülpser, der eine Wolke von Bierdunst in Emmas Richtung wehte. Emma fuhr zurück, und der Mann murmelte:

»Entschuldigung. Aber die Bullen – nee, die haben anderes zu tun, glauben Sie mir.«

Er wollte die Autotür zuziehen, als er noch einen Moment zögerte. Mit glasigen Augen sah er zu Emma hoch.

»Danke übrigens. Wegen vorhin.«

Emma hielt die Tür fest.

»Herr Schrandt, ich wüsste gerne mehr über diese Typen, die Sie da drangsaliert haben. Können wir mal…«

Der Mann unterbrach sie lallend. »Vergessen Sie 's. Sie sehen doch, was die mit mir machen. Hoffentlich haben die uns nicht gesehen. Und Sie verschwinden hier lieber.«

Emma wollte noch etwas sagen, aber dann entschied sie sich anders. Sie trat einen Schritt zurück, und Achim Schrandt warf die Autotür zu. Ohne sie noch weiter zu beachten, startete er den Motor und rollte langsam von der Weide. Emma sah ihm nachdenklich hinterher, bis der Wagen hinter der Wegbiegung verschwand.

August winkte Emma erleichtert zu. Er hatte sich nicht von der Stelle bewegt, seine rechte Hand lag noch immer beschützend auf dem Dach von Burschis Kiste.

Schnell ging sie auf ihn zu, hockte sich vor die Kiste und streichelte Burschi. Der Junge zerrte ungeduldig an ihrem Arm. »Können wir jetzt endlich los?«

»Natürlich.«

Im Zelt wurde jetzt laut gesungen, Emma hörte besoffene Männerstimmen, die ein Volkslied anstimmten. Jemand begann, die Internationale zu grölen, wurde aber schnell überschrien. Gläser klirrten, eine Frauenstimme kreischte. Emma beugte sich zu August und fragte leise:

»Der alte Mann, der eben hier war – weißt du, wer das war?«

August nickte. Er warf einen Blick zum Zelt und flüsterte: »Das war der Herr Blattner.«

»Helmut Blattner? Bist du sicher?«

August zuckte wieder die Schultern und versuchte, Burschis Kiste anzuheben. Emma warf noch einen erstaunten Blick in Richtung Zelt, dann kam sie August zu Hilfe. Gemeinsam trugen sie Burschi zum Auto.

August hatte sich nach hinten zum Käfig gesetzt und starrte aus dem Fenster. Keiner sagte ein Wort. Emma überlegte, was ein Mann wie Helmut Blattner auf einem Dorffest in einem kleinen Ort in Brandenburg zu suchen hatte. Sie hatte ihn nicht erkannt, er war in den 15 Jahren seit seinem letzten großen Auftritt stark gealtert. Damals hatten er und zwei weitere westdeutsche Unternehmer die erste rechtsgerichtete Partei in Sachsen gegründet. Sie war 2004 unter großem medialem Interesse in den Sächsischen Landtag eingezogen, dann aber aufgrund landespolitischer Unkenntnis gescheitert. Emma meinte sich zu erinnern, dass Blattner später wegen Holocaust-Leugnung und Beleidigung von Mitgliedern des Zentralrats der Juden ins Gefängnis gekommen war. Seitdem hatte sie nie wieder etwas von dem Mann gesehen oder gehört.

Emma hatte den Kirchplatz, Netto und das Autohaus hinter sich gelassen und fuhr langsam aus dem Dorf heraus. Drei Mädchen kamen ihnen entgegen, die sich auf hochhackigen Schuhen kichernd aneinanderdrängten. Sie steuerten auf den Zeltplatz zu. Emma dachte an die Jungs mit den riesigen Pupillen. Bis Blattner kam, hatten sie sich wie entfesselt aufgeführt.

»Du, August?«

»Mmmh?«

»Weißt du, was die älteren Jungs für ein Zeug nehmen?«

»Meinen Sie Bier?«

Emma warf einen Blick auf die Rückbank. August hatte den Kopf nicht gedreht und schaute weiter aus dem Fenster.

»Nein, ich meine etwas anderes. Was sie so komisch werden lässt. So aufgedreht. Wie eben, weißt du?«

August drehte den Kopf nach vorn und wies mit dem Finger auf einen Weg, der rechts von der Straße abging.

»Da vorn musst du abbiegen.«

Emma setzte den Blinker und bog in den Schotterweg ein. Er endete seitlich an einem winzigen grau verputzten Haus. Der Garten war kahl, an der Rückwand stapelten sich Müllsäcke und leere Bierkisten. Emma ließ den Wagen ausrollen, bis er vor einem kleinen Schuppen hinter dem Haus zum Stehen kam. An einer Wäscheleine zwischen dem Schuppenvordach und einer Krüppelfichte hingen ein paar Kinderhosen und ein Kleid. August löste den Sicherheitsgurt, zögerte und sagte leise:

»Danke schön. Fürs Fahren.«

»Warte, ich helf dir mit Burschi.«

Emma stieg aus und öffnete die Tür zur Rückbank. Das Kaninchen saß still in seiner Kiste. Sie zog die Kiste zu sich. August war von der anderen Seite zur Rückbank geklettert und schob Burschi vom Sitz. Ohne Emma anzusehen, sagte er:

»Sie wollen morgen nach Berlin fahren.«

Emma ließ die Kiste los und sah den Jungen erstaunt an.

»Wer?«

»Rocco und der Herr Blattner. Sie wollen am Nachmittag einen Kranz ablegen. Bei Lukas vor die Tür. Also da, wo der gewohnt hat.«

»Woher weißt du das?«

August schwieg. Er schob langsam die Kiste weiter und sah auf Burschi.

»Hab ich eben gehört.«

Emma nahm die Kiste und trug sie langsam hinter das Haus. August ging ihr voran bis zu einem selbst gezimmerten Kaninchenstall an der Seite des Schuppens. Emma stellte die Kiste vorsichtig auf den Boden. August entriegelte die Tür des Stalls und hob Burschi auf das Stroh. Er streichelte das Tier und sagte:

»Dabei haben sie immer nur gestritten.«

»Wer?«

»Der Blatter und Lukas. Richtig geschrien haben die. Und Rocco manchmal auch.«

Das Kaninchen hoppelte schnell bis zur Rückwand des Stalls und verkroch sich in einem Haufen frischen Rindenstreus. Emma nahm die Kiste und stellte sie unter das Schuppenvordach. Ohne sich umzudrehen, fragte sie:

»Weißt du, worum es bei dem Streit ging?«

Keine Antwort. Sie kniete sich neben August, der seine Finger zwischen die Maschen des Käfiggitters bohrte. Vom Haus rief eine Stimme.

»Komm jetzt endlich rein!«

August fuhr herum. Seine Schwester stand an der Hintertür und wickelte sich fröstelnd eine Strickjacke um den Körper. Sie kam auf sie beide zu und nahm die Kleider von der Leine. Emma kam hoch und ging einen Schritt auf sie zu.

»Ich habe das von Ihrem Bruder gehört. Von Marlon. Es tut mir sehr leid.«

Heike ließ die Wäscheleine los und musterte Emma. Sie sagte gedehnt: »Sie kommen ganz schön rum, oder? In Ihrem Job?«

Emma sah sie erstaunt an. »Na ja, in Berlin schon.«

Heike warf die Wäscheklammern in einen Korb unter das Vordach und legte sich die frisch gewaschenen Hosen über die Schulter. »Wie wird man das denn, was Sie machen?«

Eine Klammer fiel daneben. Emma hob sie auf und spielte damit in ihrer Hand. »Du kannst mich ruhig duzen. Na ja, das Übliche. Abi, Studium und viel Arbeiten.«

Heikes Gesicht verschloss sich. Sie nahm ihr die Wäscheklammer grob aus der Hand und warf sie zu den anderen in den Korb.

»Schon klar.«

Emma sah sie prüfend an. Aus der Stimme der jungen Frau klang eine Sehnsucht, hier herauszukommen. Sie sagte vorsichtig:

»Aber Marlon, der hatte das vor. Studieren, meine ich. Oder? Warum sonst hätte er den weiten Schulweg auf sich genommen. Jeden Tag bis nach Berlin!«

Heike zupfte an ihrem Kleid, prüfte, ob es schon trocken war.

Schmallippig meinte sie:

»Der Marlon, der dachte immer, er wäre was Besseres. Dauernd sollte ich ihm Geld geben für seine Bücher.«

»Das muss ein großer Schock für euch gewesen sein. Als man ihn gefunden hat.«

Heike drehte ihr den Rücken zu. Leise sagte sie:

»Immer hat er sich aufgeregt, wenn ich nur was getrunken hab. Hat sich manchmal ganz schön aufgespielt mit seinen Büchern und seinen guten Noten...«

Ihre Stimme klang erstickt. Emma wollte ihr die Hand auf die Schulter legen, aber sie zögerte. Heike straffte ihre Schultern, nahm das Kleid von der Leine und faltete es vorsichtig zusammen.

Emma sah sich nach August um. Er stand auf dem Rasen und trampelte ganz versunken eine Spur in den restlichen Schnee. Emma wandte sich wieder zu Heike und sagte halblaut:

»Und jetzt auch noch Lukas Brinkmann.«

Heike fasste ihr Kleid fester. Dann drehte sie sich mit einem Ruck zu Emma.

»Damit habe ich nichts zu tun. Ich kannte den Mann kaum.«

Emma sah sie erstaunt an.

»Ach ja?«

Die junge Frau drehte sich weg und sah zu August. Sie rief ihn.

»Jetzt komm endlich.«

August sah erschrocken hoch und lief zu ihnen. Emma lächelte ihm entgegen.

»Mach's gut, August. Vielleicht sehen wir uns ja noch mal.«

Er nickte, zögerte und schaute zu seiner Schwester. Die

drehte sich um und ging ohne ein weiteres Wort mit den Wäschestücken ins Haus. Der Junge lief ihr hinterher und verschwand im Hauseingang. Emma sah ihm einen Moment nach und ging dann zu ihrem Auto. Sie startete den Wagen und rollte langsam aus der Einfahrt. Da sah sie plötzlich August im Rückspiegel und bremste. Sie ließ das Fenster herunter und wartete.

»Da.«

Der Junge streckte seine Hand durch das Fenster. Auf der schmutzigen und verschwitzten Handfläche lag eine winzige durchsichtige Zellophanverpackung. Zögernd nahm Emma sie zwischen die Finger.

»Was ist das?«

»Hab ich gefunden. Bei Marlon.«

Sie besah sich den Inhalt. Kleine weiße Bröckchen, ähnlich den Kandisstückchen, die ihre Mutter in den Ostfriesentee tat.

Die Schwester erschien wieder in der Tür.

»August!«

Der Junge drehte sich um und lief zurück zum Haus. Emma legte das Tütchen vorsichtig auf den Nebensitz und startete erneut den Wagen. Noch einmal sah sie in den Rückspiegel. August stand neben seiner Schwester. Sie sahen ihr beide nach, berührten sich dabei aber nicht. Dann war sie um die Ecke verschwunden.

Heike fasste August grob an die Schulter.

»Weiß sie Bescheid?«

August sah sie böse an und versuchte sich an ihr vorbeizudrücken, aber die Schwester hielt ihn fest.

»Sag schon! Hast du ihr das mit morgen erzählt?«

Er starrte vor sich hin und nickte langsam. Sie fasste mit

der Hand unter sein Kinn und zwang ihn, ihr in die Augen zu schauen.

»Du hast ihr doch nicht noch mehr erzählt?«

August hob den Blick und blinzelte. Er sagte nichts. Die große Schwester quetschte sein Kinn zusammen, bis er vor Schmerz stöhnte.

»Versuch bloß nicht, Rocco zu ficken. Versuch das bloß nicht.«

Sie ließ ihn los und verschwand im Haus. August lehnte sich gegen den Türrahmen und versuchte nicht zu heulen.

Emma vermied es, noch einmal durchs Dorf zu fahren. Sie wollte so schnell wie möglich nach Berlin zurück. Sie drehte das Radio lauter und ließ trotz der Kälte die Fensterscheibe an ihrer Seite ein Stück herunter. Klare kalte Luft wehte herein und ließ sie tief durchatmen. Auf der Umgehungsstraße bei Friedrichsfelde sah Emma einen Streifenwagen am Rand parken. Schnell nahm sie das kleine Päckchen vom Nebensitz und stopfte es in eine leere CD-Hülle.

Berlin, Mitte. Imbiss Sampeah

Eine Stunde später saß Emma bei Khoy in ihrer Ecke und schob ihren Teller, auf dem noch letzte Reste von Eierreis klebten, beiseite. Sie tippte den Namen Rocco Schmitz in ihr Smartphone und ging auf die Suchfunktion. Die Seite eines Versandhandels baute sich auf. Ein Großteil des Sortimentes bestand aus Fanartikeln des Fußballvereins Lokomotive Leipzig. Außerdem bot Schmitz Musik-CDs, Konzertkarten, Bekleidung und allerlei Keltenkitsch an. Die Homepage war in der szeneüblichen Aufmachung mit Frakturschrift auf schwarz-rot-weißen Hintergründen verfasst. Immer wieder ploppten Werbebanner rechter Verlage oder Gruppierungen ins Bild.

Ein Schatten beugte sich über sie, der den Teller wegzog.
»Was wird das denn?«
Emma sah hoch. Khoy spähte neugierig auf ihr Display. Sie klickte die Seite weg und fragte halblaut:
»Kannst du dich mal zu mir setzen?«
»Klar. Warte kurz.«
Khoy brachte ihren Teller nach hinten und kassierte eine Familie ab, die ein Menü zum Mitnehmen bestellt hatte. Khoys Vater ging aus dem Imbiss nach hinten in die Küche und kitzelte das Mädchen, das er offenbar kannte, im Vorbeigehen im Nacken, was sie mit einem begeisterten Quieken beantwortete. Der kleine Junge versteckte sich in den Mantelfalten der Mutter. Emma dachte an Ida und wie sie sich beim Versteckenspielen die Hände vor das Gesicht ge-

schlagen hatte, überzeugt, dass niemand sie sehen konnte, wenn sie selbst niemanden sah. Sie sehnte sich nach ihrer kleinen Schwester.

Khoy nahm das Trinkgeld, die Familie verabschiedete sich und verließ den Imbiss. Das kleine Mädchen drehte sich noch mal um und fing Emmas Blick auf. Emma lächelte. Die Kleine streckte ihr blitzschnell eine rosa Zunge heraus und flitzte an der Mutter vorbei nach draußen.

Khoy ließ sich mit zwei Tassen dampfenden Kaffees neben Emma auf die Bank fallen. Er hustete, beugte sich mit runden Schultern über den Tisch und trank einen großen Schluck aus seiner Tasse. Seine Iro-Bürste leuchtete heute in Tannengrün, seine Augenlider fliederfarben, ein Ring mit einer Kugel zierte seine Lippen. Zu Weihnachten hatte Emma sich von ihm gewünscht, ihn einmal pur zu sehen. Er war wortlos unter die Dusche gegangen und mit rosiger Haut und weich fallendem schwarzem Haar zurück ins Zimmer gekommen. Emma hatte nur genickt. Sie verstand nun seine Maskerade. Khoy hatte blendend schön und schutzlos vor ihr gestanden.

Khoy setzte die Tasse ab und trommelte mit den Händen nervös auf dem Tisch herum. Sein Vater hatte ihm verboten, im Imbiss zu rauchen. Emma wusste, dass er seine wertvolle Zigarettenpause ausfallen ließ, um sich zu ihr zu setzen. Sie nahm die CD-Hülle aus ihrer Tasche, legte sie vor Khoy auf den Tisch und klappte sie auseinander.

Khoy starrte einen Moment auf das kleine Tütchen, dann klappte er die CD-Hülle wieder zusammen und warf einen Blick durch den Imbiss. Es waren nur noch wenige Gäste da. Sein Vater schien noch immer hinten in der Küche bei seiner Mutter zu stehen. Er sah zu Emma.

»Was soll das?«

Emma legte ihre Hand auf das Päckchen.

»Ich hab das heute von einem kleinen Jungen bekommen. Weißt du, was das ist?«

»Hältst du mich für blöd? Wenn Papa das sieht, schmeißt er dich raus.«

»Ich dachte, du könntest mir vielleicht etwas über den Handel mit dem Zeug erzählen.«

Khoy zögerte. Er hörte aus der Küche die weiche, leicht tadelnde Stimme seiner Mutter, kurz darauf lachte sein Vater.

»Lass es mir hier. Ich hör mich mal um, okay?«

»Danke.« Emma legte Geld neben ihren leergegessenen Teller und stand auf. Khoy stopfte sich das Päckchen in die enge Jeans und stand ebenfalls auf. Sie umarmten sich, Emma stellte sich auf die Zehenspitzen und küsste Khoy auf den Iro. Er schmeckte nach Waldmeister. Khoy hielt ihr die Tür auf. Ein kalter Wind schlug ihnen entgegen. Emma wollte schon gehen, zögerte, drehte sich noch mal zu ihm um und meinte, halb im Scherz:

»Aber nicht vernaschen, ja?«

Khoy hörte auf zu lächeln und sah sie wütend an. Sie sagte rasch:

»War nur ein blöder Scherz, entschuldige.«

Er nickte, aber sein Gesicht hellte sich nicht auf. Ein Mann rief nach ihm, wollte zahlen. Khoy drehte sich um und ging auf ihn zu. Emma verließ den Imbiss und sah durch die Scheibe auf ihren Freund. Aber Khoy hatte ihr den Rücken zugedreht. Emma sagte laut zur Scheibe:

»Warum sind hier nur alle immer so verdammt empfindlich!« Als ihr Spiegelbild keine Antwort gab, stapfte sie mit hochgeschlagenem Mantelkragen davon.

Montag, 24. März.
Berlin, Alexanderplatz, Mitte

Um halb acht sprang ihr Radiowecker an. Emma hatte schon ausgeholt, um ihn zum Schweigen zu bringen, da hörte sie Andreas' warme Stimme die Nachrichten vorlesen.

»Lukas Brinkmann war Mitglied der rechtsradikalen Partei. Das bestätigte uns vor wenigen Minuten der Verfassungsschutz. Brinkmann war Lehrer an einer Zehlendorfer Grundschule. Er war am Sonnabendmorgen ermordet in seiner Wohnung aufgefunden worden. In der nächsten Stunde wird sich der Ü-Wagen von der Schule des Lehrers melden.«

Andreas wechselte zu weiteren Meldungen, und Emma kroch aus dem Bett. Sie stellte sich unter die Dusche, putzte sich die Zähne und wühlte eine halbwegs saubere Jeans aus dem Haufen. Also hatte Bentes Verbindungsmann bestätigt, dass Brinkmann in der Partei war. Der Ü-Wagen vor der Schule in Berlin-Zehlendorf war für 8 Uhr 10 eingeplant, das wusste natürlich auch Andreas. Der Wortlaut »in der nächsten Stunde« war reine Taktik, Andreas blieb mit Absicht so vage, damit Hörer, die an dem Gespräch interessiert waren, nicht zwischendurch den Sender wechselten.

Im Stehen aß sie ein Knäckebrot mit Butter und Salz und schaute dabei aus dem Fenster. 12 Stockwerke unter ihr war Rushhour, die Autos hupten und drängelten auf der vierspurigen Straße rund um den Alex, und die Fahrradfahrer kurvten todesmutig auf kaum ausgewiesenen Radwegen an den Schlangen vorbei.

Ein halbes Jahr wohnte Emma hier jetzt schon. Aus dem anfänglichen Provisorium war eine Zwischenlösung geworden. Teilmöbliert hatte in der Anzeige gestanden, zentral und billig war es auch. Im Winter pfiff es durch die Waschbetonrillen, in der Spüle wohnten Kakerlaken, und im Fahrstuhl stank es nach Urin. Blume nannte es das hässlichste Haus in Berlin und fragte sie, wie sie so wohnen konnte. Ihr war das nicht wichtig. Es gefiel ihr, nirgendwo anzukommen, es entsprach ihr. Die guten Nachbarn, auf die Blume Wert legte, hätten sie nur mit schrägen Augen angesehen. Im Grunde fühlte sie sich immer noch auf der Flucht, obwohl der Rundfunkrat sie rehabilitiert hatte. Offiziell war ihr am Tod von Jenni keine Mitschuld zugesprochen worden. Dennoch wusste sie, dass sie nicht mehr unbeschwert in ihrer Heimat leben konnte. Sollten die Bremer ihr auch verzeihen, sie selbst würde immer mit gesenktem Kopf durch die Straßen laufen. Und eine Journalistin, die die Öffentlichkeit meidet, ist so gut zu gebrauchen wie eine Kakerlake im Spülbecken.

Emma zog sich eine Mütze über die noch feuchten Haare, schnappte sich Mantel und Tasche und verließ die Wohnung. Auf dem Weg zur Treppe strich sie mit den Fingern über das Lämmchen-Poster an der Tür des Nachbarn. Das Apothekenposter hatte einmal Penelope gehört, ihrer kleinen Nachbarin. Kurz vor Weihnachten war ihre Mutter mit ihr nach Süddeutschland gezogen. Jetzt wohnten hier unter der Woche polnische Handwerker auf Montage.

Auf dem Weg zum Funkhaus hörte sie mit ihrem iPod das Radioprogramm. Unter den Linden drehte sie wegen des Verkehrs die Lautstärke nach oben. Sönke, der Frühmoderator, kündigte den Ü-Wagen an. Noch einmal Wetter und Verkehr und dann noch ein Lied. Emma bog in den Tiergarten ein. Hier war es ruhiger, sie konnte die Lautstärke herunterpegeln. Sönke war wieder on air, er leitete mit der etwas lahmen Frage, wen die Reporterin denn schon hatte sprechen können, zum Ü-Wagen hinüber. Die Fragen waren in der Regel abgesprochen, damit der Reporter vor Ort sinnvoll einsteigen konnte. Sönke machte sich manchmal einen Spaß daraus, den Ablauf spontan zu ändern. Er selbst war ein Meister der schnellen Reaktionen und weidete sich dann an der Unbeholfenheit des Reporters, in Sekundenschnelle das Konzept seiner Reportage ändern zu müssen. Schneider hielt wenig von solchen Nachhilfestunden in der laufenden Sendung und hatte Sönke dazu verdonnert, an Samstagnachmittagen den Volontären Mikrofon-Nachhilfe zu geben. Seitdem hielt sich Sönke meistens an die Absprachen.

Ingrid meldete sich jetzt aus dem Ü-Wagen vor der Schule. Sie sprach von einem Meer aus kleinen Blumensträußen, von Lehrerkollegen, denen die Tränen in den Augen gestanden hatten, und von verstörten Kindern. Ingrid übertrieb gerne etwas. Die Chefs liebten sie, weil sie den Hörer emotional ansprach, aber Emma traute ihren Schilderungen nicht. Ging es nach Ingrid, wurde der Lehrer kaum weniger betrauert als Lady Di.

Jetzt kamen die Umfragen. Da es bereits nach acht Uhr war, hatte Ingrid die Interviews aufgezeichnet. Emma fuhr gerade am riesigen CDU-Parteigebäude vorbei, das wie ein Schiffsbug in die Klingelhöfer Straße hineinreichte. Ein Lastwagen donnerte an ihr vorbei, so dass sie die stammelnden, schwer zu verstehenden Worte eines Schülers nicht mitbekam. Es gefiel ihr nicht, dass Ingrid Kinder zu dem gewaltsamen Tod eines Lehrers befragt hatte, aber sie musste zugeben, dass die Kollegin sich Mühe mit den Interviews gegeben hatte – es war sicher nicht leicht gewesen, die Menschen zum Reden vor das Mikrofon zu holen. Sie wunderte sich nur, dass keiner der Beteiligten etwas zu den rechtsradikalen Ansichten des Verstorbenen sagte. Auch Ingrid erwähnte es nicht.

Der Beitrag war zu Ende, Sönke übernahm mit der Zeitansage und fuhr einen ruhigen Titel ab.

Als Emma unten im Einkaufszentrum ihr Fahrrad abschloss, sah sie aus den Augenwinkeln den Ü-Wagen um die Ecke biegen. Er verschwand in der Tiefgarage. Hier war auch der Nebeneingang, den die Kollegen benutzten, wenn das große Rolltor vom Center noch nicht hochgefahren war. Emma benutzte den Eingang auch zu Stoßzeiten, um den Menschenmassen zu entgehen, obwohl sie dann die fünf Treppen bis zur Funkhausetage laufen musste. Sie sah sich um. Es war noch nicht viel los. Die meisten Geschäfte öffneten erst um neun. Nur der Bäcker, der große Kaufmarkt im zweiten Stock und eine Drogerie warteten schon auf Kunden. Emma holte sich beim Bäcker einen Coffee to go und fuhr dann mit dem Fahrstuhl in die Räume der Redaktion.

Schneiders Tür war angelehnt, Emma hörte ihn im Vorbeigehen murmeln, vermutlich ins Telefon. Ein schwacher Zigarettenduft schwebte unter der Tür hindurch bis in den Flur. Sie warf einen Blick in die Senderegie, grüßte den Frühredakteur Markus Harms und winkte Sönke durch die Scheibe zu. Der Moderator grinste zurück, Harms ließ nur ein kurzes Brummen hören. Emma hatte sich mittlerweile an Harms gewöhnt. Wer jeden Morgen um vier Uhr mit dem Dienst begann, brauchte ihrer Meinung nach auch nicht freundlich sein.

Bente war schon da. Emma stellte sich vor ihren Schreibtisch und wartete, bis sie hochschaute. Sie sah müde aus, aber sie lächelte. Emma hob den Kaffeebecher:

»Gratuliere! Du hast es also tatsächlich geschafft, die Bestätigung zu kriegen!«

Bente lehnte sich zurück und verschränkte die Arme.

»Der Mann kam gestern Abend um zehn aus dem Urlaub zurück, und heute Morgen rief er mich vor Arbeitsbeginn an. So was nennt man wohl gute Kontakte.«

Emma ging weiter, schnappte sich im Vorbeigehen die Lokalteile der Zeitungen von Sebastians Schreibtisch und ging zu ihrem Platz. Während ihr Computer hochfuhr, sah sie die Meldungen durch. Alle Zeitungen hatten den Mord. Der *Allgemeinen Berliner Zeitung*, kurz *ABZ*, war es sogar gelungen, ein Foto vom Inneren der Wohnung zu schießen. Ein hübscher Nebenverdienst für einen indiskreten Beamten.

Emma sah einen schmalen Flur, in dem Jacken und Bücher durcheinander auf dem Boden lagen. Mitarbeiter der Spurensicherung standen neben Polizeibeamten. Emma studierte die Gesichter, aber sie konnte Blume nicht unter ihnen entdecken.

Sie schlug die letzte Zeitung auf. Auch der *Bote* brachte die Geschichte, Lehrer ermordet aufgefunden, diesmal mit einem Bild weinender Kinder, vermutlich aus dem Archiv der Zeitung gezogen. Anna, 8, schluchzt, er war mein Lieblingslehrer! Emma verzog das Gesicht. Die *ABZ* und auch der *Bote* erwähnten, dass Brinkmann ursprünglich aus Brandenburg stammte, hatten aber keinen Hinweis auf den Ort, dabei waren die Töne von ihr aus Hofsmünde bereits am Sonntag gelaufen. Keiner erwähnte die Rechtsradikalen.

Emma legte die aktuellen Zeitungen beiseite und zog sich die Computertastatur heran. Mit ein paar Klicks öffnete sie das digitale Zeitungsarchiv des Senders und gab den Namen

Schmitz, Rocco in das Suchfeld ein. Ein Artikel von 2007 erwähnte Schmitz im Zusammenhang mit den Unruhen im Leipziger Stadion. In einer Reportage aus dem vergangenen Jahr wurde sein Versandhandel unter die Lupe genommen. Der Autor des Artikels hatte inkognito mehrere rechte Versandhäuser angeschrieben und ohne Probleme rechtsradikale Schriften und verbotene Nazi-Devotionalien bestellen können.

Emma notierte sich ein paar Stichworte, dann wechselte sie in die offiziellen Internet-Suchmaschinen und gab den Namen Blattner, Helmut ein. Sie fand nur wenige neue Eintragungen.

Die meisten drehten sich um die Zeit in Sachsen nach der Wende und die Verhaftung Blattners kurz danach. Auf den Bildern war der Mann mindestens 20 Kilo schwerer, ein älterer, sportlich wirkender Herr mit zurückgekämmten Haaren und einem arroganten Zug um den Mund.

Blattner war wiederholt wegen Aufstachelung zum Rassenhass, Verleumdung und Beleidigung verurteilt worden und musste den Parteivorsitz abgeben. In einem Artikel hieß es, Blattner werde auch von den eigenen Leuten wegen seines »diktatorischen Führungsstils« kritisiert. Im vergangenen Jahr tauchte er überraschend an der Seite eines jungen Parteivorstandes bei der Wahl in Sachsen auf. Von einer Funktion im Bundesland Brandenburg war nicht die Rede.

»Sitzung!«

Emma sah hoch. Bente stand vor ihrem Schreibtisch, den Bleistift hinter das Ohr geklemmt, die Lokalteile der Berliner Zeitungen und ihr Klemmbrett unter dem Arm. Emma musste lachen.

»Du siehst aus wie der Praktikant vom *Extrablatt*.«

Bente grinste.

»Jetzt komm schon. Sonst musst du wieder auf dem Fensterbrett sitzen.«

»Halt mir einen Platz frei, ok?«

Bente ging vor in Richtung der Glastür, und Emma beugte sich noch einmal über ihren Computer. Sie gab im Datumsfeld der internen Suchmaschine den 17. Oktober 1987 ein und drückte auf Enter. Das Archiv fand drei Einträge. Emma las die Überschriften. »Überfall von Neonazis auf die Zionskirche«. »Brutaler Überfall auf westdeutsche Band«. Und »Ostdeutsche Neonazis entlarven Mythos vom antifaschistischen Staat DDR«.

Schneider ging mit seinem schweren Gang an ihrem Schreibtisch vorbei. Sie hörte ihn und roch die feine Tabakspur, noch bevor sie ihn sah.

»Sitzung, Emma.«

»Sofort.«

Sie klickte auf das Druckersymbol, nahm ihre Papiere und ging auf die Glastür zu. Im Vorbeigehen zog sie die Blätter aus dem Drucker und stopfte sie unter ihren Block. Sie ging rasch durch den Raum und zog die Glastür zum Konferenzraum auf. Ernst, ein Kollege mit halblangen grauen Haaren, nickte gnädig, als er vor ihr durch die offene Tür ging. Emma quetschte sich durch bis zu dem freien Stuhl neben Bente.

Markus Harms saß bereits auf seinem Platz an der Stirnseite der hufeisenförmigen Tischausrichtung. Anstatt wie üblich missgelaunt in sich selbst zu versinken, saß er kerzengrade auf seinem Stuhl und sah mit einem Stirnrunzeln auf die Uhr, die bereits zwei Minuten nach neun anzeigte. Der Grund für sein ungewöhnliches Verhalten saß neben ihm – Gregor Schulenburg, Chef der Welle. Schulenburg überließ normalerweise Schneider das operative Geschäft und widmete sich seinen Statistiken und Werbegeschäftspartnern. Nur bei ungewöhnlichen Ereignissen mischte er sich ein.

Der Raum war bis auf den letzten Platz gefüllt. Sönke hatte seine Schicht beendet und unterhielt sich mit der Technikerin vom Frühdienst über einen Anrufer in der Sendung, Reporter und Redakteure plauderten über ihr Wochenende, und Ingrid saß auf der Fensterbank und gähnte. Emma beugte sich zu Bente vor und sagte leise:

»Weißt du, wen ich gestern in Hofsmünde gesehen habe? Den Blattner.«

Bente sah hoch und drehte sich erstaunt zu ihr.

»Helmut Blattner?«

Emma nickte.

»Ist ziemlich klapprig geworden, ich hab ihn erst gar nicht erkannt. Heute will er mit seinen Leuten einen Kranz niederlegen, am Tatort in Zehlendorf.«

Bente runzelte die Stirn.

»Woher weißt du das?«

Schneider hatte sich bis zu seinem Stuhl neben Schulenburg durchgekämpft und ließ mit einem leisen Knall seinen Zettelstapel auf den Tisch fallen. Das Gemurmel der Kollegen verstummte.

»Guten Morgen allerseits. Susanne, bitte einen kurzen Überblick vom Wochenende. Erspar uns die Buchtipps, nur das geänderte Programm.«

Susanne raschelte nervös mit ihren Ausdrucken und warf einen Blick auf Schulenburg.

»Gegen acht Uhr kam der Anruf von der Lage, ein Toter in Zehlendorf. Sie waren mit drei Einsatzwagen vor Ort, also vermutlich mit Spurensicherung und Kripo. Ich hab sofort Emma angerufen, sie hatte Bereitschaft.«

Die Blicke im Raum richteten sich auf Emma. Sie berichtete kurz von der Situation vor Ort und dem Bericht für den Ü-Wagen. Bente klärte die Kollegen über die rechtsradikale Spur auf. Schulenburg beugte sich vor:

»Ist Ihre Quelle im Verfassungsschutz zuverlässig?«

Bente sah ihn an.

»Ja. Übrigens hat jetzt auch die Partei bestätigt, dass Brinkmann Mitglied war. Vermutlich haben sie sich entschlossen, den Mord für den Wahlkampf zu nutzen. Wir sollten also alle aufpassen, dass die uns nicht vor ihren Karren spannen.«

Schneider sagte:

»Das mit den Rechten haben wir exklusiv heute Morgen gehabt, ebenso die Sache mit der Familie. Gute Arbeit ihr zwei. Wir sollten an beiden Geschichten dranbleiben. Außerdem kommt ja heute noch die Schule dazu.«

Als wäre das sein Stichwort, schaltete sich Harms ein. Normalerweise nuschelte er die Sendeplätze so schnell wie möglich herunter, heute ließ er sich Zeit.

»Ich habe das Programm für den Montag komplett neu geplant und Ingrid mit dem Ü-Wagen zur Schule geschickt. Ich habe sie über jedes Detail der Ermittlungen informiert.«

Oh Mann, dachte Emma. Sie warf einen Blick zu Bente, die mit den Augen rollte. Harms zeigte mit einem Kopfnicken auf Andreas.

»In der Zwischenzeit kam die Bestätigung von Bentes Informant. Andreas hat noch in der laufenden Sendung die Meldung reingenommen.«

Emma sagte laut:

»Im Ü-Wagen war kein Wort über Brinkmanns rechte Aktionen zu hören. War das denn nicht die Meldung des Tages? Andreas hat das ja nach vorn gesetzt, was ich auch richtig fand.«

Ingrid schoss einen giftigen Blick auf sie ab, während sie sagte:

»Wie soll ich das denn auch noch unterbringen? In erster Linie ging es doch wohl um die Trauer über den toten Lehrer! Ich hatte Kinder drauf, die waren einsame Spitze. Eine Schülerin hat sogar geweint, als ich ihr von dem Mord erzählte!«

Bente kam Emma zur Hilfe.

»Das ist auch noch so ein Thema. Vielleicht sollten wir mal grundsätzlich diskutieren, was in so einem Fall angebracht ist. Ist es vertretbar, Kinder bei einer Gewalttat vor das Mikrofon zu holen? Ich finde, das geht gar nicht.«

Ingrid schnellte nach vorn und wollte gerade antworten, da hob Schulenburg beschwichtigend den Arm.

»Tatsache ist ja wohl, dass kaum einer weghört, wenn ein Kind sich in so einer Sache äußert. Aber Sie haben Recht«, Schulenburg sah zu Bente und Emma hinüber, »das Thema gewinnt an Breite und sollte stärker aufgefächert werden. Wir haben einen rechtsradikalen Lehrer an einer Berliner Grundschule. Wie kann das sein? Das ist doch ein Skandal!«

Mit einem Seitenblick auf Schneiders Unterlagen überprüfte er die Besetzung für den Tag.

»Emma, Sie sind für den Ü-Wagen eingeteilt. Fahren Sie noch einmal zur Schule, versuchen Sie, die Direktorin zu kriegen. Fragen Sie sie zum Rechtsradikalismus aus. Wusste sie davon? Wie kann sie das zulassen? Was sagen seine Kollegen, haben sie davon gewusst? Vielleicht kriegen Sie ja sogar Eltern vors Mikro.«

Emma nickte. Sie hob die Hand und lief rot an, ärgerte sich, dass sie sich wie ein kleines Mädchen in der Schule verhielt. Schulenburg nickte ihr zu. Sie räusperte sich und sagte:

»Ich war gestern noch mal in Hofsmünde, wo Lukas

Brinkmann herkommt. Da hab ich mitbekommen, dass die Rechten eine Aktion planen heute Nachmittag am Tatort. Einen Kranz niederlegen oder so. Übrigens ist Helmut Blattner vor Ort. Ich denke, wir sollten auch dabei sein.«

Schulenburg sah sie erstaunt an und wechselte einen Blick mit Schneider. Bente rutschte auf ihrem Platz herum und rief laut:

»Seht ihr, das mein ich! Jetzt geht's doch schon los! Das war doch eine gezielte Indiskretion, damit wir darüber berichten! Die wollen Brinkmann zum Märtyrer machen!«

Schneider fuhr mit seinen Händen über die Tischplatte vor sich. Er suchte seine Zigaretten, gab es auf und sagte seufzend:

»Wir sind uns aller Gefahren bewusst, liebe Bente. Aber natürlich muss der Ü-Wagen dahin. Was denkst du denn? Wir sind beim Luftballonsteigenlassen sonst wo, und da brennt die Luft, oder was?«

Eine Technikerin kicherte. Bente verschränkte die Arme und wollte gerade etwas sagen, da fuhr Schneider fort.

»Am besten unterstützt du Emma bei der Sache. Kann sein, dass das ein ARD-Angebot wird. Das Interesse steigt gerade rapide an dem Mordfall.«

Bente meinte knurrig:

»Geht nicht, ich bin im Senat.«

Schneider sah erstaunt auf. Dann zog er die Brauen zusammen. Oh je, dachte Emma. Schneider schlug übertrieben geziert die Hände zusammen.

»Im Senat! Na, was haben wir denn da Wichtiges auf der Tagesordnung?«

Er sah Bente an. Sie machte keine Anstalten, in ihren Papieren nachzuschauen, also blätterte er selbst in dem Stapel, der vor ihm lag.

»Eine kleine Anfrage von der CDU nach den Autobränden in der Stadt. Kommt sicher viel Konkretes dabei raus.«

Im Raum war es still. Emma warf einen Seitenblick auf Bente. Ohne eine Miene zu verziehen, sah sie ihren Chef an. Emma hätte Schneider am liebsten vor das Schienbein getreten. Der beugte sich jetzt wieder über seinen Zettel.

»Oh, und dann kommt noch der Bürgermeister von Ulan Bator ins Rote Rathaus. Händeschütteln mit Wowereit. Na, da ist es doch schade, dass wir keine Bilder zeigen können, so im Radio.«

Er warf das Blatt vor sich auf den Tisch, als wolle er es in den Müll fegen. Ohne Bente anzusehen, sagte er:

»Du kannst gerne vorher zum Senat fahren. Emma wird dich dann informieren, wenn es losgeht.«

Bente presste die Lippen zusammen und schrieb etwas auf das Blatt vor ihr. Emma sah, dass ihre Hand dabei zitterte. Harms nutzte die Stille und trug das weitere Tagesprogramm vor. Die Ehefrau eines Fernsehschauspielers hatte einen Ehe-Guide geschrieben, der in dem Rat gipfelte, Duftspray für die Haare zu benutzen. Die beiden kamen gegen Mittag in die Sendung. In der Ratgeberschiene ging es heute um energiesparende Trockner, und gegen Abend sollte auf ein Konzert im Admiralspalast hingewiesen werden, mit dem Veranstalter gab es eine Kooperation. Die neue Praktikantin mit den langen blonden Haaren hatte aus einem Interview mit dem Sänger der Band kleine Wortschnipsel herausgeschnitten, die in der Vorbereitung auf das Konzert im Programm verteilt gesendet werden sollten. Für diese Arbeit bekam sie viel Lob, vor allem von den älteren männlichen Kollegen. Mit halb verhangenen Augen blickte sie leicht verächtlich auf ihre Bewunderer, und Emma konnte sich ein Grinsen nicht verkneifen.

Die Sitzung löste sich auf. Schulenburg ging mit einem allgemeinen Nicken in die Runde hinaus. Harms machte wieder seinen üblichen Katzenbuckel und kritzelte auf den Sendelaufplänen herum, während Schneider laut lachend und plaudernd mit Ernst zur hinteren Glastür ging. Emma sagte leise zu Bente:

»Nimm's nicht persönlich, du weißt doch, wenn der Schmacht hat...«

Bente stand auf, nickte und raffte ihre Zettel zusammen. Sie presste sie an sich und ging ohne ein Wort zu sagen auf die Glastür zu. Emma wollte ihr folgen, als sich ihr Ingrid in den Weg stellte.

»Musste das sein, mich so vor dem Chef anzuschwärzen? Das fand ich total unkollegial von dir!«

Emma sah sie erstaunt an. Vor ihnen gingen die Techniker durch die Glastür, sie waren jetzt allein in dem Raum.

»Ich wollte dich nicht anschwärzen. Mir war das Thema wichtig.«

»Quatsch, du wolltest dich nur vor Schulenburg aufspielen.«

Jetzt langt's aber, dachte Emma. Laut sagte sie:

»Ich hätte auch sagen können, was ich dachte, dass dein Beitrag nämlich längst fertig war und du nur keinen Bock hattest, ihn nach der Meldung noch mal umzuarbeiten.«

Ingrids kleine schwarzumrandete Augen verengten sich. Vielleicht hatte sie in einer Frauenzeitschrift etwas über *smokey eyes* gelesen, sie sah aus, als wolle sie sich in einer Geisterbahn bewerben. Aber Emma sah noch etwas anderes als Wut in ihnen: Ingrid schien Angst zu haben. Fühlte sie sich in ihrer Stellung als beliebteste Frühreporterin bedroht? Emma zuckte mit den Schultern und meinte versöhnlich:

»Komm schon, der Ü-Wagen war gut, und jetzt geht's weiter. Was macht das hier für einen Sinn, wenn wir nicht auch Tacheles reden? Bente hat doch auch was gesagt!«

»Ja, Bente.« Ingrid drehte sich um und ging auf die Glastür zu. »Bente will ja auch Schneiders Job.« Emma blieb stehen und sah der Kollegin überrascht hinterher. Ingrid schien es nicht zu bemerken. Sie lachte, schon halb durch die Tür.

»Aber der hat's ihr ja heute ganz schön gegeben.«

»Vonderwehr, RadioDirekt. Ich möchte gerne die Direktorin sprechen.«

»Die ist im Unterricht.«

»Und wann ist Schulschluss?«

»Frau Ansbach ist heute den ganzen Tag beschäftigt. Sie kann leider nicht mit Ihnen sprechen.«

Emma merkte, wie ihr der Ärger hochstieg.

»Frau Ansbach hat einen Rechtsradikalen an ihrer Grundschule eingestellt. Es wäre gut für sie und den Ruf der Schule, wenn sie mir glaubwürdig versichern würde, dass sie das nicht aus politischer Sympathie getan hat.«

Die Frau am Telefon zögerte.

»Bitte warten Sie einen Moment.«

»Aber gerne«, murmelte Emma. Eine Warteschleifenmusik erklang, und Emma hielt den Hörer leicht vom Ohr ab. Sie sah durch den Raum. Bente schien sich von der Morgensitzung erholt zu haben. Sie stand mit Andreas und Sebastian, dem Redaktionssekretär, am Nachrichtendesk und unterhielt sich lachend über eine Seite, die sie sich zusammen an Sebastians Computerbildschirm ansahen. Ernst telefonierte angeregt und blätterte dabei in einem Buch, die anderen Kollegen schrieben oder lasen an den Bildschirmen.

Es herrschte eine entspannte Arbeitsatmosphäre, die Computer surrten, und die Heizungen bullerten leise vor sich hin.

»Wie war noch Ihr Name?«

»Emma Vonderwehr. Von RadioDirekt.«

»Moment. Frau Ansbach ist gleich da.«

Emma hörte ein Klicken, dann eine ruhige volle Frauenstimme. »Sabine Ansbach.«

Emma setzte sich auf.

»Frau Ansbach, ich würde gerne wissen, wieso ein rechtsradikaler Lehrer an einer staatlichen Grundschule unterrichten darf.«

Die Frau an der Leitung seufzte.

»Weil es keine Möglichkeit gibt, ihn daran zu hindern.«

Emma riss erstaunt die Augen auf.

»Wie bitte? Das kann nicht Ihr Ernst sein.«

»Mein voller. Wenn Sie jetzt hier in meinem Büro wären, könnte ich Ihnen ganze Aktenordner zeigen, die das belegen.«

»Tut mir leid, Frau Ansbach, aber das glaube ich tatsächlich erst, wenn ich es gesehen habe.«

»Dann kommen Sie her. Ich muss zur Vierten wieder in den Unterricht.«

Emma meldete sich bei Sebastian ab und versprach Andreas, einen Ton von der Rektorin für die Nachrichten mitzubringen. Bente war nirgends zu sehen. Emma nahm Jacke und Tasche und ging auf den Flur zu Schneiders Zimmer, um ihn zu informieren. Seine Tür war angelehnt, er war nicht im Raum. Emma ging hinein und stellte sich vor den Schreibtisch. Die Heizung summte, sie war voll aufgedreht. Trotzdem war es kalt im Zimmer, das Fenster stand oben offen.

Wie immer versank die Arbeitsfläche unter einem Meer

von Papieren – Manuskriptausdrucke, Memos, Umlaufmappen, aktuelle und alte Zeitungen, dazwischen gelbe Post-its und Tabakkrümel. Es war Emma schleierhaft, wie Schneider in dem Chaos irgendetwas wiederfand, und tatsächlich waren immer wieder wichtige Termine versäumt worden, weil niemand davon in Kenntnis gesetzt worden war. Emma hatte das im letzten Herbst am eigenen Leibe erfahren – sie war fast in die Hände einer Mörderin gefallen, weil ihr Hilferuf an Schneider in den Papierbergen untergegangen war.

Emma hörte die Tür nebenan – das Männerklo – zuklappen, Schneider näherte sich mit tappenden Schritten und seinem Dauerhusten. Auf einmal erschien Emma der mächtige Chefredakteur alt. Er war wie ein Überbleibsel aus einer anderen Zeit, als Sekretärinnen mit nachsichtigem Lächeln das kreative Chaos in der Redaktion bändigten, als Texte noch diskutiert und redigiert worden waren, als ein Journalist sie schrieb, ein Sprecher sie aufsagte und ein Techniker sie auf Tonbänder aufnahm, die dann respektvoll zum Sendestudio getragen wurden. Heute mussten die Mitarbeiter alles in einem sein – sie schlugen die Themen vor, recherchierten und setzten sie um. Beiträge wurden, ohne dass noch jemand darauf geschaut hatte, in einen digitalen Speicher geschoben, aus dem sich Redaktionen in ganz Deutschland bedienen konnten, sie verkürzten, stellten um oder schnitten nur einen Interview-O-Ton heraus, ohne dass es der Urheber auch nur mitbekam. Das oberste Gebot war die Aktualität, sorgfältiges Recherchieren zweitrangig. Schneider mit seinen aufgehobenen Zeitungsartikeln, mit seinem Beharren auf grammatikalische Korrektheit und seiner Ignoranz gegenüber dem Rauchverbot wirkte wie Pacman auf Facebook.

»Emma! Ist noch was?«

Schneider kam herein und ging an Emma vorbei hinter seinen Schreibtisch.

»Ich fahr jetzt los. Die Direktorin gibt mir ein Interview.«

Schneider ließ sich in seinen Stuhl fallen und wühlte in den Papieren vor ihm.

»Denk an die Nachrichten.«

»Klar.« Emma drehte sich um und machte ein paar Schritte. An der Tür zögerte sie. Sie warf einen Blick auf Schneider. Er hatte jetzt unter einem Stapel alter Zeitungen seine Zigaretten gefunden. Mit einem Seitenblick auf Emma zog er sie hervor und stand auf, um an das geöffnete Fenster zu gehen. Er spürte ihren Blick, sah zu ihr rüber und schwieg. Emma kratzte sich an der Nase.

»Am Wochenende kommen Helene und Ida mich besuchen.«

»So.« Mit einem Ruck öffnete er das Fenster vollständig. Ein Schwall kalter Luft zog ins Zimmer. Schneider nahm eine Zigarette aus der Schachtel, steckte sie an und inhalierte tief. Er sah aus dem Fenster und schien in Gedanken versunken. Emma wandte sich schon zum Gehen, als er sich zu ihr umdrehte und meinte:

»Hat sie immer noch so lange schwarze Haare? Helene, mein ich.«

Emma lachte leise.

»Nein, sie hat jetzt kurze graue. Wie lang habt ihr euch nicht gesehen?«

Schneider sah wieder aus dem Fenster.

»Damals, als deine Eltern sich trennten. Da hab ich sie zuletzt gesehen. Sie kam ja nicht mal zur Beerdigung von ihm.«

Er nahm einen Zug. »Keine von euch.«

Emma schluckte. Ihr Vater hatte die Familie verlassen, als Ida, ihre kleine Schwester, gerade geboren war. Sie selbst stand mitten im Abitur, ihre Mutter war Mitte vierzig und hatte das Kind gegen den Willen des Vaters ausgetragen. Emma erinnerte sich gut an diese Wochen, die erschöpfte Mutter, das behinderte Baby, der Vater, der immer öfter mit lautem Türenknallen das Haus verließ, und sie selbst, die sich hinter Matheformeln und französischen Vokabeln verkroch. Emma sagte:

»Helene ist alt geworden.«

Schneider lachte leise und stieß den Rauch aus. Er sah sie an.

»Oh grausame Jugend. Helene ist Helene. Keiner konnte ihr das Wasser reichen.«

Emma wusste nicht, warum sie die Worte Schneiders ärgerten. Vergangenen Herbst, als er ihr half, in Berlin Fuß zu fassen, hatte es nicht so geklungen, als ob er viel von Helene halten würde. Im Grunde war er schuld, dass seitdem ihr Verhältnis zu ihrer Mutter so schwierig war.

»Ich geh jetzt.«

Schneider sagte nichts, er nickte. Emma zog die Tür etwas heftiger zu als nötig und stapfte durch den Flur in Richtung Aufzug.

Berlin, Zehlendorf

Die Schule war in einem Gründerzeitgebäude aus rotem Backstein untergebracht. Ein altes Foto auf dem Gelände wies den Bau als ein ehemaliges Krankenhaus aus. Auf dem einstigen Rosengarten stand jetzt ein Klettergerüst, und ein Gang, gesäumt von einer Pergola, war einer Reihe kniehoher Eisenstangen gewichen, an denen unzählige rote, grüne und blaue Fahrräder gekettet waren.

Der Schulhof lag wie ausgestorben da. Emma sah auf die Uhr, es war kurz vor zehn, dritte Stunde. Sie stieg die breiten Stufen zum Eingang hoch und zog die schwere Eingangstür auf. Sofort schlug ihr der typische Schulgeruch entgegen, eine Mischung aus Schweiß, Gummi und Essigreiniger. Ein Schild wies ihr den Weg zum Sekretariat, sie klopfte an und betrat einen Raum mit knarrendem Parkett und großen Flügelfenstern. Eine füllige Frau Anfang fünfzig saß an einem Resopalschreibtisch und lächelte ihr entgegen. Emma stellte sich vor, die Frau hörte auf zu lächeln und erhob sich von ihrem Platz. Mit kurzen trippelnden Schritten ging sie zu einer Verbindungstür, klopfte, sprach ein paar Worte und winkte Emma durch. Als sie an ihr vorbei durch die Tür ging, nahm Emma den durchdringenden Moschusgeruch der Sekretärin wahr – die Perlenkette auf dem Busen wogte.

»Frau Vonderwehr, kommen Sie herein. Möchten Sie einen Kaffee?«

Die Sekretärin schnaubte entrüstet durch die Nase, und Emma zog es vor, dankend abzulehnen.

Sabine Ansbach sah aus, als stünde sie kurz vor ihrer Pensionierung. Die ältere Frau war sehr schmal. Sie trug das dunkle fedrige Haar zu einem Dutt am Hinterkopf gesteckt und hatte die großen Augen sorgfältig geschminkt. Sie erinnerte Emma an die Schauspielerin Geraldine Chaplin. Sie bot Emma an, sich zu setzen und lehnte sich selbst gegen ihren Schreibtisch.

»Wir bedauern alle sehr den Tod unseres Kollegen. Ein Mord auch noch, wie schrecklich. Wir haben heute...«

»Moment bitte, Frau Ansbach.« Emma zog ihr Mikrofon aus der Tasche und stöpselte es in ihr Aufnahmegerät. Sabine Ansbach beobachtete sie dabei misstrauisch. Emma stellte sich neben sie und hielt ihr das Mikrofon mit einem aufmunternden Lächeln unter die Nase. Die Direktorin räusperte sich und sagte nun deutlich langsamer:

»Der Tod von Lukas Brinkmann ist ein schwerer Schlag für uns alle. Eine sehr erfahrene Kollegin hat heute seinen Unterricht übernommen. Sie hat mit den Kindern gesprochen. Wir planen einen Gedenkgottesdienst abzuhalten, wenn, nun, wenn die näheren Umstände dieses Vorfalles aufgeklärt sind.«

Emma kontrollierte den Pegel ihres Aufnahmegerätes. Die Frau hatte eine angenehm volle und warme Stimme, sie klang jünger als sie aussah.

»Frau Ansbach, seit wann wissen Sie, dass Lukas Brinkmann Mitglied der Rechten Liga ist?«

Die Direktorin seufzte. Sie verschränkte die Arme und sagte etwas leiser als vorher:

»Ein Vater machte uns darauf aufmerksam. Er hatte ihn in einem Zeitungsartikel wiedererkannt, es war bei einer Demonstration vor zwei Jahren. Brinkmann trug die Fahne.«

»Und was haben Sie unternommen?«

»Nun, ich stellte ihn zur Rede. Er stritt es nicht ab, das war in Anbetracht der Beweislage auch unsinnig. Er sagte, das sei seine Privatsache und habe nichts mit seiner Arbeit hier zu tun.«

Emma wechselte das Mikrofon in die linke Hand.

»Und dann?«

»Ich habe mich bei der Schulverwaltung erkundigt. Er hatte Recht. Die Partei ist nicht verboten. Ich kann ihn deswegen nicht entlassen.«

»Aber wie kann ein Beamter...«

»Moment, Brinkmann war nicht verbeamtet. Wie Sie ja vielleicht wissen, belässt das Land Berlin seine Junglehrer im Angestelltenstatus.«

»Aber doch erst seit einigen Jahren. Brinkmann war doch schon länger im Schuldienst.«

»Da haben Sie Recht. Wir haben ihn immer wieder zurückstellen lassen, und er hat nicht dagegen protestiert. Vielleicht wusste er, dass es Ärger geben würde.« Die Direktorin lächelte kurz. »Oder er hatte keine Lust, ein Bekenntnis zu unserer demokratischen Staatsordnung abzulegen.«

Emma ließ das Mikrofon sinken. Sabine Ansbach richtete sich auf, ging zu einem Aktenschrank hinter dem Schreibtisch und zog einen grauen Aktenordner heraus. Sie legte ihn auf den Schreibtisch und schlug ihn auf. Interessiert trat Emma näher.

Die Direktorin öffnete den Ordner und blätterte durch die Seiten.

»Zuerst versuchten wir ihn zu suspendieren. Brinkmann wehrte sich. Er holte sich Unterstützung von der GEW, der Lehrergewerkschaft. Wir mussten ihn weiterbeschäftigen.«

Sabine Ansbach blätterte weiter. Eine helle Strähne, die am Ansatz grau nachwuchs, hatte sich aus dem Dutt gelöst und legte sich in einer weichen Welle auf ihre Wange. Die Frau steckte sie achtlos hinter ihr Ohr.

»Wir brachten den Fall vor das Verwaltungsgericht. Wir argumentierten, Brinkmanns politische Ausrichtung sei unvereinbar mit der freiheitlich-demokratischen Grundordnung.«

Sie sah hoch. Emma hatte das Mikrofon vor ihr auf dem Schreibtisch platziert.

»Das Gericht wies die Klage ab. Die Teilnahme an einer genehmigten Demonstration beweise noch nicht eine undemokratische Grundhaltung. Im Gegenteil.« Jetzt lachte die Direktorin wieder trocken und kurz.

»Demonstrieren ist ja gerade ein demokratisches Grundrecht.« Sie schlug den Ordner zu und sah Emma an.

»Wir hätten ihm nachweisen müssen, dass er versuchte, die Kinder politisch zu beeinflussen. Aber wie hätte ich das machen sollen?«

»Sie hätten sie fragen können?«

Die Direktorin sah Emma wütend an.

»Sechs- bis neunjährige Kinder? Die Eltern wären mir aufs Dach gestiegen!«

Emma rückte das Mikrofon näher ans Ende des Tisches. Je interessanter es wurde, desto leiser schien die Direktorin zu sprechen. Sie fragte:

»Wussten die Kollegen davon? Und die Eltern?«

Die Direktorin warf einen Blick zur Uhr.

»Frau Vonderwehr, ich muss mich jetzt wirklich vorbereiten, gleich...«

»Frau Ansbach, ich kann die Kollegen und die Eltern auch einzeln anrufen. Wollen Sie es mir nicht lieber erklären?«

Die ältere Frau zögerte, dann wies sie mit dem Kinn auf das Aufnahmegerät.

»Gut, aber nur wenn Sie das da ausschalten.«

Emma nahm den Rekorder, stöpselte das Mikro aus und legte es in ihre Tasche. Die Direktorin schien sich sichtlich zu entspannen. Sie sah Emma jetzt fast freundlich an.

»Die Kollegen haben das natürlich mitbekommen. Manche gingen auf Distanz, besonders beliebt war der Brinkmann sowieso nicht gewesen. Ich glaube, die meisten wollten damit einfach nichts zu tun haben. Bei den Eltern war es natürlich schwieriger.«

Sie ging zum kleinen Spiegel an der Seite ihres Schreibtisches und kontrollierte ihr Spiegelbild. Mit einer routinierten Geste steckte sie die Haarsträhne zurück in den Dutt.

»Er war ja zum Glück kein Klassenlehrer. Sport und Musik, was kann man da schon anrichten. Ich habe alle Eltern zuhause besucht. Mir den Mund fusselig geredet. Wie gut sich ihr Kind entwickeln würde. Wie wichtig der Zusammenhalt wäre.«

Sie zuckte die Schultern und wandte sich vom Spiegel ab.

»Drei Kinder haben wir wegen der Sache verloren.«

Die Pausenklingel schrillte durch das Gebäude. Wie von Zauberhand füllte ein Summen die Luft. Türen klappten, Tritte hallten, ein Kind rief etwas, ein anderes lachte. Die Direktorin ging zur Tür, öffnete sie und wartete darauf, dass Emma hindurchging. Emma nahm ihre Tasche und erhob sich langsam. Sie sagte:

»Wissen Sie, wenn ich höre, was der Mann Ihnen für Ärger gemacht hat, kann ich mir kaum vorstellen, dass sein Tod für Sie so ein – wie haben Sie gesagt – so ein schwerer Schlag ist.«

Sabine Ansbach lächelte wieder. Sie ließ Emma durch die Tür gehen und schloss sie leise. Dann drehte sie sich zu ihrer Sekretärin um, die den Kopf gehoben und den letzten Worten Emmas aufmerksam gelauscht hatte.

»Wir sind hier eine humanistische Schule, Frau Vonderwehr. Ich wünsche niemandem einen gewaltsamen Tod, weiß Gott nicht. Aber«, und sie trat noch einen Schritt näher an den Schreibtisch ihrer Sekretärin heran, »ich habe auch eine Verantwortung für die Mitarbeiter. Wir können es uns nicht leisten, als Nazischule zu gelten.«

Sabine Ansbach nickte ihr noch einmal zu und ging dann durch die Tür. Emma hörte ihre Schuhe im schnellen Schritt durch den Flur klappern und wollte ihr folgen. Die Sekretärin stellte sich ihr in den Weg. Sie lächelte auch jetzt nicht.

»Ich muss Sie bitten, das Grundstück zu verlassen. Weitere Interviews können wir nicht zulassen. Ihre Kollegin hat die Kinder heute Morgen sehr verstört.«

Danke Ingrid, dachte Emma und sagte:

»Auf die Toilette gehen werde ich ja wohl noch dürfen, oder?«

»Nach links, die dritte Tür. Und dann raus hier.«

Emma zog die Tür zum Sekretariat hinter sich zu und ging langsam den Gang hinunter. Die Klingel schrillte zum zweiten Mal und läutete das Ende der kleinen Pause ein. Die Schüler liefen in die Klassenräume, sie lachten und redeten lebhaft miteinander, sie machten auf Emma keinen verstörten Eindruck. Ein Mann um die dreißig in Jeans und Wollpulli überholte sie mit großen Schritten. Emma beschleunigte und stellte ihn kurz vor dem Klassenraum.

»Entschuldigung, Herr...?«

Der Mann sah sie zerstreut an und lächelte dann.

»Henke. Suchen Sie jemanden?«

Emma lächelte ihn strahlend an.

»Ich möchte gerne mit Ihnen über Ihren Kollegen Lukas Brinkmann reden. Sicher haben Sie ja mitbekommen, dass

Brinkmann Mitglied der Rechten Liga war und...« Der Mann wandte sich ab und fasste nach der Türklinke.

»Dazu möchte ich nichts sagen, ich...«

Emma trat schnell noch einen Schritt näher an ihn heran.

»Ich darf Sie hier sowieso nicht interviewen, ich verstehe natürlich auch, dass Sie jetzt in den Unterricht müssen. Aber vielleicht könnten Sie mir Ihre Handynummer geben, und wir könnten dann...«

»Auf Wiedersehen.«

Der Mann öffnete die Tür. Emma schaute in neugierige Kinderaugen und trat einen Schritt zurück. Die Tür schloss sich leise, dann stand sie allein im Flur.

Sie seufzte und ging langsam weiter. Aus den Klassenzimmern hörte sie leises Gemurmel, irgendwo sang ein Chor. Eine große Freitreppe führte in den ersten Stock des Gebäudes.

Sie drehte sich um und sah zögernd den Gang hinunter. Niemand war da, auch die Tür zum Sekretariat blieb zu. Mit schnellen Schritten lief sie die ausgetretenen Stufen hoch. Oben öffnete sich die Treppe zu einem halbrunden Saal, von dem verschiedene Türen ausgingen. In Glasvitrinen standen Pokale und Kunstwerke, ein schwarzes Brett war voll mit kleinen Zetteln. Emma trat einen Schritt näher, um sie zu lesen, als sie ein Geräusch in den linken Gang schauen ließ. Dort waren die Klassenfotos ausgestellt. Vor einem Bild stand eine Frau.

Sie trug ein braunes Wollkleid und hochhackige Schuhe. Emma sah ihr Profil. Versteinerte, rotgeweinte Augen, der hellbraune Pony hing strähnig im Gesicht. Trotzdem war die Schönheit der Frau nicht zu übersehen.

Emma kam näher und fragte leise, um sie nicht zu erschrecken:

»Kann ich Ihnen helfen?«

Die Frau wandte ihr ruckartig den Kopf zu. Sie wischte sich mit den Händen über die Wangen und schüttelte den Kopf.

»Es geht schon, danke.«

Emma warf einen Blick auf das Klassenfoto. Eine schwarze Schärpe war seitlich über den Rahmen gehängt worden und bedeckte das halbe Bild. Über dem Foto hing ein DIN-A4-Zettel mit schwarzem Rand: Wir sind so traurig.

Die Frau ging an ihr vorbei in Richtung Treppe. Emma drehte sich um und blieb an ihrer Seite.

»Kannten Sie Lukas Brinkmann näher? Können wir darüber reden?«

Die Frau antwortete nicht. Sie putzte sich die Nase und steckte das Tuch wieder in die Tasche. Emma verfolgte ihre Bewegungen. Als die Lehrerin ihren Blick bemerkte, schob sie den rechten Ärmel ihres Kleides über das Handgelenk. Aber Emma hatte es bereits gesehen. Eine kunstvolle Tätowierung an der Innnenseite des Arms, ein verflochtenes schwarzes Band, darin zwei ineinander verschlungene Initialen: F und K. Die Frau presste den Arm eng an ihr Kleid und ging schneller.

An der Treppe drehte sie sich zu Emma und sagte:

»Ich muss jetzt in die Klasse. Bitte gehen Sie.«

Emma blieb stehen und sah zu, wie die Frau mit harten Absätzen die Treppe herunterlief. Sie hielt den Kopf gesenkt, die langen Wimpern bedeckten fast die Augen, das hellbraune Haar achtlos im Nacken zusammengebunden. Sie hatte die Haltung schöner Menschen, denen die Blicke, die sie überall auf sich zogen, unangenehm war. Emma wartete, bis sie verschwunden war, dann ging sie langsam die Stufen hinunter.

Unten im ersten Flur folgte sie der Beschreibung der Sekretärin und fand in einem Nebentrakt die Mädchentoilette. Sie warf einen Blick in die Kabinen und beschloss dann doch, es bis in die Redaktion auszuhalten.

Berlin, Niederkirchner Straße, Mitte

Das Abgeordnetenhaus um die Ecke vom Potsdamer Platz war schon im 19.Jahrhundert der Sitz des Preußischen Landtages gewesen. Edgar Blume parkte gegenüber auf dem Grundstück des Martin-Gropius-Baus. Eine lange Schlange Bildungshungriger wartete geduldig auf den Einlass. Blume warf einen Blick auf das Plakat der Ausstellung. Wann war er zuletzt im Museum gewesen? Sie hatten sich mit Johann die Dinosaurier im Naturkundemuseum angeschaut, Johann war noch klein und hatte sich vor dem gewaltigen Kopf des Brachiosauriers an die Hosenbeine seines Vaters geklammert. Blume erinnerte sich, wie er damals den Jungen fest im Arm gehalten hatte, wie Karin später im Museumsshop eine Flugsaurier-Handpuppe gekauft und den Jungen damit durchgekitzelt hatte. Aber moderne Kunst? Blume beschloss, mit Karin darüber zu reden. Vermutlich hatte Johann kein großes Interesse an Bildern. Aber war es nicht ihre Pflicht, ihn trotzdem an alles heranzuführen?

Blume ging rasch die Stufen des Abgeordnetenhauses hoch, zeigte beim Wachpersonal seinen Ausweis und fragte sich zum Ausschuss für Rechtsangelegenheiten durch. Auf seinem Weg kam er an der Galerie der Ehrenbürger vorbei. Blume würdigte die Männer und Frauen, die hier hingen, keines Blickes. Im letzten Herbst hatte Emma durch ihre Recherchen herausgefunden, dass ein ehemaliger Finanzsenator von Berlin ausreisewillige Juden betrogen hatte. Sein Bild war daraufhin entfernt worden.

Er klopfte im Sekretariat und fragte nach Staatssekretär Hirsch. Die Frau im dunklen Kostüm nickte, hob den Telefonhörer und sprach einige Worte. Sie bat Blume, bei der Sitzgruppe vor ihrem Schreibtisch zu warten, und brachte ihm unaufgefordert ein Glas Wasser. Sie wirkte so tüchtig und makellos, dass Blume sich unwillkürlich unwohl fühlte. Er entdeckte einen Fleck auf seiner Jeans und legte seine Hand mit dem Glas darüber.

Staatssekretär Eberhard Hirsch kam in langen Schritten auf ihn zu. Blume stand auf und sah ihm entgegen. Der maßgeschneiderte Anzug des Juristen schlotterte um die Schultern. Hirsch wirkte gehetzt, um die Augen bildeten sich schwere Tränensäcke. Langsam setzt ihm die Sache zu, dachte Blume. Hirsch fasste ihn mit einer raschen Geste am Arm.

»Herr Kommissar, bitte kommen Sie. Tut mir leid, dass ich Sie hierherbitten musste, aber ich komme hier nicht weg, die Autobrände, wissen Sie ...«

Der Staatssekretär zog ihn mit sich den Gang hinunter. Blume machte sich los, um das Glas Wasser abzustellen. Er lächelte der Sekretärin zu, die sich bereits mit einem neuen Besucher unterhielt und ihn nicht beachtete. Hirsch stand hinter ihm und trat ungeduldig von einem Fuß auf den anderen. Er ging vor ihm den Gang wieder zurück in ein winziges Büro, das voll gestellt mit Aktenordnern Platz für einen Stuhl an einem quadratischen Schreibtisch bot. Mit einer Handbewegung bat er Blume, sich zu setzen, während er selber am Fenster stehenblieb.

»Klären Sie mich auf, Herr Kommissar, wie ist der Stand der Dinge?«

Blume setzte sich und sagte:

»Für die Ermittlungen im Mordfall Lukas Brinkmann ist

die 11. Mordkommission von Berlin zuständig. Ich musste den Leiter Hermann Wöns einweihen.«

Hirsch sah ihn erschrocken an.

»Sie haben ihm doch nicht alles gesagt?«

»Nur das Nötigste. Er war sehr verwundert, mich am Tatort zu sehen. Ich musste ihm sagen, dass wir nach den Drogen suchen.«

Hirsch beugte sich vor.

»Haben Sie etwas gefunden?«

»Nein.«

»Glauben Sie noch immer, dass dieser Hooligan sie hat, wie heißt der noch?«

»Rocco Schmitz. Ich weiß es nicht, Herr Staatssekretär.«

Blume schwieg einen Moment, konnte sich dann aber noch nicht verkneifen hinzuzufügen: »Das wüsste ich jetzt, wenn Sie mir einen Durchsuchungsbefehl genehmigt hätten.«

Der Staatssekretär runzelte unwillig die Stirn. »Ich habe Ihnen meine Gründe genannt. Wir dürfen nichts unternehmen, was unseren Informanten gefährdet.«

»Ja, schon gut. Aber wir brauchen unbedingt die Drogen. Sonst ist die Beweislage gegen die Rechte Liga zu dürftig.«

Hirsch nickte nachdenklich. »Was haben wir bisher?«

Blume knetete seine Finger. »Schmitz bezieht die Drogen aus Tschechien. Er hat einen Versandhandel, hatte aber in der letzten Zeit große Einkommenseinbußen. Er hat nicht die Rücklagen, um die Drogen vorab zu bezahlen.«

»Wer kam auf die Idee mit der Partei?«

»Vermutlich gab der Tote, Lukas Brinkmann, den Anstoß dazu. Er hat einen Teil der Drogen bezahlt, um Rocco Schmitz für die Jugendarbeit der Partei einzusetzen. Schmitz und seine Jungs sind äußerst erfolgreich. Sie überziehen das

Land mit Rechtsrockkonzerten, CDs und Sonnenwendfeiern. Erstwähler, die nicht mitziehen, werden massiv eingeschüchtert und bedroht.«

»Was können wir davon beweisen?«

Blume schwieg einen Moment. Dann sagte er:

»Die Verbindung zur Partei ist noch nicht belegbar.«

»Verdammt.«

Hirsch lehnte sich für einen Moment mit beiden Armen am Fensterbrett an. Dann drehte er sich wieder um.

»Die Wahl ist in zwei Wochen, Blume!«

Blume starrte auf den Schreibtisch, während er heftig antwortete: »Meinen Sie, das wüsste ich nicht?«

Stille. Blume holte tief Luft und sagte dann mit der gewohnten Ruhe:

»Wir waren nah dran. Lukas Brinkmann vertraute unserem Mann. Jetzt müssen wir von vorn anfangen.«

Hirsch wollte etwas sagen, aber Blume schnitt ihm das Wort ab.

»Er weiß, was auf dem Spiel steht. Für jeden von uns.«

Der Staatssekretär schwieg. Dann sagte er:

»Der Haftbefehl liegt bereit. Wir können jederzeit zuschlagen.«

»Unser V-Mann meldet sich, sobald er etwas in der Hand hat.«

Der Staatssekretär nickte. Er ließ seinen Blick über die Reihen von Aktenordnern gleiten.

»Diesmal muss es klappen. Diesmal...«

Er schwieg einen Moment. Dann sah er Blume mit einem kleinen schmerzlichen Lächeln an.

»Wussten Sie, dass ich damals noch in Niedersachsen war?«

Blume schüttelte den Kopf. Hirsch fuhr fort:

»Sigmar Gabriel war mein Ministerpräsident, er wollte den Verbotsantrag von Beckstein unterstützen. Den Bund erwischte das Ganze kalt, es war ja mitten in der Sommerpause, Kanzler Schröder war gerade auf Mallorca, Otto Schily in der Toskana.«

Der Jurist nahm sich ein Feuerzeug vom Tisch und drehte es gedankenverloren zwischen seinen Händen.

»Im August kam dann die Arbeitsgruppe der Länder zusammen. Es stand fünfzig zu fünfzig. Ein paar der Verfassungsjuristen meinten, der Verbotsantrag hätte keine Chance. Wir wollten nicht auf sie hören. Wir standen voreinander und haben uns die halbe Nacht angebrüllt.«

»Was gab den Ausschlag?«

»Anfang Oktober brannte die Synagoge in Düsseldorf. Das ganze Land war schockiert. Schröder ließ sich mit Paul Spiegel, dem damaligen Vorsitzenden des Zentralrats der Juden, fotografieren und sagte, er werde das Verbot durchziehen.«

»Ich erinnere mich. ›Der Aufstand der Anständigen‹«.

Hirsch nickte.

»Es war eine politische Entscheidung, keine juristische.«

Beide schwiegen. Auf dem Gesicht des Älteren zeigte sich eine wütende Entschlossenheit.

»Diesmal machen wir es andersherum. Wir lassen die Politik außen vor und weisen ihnen klaren Rechtsbruch nach.«

Blume stand auf. Er zögerte, dann sagte er leise:

»Der Mord an Brinkmann hat den Fall des Schülers Marlon Siebenbacher wieder in die Schlagzeilen gebracht.«

Staatssekretär Hirsch runzelte die Stirn.

»Blume, unser Vorhaben ist jetzt dringender.«

»Marlon war ein Schüler an Brinkmanns Schule, die beiden kannten sich schon lange. Sie kamen aus dem gleichen Dorf. Nur ein Idiot würde glauben, die beiden Todesfälle hätten nichts miteinander zu tun.«

Hirsch wollte etwas erwidern, aber Blume sagte schnell:

»Wir können die wahren Umstände, die zum Tod des Schülers führten, nicht länger geheim halten. Wer weiß, vielleicht hängt der Mord an Brinkmann damit zusammen. Dann würden wir uns schuldig machen.«

Der Jurist machte einen Schritt auf ihn zu und legte ihm eine Hand auf die Schulter.

»Wir machen uns an einer ganzen Gesellschaft schuldig, wenn wir es nicht schaffen, diese Partei zu verbieten.«

Blume schwieg. Er sah nicht überzeugt aus. Hirsch verstärkte den Druck seiner Hand auf die Schulter des Polizeibeamten.

»Alle Todesfälle werden aufgeklärt. Später. Bis zur Wahl können wir es uns nicht erlauben, unseren Hauptzeugen zu belasten.«

Blume kämpfte mit sich, dann holte er tief Luft und nickte. Er nahm seine Jacke und ging zur Tür.

Die Hand an der Klinke, sagte er:

»Ich bin Polizeibeamter, kein Politiker.«

Hirsch sagte, lauter als nötig:

»Dann tun Sie jetzt einfach, was ich Ihnen sage.«

Blume wollte den Raum verlassen. Der Staatssekretär trat einen Schritt auf ihn zu und fuhr schnell fort:

»Und noch was...«

Blume drehte sich zu ihm um und sah ihn fragend an. Hirsch sagte:

»Sie lassen Ihre Freundin draußen. Kein Wort zur Presse.«

Blume runzelte die Stirn.

»Emma sitzt an dem Fall. Sie könnte uns nützlich sein.«

»Nein. Das ist zu riskant.«

Staatssekretär Hirsch sagte mit einem Blick auf seine Armbanduhr: »Ich muss wieder in den Ausschuss. Kommen Sie, ich bringe Sie noch zur Tür.«

Im Foyer kam ihnen Bente entgegen. Sie trug einen schwarzen Wollanzug und hochhackige Schuhe. Über der Schulter hing ihre abgegriffene Ledertasche, die sie halb unter ihrem Mantel verbarg. Sie sah aus wie jemand, der sich schick gemacht hatte, aber unwohl in den Sachen fühlte. Sie nickte Blume zu und ließ ihren Blick einen Moment prüfend auf dem Staatssekretär ruhen. Dann bog sie nach links ab zum Pressecenter. Hirsch sah ihr hinterher.

»Wer war das?«

»Bente Fügemann, eine Kollegin meiner Freundin. Sie berichtet hier über den Senatsausschuss.«

An der großen Glastür blieb Blume stehen. Sie schüttelten sich die Hände, dann trat er auf den großen Vorplatz hinaus. Mit langsamen Schritten ging er über die Straße auf den Museumsparkplatz zu. Diesmal sah er weder die Menschenschlangen noch die Plakate. Das Gespräch mit dem Staatssekretär hing ihm wie ein schwerer Klumpen im Magen. Er fragte sich, ob er dieser Sache gewachsen war. Bisher war es ihm nie schwergefallen, zwischen Richtig und Falsch zu unterscheiden. Wenn ein Unrecht geschah, war es seine Aufgabe, den Schuldigen aufzuspüren und seiner gerechten Strafe zuzuführen. Das war sein Job, und es war mehr als das. Es war sein Leben.

Eine ältere Frau auf dem Bürgersteig lächelte ihn an, und er lächelte instinktiv zurück. Sie hielt einen Stadtplan in ihren Händen und fragte ihn nach dem Weg zum Potsdamer Platz. Blume wies ihr die Richtung, sie bedankte sich und setzte ihren Weg fort. Solche Situationen erlebte er häufig.

Obwohl er keine Uniform trug, wandten sich die Menschen an ihn und baten um seine Hilfe. Schon als Jugendlicher war es ihm so ergangen. Seine Berufswahl erschien ihm damals das einzig Naheliegende.

Es gab sicher viele Gründe, heutzutage zur Polizei zu gehen. Er kannte Kollegen, die vom ersten Tag an auf die Pension hinarbeiteten. Manche genossen das Gefühl, eine Uniform und eine Waffe tragen zu dürfen. All das interessierte ihn nicht. Auch wenn er es nicht sagte, weil es altmodisch klang: Er hatte immer nur zu den Guten gehören wollen.

Auf dem Parkplatz schloss er die Tür von seinem Wagen auf und setzte sich hinein. Als er minutenlang durch die Windschutzscheibe starrte, entdeckte er einen kleinen Zettel hinter den Scheibenwischern. Er stieg wieder aus, nahm den Strafzettel und warf ihn achtlos auf den Nebensitz. Dann steckte er den Schlüssel ins Zündloch. Doch anstatt ihn umzudrehen, krampfte er die Finger so hart um das Metall, bis die Knöchel weiß hervortraten und der Rand des Schlüssels schmerzhaft in seine Handfläche schnitt.

Bisher war er immer davon überzeugt gewesen, dass kein Zweck die falschen Mittel rechtfertige. In seinem Beruf sollte man sich nicht auf juristische Spitzfindigkeiten einlassen, sonst landete man ganz schnell auf der falschen Seite. Doch genau das war ihm jetzt passiert. Er wusste von einer schweren Straftat, und zum ersten Mal in seinem Leben schwieg er darüber.

Er rieb sich die schmerzende Hand, dann nahm sein Gesicht einen entschlossenen Ausdruck an, und er startete den Wagen.

Er sagte sich, dass es richtig war, was er tat. Der Wagen machte einen Satz, als er das Gaspedal durchdrückte. Und wenn dieser Fall ihn zerreißen sollte, dann war er das wert.

Bente saß auf der Pressetribüne im Ausschuss und beobachtete Staatssekretär Hirsch. Er sah konzentriert auf den Redner vorne am Pult, trotzdem hatte sie den Eindruck, dass er mit den Gedanken woanders war. Hirsch war ein alter Freund ihres Chefs Gregor Schulenburg. Bente hatte die beiden schon oft bei gesellschaftlichen Anlässen zusammen gesehen. Sie fragte sich, was Hirsch mit dem Polizeibeamten Edgar Blume zu besprechen hatte.

Als hätte der Staatssekretär ihren Blick gespürt, drehte er den Kopf und sah sie lächelnd an. Sie erwiderte ernst den Blick, bis er sich erneut zu dem Redner drehte.

Der hatte vermutlich gerade einen Witz gemacht, die Anwesenden schmunzelten, manche lachten laut. Auch Hirsch verzog das Gesicht. Bente spielte nachdenklich mit ihrem Kugelschreiber. Sie ärgerte sich jetzt, dass sie vorhin in der Eingangshalle nicht auf Blume zugegangen war. Es wäre eine gute Gelegenheit gewesen, sich persönlich bei Hirsch vorzustellen.

Seufzend legte sie den Kugelschreiber beiseite und konzentrierte sich auf den Redner. Über verpasste Chancen zu grübeln brachte sie nicht weiter. Sie nahm sich vor, das nächste Mal schneller zu reagieren.

Berlin, Charlottenburg. Redaktion BerlinDirekt

Der Regieraum war voll. Emma stellte sich mit ihrem Manuskript neben Susanne vorne ans Pult und nickte einem muskulösen Mann und einer Frau zu, die auf dem roten Gästesofa Platz genommen hatten. Drinnen beim Moderator saßen der Schauspieler und seine Ehefrau und erzählten von den Tücken ihres Ehealltags. Die Frau auf dem Sofa, vermutlich die Agentin des Schauspielers, hatte ihre langen blondierten Haare mit einer Sonnenbrille hochgeschoben und tippte etwas in ihr Smartphone, der Mann blätterte in einer Illustrierten. Keiner der beiden achtete auf das Interview im Studio.

Emma setzte sich neben Susanne auf den Technikerplatz und schaute nach vorne durch die Scheibe. Der Schauspieler erzählte gerade etwas von Zahnpastatuben und Fernsehvorlieben. Seine Frau lachte perlend, in der Hand hielt sie das gemeinsame Buch. Die Moderatorin schaute konzentriert auf ihr Manuskript und stellte ihre Fragen. Nicht erwähnt wurden bei dem Gespräch die Gerüchte um seine außerehelichen Affären, wechselseitige Alkoholeskapaden bei öffentlichen Auftritten und ihr offensichtliches Facelifting. Emma wurde bewusst, welchen Preis diese beiden Menschen für ihren Erfolg zahlten. Sie taten ihr leid, und sie lächelte in ihre Richtung, was der Schauspieler registrierte und sogleich erfreut erwiderte.

Susanne beugte sich zu ihr und fragte leise:
»Soll ich was reinstellen?«

Emma nickte und zeigte ihr auf dem Monitor die zwei Interviewtakes aus ihrem Gespräch mit der Rektorin, die sie verwenden wollte. Im ersten Take ging es um die Rechtsradikalität des Lehrers und wie die Rektorin versucht hatte, den Mann aus dem Schuldienst zu entfernen. Der zweite Ton sollte belegen, wie die Schule konkret mit dem Todesfall umging – die Vertretung durch eine erfahrene Lehrerin und das Vorhaben, einen Gottesdienst abzuhalten.

Susanne schob die beiden Interview-Ausschnitte in den Live-Speicher und aktivierte sie. Jetzt konnte die Moderatorin sie im Gespräch mit Emma abfahren.

Gerade sagte die Ehefrau des Schauspielers:

»Er ist wirklich ein Scheusal. Aber wissen Sie, wenn ich ihn nicht hätte, ich wäre todunglücklich.« Dann lachte sie wieder die Tonleiter hoch, und die Moderatorin wechselte einen gequälten Blick durch die Scheibe mit Susanne. Emma starrte auf die Schauspielerfrau, die gerade ihre langen seidigen, sicher gut duftenden Haare zurückwarf. Ihr Satz hatte sie an etwas erinnert, das sie in der Vorbereitung auf das Livegespräch fast vergessen hatte. Sie klickte den Computer vor ihr an und ging auf die Homepage der Schule.

Das Gespräch war zu Ende, der Schauspieler und seine Frau verließen das Studio. Die Frau mit der Sonnenbrille stupste den Mann neben sich an und stand auf. Sie schien es eilig zu haben und drängte ihre Schützlinge nach ein paar freundlichen Worten aus dem Regieraum. Susanne war aufgestanden und hatte ihnen an der Tür die Hände geschüttelt. Ungefragt hatte die Frau des Schauspielers ihr das Buch in die Hände gedrückt, das sie nun vor sich auf das Regiepult warf. Emma hatte nur kurz den Kopf gehoben und in die Richtung der Gäste gelächelt. Sie scrollte durch die Team-Seite der Schule. Dann hatte sie gefunden, was sie suchte und klickte auf das Druckersymbol. Susanne warf einen Blick auf das Bild, das sich langsam aus dem Drucker schob.

»Ist das die Rektorin? Wow, sieht die gut aus.«

»Nein.«

Emma sah nachdenklich in die grünen Augen vor ihr auf dem Bild. Dann drehte sie sich zu Susanne um.

»Das ist eine Lehrerin von der Schule.«

»Hat sie was damit zu tun?«

»Weiß noch nicht.«

Die Moderatorin hatte nach der Musik den Aufruf zur Buchverlosung gestartet, und jetzt blinkten die Telefone im Regieraum. Susanne nahm den ersten Hörer entgegen und notierte sich Namen und Anschrift. Die Moderatorin kündigte eine Doppelfolge Musik an. Dann erlosch die rote Lampe auf dem Pult vor ihr, und sie winkte Emma herein. Emma legte das ausgedruckte Blatt in ihre Tasche und ging mit ihrem Manuskript ins Studio.

Berlin, Schöneberg

Seit ihrer Rückkehr von dem Spaziergang gestern hatte sie es vermieden, das Wohnzimmer zu betreten. Das Durcheinander von zerfledderten Büchern, aufgeplatzten Sofakissen und zerbrochenen Keramiken war sowieso kaum begehbar. Der Anblick des zerstörten Klaviers tat ihr weh, aber es gab ihr auch das Gefühl eines Triumphes. Sie hatten nicht gefunden, was sie suchten, und sie würden es nie finden, wenn sie, Gesine Lorenz, sie nicht zu dem Versteck führen würde. Dieses Gefühl der Überlegenheit überwog ihre Angst. Sie wusste, dass sie stark genug war, um die Bedrohung auszuhalten.

Im Schlafzimmer hatte sie etwas Wäsche aus dem Haufen gesucht und gerettet, was auf ihrem Schreibtisch noch nicht vom Wasser aus der Blumenvase durchtränkt gewesen war.

Sie hockte die meiste Zeit auf dem Küchenstuhl am Fenster. Die wenigen Stunden, die sie schlafen konnte, hatte sie sich auf dem Bett, umringt vom Chaos, zusammengerollt. Sie wusste, dass sie nicht handeln musste. Es reichte abzuwarten. Früher oder später würden sie die Nerven verlieren. Die Lehrerin lächelte in sich hinein. Ihr war klar, dass sie mit den Leben dieser Leute spielte. Aber das machte ihr nichts aus.

Sie war gerade auf dem Klo gewesen, als sie das leise Klopfen an ihrer Wohnungstür hörte. Sie erstarrte und traute sich nicht, die Spülung zu drücken. Auf Zehenspitzen schlich sie zur Tür und hockte sich auf den Boden. Der fremde Mann auf der anderen Seite der Tür hatte eine angenehme Stimme. Er sagte, er sei von der Polizei und wollte sie sprechen. Auf dem Boden vor ihr lag die heruntergerissene Holzgarderobe. Sie hatten sich die Mühe gemacht, das Futter ihrer Daunenjacke zu zerschneiden. Nach jedem Windstoß flogen kleine weiße Federn herum und legten sich wieder sanft auf die Trümmer der Möbel.

»Frau Lorenz, bitte machen Sie auf. Ich brauche Ihre Hilfe.«

Die Frau legte sich auf die Daunenjacke und schloss die Augen. Sie spürte eine kleine Feder auf ihrer Lippe, die sie sanft wegpustete. Sie war so müde.

Der Mann draußen sprach jetzt ganz leise. Trotzdem konnte sie ihn gut verstehen. Er musste seinen Mund ganz nah an der Tür haben.

»Frau Lorenz, ich glaube, dass Sie in Gefahr sind. Bitte machen Sie mir auf. Vielleicht kann ich Ihnen helfen.«

Dann war es eine Weile still. Sie grub sich in die Reste ihrer Jacke und roch ihren sauren Atem. Fast wäre sie eingeschlafen, da hörte sie wieder etwas hinter der Tür. Jemand ging mit langsamen harten Schritten die Treppe von oben hinunter. Oh nein, dachte sie.

»Was machen Sie denn da! Ich ruf die Polizei!«

Trotz allem musste sie lächeln. Die alte Hansen klang nicht eine Spur ängstlich. So musst du werden, dachte sie. So wie die Alte aus dem dritten Stock.

Draußen folgte ein längeres Hin und Her, der Mann beteuerte, er sei selber von der Polizei, und die alte Frau glaubte ihm nicht. Sie sah sie vor sich, wie sie hinter der Tür stand und mit zusammengekniffenen Augen einen Ausweis musterte, den der Mann ihr gegeben hatte. Ihre Brille war seit langem nicht mehr ausreichend, aber sie wollte nicht die

Zuzahlungen für eine neue herausrücken, aus Prinzip nicht, das hatte sie ihr letztes Jahr auf dem Hoffest erzählt. »Wissen Sie, wie lange ich schon in diese Kasse einzahle? Und nie krank, keinen einzigen Tag gefehlt!«

Jetzt kam ein zögerliches Klopfen, leiser als vorhin. Lina Hansen sagte mit ihrer rauen brüchigen Stimme:

»Geht es Ihnen gut, Herzchen?«

Der Mann fragte, ob sie einen Schlüssel zu der Wohnung habe. Nein, sagte die Hansen, aber es gebe einen Hauswart, den könne man... Die Frau erstarrte. Sie wusste, dass sie hereinkommen würden, wenn sie nichts unternahm. Der Mann und die Hansen und der Hauswart, und wer weiß, wer sonst noch. Langsam erhob sie sich.

»Sie liegt mir am Herzen, wissen Sie, meine Tochter lebt ja weit weg, in Neuseeland.« Der Ton der Hansen hatte sich verändert, sie klang jetzt wie ein schnurrender alter Kater. Flirtete sie etwa? Langsam fasste die Frau nach der Klinke.

»Ich hab hier nur noch meine Enkelin, ich fahr jeden Sonntag – ach, da sind Sie ja!«

Sie hatte die Tür nur einen Spalt weit geöffnet und betrachtete den Mann. Er war größer als Lukas, nicht ganz so muskulös wie er. Seine dunklen Augen waren schön, obwohl ein Schatten um sie lag. Schneller, als man es einer alten Frau zutraute, hatte die Hansen ihren beigen Gesundheitsschuh auf die Türschwelle gestellt. Reflexartig wollte sie die Tür wieder zuschieben, aber der Mann hatte bereits seine Hand auf der Klinke und hielt sie eisern auf.

»Frau Lorenz, ich möchte Sie bitten mich kurz...«

»Herzchen, Gott sei Dank, ich dachte schon.«

Einen Moment lang zerrten alle drei verbissen an der Tür, bis die junge Frau aufgab. Sie ließ die Tür offen, stellte sich aber vor den Spalt und wandte sich an die ältere Nachbarin.

»Es geht mir gut, Frau Hansen, danke. Der Mann hat nur ein paar Fragen an mich, oder?«

Der Mann nickte. Vorsichtig stellte er sich zwischen die beiden Frauen und lächelte die alte Dame an.

»Danke für Ihre Hilfsbereitschaft. Ich denke, wir kommen jetzt klar.«

Lina Hansen nickte langsam und sah von einem zum anderen. Sie lächelte mit ihren stumpf gewordenen gelben Zähnen, und tatsächlich zwinkerte sie dem Mann zu.

»War mir ein Vergnügen. Manchmal braucht man eben eine Frau, um die Tür einer Frau zu öffnen. Nicht wahr, Herzchen?«

Sie antwortete nicht, und das Lächeln der alten Dame verrutschte. Sie versuchte noch einen Blick in das Innere der Wohnung zu werfen, dann gab sie auf, nickte beiden noch einmal zu und stieg weiter die Treppe hinunter. Die beiden sahen ihr nach. Als sie um die Ecke verschwand, drehte der Mann sich zu der Frau um und betrachtete sie. Sie begegnete ruhig seinem Blick und dachte, wie befreiend es doch war, wenn einem das eigene Aussehen gleichgültig geworden war. Sie fragte:

»Sind Sie wirklich Polizist?« Der Mann nickte.

»Mein Name ist Edgar Blume. Darf ich kurz zu Ihnen reinkommen?«

Sie nickte und öffnete die Tür gerade so weit, dass der Mann hindurchschlüpfen konnte. Dann verschloss sie die Tür wieder sorgfältig und hängte die Kette davor. Der Mann war ein paar Schritte in die Wohnung hineingegangen und dann stehen geblieben. Ruhig betrachtete er die Verwüstung. Nur seine schwarzen Augenbrauen hoben sich wie sich windende Schlangen.

Berlin, Zehlendorf

Emma hörte die Truppe, bevor sie sie sah. Sie sangen zu einer Musik, die leicht blechern bis in die Clayallee tönte. Als sie von der Sundgauer Straße in den Marschweg einbog, konnte sie einzelne Liedzeilen verstehen.
»Wir werden uns wehren,
stolz für unsere Zukunft streiten
und auf Brechen und Biegen
soll immer unser Motto sein
Sterben oder Siegen.«
Die Begleitung kam aus der Anlage eines VW-Transporters, der mit offenen Türen die Straße blockierte. Das sonst so stille Wohnviertel war geschmückt wie zu einem Straßenfest. Überall standen und saßen Jugendliche, die meisten ordentlich gekämmt und mit Jackett. Viele hatten eine weiße Blume im Knopfloch oder sich ein schwarzes Tuch um den Arm gebunden. Zu beiden Seiten des kleinen Gartentores vor dem Haus hingen schwarz-rot-weiße Fahnen, in der Mitte war ein Blumenkranz mit weißen Narzissen aufgehängt. Wer das Haus betreten oder aus dem Gebäude kommen wollte, musste durch das provisorische Tor gehen. Emma sah am Gebäude hoch. Fast alle Fenster waren geschlossen, Gardinen bewegten sich von verstohlenen Beobachtern. In den Hauseingängen links und rechts standen Nachbarn zu zweit oder zu dritt zusammen und beobachteten das Treiben. Emma sah in neugierige, wütende und auch in zustimmende Gesichter.

Weiter hinten fast am Ende der Straße entdeckte Emma eine Gruppe von 15, vielleicht 20 Leuten. Ein paar hatten sich auf den Rand des Bürgersteiges gesetzt, die meisten standen zusammen und sahen schweigend zu den Rechten herüber. Sie waren in Schwarz gekleidet, sie hatten die Kapuzen ihrer Jacken über den Kopf gezogen und die Hände in die Hosentaschen gesteckt.

Der Ü-Wagen stand wie am Samstag unter der kahlen Eiche auf der anderen Straßenseite. Emma kettete ihr Fahrrad an den Laternenmast und klopfte gegen die Scheibe. Bente öffnete ihr.

»Komm rein. Hast du schon was gegessen? Ich hab noch Kuchen übrig.«

Emma lächelte und kletterte in den Wagen. Sie war froh, dass Bente so entspannt wirkte. Falls sie den Einsatz hier nicht begrüßte, so schien sie das zumindest nicht an ihr auslassen zu wollen. Sie fragte:

»Hast du schon mit Schneider telefoniert?«

Die Kollegin nickte.

»ARD-Angebot, kurz lang. Zuerst die Nachrichten, einen Aufsager hab ich schon gemacht, den nächsten machst du, dann können sie wechseln.«

»Hast du die Truppe da hinten gesehen?«

»Klar. Autonome. Wollen wir hoffen, dass es nicht eskaliert.«

Emma warf noch einen Blick aus den abgedunkelten Scheiben des Transporters.

»Ich sehe keine Polizei. Wieso sind sie nicht da? Sollten wir sie nicht informieren, bevor das hier richtig losgeht?«

Bente wischte sich den Puderzucker aus dem Mundwinkel, dann winkte sie ab.

»Keine Sorge, die beobachten das Ganze. Lass uns mal lieber unseren Job machen. Kannst du die Nachbarn interviewen?«

Emma sagte erstaunt:

»Die Nachbarn? Wollen wir nicht die Rechten ...«

»Das übernehme ich.«

Emma wollte schon zum Aufnahmegerät greifen, aber Bente war schneller. Sie legte die Hand auf den Rekorder.

»Kannst du deinen Zoom nehmen? Der hier ist eh viel schwerer.«

Emma zögerte einen Moment. Mit dem großen Aufnahmegerät des Ü-Wagens landete die Aufnahme sofort im Speicher des Ü-Wagens. Wenn es schnell gehen musste, wurden diese Töne bevorzugt genommen, der Techniker sparte sich das Überspielen. Der Reporter mit dem angeschlossenen Aufnahmegerät leitete automatisch die Sendung, während die übrigen Reporter ihm zuarbeiteten. Emma wusste das natürlich, aber sie sagte nichts und zog ihr mobiles Aufnahmegerät aus der Tasche. Während sie einen neuen Folder als Audiodatei anlegte, griff sie mit der linken nach dem Mohnkuchen, der neben den Reglern auf dem Mischpult stand. Kauend fragte sie:

»Ich dachte, du magst keine Nazis auf unserer Welle.«

»Das wird auch so bleiben.«

Bente nahm das klobige Funkgerät des Ü-Wagens und überprüfte den Akku-Status.

»Ich kenne die Tricks der Jungs besser als du.«

Emma hörte auf zu kauen. Erstaunt sah sie die Kollegin an. Bente erwiderte ruhig den Blick und meinte:

»Wenn Schneider unbedingt will, dass wir berichten, dann berichten wir eben. Aber wer auf Sendung kommt, das entscheide ich.«

Emma fühlte, dass sie wütend wurde. Sie versuchte, das

aufkommende Gefühl herunterzuschlucken. Sie sagte sich, dass Bente die Expertin sei, aber sie ließ sich nicht gern bevormunden und mochte es nicht, wie Bente sich zur Chefin des Einsatzes aufspielte. Das Stück Kuchen steckte ihr jetzt wie ein Klumpen Watte im Hals. Sie schluckte, räusperte sich und sagte mit rauer Stimme:

»Und was ist mit den Nazigegnern?«

»Die kannst du meinetwegen übernehmen.«

Manuel testete das Mikro und korrigierte noch mal die Ausrichtung des Sendemastes. Dann drehte er sich zu den beiden Reporterinnen um.

»Wär so weit.«

Ohne ein weiteres Wort quetschte sich Bente an Emma vorbei und zog die Wagentür auf. Ein paar Männer und Frauen blickten auf und sahen in ihre Richtung. Es war leiser als vorhin, jemand hatte die Türen des VW-Transporters zugemacht, die Musik drang nur noch gedämpft nach draußen.

Bente kletterte aus dem Wagen und ging auf den Kern der Truppe am Hauseingang zu. Sie nickte einem der Fahnenträger zu, schüttelte einem anderen die Hand und begrüßte weitere mit Namen. Ernst, ja beinahe streng sah sie jedem der Demonstranten ins Gesicht, und es schien Emma, als wichen diese Männer vor der Kollegin zurück. Die meisten schienen sie zu kennen. Emma entdeckte Rocco Schmitz. Er saß mit seinen Kumpels auf dem Heck eines schwarzen BMWs und trank Dosenbier. Alle trugen Fanjacken des Leipziger Fußballvereins und schienen sich gut zu kennen. Rocco lachte laut, spuckte auf den Bürgersteig und tat so, als hätte er Emma nicht gesehen, aber sie spürte seinen Blick von der Seite, sobald sie sich wegdrehte. Ihr Magen krampfte sich zusammen. Natürlich hatte sie damit gerechnet, dass

Schmitz hier auftauchte. Doch er war ihr so zuwider, dass sie den Gedanken daran verdrängt hatte.

Sie stand noch immer am Ü-Wagen, als Bente sich zu ihr umdrehte und fragend die Augenbrauen hob. Emma legte die Schlaufe des Mikrofons um ihr Handgelenk und setzte den Kopfhörer auf. Dann ging sie auf die Nachbarn zu, die halb hinter einem Müllcontainer verborgen die Szene beobachteten. Beim Näherkommen erkannte sie die ältere Frau. Mit ihr hatte sie am Samstag gesprochen, wie hieß sie noch?

»Frau Jawes? Wir haben miteinander geredet, als der Herr Brinkmann tot gefunden wurde, wissen Sie noch?«

Die Frau sah Emma misstrauisch an, aber sie nickte. Sie schien noch immer nicht viel von der Presse zu halten, aber ihre Neugierde siegte.

»Was hat denn die Polizei rausgefunden? Hamse den Mörder?«

Sie fuhr sich wieder mit den Händen an ihrem dünnen Mantel entlang. »Man traut sich ja kaum mehr Zigaretten holen gehen, bis die den nicht gefunden haben.«

Emma schüttelte den Kopf und trat einen Schritt näher an die Gruppe heran. Beiläufig hob sie die Hand mit dem kleinen schwarzen Mikrofon.

»Die Polizei ermittelt noch. Sie haben rausgefunden, dass Lukas Brinkmann Mitglied in der Rechten Liga war. Sagt Ihnen das was?«

Frau Jawes zuckte die Schultern und sah vorsichtig in die Gesichter ihrer Nachbarn. Dann meinte sie unwirsch:

»Deswegen muss man einen ja wohl nicht gleich umbringen.«

»Seine Parteifreunde sind heute hier, um einen Kranz für den Toten abzulegen. Wie finden Sie das?«

»Die haben die ganze Straße blockiert. Und einer hat in die Hecke gepinkelt.«

Der Mann neben ihr legte ihr die Hand auf die Schulter und sagte erschrocken: »Ilse, sei doch still. Wenn die dich hören...!«

»Pff«, machte Ilse und schüttelte die Hand von ihrer Schulter. Dann sagte sie, allerdings leiser und mit einem schnellen Blick in die Runde: »Ich hab doch vor denen keine Angst!« Ein Trupp Männer vor der Tür lachte laut, Glas klirrte. Ein Fenster im Erdgeschoss wurde geräuschvoll geschlossen, Vorhänge mit einem Ruck zugezogen. Emma ging einen Schritt in die Mitte der Nachbargruppe und sagte:

»Die Liga ist eine rechtsextreme Partei, das wissen Sie vermutlich. Sie hofft, bei den Wahlen übernächsten Sonntag in den Brandenburgischen Landtag einziehen zu können. Glauben Sie, die Partei hat eine Chance?«

Der ältere Mann neben Ilse Jawes zuckte mit den Schultern und beobachtete die Fahnenträger am Gartentor. Ein anderer, Mitte fünfzig und mit einem graumelierten Schnurrbart, sah auf das Mikrofon in Emmas Hand und meinte halblaut:

»Von mir aus. Hauptsache, die verschwinden hier.«

»Deutschland, Deutschland über a-ha-lles...«

Ein dürrer Mann, trotz der kühlen Temperaturen in kurzer Hose und mit dem T-Shirt der Fußballnationalmannschaft streckte den rechten Arm zum Hitlergruß, senkte ihn aber gleich wieder, als sich alle zu ihm umdrehten. Seine Kameraden fielen jetzt in den grölenden Gesang ein.

»Über alles in de-er Welt!«

Eine alte Frau neben Emma schüttelte den Kopf und sagte:

»Die haben doch keine Ahnung, die hier. Ich weiß was war, ich war vertrieben als junges Mädchen und...«

Der Graumelierte nahm ihren Arm.

»Ach Mama, das ist mit früher doch nicht zu vergleichen.«

Emma drehte das Mikro zu ihm. Laut, um den Gesang zu übertönen, fragte sie:

»Wie würden Sie denn die Anhänger von der Rechten Liga beschreiben?«

Der Mann zögerte, sah sie dann aber mit festem Ausdruck an.

»Wen soll man denn sonst wählen? Diese Politiker etwa, die das ganze Geld nach Griechenland schaufeln und dabei noch die Hand aufhalten?«

Seine Mutter stieß ihm mit ihrer Handtasche auf die Finger und rief: »Karl, was redest du denn da!« Der Mann zuckte zusammen und drehte sich unwirsch zum Hauseingang um. Die alte Dame lächelte Emma entschuldigend an, trippelte noch einen Schritt näher an sie heran und sagte langsam und deutlich ins Mikrofon: »Ich finde es schrecklich, diese jungen Menschen und so viel Hass, ich wünschte mir, die Polizei würde so einen Aufstand verhindern. Eine Schande ist das für Deutschland.«

Dann drehte sie sich um und folgte ihrem Sohn ins Haus.

Einer der Neonazis stieg mit seinen Springerstiefeln in den Vorgarten eines Nachbarhauses und pinkelte in die Blumenbeete. Eine ältere Frau schaute aus dem dritten Stock angewidert auf ihn herunter, schloss dann aber ebenfalls das Fenster und zog die Vorhänge zu.

Ein Auto fuhr langsam durch die Straße und hielt vor dem Haus des Toten. Emma ließ das Mikro sinken und wandte den Kopf zur Straße. Es war der blaue Audi der Fahrschule Schrandt. Am Steuer saß der dicke Fahrlehrer. Er hatte sich anscheinend von dem erzwungenen Besäufnis des Vortages erholt, finster, aber doch mit klarem Blick parkte er den Wagen genau vor Emma und den Nachbarn. Auf dem Beifahrersitz saß Helmut Blattner. Der Fahrer sprang, so gut es ihm bei seiner Leibesfülle gelang, aus dem Wagen und ging schnell um das Auto herum zur Beifahrertür. Er öffnete sie und reichte dem alten Mann die Hand. Blattner ignorierte die Geste. Gestützt auf seinen Stock versuchte er auf die Beine zu kommen. Man konnte sehen, wie schwer es ihm fiel. Dann stand er, atmete tief durch und streckte den Rücken. Ein paar der Anwesenden sahen den Parteivorsitzenden, sie klatschten in die Hände, johlten und machten sich gegenseitig auf ihn aufmerksam. Blattner lächelte, winkte mit seinen greisen Händen und nickte zu allen Seiten. Die Hintertür des Autos öffnete sich zum Bürgersteig, und ein Junge kletterte hinaus. Überrascht rief Emma:

»August!

August drehte sich unsicher um. Jemand hatte ihm den Kopf kahlgeschoren. Er trug eine viel zu weite Tarnanzughose von der Bundeswehr, an den Beinen hochgekrempelt, und ein schwarzes T-Shirt, auf dem »Division Germania« aufgedruckt war. Um den Arm war ein rotes Tuch zur Binde gerollt. Die Aufmachung des Zehnjährigen in den viel zu großen, martialischen Kleidern war grotesk, aber niemand lachte.

Seine Schwester Heike trat auf den Bürgersteig. Sie raffte ihre Tasche vom Sitz, rückte ihren kurzen Rock gerade und sah sich um. Ein paar Strähnen ihres langen blonden Haares trug sie zusammengebunden als Zopf, darunter schimmerte hell die kahl rasierte Haut. Die rote Satinjacke war exakt bis zum Brustansatz hochgezogen und betonte so ihren Ausschnitt. Als ihr Blick den von Emma kreuzte, lächelte sie böse. Sie trat einen Schritt vor und strich ihrem kleinen Brüder über die Glatze. Der fettleibige Fahrer ließ mit einem Klick der Schlüssel in seiner Hand den Kofferraum aufklappen. Blattner stellte sich zu August. Er umschloss das Kinn des Jungen mit seiner Hand und ließ ihn zu ihm aufblicken.

»Mein Junge, du dienst der richtigen Sache. Für Deutschland. Solche wie du, ihr seid unsere Hoffnung.«

Der Junge sah ihn verwirrt an und nickte. Ein paar Rechte, die nah genug gestanden hatten, um die Worte ihres Parteivorsitzenden zu verstehen, klatschten. Emma fasste ihr Mikrofon so fest, dass ihre Knöchel weiß hervortraten, und streckte es Blattner entgegen.

»Herr Blattner, was veranstalten Sie und Ihre Gesinnungsfreunde hier? Eine Wahlparty auf dem Rücken eines Toten?«

Der alte Mann sah sie wütend an.

»Lukas Brinkmann ist ein Held. Und wir gedenken unserer Helden, Frollein. Wer sind Sie überhaupt? Stellt man sich in Ihren Kreisen nicht vor?«

»Emma Vonderwehr, RadioDirekt. Ich habe gehört, Sie haben sich mit Lukas Brinkmann gestritten? Worum ging es denn da?«

Blattner schluckte. Er fasste mit beiden Händen nach seinem Gehstock und sagte:

»Lukas Brinkmann sollte nach der Wahl für uns in den Landtag gehen. Er war unsere Hoffnung, ein Vorbild für unsere Jugend, Frau Vonderwehr. Aber er wollte anderen den Vortritt lassen. Er war zu bescheiden. Deswegen haben wir, nun ja, diskutiert. Lukas Brinkmann war ein ganzer Kerl. Ich hoffe, die Polizei findet bald seinen Mörder. So wie unsere Rechtsprechung heute aussieht, ist aber leider keine angemessene Strafe zu erwarten.«

Mit diesen Worten ging Blattner langsam an Emma vorbei. August starrte ihm hinterher. Heike gab ihrem kleinen

Bruder einen Stoß in den Rücken. Er drehte sich zum Kofferraum um, nahm einen Stapel Werbebroschüren heraus und verteilte die Blätter langsam an die umherstehenden Leute. Emma ging auf ihn zu und nahm ihm ein Blatt aus der Hand. Auf schwarz-weiß-rotem Grund las sie den Slogan der Rechten Liga – Radikal. National. Sozial.

Mit der Wahlbroschüre in der Hand stellte sie sich der Schwester in den Weg, die gerade Rocco entdeckt hatte und zu ihm und seinen Freunden gehen wollte. Emma musste sich zusammenreißen, um sie nicht am Arm festzuhalten.

»Was soll das mit August?«

Heike musterte sie aus halbverhangenen Augen. Sie lächelte.

»So was trägt man jetzt in Brandenburg.«

»Ist das eine Bestrafung? Weil er mit mir geredet hat?«

Die Frau lachte wütend. Sie zischte:

»Wieso, er hat doch alles richtig gemacht! Jetzt ist die ganze scheiß Systempresse hier!«

Emma trat einen Schritt auf August zu, fasste ihn an der Armbinde und drehte ihn hart in Richtung der Schwester.

»Und was ist das hier?«

Heike stürzte auf ihren kleinen Bruder zu und riss ihn an sich. Sie rief mit affektierter Stimme:

»Oh du armer Junge, hat dir die böse Frau weh getan?«

August presste die Lippen zusammen und starrte geradeaus. Heike sagte zu Emma:

»Passen Sie auf, dass ich Sie nicht wegen Körperverletzung anzeige.«

Emma holte tief Luft. Sie spürte, wie ihr das Blut in den Kopf schoss. Heike zerrte August mit sich zu Rocco, der ihren Streit gespannt verfolgt hatte. Heike beugte sich zu ihm und versuchte, ihn auf die Wange zu küssen. Rocco tat überrascht und von der zärtlichen Geste angeekelt, er zuckte zurück und verspritzte Bierschaum auf Heike. Seine Kumpels schlugen sich auf die Schenkel und grölten. Heike wischte sich schnell über die nassen Arme und lächelte steif.

Ein paar der Jungs hatten jetzt wieder mit ihren Schlachtengesängen angefangen, immer mehr stimmten mit ein. Einige lallten kräftig, der Text war nur schwer zu verstehen. Emma sah sich um. Heike hatte Recht, mittlerweile waren zahlreiche Medienvertreter in der Straße. Emma sah einen Fotografen, andere Kollegen von den Berliner Zeitungen und einen Journalisten von Reuters. Blattner stand gerade vor dessen Kamera und sprach mit ernstem Gesicht. Emma war nicht nah genug, um bei dem Lärm verstehen zu können, was er sagte, aber der alte Mann wies auf das Haus, in dem Brinkmann gewohnt hatte, und schüttelte betrübt den Kopf.

Die Gruppe der Nazigegner schob sich näher an das Geschehen heran. Eine ältere Frau in einem langen grauen Rock hielt ein Plakat vor sich, auf dem stand: »Kein Forum für Nazis – Wehrt Euch!« Eine Frau im Trenchcoat fotografierte wie verrückt. Die Leute begannen gegen die Rufe der Rechten anzuschreien – sie skandierten »Keine Macht den Nazis«. Ein Mann in einem grauen Anzug ging am Rand der Gruppe mit. In seinem gepflegten Business-Stil stach er aus dem Haufen von bunten Althippies und Autonomen mit schwarzen Kapuzenjacken heraus. Obwohl er sich am Rand hielt, schien er eine zentrale Rolle für die Protestler zu spielen. Emma sah, dass sich immer wieder jemand an den Mann wandte, ihn auf etwas aufmerksam machte oder etwas fragte. Der Mann im grauen Anzug gab dann kurze Antworten, nickte oder tippte etwas in sein Smartphone.

Berlin, Schöneberg

Blume saß auf dem einzigen Küchenstuhl, der heil geblieben war und schloss seine Finger um den Kaffee, den ihm die Lehrerin gemacht hatte. Sie stand mit dem Rücken zu ihm an der Spüle und fuhr immer wieder mit einem Wischlappen über die Armaturen. Seine Fragen hatte sie bisher so knapp wie möglich beantwortet und ihn dabei nicht angesehen – nein, sie wisse nicht, wer ihre Wohnung so zugerichtet habe. Sie habe Lukas Brinkmann gekannt, ja, auch sehr gemocht, aber nichts von seinen rechtsradikalen Überzeugungen gewusst. Blume stellte den Kaffee ungetrunken neben sich auf einem kleinen Holztisch ab.

»Frau Lorenz, ich finde Sie hier in der völlig demolierten Wohnung, und Sie tun so, als sei gar nichts passiert. Was ist hier los?«

Die Frau drehte sich zu Blume um. Sie fixierte ihn mit ihren schönen grünen Augen, sagte aber nichts. Blume fragte leise:

»Wer hat das getan?«

»Gestern Abend kamen mir im Hausflur zwei Männer entgegen. Ich hab nicht weiter auf sie geachtet. Meine Tür war aufgebrochen. Sie haben alles kurz und klein geschlagen.«

»Wie sahen die Männer aus? Haben sie sich unterhalten?«

»Nein, kein Wort. Sie waren groß, wirkten etwas grob. Ich dachte, es wären Handwerker.«

»Haben Sie Anzeige erstattet?«

Die Frau schüttelte den Kopf. Blume fragte: »Warum nicht?« Sie antwortete nicht. Blume seufzte.

»Sagen Sie mir, was die Männer bei Ihnen gesucht haben.« Sie verstummte wieder, sah ihn nur an.

»Drogen, nicht wahr? Lukas Brinkmann war in Drogengeschäfte verwickelt. Und Sie wussten davon.«

Sie schüttelte wieder langsam den Kopf. Blume wartete, dann fragte er leise:

»Haben Sie Angst, Frau Lorenz? Reden Sie mit mir, dann kann ich Sie schützen. Ich könnte...«

»Ich habe keine Angst.«

Erstaunt sah er sie an. Die Lehrerin wirkte jetzt ganz ruhig. Sie schien fast ein wenig zu lächeln. Blume wollte etwas sagen, da surrte sein Telefon. Achims Codename stand auf dem Display. Er entschuldigte sich und trat in den Flur. Die Frau nahm die Tasse mit dem kalt gewordenen Kaffee und goss ihn in die Spüle. Blume lehnte sich im Flur an die Wohnungstür und meldete sich halblaut. Aus dem Telefon kamen laute Rufe und Schlachtengesänge, eine Frau schrie, und Glas klirrte. Dann Achims Stimme:

»Hier passiert gleich was. Die Rechten sind vor Brinkmanns Tür, die Linken fangen an zu prügeln. Du solltest Verstärkung mitbringen.«

Aus, die Leitung war tot. Blume wählte die Nummer der Einsatzzentrale und meldete den Aufruhr weiter. Dann drehte er sich um. Die Lehrerin lehnte am Türrahmen zur Küche und beobachtete ihn. Blume sagte:

»Ich muss los.«

Sie nickte. Er fragte sich, warum sie so ruhig war. Ihr Freund war ermordet worden, ihre Wohnung verwüstet. Trotzdem wirkte sie, als ob sie das alles gar nichts anginge. Blume holte eine Visitenkarte aus seiner Jacketttasche.

»Wenn Sie mich anrufen wollen, wenn Sie Angst bekommen oder Ihnen doch noch was einfällt...«

Sie schien ihm nicht zuzuhören. Blume verspürte den Wunsch, diese undurchdringliche Mauer, hinter der die Frau sich verschanzte, zu durchbrechen. Er sagte nach einigem Zögern:

»Die Drogen, um die es geht, sind gefährliche synthetische Drogen. Ecstasy. Amphetamine. Crystal. Ein Junge ist vor kurzem daran gestorben.«

Ihr Blick veränderte sich. Ihr Gesicht nahm einen wachsamen Ausdruck an. Blume sprach weiter:

»Er hieß Marlon. Marlon Siebenbacher. Sie kannten ihn, nicht wahr? Sicher, er ging ja auf Ihre Schule.«

Sie schluckte. Blume sah, dass sie nach dem Türrahmen fasste und sich dort abstützte. Er trat noch einen Schritt näher an sie heran.

»Ich habe gehört, er war ein sehr guter Schüler. Er war beliebt bei den anderen, er sah gut aus. Bestimmt haben die Mädchen für ihn geschwärmt.«

Die Lehrerin wandte sich ab, sie biss sich auf die Lippen. Blume spürte, dass sie nach Fassung rang, und fast tat sie ihm leid. Aber er war sich sicher, dass sie mehr wusste, als sie sagte. Er beugte sich über sie. Auf ihrer Wange stand ein heller Flaum, kaum wahrnehmbar. Leise sagte er an ihrem Ohr:

»Er hat noch gelebt, als er auf der Straße abgelegt wurde. Noch Stunden später hätte er gerettet werden können.«

Gesine Lorenz sah starr geradeaus. Ihre selbstsichere Verträumtheit war jetzt völlig verschwunden. Sie atmete hörbar ein, es klang wie ein Schluchzer. Blume sagte:

»Sagen Sie mir, was passiert ist. Ich glaube, Sie wissen, wo die Drogen sind. Sprechen Sie, bevor noch weitere...«

»Was Sie da sagen, ist absurd. Bitte gehen Sie.«

Blume ging wieder auf Abstand und sah die Frau prüfend an. Für einen Moment hatte er das Gefühl gehabt, sie wollte sich ihm anvertrauen. Doch jetzt stieß er wieder gegen eine Mauer der Ablehnung. Einen Augenblick standen sie sich noch wie zwei Kämpfer in einem Ring gegenüber. Dann nahm er ohne ein weiteres Wort seine Jacke und verließ die Wohnung.

Berlin, Zehlendorf

Die Kundgebung begann zu einer Straßenschlacht auszuarten. Ströme von Menschen kamen von Norden aus der nächsten U-Bahn-Station, junge Männer und Frauen in schwarzen Kapuzenpullis, Basecaps und »Nazis nein danke«-Armbinden bliesen in ihre Trillerpfeifen oder bauten sich einander untergehakt vor den rechten Truppen auf. Frauen in weiten Röcken, Männer in Cordjacketts, Mütter mit ihren Kindern und scheinbar zufällig vorbeigekommene Radfahrer skandierten gegen Rechts und schüttelten ihre Fäuste.

Auch die Brandenburger Truppe hatte Nachschub geordert, doch die Rechten waren zahlenmäßig trotzdem weit unterlegen. Ein paar Autos fuhren gefährlich schnell in die menschenvolle Straße hinein und blockierten den Ausgang. Sie drehten die Musik in den Autos auf und grölten ihren Gegnern die Texte entgegen. Erste Bierdosen flogen, kleinere Rangeleien am Rand heizten die Stimmung auf, der Lärm war ohrenbetäubend. Emma hielt das Mikro in die Menge und sah sich nach August um. Sie konnte ihn nirgends entdecken. Rocco Schmitz stand bei seinen Kumpels und stierte betrunken auf die Gruppe der Autonomen. Als Emma seinem Blick folgte, sah sie Blume. Er erreichte den Vortrupp der linken Gegner und redete eindringlich auf den Mann im grauen Anzug ein. Der verschränkte die Arme vor der Brust und tat so, als ob er ihm nicht zuhörte. Noch immer bildete der Mann das Zentrum des linken

Protestes, mit Blicken und leisen Anweisungen schien er den Trupp zu leiten. Als er mit einem Kopfnicken mehrere Männer in schwarzen Kapuzenjacken aufforderte vorauszugehen, drängten sie sich an den Polizeibeamten vorbei. Auch Blume versuchte vergeblich, die Autonomen aufzuhalten. Der Mann im grauen Anzug lachte. Er hakte sich bei zwei Frauen unter, die sich das Gesicht bunt geschminkt hatten, und skandierte mit ihnen ihre Parolen gegen Rechts.

Plötzlich stand Bente vor Emma und fasste sie am Arm. Sie rief ihr ins Ohr:

»Raus aus der Mitte!«

Die beiden zwängten sich durch zum Ü-Wagen, dessen Seitentüren Manuel vorsorglich geschlossen hatte. Bente klopfte an das Fenster, er nickte, öffnete die Luke und reichte ihr zwei Kopfhörer raus. Bente stöpselte beide an das Funkgerät und gab einen an Emma weiter.

»Keine Zeit zum Schneiden, das machen wir später für das gebaute Stück. Jetzt kommt ein Alleingang. Du bist meine Augenzeugin. Wir bleiben bei der aktuellen Situation, keine Erklärungen. Das sollen die im Funkhaus machen.«

Emma nickte, räusperte sich und gab eine kurze Tonprobe ins Mikro. Bente zog sie ein Stück hinter den Wagen, dann gab sie das Zeichen zum Start. Manuel schaltete auf das Programm, jetzt waren sie on air. Emma hörte über den Kopfhörer die Stimme der Moderatorin.

»... scheint sich mittlerweile zu einer Straßenschlacht auszuweiten. Mittendrin sind unsere Reporterinnen Bente Fügemann und Emma Vonderwehr. Könnt ihr uns einen kurzen Überblick geben, was da los ist?«

Bente begrüßte ruhig die Moderatorin und beschrieb die Situation. Sie hielt das Mikro eng an den Mund, um bei dem Lärm auf der Straße für die Hörer verständlich zu sein.

Emma stellte sich quer zu ihr und schirmte sie mit ihrem Körper vor den Demonstranten ab. Keiner sollte auf die Idee kommen, die Übertragung für sich zu nutzen.

»... zahlenmäßig überlegen. Mittendrin stehen die Bewohner dieser stillen Seitenstraße und beobachten fassungslos, wie ihr Kiez Schauplatz dieser Auseinandersetzung wird. Meine Kollegin Emma hat mit den Nachbarn gesprochen, Emma, was haben sie dir erzählt?«

Bente hielt ihr das Mikro hin, und Emma beugte sich darüber.

»Sie sind geschockt und haben Angst vor der Gewalt, die sich hier aufbraut. Die meisten haben sich in ihren Wohnungen verschanzt und stehen vermutlich hinter den Gardinen. Eine Frau aus dem Nachbarhaus beschwerte sich, dass die Anhänger der Rechten Liga in ihren Vorgarten gepinkelt hätten. Aber wenn ich jetzt hochschaue, dann ...« Emma sah zu dem Nachbarhaus hinüber und erschrak. Sie sah August. Er hielt noch immer die Broschüren in der Hand und zupfte unsicher an seiner Kleidung herum. Ein Fotograf kniete vor ihm und fotografierte im Stakkato. Emma wurde wütend. Sie zwang sich, den Blick wieder auf das Mikro zu richten.

»... dann sehe ich, dass keiner der Nachbarn mehr auf der Straße steht.«

Von der Clayallee her hörten sie Polizeisirenen, die sich rasch näherten. Bente zog das Mikro wieder dicht vor ihre Lippen.

»Wie du vermutlich auch hören kannst, Marion, ist weitere Polizei im Anmarsch. Wir hoffen, dass sie die Gegner auseinandertreibt, bevor hier eine Straßenschlacht ausbricht. Noch stehen sie sich nur brüllend gegenüber, noch beschränkt sich der Angriff auf kleinere Rempeleien. Aber jeden Moment kann das eskalieren.«

Die Moderatorin übernahm jetzt den Part der Hintergrundberichterstattung. Sie fasste kurz ihre Meldungen der letzten Tage zusammen, den Mord, die Nachricht der Zugehörigkeit des Toten zu der rechten Partei, die Reaktionen an der Schule und in der Nachbarschaft. Emma hörte kaum zu. Sie beobachtete August. Der Fotograf vor ihm schien ihn zu ermuntern, den rechten Arm zum Hitlergruß zu heben. Einer der Kameraden von Rocco Schmitz lief über die Straße und baute sich neben August auf. Er legte den Arm um die Schultern des Jungen und lachte bereitwillig in die Kamera. August drehte den Kopf suchend nach hinten, sicher hielt er Ausschau nach seiner Schwester. Emma wandte sich Bente zu und signalisierte ihr, dass sie über die Straße zu dem Jungen gehen wollte. Bente schüttelte den Kopf und hielt sie am Ärmel fest.

»… wer die Gegner der Rechten sind und wie sie so schnell von der Aktion erfahren haben?«

Bente sprach ins Mikrofon:

»Die Linke ist ebenfalls gut vernetzt. Da braucht es nur ein paar Meldungen auf Facebook, und es macht sich eine Abwehrtruppe bereit.«

Wieder sagte die Frau im Funkhaus etwas darauf. Emma löste sich von Bente und trat rasch hinter dem Ü-Wagen hervor. Bente stampfte mit dem Fuß auf, konnte mitten in der Übertragung aber nichts sagen. Emma sah sie bittend an, wies mit der Hand zu August und schlüpfte an den umherstehenden Leuten vorbei zur anderen Straßenseite. Aus den Augenwinkeln sah sie, dass ein Trupp Polizisten hinter den Rechten in die Straße lief. Sie waren in Kampfmontur und trugen Schlagstöcke in den Händen. Weiter hinten stieg Blattner erstaunlich wendig in den Wagen der Fahrschule, der in eine Seitenstraße abbog. Eine ältere Frau mit einem

Transparent wurde gegen Emma geschubst. Die Frau klammerte sich an ihr fest. Jemand hatte Bengali-Fackeln gezündet und in die Menge geworfen. Emma spürte die Hitze, ein Mann schrie. Die Leute verschwanden hinter den Rauchschwaden, Emma löste sich von der Frau und drängte sich weiter zu August durch. Der Fotograf stand immer noch bei dem Jungen. Jetzt verfolgte er mit seiner Kamera die Polizisten, die sich zwischen die Gegner stellten und Erste aus dem Tumult zogen. Emma trat neben den Schlaks, schob ihn unsanft zur Seite und zerrte die rote Binde vom Arm des Jungen. August ließ es geschehen. Wieder warf er einen unruhigen Blick um sich.

»He, was soll das?«

Der Schlaks lallte und konnte sich kaum mehr auf den Beinen halten. Er war zwei Köpfe größer als Emma, wirkte in dem Zustand aber wenig bedrohlich. Emma ersparte sich die Antwort und wandte sich gleich an den Fotografen, der ihr jetzt den Rücken zukehrte.

»Lassen Sie den Jungen aus der Geschichte raus, Kollege. Das ist doch noch ein Kind!«

Der Fotograf beachtete sie nicht. Die Polizei war mittlerweile dabei, weitere Demonstranten abzuführen. Die Gruppen pfiffen zum Rückzug, ein paar fingen an zu laufen, während sie sich gegenseitig noch Verwünschungen hinterherriefen. Emma beugte sich zu August und rief laut:

»Hast du deine Schwester gesehen?«

Er nickte und wies mit der Hand nach vorn. Emma sah hoch und entdeckte Heike. Sie lehnte an einer Hauswand und rauchte hektisch eine Zigarette, während sie nervös dem Treiben zuschaute. Emma richtete sich auf, nahm August an die Hand und ging mit ihm auf sie zu. August hustete, noch immer lag der Rauch schwer über der Straße. Mittlerweile waren nicht mehr viele Menschen hier, das Gewimmel löste sich auf. Heike sah sie näher kommen, machte aber keine Anstalten, auf sie zu reagieren.

Emma nahm einen Schal aus ihrer Tasche und reichte ihn dem Jungen.

»Hier, halt dir das vor die Nase.«

Er nickte und presste das Tuch vor das Gesicht. Emma schob ihn vor sich und richtete sich an die Schwester.

»Schaff ihn hier weg!«

Heike beachtete ihren kleinen Bruder kaum. Sie schnippte ihre Zigarette weg und wollte sich an Emma vorbeidrängen. Emma hielt sie mit ihrer freien Hand am Arm fest.

»Reicht ein Bruder nicht? Musst du August da auch noch reinziehen?«

Heike blieb stehen. Langsam drehte sie sich zu Emma um und sagte mit leiser Stimme:

»Halten Sie sich fern, ich warne Sie.«

Emma hielt noch immer die Hand des Jungen fest. Sie warf einen Blick auf ihn, dann sah sie wieder Heike an:

»Du hast mich angelogen. Du kanntest Lukas Brinkmann schon dein ganzes Leben lang. Er hat auf dich aufgepasst und dir später bei den Schulaufgaben geholfen.«

Einer der Rechten blies durchdringend auf einer Trillerpfeife. Der Rauch lichtete sich langsam. Ein paar riefen etwas, Autotüren schlugen zu.

Emma meinte schnell:

»Hast du Lukas um Hilfe gebeten wegen Marlon? Warum konnte er seinen Tod nicht verhindern? Steckte er da mit drin? Hat Lukas deswegen mit den anderen von der Rechten Liga gestritten?«

Heike sah sie an. Emma hatte das Gefühl, einen Riss in der Maske der jungen Frau zu sehen.

»Wir waren ihm auf einmal so was von egal. Früher hatte er immer gesagt, Heike und meine Jungs, meine Heike und...« Die Frau schluckte. August löste sich von Emma und nahm die Hand seiner Schwester. Um sie herum brüllten ein paar Männer, es roch nach Schwefel, und die Polizeisirenen heulten, aber sie drei standen dort wie auf einer Insel. Emma sagte leise:

»War es wegen der Freundin? Wegen – Frid?«

Heike sagte nichts, aber ihre Augen begannen zu schwimmen. Auf einmal wurde ihr Kopf nach hinten gerissen. Der Hooligan Rocco Schmitz hatte in Heikes lange blonde Haare gefasst und sah die Frauen mit wutverzerrtem Gesicht an.

»Kaffeekränzchen, oder was wird das hier?«

Seine Kumpels umringten die beiden, ein paar schrien den Übrigen etwas zu, andere liefen schon los zu den Autos. Heike versuchte sich aus dem schmerzhaften Griff zu befreien, und Emma ging mit erhobenen Fäusten auf Schmitz zu. Ohne seine Freundin loszulassen, rammte er sein Knie in ihre Hüfte. Emma knickte zusammen. Plötzlich stand Blume neben ihr. Er legte ihr den Arm um die Taille und zog sie wieder auf die Füße. Schmitz sah Blume an und lockerte seinen Griff um Heike. Die Frau stolperte nach vorn. Blume löste sich von Emma, fing Heike auf und schob sie zu August.

»Bringen Sie den Jungen hier raus.«

Ein volltrunkener Rechter warf sich gegen ihn. Blume packte ihn kurzerhand und schob ihn zu einem Streifenpolizisten, der ihn abführte. Seine Kumpels versuchten das zu verhindern, und im Nu war eine Rangelei im Gange. Rocco Schmitz versuchte unterdessen, Heike mit einem Tritt seiner Doc Martens zu Fall zu bringen. Emma nahm ihr Handy und fotografierte ihn. Wütend drehte er sich zu ihr um. Auch er wankte bereits. Emma versuchte sich zwischen zwei Männern hindurchzuzwängen. Sie steckte dabei ihr Handy in die Innentasche ihrer Jacke und zog den Reißverschluss hoch. Schmitz erwischte sie an den Schlaufen ihrer Tasche. Er zog sie von ihrer Schulter. Der Clip, mit dem ihr Aufnahmegerät an der Tasche befestigt war, löste sich, und der Rekorder fiel auf die Straße. Mit Wucht knallte Schmitz den Absatz seines Schuhs darauf, und Emma hörte ein Knirschen.

Wie ein lauter Spuk war auf einmal alles vorbei. Ein paar Streifenpolizisten nahmen Rocco Schmitz und seine Kumpels fest und zerrten sie jetzt zu den Einsatzwagen. Emma sah sich um. Weiter hinten schob Blume Heike und August an den Polizeiketten vorbei in Richtung U-Bahn. Weitere Polizisten nahmen die letzten Randalierer fest. Von den Massen an Menschen, die sich noch vor wenigen Minuten in der Straße gedrängt hatten, war nichts mehr zu sehen.

Emma ging in die Knie und besah sich ihr Aufnahmegerät. Es war nur noch ein Haufen Schrott. Wut stieg in ihr auf, und sie sah sich nach Rocco Schmitz um. Bente stellte sich ihr in den Weg. Sie stemmte beide Hände in die Seiten.

»Spinnst du, mitten in der Sendung wegzulaufen? Du hast sie ja wohl nicht mehr alle!«

Emma richtete sich langsam auf. In der Hand hielt sie immer noch das, was mal ihr Arbeitsgerät gewesen war. Sie wollte etwas sagen, aber Bente kam ihr zuvor.

»Was ist das denn? Sag bloß, du hast jetzt keine Töne?«

»Er hat es kaputt gemacht.« Emma hörte sich die Worte sagen und fand, sie klang wie ein Kind, dem man das Spielzeug zerstört hatte. Bente sah sie entsetzt an, dann drehte sie sich um und ging im Laufschritt zurück zum Ü-Wagen. Emma folgte ihr.

»Was ist denn mit deinen Aufnahmen?« Bente rief über ihre Schulter: »Sag mal, bist du total bescheuert? Ich hab doch nur die Nazis!«

Sie war jetzt an der Tür des Ü-Wagens und klopfte. Zu Emma sagte sie, jetzt etwas ruhiger.

»Glaubst du, ich lasse die deutschlandweit ihre Parolen grölen?«

Emma schloss ihre Hand um die herausgebrochene Metallhülse. Der Rand bohrte sich in ihre Haut. Weiter hinten bei den Streifenwagen tauchte jetzt Blume auf. Er sah sie fragend an. Sie nickte und formte ein Okay mit den Lippen. Er lächelte und stieg in den Wagen, der in der Straße wendete und davonfuhr. Bente schlug mit der flachen Hand gegen die Beifahrertür.

»Scheiße. Wir können kein Stück machen ohne Töne!«

Manuel schob die hintere Tür des Transporters auf. Bente bat ihn, ihr das Telefon zu reichen. Der Techniker nahm das Handy und gab es ihr. Seine Hände zitterten, er sah blass aus. Vermutlich hatte er befürchtet, die Randalierer könnten den Übertragungswagen stürmen oder umwerfen. Bente wählte die Nummer des Sendebüros. Als Emma das registrierte, legte sie ihr die Hand auf den Arm.

»Was hast du vor?«

»Absagen natürlich. Wir sind schon 15 Minuten über die Zeit. Was sollten wir denn sonst machen?«

Emma verstärkte den Druck auf den Arm der Kollegin.

»Nein. Ich bring das in Ordnung.«

»Emma, die Show ist vorbei. Wo willst du denn noch Töne herbekommen?«

Emma sah sich um. Jetzt lag die Straße vollkommen leer da. Auch die Streifenwagen waren losgefahren. Zurückgeblieben waren nur zerdrückte Bierdosen, Papier von Transparenten und Flyern und der Geruch nach Schwefel und verschmortem Plastik. Alle Fenster waren geschlossen, die Vorhänge zugezogen.

Das Telefon klickte, eine Stimme klang leise vom Hörer. Emma nahm den Hörer aus Bentes Hand und sagte leise:

»Ich find schon noch jemanden.«

Bente verschränkte die Arme vor der Brust und hörte zu, wie Emma mit der Redakteurin redete. In fünfzehn Minuten würde sie einen Beitrag überspielen. Als sie auflegte, sah Bente sie einen Moment schweigend an. Dann nahm sie ihre Jacke und die Tasche aus dem Wagen.

»Deine Entscheidung. Du kannst von mir die Atmo nehmen, Manuel hat sie ja auf dem Computer. Ich muss ins Funkhaus, in einer halben Stunde sind Senatsnachrichten. Wir sehen uns da.«

Sie nickte ihr noch einmal zu und verschwand im Laufschritt in Richtung U-Bahn. Emma legte ihren Schrottrekorder vorsichtig wie ein versehrtes Tier auf die Ladefläche des Ü-Wagens. Manuel nahm den Kopfhörer ab und besah sich den Schaden.

»Kannste wegschmeißen. Schöner Scheiß.«

Emma nahm das Funkgerät des Ü-Wagens und kontrollierte den Akkustand. Er reichte noch für mindestens eine halbe Stunde. Sie bat Manuel, die Aufnahme noch einmal zu starten.

»Wieso denn, ich denk, wir sollen überspielen?«

»Ich brauch noch den O-Ton. Ich beeil mich.«

Emma lief die Häuserreihe entlang. Beim Nachbarhaus blieb sie stehen, suchte am Klingelschild und klingelte bei Jawes. Keine Reaktion. Sie klingelte noch mal, diesmal länger.

»Gehense weg!«

Emma beugte sich über die Anlage.

»Frau Jawes, ich möchte nur kurz mit Ihnen reden.«

»Nee, det ist mir zu heiß.«

»Frau Jawes ...«

Sie klingelte wieder, dann auch bei den anderen Nachbarn. Keiner reagierte. Sie ging weiter zum nächsten Haus, dann zum übernächsten. Wo hatte der alte Mann gewohnt?

»Es wird niemand mit Ihnen sprechen.«

Emma fuhr herum. Vor ihr stand der Mann im grauen Anzug, den sie zuvor auf der Seite des linken Protestes beobachtet hatte. Obwohl er lächelte, sah es aus, als ob er die Stirn runzelte. Er hatte eine markante Stimme, tief und ein wenig verlebt klang sie. Er schaute die Häuserreihe entlang und sagte:

»Sie haben alle Angst. So weit haben die Rechten es schon geschafft.«

»Ihre Leute waren auch nicht zu überhören.« Der Mann sagte: »Das nehme ich als Kompliment.« Sie sah ihn mit hochgezogenen Augenbrauen an und sagte nichts.

Er grinste. »Auch wenn es nicht so gemeint ist.«

Sie drehte sich um und lief zum nächsten Türschild. Klingelte. Wieder keine Antwort. Der Mann kam langsam hinter ihr hergeschlendert.

»Warum interviewen Sie nicht einfach mich?«

Emma zögerte. Dann sah sie, dass Manuel den Sendemast ausfuhr. Noch zehn Minuten.

»Wohnen Sie denn hier in der Gegend?«

Der Mann lachte leise.

»Gewissermaßen. Jedenfalls bin ich Berliner und finde so einen aufgesetzten Trauermarsch zum Kotzen.«

Emma warf noch einen Blick auf die zugezogenen Gardinen und dachte, was soll's, wenn er nur Parolen drischt, kann ich es immer noch löschen. Sie trat einen Schritt näher an ihn heran und besah ihn sich. Die Furchen um seinen Mund bildeten exakte Dreiecke und verliehen ihm den Ausdruck eines traurigen Clowns. Seine Augen waren von einem intensiven Blau und erwiderten konzentriert ihren Blick.

»Wie heißen Sie?«

»Konrad Weiß. Und Sie?«

»Emma. Emma Vonderwehr. Ich arbeite für BerlinDirekt und...«

Er warf einen Blick auf den Ü-Wagen.

»Ist mir gar nicht aufgefallen.«

Sie grinste nervös und spürte, dass sie rot wurde. Mit etwas viel Schwung hob sie das schwere Mikro des Funkgerätes und stieß damit fast an seine Lippen.

»Herr Weiß, wie haben Sie die letzten Stunden hier erlebt?«

»Eine gezielte Werbemaßnahme der Rechten, so kurz vor den Wahlen in Brandenburg. Es war notwendig, dem ein Zeichen entgegenzusetzen. Wir haben ... Was ist los?«

Emma hatte das Mikro wieder sinken lassen.

»Herr Weiß, ich brauche keine politischen Parolen! Ich brauche einen Anwohner und Augenzeugen. Wenn Sie das nicht hinkriegen, können wir uns die Zeit sparen!«

Er sah sie erstaunt an, nickte dann aber. Einen Moment überlegte er, dann nahm er Emmas Hand mit dem Mikro und hielt es sich wieder an die Lippen.

»Die Rechten haben hier ihren komischen Kranz aufgehängt und dann die Musik aufgedreht. Man konnte sein eigenes Wort nicht verstehen, so haben die gegrölt. In den Rabatten sind sie rumgetrampelt und haben da auch reingepinkelt.«

»Hatten Sie Angst?«

»Na klar! Die haben Bengalos gezündet, wissen Sie, wie heiß die werden? Ich hab eine alte Frau gesehen, die hat sich noch in den Hausflur gerettet.«

Emma stoppte die Aufnahme. Erleichtert sah sie ihn an.

»Vielen Dank.«

Er lächelte. »Bitte.«

Emma machte kehrt und lief auf den Ü-Wagen zu. Die wenigen Schritte nutzte sie, um in Gedanken den Text zu formulieren. Manuel war bereits dabei, die Sätze des Mannes sauber zu schneiden.

»Zwei Takes?«

Sie nickte, ohne den Kopf von ihrem Blatt zu heben.

»Mach das mit den Bengalos zuerst.«

Fünf Minuten später stand sie vor dem Wagen und nahm den Text auf. Die Dramatik zuerst – das Feuer, der Lärm, der beginnende Kampf der beiden Gruppen. Dann der O-Ton. Auf ein Zeichen spielte Manuel ihn in die Aufnahme, so ging es hinterher schneller. Dann die Beruhigung. Die Polizei, die Festnahmen, Begutachtung der Schäden. Alles hatte harmlos begonnen. O-ton 2. Fertig.

Mit geübter Hand schnitt Manuel die Enden digital sauber und blendete die Atmo unter den Text. Das Zischen eines Bengalos und der Schrei einer Frau wurden mehrfach eingesetzt. Emma beobachtete ihn dabei. Sie hatte ein mulmiges Gefühl. Langsam klang es wie ein Straßenkampf in der Bronx.

»Übertreib es nicht.«

Manuel warf ihr einen Seitenblick zu und grinste. Noch eine Anmeldung beim Schaltraum, und dann schickte er den Beitrag mit einem lauten Klack auf die Tastatur rüber ins Funkhaus. Emma sah auf die Uhr. Sie hatte 14 Minuten und 32 Sekunden gebraucht.

Als sie mit wackligen Knien über die Straße zu ihrem Fahrrad ging, sah sie sich nach dem Mann im grauen Anzug um. Gregor Weiß. Die Autonomen schienen auf ihn zu hören. Blume hatte mit ihm gesprochen, kurz bevor es richtig losging. Kannten sie sich? Worüber hatten sie so aufgeregt diskutiert?

Jetzt war niemand mehr auf der Straße zu sehen. Der Ü-Wagen brauste an ihr vorbei, Manuel fuhr schneller, als er hier durfte. Auch Emma fühlte, dass sie froh war, den Ort verlassen zu können. Eine Fackel musste den Kranz der Rechten getroffen haben, das Grün war verbrannt, der Plastikreifen schmorte vor sich hin. Hinter einem Fenster bewegte sich eine Gardine. Emma überlegte, ob sie noch einmal versuchen sollte, einen Nachbarn zu interviewen, als ihr einfiel, dass sie kein Aufnahmegerät mehr hatte. Sie fluchte leise und fuhr los in Richtung Funkhaus.

Berlin, Charlottenburg. Redaktion BerlinDirekt

Sie merkte gleich, dass etwas nicht stimmte. Sebastian, der Redaktionsassistent, hob nicht den Kopf, als sie zur Tür hereinkam, und ignorierte auch ihre Frage nach dem Sendetermin. Stattdessen griff er zum Hörer und sagte in affektiert-konspirativem Tonfall »Sie ist jetzt da« in den Hörer. Im Großraumbüro war es still geworden, eine Praktikantin kicherte, verstummte aber nach einem Blick der Nachmittagsredakteurin. »Du sollst zu Schneider kommen.« Sebastian sah sie nicht an, sondern lächelte die Tür neben ihr an. »Jetzt.«

Emma schluckte. Sie wollte Sebastian fragen, was los war, aber er hatte sich schon wieder seinen Tabellen am PC zugewandt. Andreas, der Nachrichtenredakteur, ging an ihr vorbei in Richtung Sendestudio. Er sagte halblaut: »Blöd gelaufen mit dem Beitrag. Halt die Ohren steif«, lächelte schief und strich ihr kurz über den Arm.

Emma streckte das Rückgrat, drehte sich und ging die paar Schritte über den Flur zum Büro des Chefredakteurs. Die Tür war zu. Sie klopfte, er reagierte, bat sie hinein und die Tür hinter sich zu schließen. Das war kein gutes Zeichen.

»Ich musste den Beitrag rausnehmen. Zum Glück habe ich ihn vorher noch abgehört.«

Es war still im Raum. Emma fragte vorsichtig:

»Was war denn nicht in Ordnung?«

»Du hast einen stadtbekannten Linken aus Kreuzberg zum Zehlendorfer Nachbarn gemacht.«

»Konrad Weiß?«

»Seine Stimme ist fast so bekannt wie die von Wowereit. Demnächst behauptest du noch, Berlins Bürgermeister ist dein Mitbewohner am Alex.«

Unwillkürlich musste Emma daran denken, dass Wowereit ja tatsächlich nur einen Steinwurf von ihrer Wohnung am Alexanderplatz im Roten Rathaus arbeitete. Mit einem schnellen Blick auf Schneider sagte sie aber nichts dazu. Es war vermutlich nicht der geeignete Moment, witzig zu sein.

»Mensch, Emma, ein ARD-Angebot! Da können wir uns so etwas echt nicht leisten!«

»Einer der Neonazis hat mein Aufnahmegerät zerstört. Alle Töne waren weg!«

»Und warum hast du das nicht on air erzählt?«

Emma zögerte. Schneider beugte sich über den Tisch.

»Die Reporterin mittendrin, wird selbst angegriffen. Atmo drunter, dabei berichten, was dir die Leute erzählt haben. Fertig.«

Emma schwieg. Sie fragte sich, warum sie nicht selbst darauf gekommen war. Als könnte er ihre Gedanken erraten, sagte Schneider:

»Ich weiß, warum du das nicht gemacht hast.«

Ach wirklich, dachte Emma. Sie fing langsam an, wütend zu werden.

»Weil du keine Lust hattest zu erzählen, dass dieser Typ dich ausgetrickst hat.«

Schneider lehnte sich wieder zurück und hustete. Emma biss sich auf die Lippen und fragte sich, ob er Recht hatte.

»Aber wenn noch nichts rausgegangen ist – dann könnte ich das doch jetzt noch machen.«

»Zu spät.«

Schneider stand auf, ging zur Tür und öffnete sie.

»Das hat Bente bereits für dich erledigt. Sie hat sich unten in die Tiefgarage gestellt, wir haben die Atmo druntergelegt, und sie hat noch mal neu eingesprochen.«

Emma stand langsam auf. Schneider sah auf den Flur und grüßte jemanden. Leise sagte er zu Emma gewandt:

»Sie war sich nicht zu schade dafür.«

Emma ging mit starrem Blick an Schneider vorbei aus der Tür und wäre fast mit Gregor Schulenburg, dem Wellenleiter zusammengestoßen.

»Ach Emma, da sind Sie ja! Ist alles in Ordnung mit Ihnen?«

Emma sah ihren Chef fragend an.

»Ja, wieso?«

»Das ARD-Angebot geht eine halbe Stunde später raus als angekündigt, und Bente spricht es. Was war los? So geht das wirklich nicht, Schneider!«

»Technische Panne«, meinte der Chefredakteur knapp. Emma schwieg und warf ihm einen schnellen Blick zu. Schulenburg schaute von einem zum anderen und schien nicht zu wissen, was er davon halten sollte. Schließlich sagte er:

»30 Minuten verspätet! Peinlich!«

»Gregor, ich muss mit dir noch das Feature durchgehen. Lass uns in dein Büro gehen.«

Schneider legte seine Hand leicht auf die Schulter des Vorgesetzten und ging mit ihm den Gang entlang.

Emma blieb stehen und sah ihnen nach. Dann wurde ihr bewusst, dass die Tür zum Redaktionsraum offen stand und kein Geräusch von dort zu ihr drang.

Vermutlich hatten alle den Atem angehalten, um jedes Wort mitzubekommen. Emma beschloss, zur Kantine hochzugehen und etwas zu essen. Als sie am Großraumbüro vorbeikam, schloss sie mit einem gezielten Fußtritt lautstark die Tür.

Brandenburg, Hofsmünde

Grundsätzlich gilt: Wer in den Kreisverkehr hineinfährt, muss die Vorfahrt beachten. Das gilt auch, wenn der Kreisverkehr mehrspurig ist und der laufende Verkehr, also die Fahrzeuge, die sich bereits im Kreisverkehr befinden, auf der Spur weiter innen fahren. Sollte ein solcher Verkehrsteilnehmer die Spur wechseln, vielleicht weil er die nächste Ausfahrt nehmen möchte und stößt dann mit Ihrem Fahrzeug zusammen, sind Sie der Unfallverursacher und müssen für den Schaden haften.«

Wegen der Kundgebung war Achim zu spät in seine Fahrschule gekommen. Drei Schüler waren wieder nach Hause gegangen, sicher bestanden sie darauf, dass er den Stoff nächste Woche wiederholte. Er hatte Blattner gesagt, dass er nicht könnte, aber was zählten schon seine Termine.

Achim trank einen Schluck Wasser. Seine Kehle war trocken, die Luft getränkt von künstlichen Aromen irischer Aftershaves und Himbeer-Lipgloss. Acht Augenpaare stierten glasig in seine Richtung. Drei Mädchen saßen vorne in der ersten Reihe. Fünf Jungen dahinter, so dicht an ihnen dran wie möglich.

»Gleiches gilt bei dem sogenannten ›halbherzigen Kreisverkehr‹ mit einer Mittelinsel. Häufig ist dort kein Kreisverkehrsschild zu finden, nur ein Vorfahrt-Beachten-Schild. Also auch hier gilt eindeutig: Wer reinwill, muss warten.«

Ann Katrin kicherte leise. Achim spürte, wie sich seine Haare im Nacken sträubten. Dieses Gänschen kicherte bei jeder noch so kleinen Möglichkeit der Umdeutung des Gesagten in den sexuellen Bereich. Jedes, wirklich jedes Mal, wenn er das Wort Verkehr in den Mund nahm. Er war kurz davor, ihr mit dem Zeigestock auf die zweifarbig gefärbten Locken zu schlagen. Achim schwitzte. Er hob den Arm, um sich über die Stirn zu streichen. Im gleichen Augenblick fiel ihm ein, dass auf seinem Hemd vermutlich bereits dunkle Schweißränder an den Achseln prangten. Zum Glück hatte Blattner schnell verschwinden wollen, als es heiß wurde. Da war er wieder gut genug als Chauffeur. Wie er von denen behandelt wurde. Er hätte das hier nie annehmen dürfen. Er presste die Arme wieder an seinen massigen Körper, und das feuchte Hemd machte einen schmatzenden Ton. Ann Katrin kicherte.

»Es gibt auch kleine Rondelle mit ebenso kleinen Mittelaufbauten, an denen weder Vorfahrtszeichen noch Kreisverkehrzeichen angebracht sind. Solche Rondelle dienen in erster Linie der Verkehrsberuhigung. Dort gilt rechts vor links.«

Achim hatte stundenlang im Netz gesurft, um passende Bilder für seinen PowerPoint-Vortrag herunterzuladen. Aber das Kabel hatte einen Wackelkontakt. Zweimal war es ihm heute Abend abgestürzt, dann hatte er aufgegeben und auf die Fantasie seiner Schüler gesetzt. Estelle streckte ihre langen Fohlenbeine und schlug nun das linke über das rechte. Achim meinte kurz ihre Unterhose durchblitzen zu sehen und hoffte, dass er keinen Steifen bekommen würde. Zum Glück trug er die festen Jeans aus dem Versand, Größe XXL. Estelle zog ihr T-Shirt über dem Busen glatt. Dem Jungen, der direkt hinter ihr saß, entfuhr ein Japsen.

»Strenggenommen sollte man in diesem Fall auch nicht ›Kreisverkehr‹ sagen. Es sind im Grunde ganz kleine Kreuzungen mit einer Insel in der Mitte.«

Die Jeans spannte, und Achim wagte nicht, an sich herunterzusehen. Er ging nach hinten, zog eine der Vorfahrts-Karten aus dem Ständer und fummelte so lange damit herum, bis er seinen Körper unter Kontrolle hatte. Er hatte wieder zugenommen, das spürte er, dafür musste er auf keine Waage steigen. Seit Marlons Tod hatte er nichts mehr genommen. Langsam ebbten die Entzugserscheinungen ab, aber er nahm wieder zu.

Estelle gähnte ungeniert. Ann Kathrin warf ihr einen sehnsuchtsvollen Blick zu. Mit ihren siebzehn Jahren war Ann Katrin bereits pummelig, ihre Brüste legten sich wie ein Ring unter die Arme, der Bauch schwappte über den Bund der weißen Jeans. So wie sie hatte er auch ausgesehen. Edgar war es, den die Mädchen auf dem Schulhof ansprachen, durch ihn sahen sie hindurch. Sein Freund schien von der Bewunderung nichts mitzubekommen, und Achim hatte ihn deshalb beneidet und gehasst. Achim sah die Sehnsucht in den Augen von Ann Katrin. Er sah auch, wie herablassend die schöne Estelle sie behandelte. Vermutlich fand Ann Katrin das angemessen. Achim strich sich unbewusst über die eigene Hüfte und stoppte mitten in der Bewegung, als ihm klar wurde, wo er sich befand. Estelle starrte ihn an. Zwanzig Kilo hatte er in den letzten Monaten verloren. Als er zum ersten Mal das Zeug geschnupft hatte, fühlte es sich an, als würden ihm Glassplitter die Stirn zerreißen. Doch dann hatte es ihn wie eine warme Brise umweht. Er fühlte sich wohl in seinem Körper, und er verspürte keinen Hunger. Zwanzig Kilo. Diese Jugendlichen mit ihren unbeschwerten Kinderkörpern hatten vermutlich noch nicht einmal den Unterschied gemerkt. Fleischklops hatten sie ihn damals in der Schule gerufen. Meat Loaf, wie den Sänger. Ist doch cool, hatte

Edgar gesagt und ihm auf die Schulter gehauen, er macht echt gute Musik.

Achim drehte die Heizung runter. Wenn er aufflog, konnte er die Fahrschule sowieso vergessen. Dann brauchte er sich in der Gegend nicht mehr blicken zu lassen. Hatte Edgar eigentlich einen Plan für danach? Wir kümmern uns, hatte er gesagt. Ich brauche dich. Mensch, Alter. Hilf mir. Und er war so einsam gewesen. Hatte sich gefreut, dass Edgar an ihn gedacht hatte. Zwanzig Kilo. Er hatte nicht gewusst, dass das Zeug so wirkte. Aber auf einmal hatte er gedacht, dass sich doch noch etwas ändern könnte für ihn. Er hatte noch nie mit einer Frau geschlafen. Das wusste niemand, nicht einmal Edgar.

Estelle stöhnte und sah demonstrativ auf ihre kleine Armbanduhr. Einen wilden Augenblick stellte sich Achim vor, wie er die aufgerollte Karte nahm und ihr fest zwischen die Beine rammte. Er nahm die Karte und wollte sie in die Ecke stellen, aber er stolperte über eine der Mädchenhandtaschen und wäre fast hingefallen. Ann Katrin kicherte.

Berlin, Charlottenburg. Redaktion BerlinDirekt

Der Koch in der Kantine bereitete alles für die Spätschicht vor. Es gab Tomatensuppe, Stullen und Reste der Gemüseplatte vom Mittag mit Reis vermischt. Emma holte sich Kaffee, ein Hanuta und Gummibärchen und setzte sich in die letzte Tischreihe am Fenster. Sie hatte ihre Unterlagen mitgenommen und breitete sie vor sich auf dem Tisch aus.

Ihr Smartphone piepte, eine neue Nachricht von ihrer Schwester Ida. Das Foto war auf dem kleinen Display kaum zu erkennen, war es ein Stück Haut? Ida ging immer extrem nahe an die Objekte heran.

Emma scrollte über ihr Telefonbuch und wählte die Nummer von Khoy. Er meldete sich nach dem ersten Klingeln.

»Hallo, rasende Reporterin!«

Sie lächelte.

»Hey du. Nicht mehr sauer?«

Khoy lachte. »Ach Quatsch.«

Emma spürte, wie sich ein Kloß in ihrem Hals breitmachte, den sie schnell runterschluckte. Sie war so erleichtert. Sie wusste, dass sie mit ihrer ungeduldigen Art die Menschen in ihrem Umfeld vor den Kopf stieß. Sie hatte nicht viele Freunde in dieser Stadt.

»Hast du was rausgefunden über das Zeug?«

»Warte.«

Emma hörte, wie Khoy seiner Mutter zurief, dass er vor die Tür ging. Dann ein Rascheln, vermutlich holte er seine Zigaretten hinter dem Tresen hervor, und ein paar Schritte.

Sie hörte Verkehrslärm. Kollegen aus der Musik betraten die Kantine. Emma drehte sich leicht nach rechts und schirmte ihr Gesicht mit der linken Hand ab.

»Also, das Zeug ist der Hammer. Über 90 Prozent Reinheitsgehalt.«

»Wie gefährlich ist es?«

Vor Anspannung hatte Emma laut in den Hörer gesprochen. Ein Musikredakteur hob den Kopf und nickte ihr zu. Sie winkte und sprach leiser in ihr Telefon.

»Weißt du, wo die Quellen für so was sitzen?«

»Früher wurde so was selbst gemacht. Die Anleitung findest du im Netz. Alles, was man braucht, gibt's in der Apotheke, und ist was nicht zu kriegen, wird es gegen einen anderen Stoff ausgetauscht. Das macht es auch so gefährlich. Da wird von Laien irgendwas zusammengebraut.«

Emma hörte, wie Khoy an seiner Zigarette zog.

»Das Zeug hier ist aber zu gut. Das haben Profis gemacht. Ich hab ein paar Jungs gefragt, die sagen, so was kommt aus Tschechien. Da gibt's 'ne Vietnamesen-Mafia dafür. Du fährst über die Grenze und kaufst es irgendwo an der Straße. Verkaufst es hier zu dem zehnfachen Preis, und die Kids haben ihren Spaß damit.«

»Ein Junge ist daran gestorben.«

»Crystal ist schlimmer als Koks. Schlimmer als Heroin. Es frisst dein Gehirn.«

Er schwieg. Emma dachte an die Jungs auf dem Zeltplatz. Wie Zombies waren sie ihr vorgekommen. Waren die beiden Todesfälle Zufall, oder hingen sie zusammen?

Eine vertraute Stimme fragte vorne am Tresen nach Senf. Bente hatte sich eine Suppe mit Würstchen geholt und blickte jetzt in ihre Richtung. Emma erhob sich halb und winkte sie zu sich. Ins Handy sagte sie:

»Danke, Khoy. Du hast mir echt geholfen.« Bente zögerte, kam dann aber näher, den Teller Suppe vorsichtig balancierend. Khoy meinte:

»Dann kann ich das Zeug doch vernaschen, oder?«

»Khoy, du ...«

»Reg dich ab, war nur ein Scherz.«

Sie hörte ihn lachen, dann hatte er aufgelegt. Emma klickte eine neue Seite an und scrollte durch die angegebenen Seiten. Bente stellte den Teller ab und griff sich vom Nachbartisch Salz und Pfeffer.

»Hier«, Emma hielt Bente das Display hin. »Das hier wollte ich verhindern.«

Bente setzte sich und nahm Emmas Telefon in die Hand. Auf dem Foto war August zu sehen, unsicher lächelnd hob er die rechte Hand zum Führergruß.

»Ist dir ja super gelungen.«

Bente schob das Handy zurück. Emma nickte grimmig. Über dem Bild stand »Führers Nachwuchs«. Sie sah das Foto an und widerstand dem Impuls, über das Display zu streicheln. Der kahlgeschorene Kopf und die groteske Bekleidung ließen den Jungen noch zarter erscheinen.

»Das wird ihn jetzt ein Leben lang begleiten. Was immer er macht, das Foto wird schon da sein.«

Emma erinnerte sich gut an den Fotografen und seine Aufforderung, August solle den Arm heben. Emma nahm sich vor, bei zukünftigen Pressekonferenzen auf den Mann zu achten. Sie klickte sich durch ein paar Nachrichtenseiten, während Bente schweigend ihre Suppe aß. Nach einer Weile sagte Emma:

»Tut mir leid. Ich hab heute Mist gebaut.«

Bente nahm ein Brot und tunkte es in die Suppe. Ohne Emma anzuschauen, sagte sie:

»Ausgerechnet Konrad Weiß.«

Emma schwieg.

Bente nahm die Tasse hoch und trank den letzten Rest der Suppe. Ein Rand zeichnete sich über der Oberlippe ab. Sie wischte sich mit der Serviette sauber und sagte:

»Weiß ist ein Kenner der Szene und ein Hassobjekt bei den Rechten. Wir hätten uns lächerlich gemacht. Angreifbar, verstehst du?«

Emma nickte. Sie holte tief Luft und fragte dann:

»Kann ich dir 'nen Kaffee zur Versöhnung holen?«

»Klar.«

Emma stand auf und zog zwei Kaffee aus dem Automaten. Er war so heiß, dass sie die Tassen mit einer Serviette umfasste. Als sie an den Tisch zurückkam, hatte Bente ihre Unterlagen zu sich rübergeschoben. Sie las gerade den Zeitungsbericht über Marlons Tod. Einen Moment ärgerte sich Emma darüber, sagte aber nichts. Sie stellte den Kaffee vor Bente ab und ließ sich schwer auf ihren Stuhl fallen. Bente sah hoch: »Ich darf doch?«

Tust du ja schon, dachte Emma. Laut sagte sie:

»Der tote Junge hieß Marlon Siebenbacher, er lebte in Hofsmünde und war der große Bruder von August.« Als Bente sie fragend ansah, fügte sie hinzu: »Der kleine Nazi.«

Bente nickte langsam. Sie hob die Tasse näher an sich heran und blies in den Kaffee. Dann setzte sie sie wieder ab und sah Emma an.

»Zwei Tote aus diesem Kaff. Ein drogensüchtiger Junge, ein Lehrer. Beide sterben in Berlin, sind aber in dem Dorf aufgewachsen. Kannten sie sich?«

Emma nickte.

»Brinkmann kannte die Familie, er hat dort schon als Junge auf die Kinder aufgepasst. August, der Jüngste der

Geschwister, hat gesagt, Brinkmann wäre oft dort gewesen und hätte sich mit Rocco Schmitz getroffen. Das ist der Freund der Schwester. Dieser bescheuerte Nazi, der meinen Zoom kaputt gemacht hat.« Emma öffnete die Kamera an ihrem Handy und zeigte Bente das Foto, das sie von Schmitz gemacht hatte. Heike war auf dem Bild halb hinter Blume abgetaucht. Schmitz hatte einen Fuß gehoben und zielte offensichtlich auf ihr Schienbein. Sein Blick war glasig, er brüllte etwas. Er sah dumm und betrunken und sehr gefährlich aus.

»Hat er sie noch erwischt?«

»In dem Moment nicht.« Emma starrte auf das Foto, während sie weitersprach. »Rocco Schmitz kommt aus der Hooligan-Szene rund um den Verein Lokomotive Leipzig. Hat die Fanartikel vom Verein vertrieben, bis sie ihn rausgeschmissen haben.«

»Wann war das?«

»2007, bei den Riesenschlägereien vor dem Stadion. Die Hooligans haben einen Polizeiwagen angezündet und mit Pflastersteinen und Molotowcocktails geworfen. In einem Zeitungsartikel wurden die Typen namentlich aufgeführt, die vom Verein Hausverbot bekommen haben. Schmitz war darunter.«

Bente nahm das Handy und scrollte durch die Fotos. Blume war zu sehen, die Jacke bis zur Nasenspitze geschlossen. Blume im Schnee, auf einem Dach. Blume auf dem Bett, lesend.

Emma nahm ihr das Handy aus der Hand und schloss die Kamerafunktion. Bente grinste und fragte dann:

»Was macht dieser Schmitz jetzt?«

»Er hat einen Versandhandel, in erster Linie verkauft er Rechtsrock-CDs. Er ist vorbestraft, weil er illegale Alben aus Skandinavien unter die Leute gebracht hat. Er hatte die erlaubten Versionen im offenen Verkauf und Bückware mit härteren Texten unterm Tresen.«

»Ich dachte, der verkauft online.«

»Bildlich gesprochen.«

Emma trank noch einen Schluck Kaffee.

»Mittlerweile ist er schlauer. Es gab ein paar Anzeigen, aber man konnte ihm nichts nachweisen. Er soll einer der Drahtzieher der ›Aktion Schulhof‹ gewesen sein. 50 000 CDs wollten sie kostenlos an Schüler verteilen. Außerdem organisiert er Rechtsrockkonzerte.«

Emma nahm den Salzstreuer und spielte damit. Sie sagte:

»Er scheint so eine Art Anführer zu sein. Nur vor dem Blattner kuscht er.«

Bente sagte: »Solche Typen wie Schmitz sind wichtig für die Partei. Wer von den Spacken würde sich denn freiwillig für Politik interessieren? Mit der Musik ködern sie ihren Nachwuchs. Da gibt's Konzerte und Lagerfeuerabende, alles umsonst. Und das in Gegenden, wo sonst nichts mehr passiert.«

»Ich hab das Gefühl, diese Szene flutscht mir immer wieder durch die Finger.« Emma seufzte. »August hat mir erzählt, Lukas Brinkmann und Rocco Schmitz hätten sich gestritten. Auch mit dem Blattner soll er sich angeschrien haben.«

Bente öffnete die Tüte Gummibärchen und steckte sich eins in den Mund. Auch Emma nahm ein Gummibärchen und knetete darauf herum.

»Auf dem Fest waren die Jungs auf Droge, August hat mir ein Päckchen mit Crystal gezeigt, das er bei seinem Bruder Marlon gefunden hat. Khoy sagt, das Zeug ist vermutlich aus Tschechien. Hängen die beiden Todesfälle zusammen? Und wenn ja, wie?«

Bente stellte ihren leeren Teller auf den Nebentisch und schob Emmas Unterlagen zur Seite.

»Schauen wir doch mal, was wir haben.«

Sie stellte Salz und Pfeffer in die Mitte.

»Lukas Brinkmann und sein Vater, der Pastor.«

Dann nahm sie das Strohblumengesteck aus der Halterung, pflückte einzelne Blüten ab und legte zwei vor sich hin.

»Blattner.« Etwas weiter entfernt die zweite Blüte.

»Rocco Schmitz.«

Daneben, wieder mit etwas Abstand, legte Emma zwei Stücke Würfelzucker.

»August und seine große Schwester. Heike Siebenbacher, Roccos Freundin.«

Sie zögerte. Dann sah sie Bente an.

»Ich glaube, sie war verliebt in Lukas Brinkmann. Wie sie von dem gesprochen hat – und sonst tut sie immer so cool.«

Bente packte noch einen Würfelzucker dazu.

»Marlon Siebenbacher. Heikes Bruder. Tot.«

Emma nahm eine Handvoll Gummibärchen und stellte sie hinter die Blüten.

»Die rechten Jungs.«

Sie besah sich den Tisch. Dann legte sie ihr Handy links von sich.

»Der Bürgermeister.«

Bente sah sie an.

»Was ist das für einer?«

Emma drehte nachdenklich an ihrem Handy.

»Parteilos. Er macht einen auf tolerant, aber im Grunde will er nur keine Schwierigkeiten.«

»Gut. Sonst noch wer?«

Emma legte noch ein Gummibärchen dazu, nah an Rocco.

»Der Fahrschullehrer. So'n Dicker. Achim Schrandt.«
Bente nickte.

»Ich hab das Auto vor dem Haus des Toten gesehen. Hat er nicht Blattner hingefahren?«

»Ja. Scheint so eine Art Fußabtreter für die Typen zu sein. Die machen mit dem, was sie wollen. Ich hab mitbekommen, wie sie ihn am Sonntag zum Trinken genötigt haben.«

Die Kollegen aus der Musik schienen ihre Besprechung beendet zu haben. Sie rafften ihre Zettel zusammen und brachten die leeren Kaffeetassen zum Geschirrwagen. Einer rief Bente etwas zu, sie hob den Arm und winkte. Emma starrte auf den Tisch vor sich. Dann stand sie auf, nahm vom Nebentisch einen Kronkorken aus dem Aschenbecher und legte ihn zögerlich neben den Salz- und Pfefferstreuer.

»Gesine Lorenz.«

Bente sah sie fragend an.

»Eine Kollegin von Brinkmann. Ich hab sie auf dem Flur getroffen. Sie war total aufgelöst.«

Emma griff in ihre Unterlagen und holte das Foto der Lehrerin hervor, das sie von der Homepage der Schule ausgedruckt hatte. Bente betrachtete das schöne Gesicht der Frau und fragte dann:

»Glaubst du, sie war seine Freundin?«

Emma nickte.

»Der alte Nachbar hat von einer sehr hübschen Frau erzählt, die in der letzten Zeit oft bei Brinkmann war.«

»Wieso denkst du, dass sie das war?«

»Sie hatte am Handgelenk eine Tätowierung: K&F. Als ich sie darauf ansprach, zog sie gleich den Ärmel darüber.«

»K und F? Was soll das? Nicht ihr Name.«

»Nicht ihr richtiger. Erinnerst du dich an den Blog-Eintrag nach dem Tod Brinkmanns?«

»Ach, du meinst – Klingsor und Frid?«
»Wäre möglich, oder?«

Bente zuckte zweifelnd die Achseln und besah sich die Aufstellung vor sich. Emma fuhr mit dem Finger zwischen die Gummibärchen, die die rechte Anhängerschar zeigen sollte. Sie fragte:

»Glaubst du, der Verfassungsschutz steckt in der Truppe?«
»Garantiert. So kurz vor der Wahl.«
»Ob sie noch mal versuchen, die Partei zu verbieten?«

Bente sah Emma an.

»Worauf willst du hinaus?«
»Vielleicht hat Brinkmann herausgefunden, wer der Spitzel war.«

Bente zog die Stirn kraus.

»Und ein Mitarbeiter des Verfassungsschutzes hat ihn umgebracht? Ich bitte dich.«

Alfred, der Kantinenbetreiber, kam durch die Küchenschwingtür in den Restaurantbereich. Emma machte Bente mit einem Kopfnicken darauf aufmerksam. Bente raffte die herausgerissenen Blumen zusammen und bedeckte sie mit ihrem Ellenbogen. Vorne schirmte Emma die zerrupfte Tischdekoration mit ihren Unterlagen ab. Alfred ging vorbei und grüßte flüchtig, die beiden Frauen lächelten strahlend zurück. Mit Alfred legte man sich besser nicht an. Er stand mittags an der Essensausreiche und verteilte die Bratenstücke nach Sympathie. Als der Mann außer Sichtweite war, lehnte Emma sich wieder zurück und sagte:

»Oder er war selber ein Spitzel. Und wurde bestraft.«

Bente hatte aufgehört zu lachen. Nachdenklich sah sie auf den Tisch.

»Sie bringen ihn um und stellen ihn danach als Märtyrer hin. Nicht schlecht.«

»Blattner meinte, er sollte nach der Wahl für die Partei in den Landtag. Er scheint sich sehr sicher, dass sie einziehen.« Emma verzog das Gesicht. »Scheiße, das Interview ist ja auch weg.«

»Hätt'ste eh nicht senden können.«

Bente sah Emma an.

»Weißt du, wie er umgebracht wurde?«

»Nichts Genaues. Wieso?«

»Bei so einer Bestrafung werden Codes benutzt. Du weißt schon, zur Abschreckung.«

Emma nickte und dachte, Blume wird es wissen. Bente sah auf die Uhr. Sie hatte noch ein Livegespräch in den 19-Uhr-Nachrichten.

»Kommst du mit runter?«

Emma nickte. Gemeinsam stellten sie die Salz- und Pfefferstreuer wieder auf die umliegenden Tische, warfen die Strohblumenreste in den Müll und teilten die Gummibärchen unter sich auf. Kauend gingen sie die Treppe hinunter.

Bente verschwand in Richtung Sendestudio, und Emma setzte sich an ihren Computer. Sie klickte das interne Geräuscharchiv an und entschied sich, Ida den Sound eines Wolkenbruches zu schicken, mit vielen Herzen und der formulierten Annahme, dass sie ihre eigene Haut fotografiert hatte.

Vorne am Tresen lag Kuchen aus, irgendjemand hatte immer Geburtstag. Emma nahm sich ein Stück Apfelkuchen, rief ein Danke in den Raum und setzte sich damit wieder an ihren Platz.

Kauend gab sie den Namen Rocco Schmitz in die Suchmaschine ein und kam wieder auf seine Versandhandelseite. Im Impressum stand er mit seiner Adresse in Hofsmünde – es war die von Heike und August.

Emma schrieb ihm eine Rechnung über das Aufnahmegerät mit der höflichen Aufforderung, das Geld in den nächsten Tagen auf ihr Konto zu überweisen.

Danach googelte sie Konrad Weiß. Für einen Kämpfer gegen rechts war er überraschend offen – Emma fand sowohl eine mobile Telefonnummer als auch einen Festnetzanschluss unter seinem Namen. Emma wählte die Handynummer. Während es läutete, besah sie sich die Porträtfotos von ihm im Internet. Auf den meisten Bildern sah er ernst in die Kamera, die dunklen Augen tief in den Höhlen, blass, die Wangen hohl. Aber es gab auch Fotos, auf denen er lächelte. Der Eindruck war ganz anders.

»Weiß?«

»Herr Weiß, hier Emma Vonderwehr. Wir haben heute zusammen gesprochen, bei dem Krawall der Rechten.«

Konrad Weiß fiel ihr ins Wort. Er klang nicht unfreundlich, nur etwas abgelenkt.

»Frau Vonderwehr. Ich weiß, wer Sie sind.«

Emma lächelte dem Bild auf ihrem Monitor zu.

»Ich hab heute ziemlichen Ärger bekommen, weil ich Sie als Nachbar ausgegeben habe. Ich wusste nicht, wie prominent Sie sind.«

»Das tut mir leid.«

»Es fällt mir schwer, das zu glauben. Dass ich Sie noch nicht kannte, kam Ihnen doch ganz gelegen, oder?«

Er lachte leise. Emma hatte nicht wütend geklungen. Jetzt sagte sie:

»Sie können es aber wiedergutmachen. Ich würde Sie gerne noch mal sprechen, Sie scheinen ja ein echter Kenner der Szene zu sein.«

»Ich bin sehr beschäftigt.«

»Ich auch. Aber ich finde, Sie schulden mir einen Gefallen. Außerdem – kämpfen wir nicht beide auf der gleichen Seite?«

»Welche Seite sollte das wohl sein, Frau Vonderwehr?«

»Die richtige. Die demokratische, wenn Sie so wollen. Gegen den braunen Sumpf.«

Sie fand, dass sie hochtrabend und unecht klang und warf schnell einen Blick in die Runde. Sebastian tippte mit gebeugtem Rücken etwas in seinen Computer, Andreas ging aus der Tür in Richtung Sendestudio. Es war eine Minute vor sechs. Sie senkte ihre Stimme.

»Ich würde gerne mit Ihnen über Lukas Brinkmann reden. Sie kannten ihn vermutlich, oder?«

»Sagen wir mal, ich kannte ihn als einen Gegner, den ich ernst genommen habe.«

»Und Rocco Schmitz?«

»Interessiert der Sie jetzt, weil er Ihr Gerät kaputt gemacht hat?«

»Das haben Sie mitbekommen?«

»Ja. Ich hatte Sie im Blick, Frau Emma Vonderwehr.«

Er lachte wieder leise, und Emma spürte, dass sie rot anlief. Sie war froh, dass er sie jetzt nicht sehen konnte.

Weiß sagte:

»Rocco Schmitz ist schon länger ein ganz spezieller Freund von mir. Bei solchen Zusammentreffen ist es immer gut zu wissen, wo er gerade steht.«

»Wie meinen Sie das?«

»Wie ich es sage. Ich bin immer auf einen Angriff vorbereitet.«

Bente kam rein. Sie schmiss ihre Unterlagen auf den Schreibtisch und fing an, ihre Sachen zusammenzupacken. Emma sagte schnell:

»Darüber möchte ich gerne mehr wissen. Einen schnellen Kaffee? Sagen Sie mir, wo ich hinkommen soll.«

Bente warf ihr einen fragenden Blick zu. Emma angelte nach einem Kuli und schrieb sich die Adresse auf, die Konrad Weiß nannte, verabschiedete sich und legte auf.

Bente kam an ihren Schreibtisch, die Autoschlüssel klapperten in ihrer Hand. Sie fragte, mit dem Blick aufs Telefon:

»Noch was Wichtiges?«

Emma riss den Zettel vom Block ab und stopfte ihn sich in die Tasche.

»Nee. Ich fahr auch gleich.«

»Na dann. Bis morgen.«

Als Emma zehn Minuten später unten auf der Straße die

Rechnung an Schmitz einwarf, fragte sie sich, warum sie Bente nichts von dem Treffen erzählt hatte. Schließlich war Konrad Weiß ein wichtiger Informant. Es konnte nicht schaden, sich mit ihm zu unterhalten. Bente hatte sicher schon viele Interviews mit ihm geführt. Sie stieg auf ihr Fahrrad und fuhr in Richtung Kreuzberg. Der Wind wehte ihr kalt entgegen, und Emma zog ihre Mütze über die Ohren. Ich habe Sie im Blick gehabt, hatte er gesagt. Deshalb hatte sie der Kollegin nichts erzählt. Bente durchschaute sie. Es ging ihr nicht nur um die Recherche. Sie wollte den Mann wiedersehen. Und das wollte sie weder ihrer Kollegin noch sich selbst eingestehen.

Brandenburg, Hofsmünde

Die Orgel klang schleppend, als wäre sie beleidigt, so lange vernachlässigt worden zu sein, und müsste sich nun bei jeder Taste, die angeschlagen wurde, überlegen, ob sie den Laut folgen lassen wollte. Pastor Brinkmann saß unten auf einem Stuhl aus der Sakristei, den Rücken an den Altar gelehnt. Die Tränen liefen ihm über die Wangen, ohne dass er es merkte. Sie hatten ihm die Orgel gelassen, noch, er hatte gesagt, das sei doch ein Angebot für die Jugend! Aus Wut darüber, dass er ihnen nicht vollständig das Feld überließ, hatten sie auf dem Orgelboden alles gestapelt, was noch herumlag. Aktenordner und Liederbücher aus der Sakristei, Heiligenstatuen und die alten Holzbilder vom Kreuzzug. Jeden Tag hatte er umgeräumt, damit wenigstens ein schmaler Gang zur Orgel offen blieb. Aber sein letzter und einziger Schüler, August, war seit Marlons Tod kaum mehr zur Musikstunde gekommen. Und jetzt saß dort oben ein früherer Schüler, einer, den er auch längst verloren hatte, und spielte Bachs Präludium h-Moll.

Gestern Abend hatten sie sich auf dem Platz vor seinem Haus versammelt. Im Radio hatte er von dem Tumult gehört, den sie in Berlin vor Lukas' Tür veranstaltet hatten. Danach waren sie hierhergekommen, hatten ein Feuer auf dem Kirchplatz angezündet und auf ihren Erfolg angestoßen. Zeitungen und das Fernsehen berichteten, sie waren präsent – nichts anderes zählte. Als er die Vorhänge zuzog, hatte er August gesehen. Er stand nah am Feuer, als ob er frieren würde. Seine kahle Kopfhaut schimmerte im Flammenschein, er sah aus wie ein böser Zwerg.

Der Spieler auf dem Orgelboden war fast am Ende des Stücks angekommen. Die reinen Töne schmerzten in den Ohren des Pastors wie Nadelstiche im Trommelfell. Als Glaubensersatz hatte die Musik versagt, das wusste er jetzt. Lukas und Thomas, die Jungen, die er mit der Musik heilen wollte, waren in die rechte Szene abgerutscht und hatten sich schuldig gemacht. Und jetzt hatte auch August die Seiten gewechselt.

Die Musik verstummte. Der Pastor wischte sich über die nassen Wangen und wartete. Der Mann bahnte sich einen Weg durch das Gerümpel und kam die Treppe herunter, wie in all den Jahren knarrten die Stufen unter seinen Schritten. Er ging zum Pastor, setzt sich ihm zu Füßen und legte seinen Kopf an dessen Knie. Der alte Mann streichelte langsam und ruhig über die Haare. Der junge sagte:

»Gott sei mir Sünder gnädig.«

Der Pastor hörte auf, dem Mann über den Kopf zu streicheln. Er schob ihn beiseite, dann erhob er sich mühsam und trat aus der Bank.

»Für Gottes Vergebung bin ich nicht mehr zuständig.«

Der Mann blieb auf dem Boden, den Kopf tief gesenkt. Pastor Brinkmann sah ihn an und seufzte. Dann wandte er den Blick ab und betrachtete das helle Muster an der Stelle im Kalkstein, an der früher das Kreuz gehangen hatte. Wer braucht schon ein Bild, dachte er. Wer braucht Holz und Marmor, wer braucht Weihrauch und Kerzenduft? Die Liebe zu Gott ist körperlos. Er hatte geglaubt, und jetzt tat er es nicht mehr.

Er stellte den Stuhl zurück in die Sakristei, nahm seinen Besen und ging in Richtung Nebenausgang. Als er schon fast an der Tür war, hob der Mann, der noch immer auf dem Boden kniete, den Kopf und rief: »Aber nur du kannst mich verstehen. Du weißt, wie er war – und was er mir angetan hat.«

Pastor Brinkmann sagte ruhig:

»Thomas, ich verstehe dich. Ich weiß, was er dir und allen, die ihn liebten, angetan hat. Er war dein Freund, und er hat dich verraten. Es war nicht richtig, was du getan hast, aber glaube mir. Ich verstehe dich wirklich.«

Der Mann stand mühsam auf. Dann ging er mit steifen Schritten am Pastor vorbei zum Ausgang. Als er dicht vor dem altem Mann stand, sagte er: »Nenn mich nicht Thomas. Der bin ich schon lange nicht mehr.«

Berlin, Kreuzberg

Bullshit. Das ist Bullshit. Und Sie verbreiten das auch noch.«

Konrad Weiß zündete sich eine Zigarette an. Er hatte sie in eine der Kneipen bestellt, in denen auch tagsüber noch geraucht werden durfte. Es stank nach kaltem Rauch, Emma fühlte sich unwohl. Aber sie akzeptierte seine Wahl. Sie wollte etwas von ihm.

»Warum sagen Sie das?«

Sie hatten über Lukas Brinkmann geredet, über die Aussage der Rektorin, sie hätte alles unternommen, um ihn rauszuwerfen.

»Weil es nicht stimmt. Haben Sie das überprüft?«

»Sie ist gegen ihn vor Gericht gegangen.«

»Verwaltungsgericht, erste Instanz. Dann hat sie den Schwanz eingezogen.«

Emma sah ihn erstaunt an.

»Sie kennen die Akte?«

»Sicher. Mögen Sie auch einen Kaffee?«

Emma nickte, und Weiß machte dem Mann hinter dem Tresen ein Zeichen. Dann nahm er noch einen Zug von der Zigarette.

Während er den Rauch ausstieß, wühlte er in seiner Tasche und zog eine Mappe mit Zeitungsausschnitten heraus.

»Hier.«

Emma überflog den Artikel, den Weiß ihr reichte. Er handelte von einem Hamburger Lehrerehepaar. Beide waren Mitglieder der NPD. Beide wurden aus dem Schuldienst entlassen. Emma sah hoch.

»Störung des Betriebsfriedens?«

Weiß nickte.

»Leiter von staatlichen Schulen können damit vor Gericht durchkommen. Bei dem Mann lag der Fall anders. Er war an einer Privatschule angestellt und wurde fristlos entlassen.«

»Kennt die Rektorin von Brinkmann den Fall?«

»Ich habe selbst mit ihr darüber gesprochen. Sie hat sich rausgeredet. Es ist ihr einfach zu teuer.«

»Was ist zu teuer?«

Der Wirt kam mit den zwei Tassen Kaffee. Wortlos stellte er sie ab und schlurfte wieder zu seiner Zeitung zurück, die auf der Theke lag. Weiß grinste. »Ich hoffe, Sie haben hier nicht Latte Macchiato oder so etwas erwartet.«

Emma zog eine Tasse zu sich.

»Nein. Nein. Was ist zu teuer?«

Weiß lehnte sich zurück.

»Sie hätte Brinkmann suspendieren können, aber nur bei vollem Bezug seiner Leistungen. Vielleicht jahrelang.«

Emma nickte in ihre Tasse hinein. Dann sah sie auf.

»Er wäre freigestellt bei vollem Gehalt. Jede Menge Zeit für Parteiarbeit, finanziert mit Steuergeldern. Halten Sie das für richtig?«

Weiß sah sie erstaunt an.

»Was ist die Alternative? Lehrer, die den Kindern einen Hass auf Ausländer einimpfen? Im Geschichtsunterricht Auschwitz verschweigen und in Musik alle drei Strophen der Nationalhymne singen?«

Emma schwieg und trank von ihrem Kaffee.

Weiß sah aus dem Fenster, und sie folgte seinem Blick. Es war dunkel geworden. Gegenüber blinkten die Lichter am

Stand von Curry 36, einer Imbissbude, an der sich jetzt am Abend die Schlange bis zum angrenzenden Finanzamt reihte. Daneben hatte ein Türke einen vegetarischen Kebab-Laden aufgemacht. Ein paar Jugendliche schubsten sich auf dem Gehweg, ein alter Mann zog seinen Einkaufswagen, eine Frau im Kopftuch telefonierte, während ihr Baby im Kinderwagen schlief. Kreuzberger Alltag. Emma meinte leise:

»Wissen Sie, was ich nicht verstehe? Es gibt doch kaum Ausländer in Brandenburg. Was soll die ganze Aufregung?«

Weiß sah sie an.

»Soll ich Ihnen jetzt ein Psychogramm dieser Leute liefern? Das kennen Sie doch alles. Hartz IV, Zukunftsangst, die Suche nach dem Sündenbock. Alles stimmt, und nichts erklärt es wirklich.«

Emma erwiderte seinen Blick. Sie fühlte, wie nah er ihr war. Er roch nach Rauch, nach Holz und Gras. Seine Augen schienen sich immer tiefer zu verschatten. Sie murmelte:

»Sind Sie es nicht manchmal leid, diesen Kampf?« Weiß zuckte mit den Schultern.

»Es ist ein bisschen wie Sisyphos. Mal Camus gelesen?«

»Klar. Mit 15 hinter mich gebracht.«

»Erinnern Sie sich an den letzten Satz, Frau Emma?«

»Wir müssen uns Sisyphos als einen glücklichen Menschen vorstellen.«

Er lächelte. Wie anders er jetzt aussah. Die Clownsfalten um seinen Mund gruben sich tiefer ein, und seine Augen leuchteten. Emmas Herz klopfte spürbar. Wie kindisch, dachte sie, während sie laut fragte:

»Sind Sie glücklich, Herr Weiß?«

Er lächelte immer noch und sah wieder aus dem Fenster. Eine kleine Narbe verlief über seiner rechten Augenbraue. Er sagte:

»Ich glaube zumindest, etwas Sinnvolles zu tun.«
Er drehte sich zu ihr um.
»Und Sie, Frau Emma? Wie steht's um Ihr Glücklichsein?«
Emma sah ihn an. Eine Weile sagte niemand ein Wort. Weiß beugte sich vor. Ihre Gesichter waren dicht voreinander. Sie sagte leise:
»Wenn ich arbeite, habe ich ein klares Ziel. Es ist wie ein Rausch.«
Er wartete ab. Jetzt sah sie aus dem Fenster.
»Es macht mich süchtig. Weiter, immer weiter. Glücklich? Ich weiß nicht. Was passiert, wenn ich gestoppt werde, warum bin ich so ...« Der Wirt hustete. Emma schreckte auf. Was erzähle ich denn da, dachte sie. Ich kenne den Mann doch kaum. Weiß sah sie noch einen Moment an, dann stand er auf.
»Kommen Sie, wir gehen ein bisschen spazieren, ja?«
Emma nickte. Sie zog ihr Portemonnaie aus der Jacke, aber Weiß winkte nur ab und sagte dem Wirt, er solle es anschreiben. Der nickte und blätterte weiter in seiner Zeitung.
Draußen stauten sich die Autos auf dem Mehringdamm Richtung Stadtautobahn. Emma löste das Schloss an ihrem Fahrrad und schob es auf den Bürgersteig. Es war kalt. In Bremen blühten um diese Jahreszeit schon die Magnolien. Den Winter musst du überstehen, hatte Blume gesagt, den Berliner Winter und einmal Silvester in Kreuzberg. Ist wie Bürgerkrieg, Emma, und nächstes Jahr fahren wir dann nach Rügen. Emma ging rasch ein paar Schritte. Konrad Weiß stapfte schweigend mit weit ausholenden Schritten voraus. Sie fragte laut gegen den Verkehrslärm:
»Was war das für ein Mensch, dieser Brinkmann?«
Er zögerte, ging etwas langsamer, bis sie an seiner Seite war. »Ich glaube, viele Leute fanden ihn sehr charmant.«

Emma wich einem Hundehaufen aus.

»Sein Vater meinte, er habe alle manipuliert. Es klang nicht sehr charmant.«

Sie hielten an der Blücherstraße. Weiß sah nach rechts und links und winkte ihr dann, die Straße zu überqueren. Emma grinste und ärgerte sich gleichzeitig über seine Umsicht. Wie ein Vater, dachte sie. Weiß schien über ihre Worte nachzudenken. Dann nickte er.

»Ich hab mich mal mit einem Typen von denen länger unterhalten. Der ist über EXIT aus der Szene ausgestiegen. Er meinte, Brinkmann hätte so viele Anhänger, weil er jedem das Gefühl gab, er brauche genau ihn. Wenn er einen mochte, dann setzte er sich sehr für ihn ein. Sie können sich wahrscheinlich nicht vorstellen, was das bewirkt hat bei diesen Jungen. Die meisten hat noch nie jemand wirklich gewollt. Sie taten alles für ihn. Er erwartete dann aber auch totalen Einsatz.«

»Kann ich den mal treffen?«

»Wen, den Aussteiger?« Weiß sah sie erstaunt an, dann schüttelte er den Kopf. »Zeugenschutzprogramm.«

Emma bemerkte zu spät, dass sie ihr Rad mitten durch einen Scherbenhaufen schob. Sie hoffte, dass die Reifen halten würden. Sie sagte:

»Blattner hat gemeint, Brinkmann sollte ein Mandat kriegen. Wenn sie genug Stimmen in Brandenburg bekommen.«

Weiß blieb stehen, und sie wäre mit ihrem Rad fast gegen ihn gestoßen.

»Der Blattner hat das gesagt? Kann ich das verwenden?«

»Verwenden? Wofür?«

Weiß lächelte verlegen. Er hatte eine dunkelgraue Mütze über seine Haare gezogen und sah damit jünger aus als in der Kneipe.

»Für mein neues Buch.«

Emma überlegte und meinte dann:

»Sicher. Aber besser lassen Sie sich das vorher noch mal bestätigen. Das Interview war auch auf dem Zoom, den mir Rocco Schmitz zertreten hat.«

Sie hielten an der nächsten Ampel, obwohl weit und breit kein Auto zu sehen war. Emma sah Weiß von der Seite an.

»Haben Sie eigentlich Kinder?«

»Nein. Wieso?«

»Nur so.«

»Jetzt wird's grün.«

Sie gingen eine Weile schweigend am Kanal entlang. Konrad Weiß war ein schneller Spaziergänger, und Emma musste auf die Wurzeln am Weg achten. Vor dem Urban-Krankenhaus holten sie sich Padam beim indischen Brotverkäufer, fettig und noch warm, und setzten sich auf die Parkbank. Ein Jogger lief an ihnen vorbei, und Emma war froh, dass es nicht Blume war. Dies hier war seine abendliche Strecke. Das Padam war scharf und blies ihre Nase frei. Sie riss sich noch ein Stück ab und fragte:

»Am Telefon meinten Sie, dieser Hooligan, Rocco Schmitz, sei ein ganz spezieller Freund von Ihnen. Was haben Sie damit gemeint?«

Weiß wischte sich die Finger an dem Papiertuch ab, das ihnen der Verkäufer mitgegeben hatte.

»Sagt Ihnen die Bezeichnung Anonymus etwas?«

Emma nickte. »Die Hacker?«

»Ja. Sie verschaffen sich Zugang zu privaten Dateien und stellen sie ins Internet. Geheime Dokumente von Regierungen, von korrupten Firmen oder von Nichtregierungsorganisationen. Die Leute sollen sich selbst ein Bild von den Machenschaften solcher legaler Verbrecher machen.«

Weiß machte eine Pause und kaute auf seinem Brot. Emma überlegte, ob sie diese Einschätzung kommentieren sollte, aber sie beschloss, den Mund zu halten. Weiß schluckte das Padam hinunter und sagte:

»Vor ein paar Jahren hat Anonymus regelmäßig Naziseiten im Internet gehackt. Jeden Freitag war eine Gruppe dran. Blogs, Parteiseiten, Vereinsgruppen und so etwas.«

Emma nickte.

»Ich erinnere mich. Nazi-Leaks und die Operation Blitzkrieg.«

Weiß folgte mit den Augen einem Ausflugsdampfer, der an ihnen vorbeifuhr. Unter der Plexiglashaube sah man viele Hinterköpfe. Nur ein kleiner Junge starrte sie beide an. Vorne stand ein Mann mit Mikrofon, der vermutlich gerade etwas über die Architektur-Häuser auf der anderen Kanalseite erzählte. Das Wasser klatschte gegen die Betonmauer am Ufer.

»Irgendwann war der Versandhandel vom Schmitz dran. Über 1000 Adressen von Bestellkunden, mit vollem Namen und Anschrift im Internet zu finden. Es gab einen Riesenärger. Viele davon waren brave Bürger, die sich demokratisch gaben. Die Nazifahne soll bitteschön nur im Schlafzimmer hängen, der Nachbar darf davon nichts wissen. Viele Kunden sprangen ab. Schmitz ging beinahe pleite.«

Weiß strich sich ein paar Krümel von der Hose. Emma fiel auf, wie nah sie nebeneinander saßen.

»Und wie hängen Sie da drin?«

Er sah sie an.

»Ich gab Anonymus den Tipp, sich um Schmitz zu kümmern. Irgendwie hat er das herausbekommen.«

Emma bot Weiß das letzte Stück Padam an, was er dankend ablehnte. Sie legte sich das Stück auf die Zunge und genoss den scharfen süßen Geschmack. Weiß stand auf, streckte seine Glieder und ging die paar Schritte bis ans Ufer. Emma blieb sitzen und beobachtete ihn. Er wirkte entspannt, aber seine Augen waren immer in Bewegung. Schließlich stand sie auf und trat neben ihn.

»Hat er sich gerächt?«

Weiß lächelte. Er nahm einen Stein und warf ihn übers Wasser. Zwei-, dreimal titschte er auf, bis er versank. Weiß nahm die Mütze ab und strich sich das dunkle Haar nach hinten. Emmas Blick fiel auf die Narbe über der Augenbraue.

»Lassen Sie uns zurückgehen. Ich hab noch eine Menge zu tun.«

Berlin, Charlottenburg, Redaktion BerlinDirekt

Gregor von Schulenburg ließ sich schwer in den Chefsessel fallen. Den ganzen Tag hatte er in Sitzungen verbracht. Draußen war es dunkel, und er fuhr zum ersten Mal heute seinen Computer hoch. Seine Sekretärin hatte ihm Dutzende von Briefen zurückgelassen, sein E-Mail-Ordner zeigte über 100 Neueingänge an. Er seufzte, scrollte über die Einträge und drückte mechanisch Löschen, Löschen. Sein Magen knurrte. Verdammt, er brauchte einen Chefredakteur, der ihm diesen Kram von Hals hielt.

Schneider war ihm in der Hinsicht keine Hilfe. Seit Wochen lagen die Vorschläge für die Kürzungen der Freiengehälter auf seinem Schreibtisch, aber jedes Mal, wenn er ihn darauf ansprach, hatte er gerade ein dringendes Problem in der laufenden Sendung.

Schulenburg kramte in seiner Schreibtischschublade nach etwas Essbarem. Er fand einen zu Feinstaub zerfallenen Müsliriegel und einen abgelaufenen Schokoladenweihnachtsmann. Den steckte er sich gleich ganz in den Mund.

Als wenn ihm das Spaß machte. Die Nachrichtenschicht würde er zusammenstreichen müssen, zwei Leute im Wechsel konnte sich der Sender nicht mehr leisten. Für die Nachrichtenleute hieße das, jede halbe Stunde auf Sendung mit wechselnden Formaten. Das hielt keiner lange durch. Er hörte schon, wie sie sich beschwerten, er würde sie verheizen. Aber war er nicht verpflichtet, auch immer neuen Leuten eine Chance zu geben?

Er riss den Müsliriegel auf und schüttete sich die Krümel in die Hand. Genauso viele Kalorien wie Schokolade, aber man konnte sich wenigstens einreden, etwas Gesundes zu sich zu nehmen.

Er brauchte einen Chefredakteur, der ihn nicht mit Einwänden abbremste. Er war es leid, immer der Buhmann zu sein. Sicher würde er gern hochkarätigen Journalismus anbieten, aber die Zeiten waren eben nicht so.

Schneider würde er nicht so einfach loswerden. Er hatte den Sender mit aufgebaut, damals Mitte der 80er, als die ersten Privatsender in Deutschland aufmachten. Sein Vertrag war eindeutig, hatte der Justitiar gesagt, eine Freistellung ging nur unter Weiterführung der Bezüge. Damit brauchte er dem Vorstand gar nicht zu kommen. Eine schwere Krankheit wäre die Lösung, aber so etwas wünschte er ja eigentlich keinem.

Sorgfältig wischte er die Krümel vom Tisch und stopfte das Stanniolpapier und die Müslipackung in die Taschen seiner Gucci-Jeans. Er gestand es sich nicht ein, aber es war ihm vor seiner Sekretärin peinlich, so einen Müll gegessen zu haben.

Er beschloss, sich den Rest der Mails auf seinem iPad zuhause anzusehen und fuhr den PC runter. Er würde bei Raphaele halten und sich gegrillte Sardinen mitnehmen, vielleicht noch einen guten Weißwein.

Er nahm seine Tasche und die Jacke, schloss das Büro ab und fuhr mit dem Fahrstuhl in die Tiefgarage. Es war kalt, nur noch wenige Wagen standen hier. Seine Schritte hallten auf dem Betonboden, und er war froh, als er seinen Landrover erreicht hatte. Die Verrieglung piepste, er setzte sich hinein, legte Jacke und Tasche auf den Nebensitz und holte tief Luft.

Es gab immer eine Lösung. Er würde mit Schneider reden. Dann startete er den Wagen und verließ das Gebäude.

Berlin, Kreuzberg

Oh, was für eine schöne Überraschung! Hallo!«

Emma erschrak, als sie von hinten umarmt wurde. Blume küsste sie auf die Wange, während sie es mit hängenden Armen geschehen ließ. Sie stand schon seit ein paar Minuten hier und hatte gezögert, auf die Klingel zu drücken. Sie musste mit Blume über den Fall reden, aber im Grunde wäre sie jetzt lieber allein gewesen.

»Sind wir verabredet? Egal, komm erstmal rein.«

Er ging an ihr vorbei zur Haustür und schloss auf. Auf dem Boden vor ihm lag die Zeitung. Er hob sie auf und stopfte sie in eine der vollen Leinentaschen, aus der Milchtüten herausschauten. Bei Aldi einkaufen, aber in Ökotaschen packen, dachte Emma und ärgerte sich sofort darüber, so kleinlich zu sein. Sie lächelte und nahm ihm eine der Taschen ab. In seiner Wohnung stellte sie die Einkäufe in der Küchenzeile ab. Blume fing an, die Sachen einzuräumen.

»Hast du Hunger? Ich könnte uns schnell was machen.«

»Nein danke«, sagte Emma und dachte an das Padam, das sie mit Weiß geteilt hatte. Er hatte es kaum angerührt und ihr das meiste überlassen.

Blume schnitt sich ein Brot ab und belegte es mit Käse. Er aß es im Stehen an der Küchenzeile, während er die Zeitung überflog. Den Bericht über den Mord mit den Fotos von der Wohnung wollte er schon überblättern, da legte Emma ihre Hand auf die Seite.

»Wie sind die denn an die Fotos gekommen?«

Blume versuchte weiterzublättern, aber Emma hielt seine Hand fest. Er sah sie an und seufzte.

»Es gab einen Riesenärger deswegen. Keine Ahnung, wer das war. Die Bilder sind aus der Hüfte geschossen, vermutlich mit einem Handy.«

Blume zog eine Grimasse, als wollte er sich darüber lustig machen, aber sein Gesichtsausdruck sagte ihr, dass er sich ärgerte. Keine gute Ausgangslage, um etwas von ihm zu erfahren, dachte Emma. Sie ging zum Kühlschrank und goss ihnen beiden ein Glas Weißwein ein. Das eine stellte sie vor Blume auf die Theke, mit dem anderen ging sie durch den Raum zum Fenster. Sie sah hinaus. An dem Haus gegenüber auf der anderen Seite des Kanals prangte meterhoch das Anti-Atomkraft-Zeichen. Daneben stand wie immer der Streifenwagen vor der jüdischen Synagoge. Sie nahm einen Schluck. Der Wein war viel zu kalt.

»Wie ist er gestorben?«

Blume sah hoch.

»Brinkmann? Wieso willst du das wissen?«

Sie drehte sich zu ihm um.

»Ich will das nicht bringen. Aber Bente meinte, es könnte wichtig sein, wie sie ihn umgebracht haben. Sie kennt die Codes in der Szene.«

Blume zögerte. Er trank einen Schluck.

»Du weißt, dass ich dir darüber nichts erzählen kann.«

Ihr Handy piepste. Emma stellte ihr Glas ab und zog das Telefon aus ihrer Tasche. Eine Nachricht von Weiß. Blattner hatte seine Aussage über die politischen Pläne mit Brinkmann bestätigt. Im Anhang fand Emma einen Link zu Anonymus und der Operation Blitzkrieg. Sie setzte sich auf die Couch und scrollte durch die Texte. Blume kam zu ihr und sah ihr über die Schulter. Emma sah hoch.

»Von Weiß. Er hat den Hackern damals den Hinweis auf die Website von Rocco Schmitz gegeben.«

»Ach, die Sache. Wir hatten danach ganz schön zu tun.«

»Wie meinst du das?«

Blume nahm ihr Weinglas und stellte es vor sie auf den Couchtisch.

»Anonymus hat Namen und Adressen sämtlicher Kunden ins Internet gestellt. Sie wurden bedroht und beleidigt. Bei einem haben sie das Auto angezündet.«

Emma zuckte die Schultern.

»Na und! Die Nazis sind doch auch nicht zimperlich mit ihren Gegnern.«

»Das waren doch nicht alles Nazis! Eine Mutter hatte was bestellt, weil ihr elfjähriger Junge so einen Pulli wollte. Ein anderer stand auf diese Musik, war aber total harmlos.«

Emma klickte die Mail weg und sah wütend zu Blume.

»Wenn alle so denken, passiert nie etwas! Wie soll man denn so gegen die Typen ankommen?«

Blume stand auf und ging zur Küchenzeile. Seine Stimme klang kühl, als er sagte:

»Wer sich illegal verhält, spielt den Rechten in die Hände. Darauf warten die doch nur. Damit sie sich als Opfer inszenieren können.«

Er inspizierte den Kühlschrank, fand aber anscheinend nichts, was ihm zusagte. Laut schlug er die Tür wieder zu, als er sich zu Emma umdrehte.

»Ich bin Polizist, und ich breche nicht das Gesetz. Auch wenn das nicht so cool klingt wie das, was deine anonymen Hacker so treiben.«

Er ließ sich wieder neben Emma auf die Couch fallen und griff nach der Zeitung. Beide sagten eine Weile kein Wort. Emma fragte sich, ob er Recht hatte. Sie vertrat nicht die

These, dass der Zweck die Mittel heiligte, aber sollten hier nicht andere Maßstäbe gelten? Angenommen, diese Mutter wusste nicht, was ihr elfjähriger Sohn so gut an den Klamotten fand, war es nicht sinnvoll, ihr die Augen zu öffnen? Emma warf einen Blick auf Blume, der neben ihr mit leerem Blick auf die Zeitungsseite starrte. Sie war erstaunt, wie heftig er auf ihren Einwand reagiert hatte. Der ruhige Blume, der sich auf jede Diskussion mit ihr einließ, der über ihre Argumente nachdachte und sich auch überzeugen ließ und nicht wie die meisten Männer auf seinem Standpunkt beharrte. Jetzt spürte sie nichts von dieser Offenheit. Er schlug die Seite seiner Zeitung um, dabei hätte Emma schwören können, dass er kein Wort von dem gelesen hatte, was dort stand. Er musste ihren Blick längst gespürt haben, aber er wandte nicht den Kopf. Emma sah ein paar graue Strähnen in seinem dunklen Haar. Sie hätte gerne darüber gestrichen. Stattdessen zog sie die Beine im Schneidersitz an sich und nahm ihre Unterlagen auf die Oberschenkel. Sie zog die drei Ausdrucke hervor, die sie am Morgen aus dem internen Zeitungsarchiv gedruckt hatte und bis jetzt nicht hatte anschauen können. Sie alle berichteten von dem Überfall einer Gruppe von ostdeutschen Neonazis auf Konzertbesucher in einer Berliner Kirche im Oktober 1987. Der Überfall, von dem der Pastor ihr erzählt hatte.

Es war ein Konzert der westdeutschen Band Element of Crime. Sie spielten in der Zionskirche in Mitte, ein damaliges Zentrum der Andersdenkenden in der DDR, geführt von der oppositionellen Umwelt-Bibliothek. Am Tag des Konzerts war der Platz umstellt von sogenannten Toni-Wagen der Volkspolizei. Nach dem Ende des Konzerts befanden sich noch ungefähr 300 bis 400 Jugendliche in der Kirche. Etwa 30 Neonazis stürmten das Gebäude und griffen die Anwesenden an. Sie brüllten Naziparolen, prügelten auf die Jugendlichen ein und verletzten mehrere schwer.

Nach dem ersten Schreckmoment begannen die Konzertbesucher zurückzuschlagen. Es gelang ihnen, die Rechtsextremen aus der Kirche zu jagen. Die Angreifer sammelten sich in der Schönhauser Allee, wo sie noch mehrere Schwulenkneipen überfielen.

Während des gesamten Überfalls in der Zionskirche verhielten sich die Polizei und auch die zahlreich anwesenden Stasimitarbeiter passiv. Erst nach dem Abzug der Neonazis begannen sie mit Personenkontrollen.

In der Schilderung des Abends stimmten die drei Zeitungsausschnitte grob überein. In einem Artikel wurde noch erwähnt, dass die Angreifer später zu Haftstrafen verurteilt worden waren. 18 Monate hatte einer bekommen, ein anderer vier Jahre. Und der dritte Artikel resümierte, der Überfall in der Zionskirche sei ein Meilenstein in der DDR-Geschichte gewesen. Nach dieser Tat hätte die DDR-Führung nicht mehr leugnen können, dass es auch im sozialistischen Deutschland eine gewaltbereite rechtsextreme Szene gab.

Emma ließ die Blätter sinken und sah in die fragenden Augen Blumes. Sie schob ihm die Artikel rüber, und er überflog sie schweigend. Dann legte er sie wieder auf den Tisch und sah Emma an.

»Hat es etwas mit dem Fall zu tun?«

Emma nickte.

»Lukas Brinkmann war dabei. Sein Vater hat mir davon erzählt. Damals hat ihn zum ersten Mal die Polizei nach Hause gebracht.«

Blume runzelte die Stirn.

»Wenn er verurteilt worden ist, wieso findet sich dazu nichts in seinen Akten?«

»Er war noch minderjährig. Sein Freund Thomas war zwei Jahre älter. Er war ein halbes Jahr in Haft und wurde danach in den Westen abgeschoben.«

Blume beugte sich vor und blätterte in den Seiten. Emma meinte:

»Ich würde gerne mehr über diese Nacht erfahren. Vielleicht gibt es Aufzeichnungen, was Lukas Brinkmann dort gemacht hat. Und was mit diesem Thomas war.«

Blume legte die Seiten auf den Tisch zurück.

»Das ist doch alles ewig her. Warum interessiert dich das so?«

Emma schob die Papiere nachdenklich zusammen. »Es kommt mir einfach komisch vor. Sein Junge ist tot, ermordet, und der Vater erzählt mir genau diese Geschichte, die 25 Jahre her ist. Warum?«

Blume meinte: »Na hör mal. Wenn dein Kind zum ersten Mal von der Polizei nach Hause gebracht wird, das prägt sich dir schon ein.« Er griff wieder nach der Zeitung und murmelte: »Gut, dass Johann noch so klein ist.«

»Hast du damals etwas davon mitbekommen? So als West-Berliner? Wie alt warst du eigentlich 1987?«

Blume las noch ein wenig schweigend weiter, dann sagte er, ohne den Kopf zu heben:

»18. Von der Geschichte habe ich bisher nichts gewusst. Aber wo Element of Crime auftrat, das hat mich auch wirklich nicht gekratzt.«

Emma lächelte. Sie versuchte sich einen Blume von 18 Jahren vorzustellen, ohne diesen ernsten Zug um den Mund.

Sie legte jetzt doch ihre Hand auf seine Schulter und zupfte ihn am Ohr.

»Was hast du denn damals gehört? David Bowie? Iggy Pop?«

Blumes Mundwinkel zuckten. Emma beschloss, die gute Stimmung zu nutzen, und sagte schnell:

»Kannst du mir nicht helfen? Rausfinden, wer dieser Thomas ist und was er jetzt macht?«

Blume sah sie erstaunt an.

»Schon mal was von Datenschutz gehört?« Er stand auf, ging zur Küchenzeile und goss sich ein Glas Wasser ein. Er nahm einen Schluck, dann sagte er:

»Wie wäre es, wenn du einfach zu dem Pastor gehst und ihn fragst? Dann hast du wenigstens einen vollständigen Namen. Wenn er dir antwortet jedenfalls.«

Er füllte noch ein Glas mit Wasser und brachte ihr es an die Couch. Sie nahm es und trank, dann sagte sie:

»Das habe ich auch vor.«

Sie stellte das Glas vor sich auf den Couchtisch und sammelte die Papiere zusammen, um sie zurück in die Tasche zu packen.

Plötzlich beugte sich Blume vor und zog an einem Blatt aus Emmas Stapel, das seitlich hervorgeschaut hatte.

»Warte mal.«

Gesine Lorenz lächelte ihnen entgegen. Es war das Foto von der Homepage der Schule, das Emma im Sender ausgedruckt hatte. Blume hielt das Blatt mit spitzen Fingern in den Händen.

»Woher kennst du sie?«

Emma sagte:

»Ach, die Lorenz. Ich hab mich mit ihr unterhalten.«

Blume sagte nichts. Emma beobachtete ihn, und es kam ihr eine Idee.

»Wir haben uns gut verstanden. Eigentlich sofort.«

Noch immer antwortete Blume nicht. Emma beschloss, noch einen Schritt weiterzugehen.«

»Sie hat mir von ihrer Beziehung zu Brinkmann erzählt. War auch auf dem Zoom, aber der ist ja leider jetzt kaputt.«

Blume spielte mit dem Blatt Papier und fragte leise:

»Und was hat sie dir erzählt?«

Emma beugte sich vor und packte ihre Blätter endgültig in die Tasche. Sie ließ sich Zeit damit. Dann sagte sie:

»Tut mir leid, Informantenschutz.«

Blumes Stimme klang genervt, als er antwortete:

»So etwas gibt es hier nicht. Du gehst zu viel ins Kino.«

Emma legte die Tasche zur Seite und stand auf.

»Ich möchte gern baden, okay?«

Blume nickte nur. Sie ging ins Badezimmer und ließ sich Wasser ein. Durch die offene Tür hörte sie, wie Blume durch das Fernsehprogramm zappte. Nach einer Weile kam er herein. Er stellte ihr neu gefülltes Glas Wein auf die Fensterbank oberhalb der Wanne.

»Also gut, was genau willst du wissen?«

Emma tauchte lange unter und kam japsend hoch. Nachdem sie wieder zu Atem gekommen war, sagte sie:

»Wie ist er gestorben?«

»Er war schwer zusammengeschlagen. Ein paar Rippen gebrochen.«

Emma schluckte. »Oh.«

»Aber daran ist er nicht gestorben.«

»Sondern?«

Blume sah sie an und strich ihr sanft eine nasse Haarsträhne aus den Augen.

»Er verblutete an einem Stich in seiner Brust. Ausgeführt mit dem Pickel eines alten Wehrmachtshelmes.«

»Aha.« Emma überlegte. »Was für ein Wehrmachtshelm?«

»Ist das wichtig?«

»Ja. Kann sein. Keine Ahnung.«

»Ich schau morgen noch mal nach.«

Sie sah ihn lange an. Er stöhnte und ging aus dem Bad. Sie hörte, wie er im Arbeitszimmer seinen Computer hochfuhr. Nach einer Weile kam er mit einem Ausdruck in der Hand zurück.

»Kein Wehrmachtshelm, sondern eine preußische Pickelhaube. Offenbar ein Sammlerstück. Leder mit Messingspitze, vorne einen Gardestern mit Preußenadler und der Umschrift »Suum Cuique.«

Er sah hoch.

»Das wird nicht im Radio erwähnt, verstanden?«

»Schon gut.«

Emma streckte ihre nasse Hand nach dem Blatt aus, Blume zögerte, gab es ihr dann. Sie überflog die Zeilen. Blume hatte nur diese Zeilen aus einem anderen Schriftstück kopiert, weiter stand nichts darauf. Sie gab es ihm zurück, er legte es achtlos auf ihre Sachen. Emma meinte:

»Ich sag es nur Bente. Sie ist zuverlässig.«

»In Ordnung.«

Sie ließ heißes Wasser nachlaufen und tauchte unter. Ihre schwarzen Haare waren nachgewachsen und bewegten sich wie kleine Fangarme vor ihrem Gesicht. Sie spürte Blumes Finger, die leicht über ihre Brust strichen.

»Was hat Gesine Lorenz erzählt?«

Sie stand auf und strich das Wasser aus ihren Haaren.

»Gibst du mir mal das Handtuch?«

Blume legte das weiche Tuch um sie und rubbelte sie sanft ab. Sie öffnete das Badetuch und umschlang ihn mit ihrem Körper. Sein Hemd wurde nass. Er nahm sie hoch und trug sie ins andere Zimmer. Es war kalt, und Emma zog die Bettdecke über ihren nackten Körper. Blume zog sich aus und legte sich zu ihr. Durch die offene Tür hörte sie ihr Handy piepsen.

»Komm, lass es.«

»Nee, wart mal eben.«

Sie schlüpfte aus dem Bett und lief nackt zum Sofa. Es war eine SMS von Weiß. »Frau Emma«, stand da, »das war eine schöne halbe Stunde. Auf bald, K.W.«

Emma löschte die Nachricht und ging langsam zurück ins Schlafzimmer. Blume sah ihr entgegen. Emma lächelte, legte sich zu ihm und schloss die Augen. Sie fühlte die weiche Haut Blumes, aber ein Gesicht mit tiefen Clownsfalten schlich sich in ihre Gedanken.

Später bekamen sie doch noch Hunger und holten sich Wein, Käse und einen Rest Schokolade. Blume legte sich bäuchlings quer über das Bett und füllte die Gläser nach.

»Also, jetzt sag mal – was ist mit der Frau?«

Emma strich ihm über die kleine Kerbe oberhalb des Pos und ertappte sich bei dem Gedanken, die beiden Männerkörper zu vergleichen.

»Was?«

Blume stützte die Ellenbogen auf.

»Die Frau. Gesine Lorenz.«

»Ach die.«

Emma setzte sich auf und stopfte sich ein Kissen in den Rücken, um Zeit zu gewinnen.

»Na, dass sie ihn sehr geliebt hat und so.«

»Gehört sie auch zur Rechten Liga?«

Emma überlegte.

»Sie ist zumindest in Kontakt mit denen und hat auch einen Szenenamen: Frid.«

Blume schwieg. Er feuchtete seinen Finger an und stippte damit die restlichen Krümel der Schokolade auf. Er lächelte.

»Schmeckt nach dir.«

»Vor dem Essen Hände waschen.«

Er knüllte die Stanniolverpackung zusammen und warf sie in Richtung Mülleimer. Dann schlang er seine Arme um Emmas mageren Körper, zog sie eng an sich und legte seinen Kopf an ihre Brust.

»Hat sie mal erwähnt, dass er etwas bei ihr deponiert hat?«

Emma streichelte seine Haare.

»Was denn zum Beispiel?«

»Was Illegales.«

»Drogen?«

Er richtete sich leicht auf und sah ihr in die Augen.

»Emma, ich beweg mich hier schon am Rand. Also, weißt du was?«

»Die Jungs in der Szene konsumieren Crystal. August, der kleine Bruder von Marlon, hat es mir gezeigt.«

»Der Schüler Marlon Siebenbacher ist an einer Überdosis von dem Zeug gestorben.«

Er ließ sich wieder aufs Bett fallen. Emma nahm den Käse und die leere Weinflasche und ging in die Küche. Dann schlüpfte sie wieder unter die Decken, während Blume auf die Toilette ging. Als er zurückkam, saß sie an die Wand gelehnt im Bett, die Arme um die angewinkelten Knie geschlungen. Sie sagte:

»Ihr glaubt also, Brinkmann war in Drogengeschäfte verwickelt. Und ihr sucht Beweise dafür.« Sie sah hoch. »Aber warum hat er das getan? Brauchte er Geld? Immerhin hat er doch seinen Lehrerjob dafür riskiert!«

Blume legte sich neben sie und stopfte sich das Kissen unter den Kopf.

»Ich hab den Eindruck, das hat ihn nicht sonderlich gestört. Immerhin hat er auf rechtsradikalen Demos mitgemischt. Ihm musste klar sein, dass er damit irgendwann aus dem Schuldienst fliegt.«

Emma sah ihn nachdenklich an.

»Nur die Partei war ihm wichtig. Aber angenommen eure These stimmt, und der brave Lehrer Brinkmann war ein Drogendealer – gefährdete er damit nicht auch seinen Aufstieg in der Partei?«

Blume schwieg und sah sie nur an. Fast unmerklich schüttelte er den Kopf.

»Nein? Ach, ihr glaubt...« Emma versuchte den Gedanken zu fassen, der sich gerade erst in ihrem Kopf formte. »... dass die Partei da mit drinsteckte? Dass Brinkmann im Auftrag der Partei die Drogen beschaffte? Wow, wenn das stimmt...«

»Wir haben keinerlei Beweise, Emma.«

Sie schien ihn nicht zu hören. Aufgeregt richtete sie sich im Bett auf.

»Bente sagte, die Partei braucht solche Typen wie den Schmitz, damit Rechtsrockkonzerte stattfinden, CDs in den Umlauf gebracht werden und die Klamotten. Wer interessiert sich von den Spacken schon für Politik, hat sie gesagt. Die Partei steckt da mit drin, oder?«

»Wir brauchen die Drogen, sonst sind das alles nur Theorien. Die Mörder von Brinkmann haben seine Wohnung durchsucht, und sie waren offensichtlich auch bei Gesine Lorenz. Sie wirkte gefasst, fast abwesend, aus ihr war nichts herauszubekommen.«

Emma drehte sich zu ihm und wartete ab. Blume schwieg eine Weile, dann fuhr er fort:

»Sie verbirgt etwas.«

Emma klopfte sich das Kissen zurecht.

»Ich könnte versuchen, etwas aus ihr herauszubekommen.«

Sie drehte Blume den Rücken zu und zog die Decke über

die Schultern. Blume löschte das Licht. Emma sagte in die Dunkelheit hinein: »Natürlich nur, wenn ich den Stand der Ermittlungen erfahre.« Blume antwortete nicht. Er legte sich eng an ihren Körper und schlang den Arm um sie. Nach einer Weile hörte er sie undeutlich murmeln: »Mann, die rechte Partei als Drogendealer. Das wäre der Hammer...«

Bald wurden ihre Atemzüge regelmäßiger. Aber Blume lag noch lange mit offenen Augen neben ihr.

Dienstag, 2. März. Berlin, Charlottenburg.
Redaktion BerlinDirekt

Am nächsten Morgen saß Emma an ihrem Schreibtisch und wartete darauf, dass Sebastian ihr ein Auto besorgte. Es war kurz vor der Sitzung. Der Redaktionsraum füllte sich mit Kollegen, die die Frühschicht ablösten. Sie selbst war dem Ü-Wagen zugeteilt worden. Die Berliner Polizei hatte sich heute, ganze drei Tage nach dem Mord, dazu bequemt, eine Pressekonferenz zu den Ermittlungen zu halten. Das Ganze fand wegen der Zusammenarbeit mit den Brandenburger Kollegen in Müncheberg statt, der Kreisstadt von Hofsmünde.

»Hier.«

Sebastian stand vor ihr und reichte ihr Schlüssel und Fahrtenbuch.

»Steht in der Tiefgarage.«

Emma nickte und nahm den Schlüssel in Empfang.

»Ist Bente schon da?«

»Ist gleich zur LaPo gefahren. Heute Abend brauch ich die Karre wieder. Und bitte aufgetankt.«

Sebastian ging wieder zu seinem Platz. Jeder hier wusste, dass Sebastian den Senderwagen gerne nutzte, um damit nach Hause zu fahren. Das war eigentlich den Moderatoren der Frühschicht vorbehalten, die kein Auto hatten. Gegen vier, wenn ihr Dienst begann, fuhr noch keine Bahn. Aber keiner beschwerte sich. Wer legt sich schon gerne mit dem zentralen Redaktionssekretär an, dem Herrn über den Schrank mit den Büromaterialien und der Technikausleihe?

Emma öffnete ihr E-Mail-Programm und beschrieb Bente die Tatwaffe, den antiken Helm. Schneller wäre gewesen, sie hätte den Zettel gefaxt, aber das war ihr zu riskant. In der Landespolitik war manchmal viel Betrieb und das Faxgerät für jeden zugänglich.

Es war ein ruhiger Morgen gewesen, das Programm war ohne Zwischenfälle abgelaufen. Emma hatte sich entschlossen, die Sitzung zu schwänzen und vor der Pressekonferenz noch beim Pastor vorbeizufahren.

Sie stand auf und warf einen Blick ins Sitzungszimmer. Ein paar Kollegen hatten es sich schon gemütlich gemacht und plauderten über das Fußballspiel am Vorabend. Sebastian verteilte die Sendepläne. Emma fragte ihn:

»Ist Schneider noch in seinem Kabuff?«

»Nee, der ist beim Chef oben.«

»So?«

Emma wunderte sich, dass der Wellenchef schon so früh Besuch in seinem Büro empfing. In den seltenen Fällen, in denen Schulenburg schon um zehn im Sender war, hastete er noch im Mantel zur Sitzung. Sebastian zuckte nur mit den Schultern, und Emma meinte:

»Kannst du Schneider bitte sagen, dass ich vorher noch zum Vater des Opfers fahre? Er kann mich auf meinem Handy erreichen, nicht im Ü-Wagen.«

Sebastian sah sie ausdruckslos an. Emma nickte ihm zu und drehte sich zur Tür um.

»Emma?«

Sie wandte den Kopf, die Türklinke in der Hand. Sebastian sagte laut:

»Nicht wieder flunkern vorm Mikro, ja? Nachher hören wir noch von dir, dass du den Papst in Brandenburg getroffen hast.«

Ingrid, die Kollegin mit der regen Fantasie, kicherte. Ausgerechnet, dachte Emma, sagte aber nichts. Sie drehte sich um und schloss die Tür. Die eingelassene Glasscheibe klirrte.

Der Wagen schnurrte über die Landstraße. Emma hatte die Heizung hochgedreht und hörte eine Weile dem Vormittagsmoderator zu. Er hatte einen Gast aus der Senatskanzlei für Bildung, sie diskutierten über Inklusion, den gemeinsamen Unterricht mit geistig und körperlich Behinderten an den allgemeinbildenden Schulen. Emma dachte an ihre Schwester Ida. Helene hatte dafür gekämpft, Ida bei einer normalen Schule anmelden zu können, am Ende hatte sie doch kapituliert. Bremen war ein armes Bundesland. Für Ida gab es keine zusätzlichen Pädagogen, sie bekam nur die regulären Bücher. Nach einem Jahr der Quälerei kam Ida auf die Sonderschule, und Helene lernte zu Hause zusätzlich mit ihr. Sie machte sich Sorgen, was aus ihrer Jüngsten wurde, wenn sie nicht mehr für sie da sein konnte.

Das Gespräch im Radio war zu Ende, mehr als drei, vier Minuten Sendezeit gestand das Format keinem Gast zu. Die Frau von der Senatsverwaltung wirkte verärgert über den schnellen Rausschmiss, und der Moderator wies auf die Homepage der Welle, dort könne man weitere Informationen zu dem Thema nachlesen. Das war ein gängiges Mittel, komplexe Themen kurz zu halten.

Am Montag hatte es den Tag über getaut, die kleinen Schneehügel am Straßenrand waren verschwunden, die Erde kam graubraun zum Vorschein, erstarrt nach dem erneuten Nachtfrost. In einer Kurve spürte Emma, wie der Wagen für einen Moment die Bodenhaftung verlor. Sie ging vom Gas, es war glatt. Ihr Handy piepte und zeigte die Nummer der LaPo an. Emma stellte es in die Fernsprechanlage.

»Hey, stör ich dich?«

»Nee, bin noch unterwegs. Hast du meine Mail bekommen?«

»Ja.«

»Und, kannst du damit was anfangen?«

Bente schwieg einen Moment, man hörte Papiere rascheln. Emma schaltete einen Gang runter. Ein magerer Hase hoppelte über das Feld zu ihrer Linken, dann war sie vorbei.

»Die Rechten lieben diesen alten Militärkitsch. Ihn in der Form zu ermorden, spricht für eine Tat im Milieu.«

»Eine Exekution?«

»Vermutlich. Aber warum?«

Emma fiel noch etwas ein.

»Sie haben ihn übel zusammengeschlagen.«

»Vorher?«

»Hinterher macht wenig Sinn.«

Auf der Bundesstraße kam jetzt die Ausfahrt nach Hofsmünde. Emma setzte den Blinker. Sie sagte:

»Brinkmann war in Drogengeschäfte verwickelt. Vielleicht sollte sein Tod eine Warnung sein.«

Im Hintergrund kamen Stimmen näher. Bente sagte etwas lauter:

»Tja, möglich ist vieles.«

»Okay, danke Bente. Sehen wir uns später in der Kantine?«

»Nee, glaub nicht. Ich bin den ganzen Tag im Senat. Bis dann.«

Bente hatte aufgelegt. Emma fuhr am Ortseingangsschild von Hofsmünde vorbei und trat auf die Bremse. Der Wagen holperte über die aufgerissene Teerstraße, die an vielen Stellen mit dicken Pflastersteinen geflickt worden war. Sie sah auf die Uhr am Armaturenbrett. Eine halbe Stunde höchstens, dann musste sie zur Pressekonferenz. Emma beugte sich vor, als sie um die Kurve bog und das rot geklinkerte Pfarrhaus in ihrem Blickfeld erschien. Schon von weitem sah sie, dass die alte Holztür weit offenstand. Das sah dem Pastor nicht ähnlich. Emma fühlte eine Unruhe in sich aufsteigen.

Berlin, Niederkirchner Straße, Mitte

Bente hatte aufgelegt und den Kollegen zugelächelt, die während ihres Gespräches mit Emma hereingekommen waren. Sie warf einen Blick auf die große Uhr über dem Eingang ihres Büros und beschloss, dass sie noch Zeit hatte, einen Kaffee zu holen, bevor es mit der internen Themenverteilung losging. Sie alle hatten ihre Spezialgebiete, Kerstin zum Beispiel kümmerte sich um alles, was mit dem Bau des neuen Großflughafens zu tun hatte, Simon berichtete über Bildung, Anke behandelte als Juristin die Justizthemen, sie selbst deckte vieles in der Stadtentwicklung ab. Trotzdem gab es jedes Mal Tagungspunkte in Bereichen, die in kein spezielles Wissensgebiet fielen und die dann unter den Kollegen verteilt wurden. Bente hoffte, dass diesmal nicht wieder die Querelen um die Wasserpreise an ihr hängen blieben. Das Thema war so langweilig, dass die Wellen es gerne fallen ließen.

Bente lief den Seitengang vom Pressecenter bis zum Foyer. Als sie die Kantine im ersten Stock betrat, sah sie Staatssekretär Hirsch. Er saß an einem kleinen Tisch am Fenster und hörte einem jungen Mann zu, der auf ihn einredete. Hirsch schien abgelenkt, er spielte mit einem Benzinfeuerzeug und hatte einen abwesenden Gesichtsausdruck. Bente fragte sich, was Edgar Blume mit dem Mann zu schaffen hatte. Als sie die beiden gestern zusammen gesehen hatte, erschienen sie ihr sehr vertraut miteinander. Der Staatssekretär sah hoch, und ihre Blicke trafen sich. Bente lächelte, nickte ihm zu und stellte sich an den Kaffeeautomaten. Der Milchkaffee floss in die Tasse, Bente drückte noch mal extra auf Espresso. Die Abgeordneten bevorzugten ein eher mildes Gemisch. In Gedanken war sie schon bei der Aufgabenverteilung gleich im Büro. Sie hoffte, die Kollegen fingen nicht schon ohne sie an. Sie seufzte und trug die Tasse zur Kasse. Im Grunde konnte es ihr egal sein. Die Leute in der Landespolitik wurden pauschal bezahlt. Damit wollte der Sender vermeiden, dass sich die Kollegen nur die lukrativsten Themen aussuchten, die schnell und ohne weitere Recherche ins Programm gehievt werden konnten. Egal ob ihr Thema ankam oder nicht, sie bekam ihr Geld. Das war einer der Gründe gewesen, die sie in die Berichterstattung des Parlaments hatten wechseln lassen. Wenn die Themen doch nur nicht so öde wären.

Als sie an der Kasse nach ihrer Börse kramte, klingelte ein Telefon im Raum. Der junge Mann am Tisch von Hirsch nahm ab, entschuldigte sich bei ihm und stand auf. Er verließ mit schnellen Schritten die Kantine, während er halblaut in sein Smartphone sprach.

Bente legte das Geld auf die Ablage an der Kasse. Zögernd drehte sie sich um und sah zu Hirsch. Er trank gerade seinen Kaffee aus und machte Anstalten zu gehen.

Bentes Finger zitterten, als sie nach der Tasse griff. Sie atmete tief durch. So eine Gelegenheit kam vermutlich nicht so schnell wieder. Sie war mit Hirsch allein im Raum, es herrschte keine Eile. Aber sie musste sich jetzt beeilen.

Mit festen Schritten ging sie, den Kaffee in ihrer Hand, auf den Tisch zu, von dem Hirsch gerade aufstand. Er bemerkte die Bewegung und wandte den Kopf in ihre Richtung. Fragend lächelte er sie an. Bente lächelte erleichtert zurück. Es war nichts dabei, den Freund des Chefs anzusprechen. Wie oft hatte sie erlebt, dass solche kleinen Bekanntschaften nützlich waren. Hier eine Bemerkung, da ein Anruf, und schon saß man beim nächsten Betriebsfest neben dem Chef. Netzwerken nannte man das wohl. Bente hatte zweimal erleben müssen, dass ein männlicher Kollege eine feste Stelle bekam, für die sie sich auch beworben hatte. Die Männer waren nicht besser als sie in dem Job. Sie waren nur strategischer vorgegangen.

»Frau Bente Fügemann, nicht wahr? Ich habe Sie auf der Pressebank gesehen. Schön, dass Sie jetzt hier bei uns sind!«

Bente verbarg ihre Freude, dass er ihren Namen kannte.

»Herr Hirsch, könnte ich kurz mit Ihnen sprechen?«

Er sah auf seine Uhr.

»Leider muss ich mich jetzt schon beeilen, ich habe gleich einen Termin. Ist es etwas Dringendes?«

Bente fühlte, wie ihr das Blut in den Kopf schoss.

»Nein, nein, es wird sich sicher noch eine andere Gelegenheit...«

»Kommen Sie, wir können uns doch noch auf dem Weg unterhalten.«

Er nahm seine Aktentasche und machte eine einladende Bewegung, ihm zu folgen. Bente ging hinter ihm durch den schmalen Eingangsbereich der Kantine und fühlte sich wie eine Idiotin.

Er wandte sich zur Treppe, sie blieb beim Fahrstuhl stehen. »Es ist nichts, Herr Hirsch, auf ein andermal.« Sie wechselte ihre Kaffeetasse in die linke Hand und reichte ihm die rechte zum Abschied. Für keinen Job der Welt würde sie hinter ihm die große Freitreppe entlangstolpern und für jeden hörbar über ihre Fähigkeiten plaudern. Sie wollte ein Gespräch unter vier Augen. Ein paar eilig hingesagte Sätze auf dem Treppenabsatz fand sie entwürdigend.

Hirsch blieb stehen und sah sie schmunzelnd an. Bente

hatte nach der Begegnung mit Blume den Internetauftritt von Eberhard Hirsch auf den Seiten der Senatsverwaltung nachgelesen. Sie wusste, dass der Mann erst Mitte fünfzig war. Er sah viel älter aus. Er sagte:

»Ich hab gestern Ihren Bericht im Radio gehört, über diese Aktion der Rechten Liga. Alle Achtung, das war saubere Arbeit.«

»Danke.«

»Ich sollte Ihrem Wortchef sagen, was für eine wertvolle Mitarbeiterin er da hat!«

Er wusste längst, was sie von ihm wollte, und sie war ihm dankbar, dass er es ihr so leicht machte. Sie lächelte und sagte:

»Vielleicht kann ich später am Tag noch mal bei Ihnen vorbeischauen.«

»Das wäre mir sehr lieb. Nach der Plenarsitzung habe ich noch einen Termin, wie wäre es gegen 17 Uhr?«

»Gern.«

Er nickte ihr noch einmal zu, dann eilte er die Treppe hinunter. Bente drückte auf den Fahrstuhlknopf.

Während sie darauf wartete, dass sich die Metalltüren öffneten, dachte sie über das Gespräch nach. 17 Uhr passte ihr gar nicht, sie würde den Zahnarzttermin mit den Mädchen verschieben müssen.

Sie hob ihre Kaffeetasse an die Lippen und merkte, dass ihre Hand noch immer zitterte.

Der Aufzug kam, Bente ging hinein und drückte auf Erdgeschoss.

Vielleicht konnte Martin die Kinder holen. Sie brauchte noch etwas Zeit, um sich auf das Gespräch vorzubereiten.

Als sich die Kabine in Bewegung setzte, sah sie auf ihr verschwommenes Spiegelbild in den blanken Türhälften. Im

Grunde graute ihr vor dem Treffen mit Hirsch. Er schien ein unkomplizierter Typ zu sein, aber sie hasste es, sich selbst zu präsentieren. Aber andere machten es doch auch. Und kamen weiter. Sie holte noch einmal tief Luft und versuchte, sich zu entspannen. Vielleicht war dies die Chance, die sie so dringend brauchte.

Brandenburg, Hofsmünde

Herr Brinkmann? Sind Sie da? Haben Sie...« Emma versagte die Stimme. Die Kartons im Flur waren aufgerissen, Kleider quollen heraus. Sie schob sich daran vorbei und lauschte angestrengt. Ihr Herz schlug hart gegen die Rippen.
»Pastor Brinkmann?«
In der Küche waren die Schubladen herausgerissen, Besteck und Geschirrtücher lagen verstreut auf dem Boden, weiß gepudert von einer aufgerissenen Tüte Mehl. Emma zögerte, lauschte. Wieder ein Laut, als ächze eine alte Schranktür, Emma hörte leises Gerumpel. Sie rannte durch die Küche weiter ins Treppenhaus, von dem mehrere Türen abgingen. Emma stieß eine Tür auf und sah ein Wohnzimmer, ähnlich verwüstet wie die restlichen Räume. Plötzlich knallte etwas mit Wucht gegen ihren Hinterkopf, sie keuchte, stützte sich mit den Händen nach vorne ab und versuchte nicht zu fallen, aber sie griff ins Leere und krachte auf den Holzboden. Ihr rechtes Handgelenk knackte laut, und sie schrie auf. Der Angreifer, der hinter der Tür gestanden hatte, rannte aus dem Zimmer. Emma rappelte sich auf und lief hinterher. Die rechte Hand an die Brust gepresst stolperte sie durch den verstreuten Hausrat und erwischte an der offenen Haustür mit ihrer Linken den Zipfel einer hellroten Satinjacke. Erst als sich die Person umdrehte, registrierte Emma, dass Heike vor ihr stand. Sie schlug nach Emmas Hand und kreischte in hohen Tönen.
»Lass los, du blöde Sau, lass los!«

Blitzschnell ließ Emma die Jacke los, und Heike taumelte nach vorn. Sie fiel auf den Boden und schrie unkontrolliert weiter. Emma griff mit ihrer Linken nach dem schweren Messinggestell der Lampe und ging damit drohend auf Heike zu, die erschrocken ihre Arme vor das Gesicht hielt. Emma schrie:

»Wo ist der Pastor? Was habt ihr mit ihm gemacht?«

Heike fing an zu weinen. Sie ließ ihre Arme sinken, bis die Hände ihr Gesicht bedeckten und schüttelte den Kopf. Grob trat ihr Emma vors Schienbein. Heike schrie auf. Emma fragte noch einmal:

»Wo ist der Pastor?«

Heike nahm ihre Hände vom Gesicht und legte sie an die schmerzende Stelle am Bein. Eine Rotzblase blubberte aus ihrer Nase, als sie zurückbrüllte:

»Der liegt da hinten, aber ich war das nicht!«

Dann schluchzte sie noch einmal auf und ließ sich langsam in die Knie gleiten. Emma ließ die Hand mit der Lampe sinken und rannte wieder durch den Flur.

Zurück im Wohnzimmer rief sie laut nach dem Pastor und meinte, ein Stöhnen zu hören. Eine Tür war zersplittert, waren das Einschusslöcher? Emma versuchte sie zu öffnen, aber etwas lag davor und blockierte. Sie drückte mit aller Kraft. Das Stöhnen wurde laut.

»Pastor Brinkmann! Oh mein Gott! Ich hole jemanden!«

Sie wählte den Notruf und schrie die Adresse ins Telefon. Dann stemmte sie sich noch einmal gegen die Tür. Sie schaffte es, den Körper des Mannes ein Stück zur Seite zu schieben und schlüpfte durch die Tür. Brinkmann lag in merkwürdig verrenkter Stellung auf dem Boden. Er hielt seinen rechten Arm an die Brust gepresst. Alles war voller Blut, aber er war bei Bewusstsein.

»Sie kommen gleich, der Notarzt ist unterwegs, sie kommen sofort...«

Emma zog ihren Pullover aus und kniete sich vor den Pastor. Er sah sie mit verschwommenen Augen an. Vorsichtig zog sie seinen Arm von der Brust.

»Enna...«

»Ganz ruhig. Es kommt gleich jemand...« Sie flüsterte immer weiter, während sie seine Brust abtastete. Aber das Blut kam vom Arm, stoßweise pulsierte es heraus. Emma nahm ihren Pullover und wickelte ihn straff oberhalb der Wunde um den Arm. Dann drückte sie ihre Faust so fest sie konnte auf die Wunde. Er stöhnte.

»Enna, lassen Sie Heike da raus. Sie hat damit nichts zu tun.«

»Pastor, Sie müssen jetzt ruhig liegen bleiben, der Notarzt kommt sofort...«

»Nein, Enna, versprechen Sie es mir.« Sein Blick wurde glasig, seine Stimme war nur noch ein Flüstern.

»Es waren Männer. Sie haben Rocco mitgenommen. Sie haben ihm die Pistole an den Kopf gesetzt und ihn getreten, ich habe Angst, dass sie ihn... Ich habe Heike im Schrank versteckt. Denken Sie doch an August! Was soll mit ihm werden, wenn Heike...«

Emma hörte eine Sirene.

»Pastor, der Notarzt kommt. Alles wird gut. Sie kriegen jetzt Hilfe...«

Der Pastor sackte ihr weg. Emma schrie auf. Sie hörte jemanden durch den schmalen Gang rennen, dann war sie umringt von einem Erste-Hilfe-Team. Einer stülpte dem alten Mann eine Sauerstoffmaske um, ein anderer versorgte notdürftig seinen Arm. Emma schluchzte auf, stolperte dann zurück, um den Männern bei der Arbeit nicht im Weg zu stehen. Zwei Helfer nahmen den Pastor vorsichtig hoch und trugen ihn durch das Chaos nach draußen zum Notarztwagen. Emma drückte sich an der Wand entlang. Sie sah sich nach Heike um, aber die junge Frau war verschwunden.

Brandenburg, Kreisstadt Müncheberg

Blume saß im Auto auf dem Parkstreifen gegenüber dem weißverputzten Rathaus und wartete auf Emma. Wo blieb sie nur? Der Ü-Wagen ihres Senders parkte auf der anderen Straßenseite, Blume sah, wie ein Mann, vermutlich der Techniker, immer wieder ausstieg, um in der Hauptstraße nach rechts und links zu schauen. Jetzt telefonierte er mit seinem Handy. Blume konnte nicht verstehen, was er sagte, aber er sah wütend aus.

Die Brandenburger Polizei hatte die Pressekonferenz ins Rathaus nach Müncheberg verlegt. Offiziell hieß es, man erwartete einen Medienansturm, und nur hier gäbe es einen Saal mit einer funktionierenden Lautsprecheranlage. Doch das Interesse war gering. Der Mord war 3 Tage her, und es gab noch immer keinen konkreten Hinweis auf den Täter. Der RBB war mit einem Fernsehteam vor Ort, ein paar Zeitungsjournalisten aus Berlin und die lokale Presse, eine Frau von der dpa und Emmas Radiosender. Auf dem freien Platz rechts vom Rathaus parkten Autos mit Runenaufklebern und schwarz-weiß-roten Fahnen. Die Männer aus der rechten Szene standen beieinander, rauchten, unterhielten sich und warfen Blicke auf das Rathaus. Eine junge Frau mit dunklen Haaren ging auf dem Bürgersteig an ihnen vorbei. Einer der Männer rief ihr etwas zu, die anderen lachten. Die Frau sah weiter geradeaus und ging schneller.

Blumes Handy brummte, er warf einen Blick auf das Display. Unterdrückte Nummer. Blume drückte auf Annahme. Es war Achim.

»Rocco Schmitz ist weg.«

»Wie, weg?«

»Die Tschechen haben ihn mitgenommen. Rocco schuldet ihnen immer noch das Geld für die Drogen. Und weil er nicht zahlen kann, wollen sie das Zeug zurück. Sie waren beim Pastor, Rocco hat einfach behauptet, der hätte die Drogen versteckt. Sie haben auf den Alten geschossen, aber er lebt noch.«

Ein Bus fuhr langsam die Hauptstraße hoch und stoppte an der Haltestelle direkt vor ihm. Blume sagte:

»Woher weißt du das alles?«

»Heike hat sich bei mir in der Fahrschule versteckt. Sie war total aufgelöst. Aber dann ist sie doch los zur Arbeit. Sie kann es sich nicht leisten, noch mal zu fehlen, hat sie gesagt.«

»Was genau hat sie erzählt?«

»Die Männer haben alles durchsucht. Dann sind sie wieder auf Rocco los, er sollte sagen, wo es versteckt ist. Der Pastor hat sich mit Heike in einem anderen Zimmer verbarrikadiert. Sie haben durch die Tür auf ihn geschossen. Aber dann kam deine Freundin, und sie sind abgehauen.«

»Emma war beim Pastor? Ist ihr etwas passiert?«

»Nein, Heike sagt, die Typen wären abgehauen. Mit Schmitz.«

»Scheiße, sie haben Schmitz wirklich mitgenommen?« Blume gab keinen Cent auf Rocco Schmitz. Aber im Prozess könnte er ein wichtiger Zeuge werden. Wenn die Tschechen ihn umbrächten, würde die Zeugenlage dünn. Dann war Achim ihr einziger Trumpf vor Gericht. Blume hatte fest darauf gesetzt, dass Schmitz aussagen würde. Er war ein Feigling und nur auf seinen eigenen Vorteil bedacht.

Achim sagte leise durchs Telefon:

»Sie werden ihn nicht töten, Edgar. Das bringt ihnen gar nichts.« Blume zog den Schlüssel ab. Er stieg aus dem Wagen, sagte noch, dass er sich wieder melden würde, und beendete das Gespräch. Einen Moment legte er die Hand auf das kalte Dach des Autos und sah sich um. Was war mit Emma? Warum musste sie sich schon wieder einmischen? Er wählte ihre Nummer, aber das Handy meldete nur, dass der Teilnehmer nicht erreichbar sei. Er fluchte, schlug den Mantelkragen hoch und ging mit schnellen Schritten die Stufen zum Rathaus hoch.

Emma raste mit 100 in die Ortschaft, bremste stark ab und kam kurz vor dem Ü-Wagen zum Stehen. Kalle stand breitbeinig vor der geöffneten Transportertür. In seiner Hand hielt er bereits das tragbare Aufnahmegerät.

»Wo bleibst du denn, Mensch, ich hab schon...« Er stutzte, sah sie genauer an. »Ist alles in Ordnung mit dir?«

»Ja, ja.«

Emma war aus dem Auto gesprungen und ging an ihm vorbei zur Rückseite des Ü-Wagens. Dort waren in einem Karton ein paar Wechselkleider gelagert, für den Fall, dass es regnete oder die Reporter sich bei einem Termin schmutzig machten. Sie nahm die Regenjacke mit dem Senderlogo und zog sie über ihr Shirt. Ihren Pullover mit den Blutspuren am Arm hatte sie schon in ihrem Wagen gelassen. Dann ging sie wieder um den Ü-Wagen herum und nahm Kalle mit der linken Hand den Aufnahmerekorder ab. Während der zehnminütigen Fahrt von Hofsmünde hatte sie krampfhaft den Hebel für die Gangschaltung umklammert, jetzt tat ihr wieder die rechte Hand weh. In der Hausapotheke des Pastors hatte sie Kopfschmerztabletten gefunden und ein paar geschluckt. Sie musste jetzt durchhalten.

Im Laufschritt rannte sie zum Rathaus. Ein Ruf kam von der Seite, automatisch wandte sie den Kopf in die Richtung. Die Männer bei den Autos starrten sie an, Emma erkannte den Schlaks vom Volksfest, ein anderer hatte mit Rocco Schmitz bei der Kundgebung vor Brinkmanns Tür in Berlin gestanden. Der Schlaksige zeigte ihr die Faust, er rief etwas, es klang wie eine Drohung. Sie wandte den Kopf und ging schnell die letzten Stufen bis zur Eingangstür hinauf.

In der Halle stand Blume und ging nervös hin und her. Als er sie sah, schien er erleichtert aufzuatmen. Emma lächelte flüchtig in seine Richtung und wollte durch die Tür in den Konferenzraum. Blume hielt sie am Arm fest.

»Gott sei Dank, Emma, endlich bist du da!«

Emma warf einen Blick über seine Schulter in den Raum hinein. Am schmaleren Ende war ein langer Tisch mit Mikrofonen aufgebaut. Ein Polizist las mit seltsamer Betonung von einem Blatt vor ihm ab. Die Pressekonferenz hatte bereits begonnen. Sie versuchte, an Blume vorbei in den Raum zu kommen, aber er verstärkte den Druck an ihrer Schulter und fragte leise: »Wie geht es dir? Was ist mit dem Pastor?«

Emma sah ihn erstaunt an, woher wusste er das?

»Er ist im Krankenhaus. Ich weiß nicht, es sah schlimm aus. Mir fehlt nichts.«

»Kein Wort davon in der Pressekonferenz. Hast du mich verstanden?«

Emma sah ihn an. Langsam wurde sie wütend. Was veranstaltete er hier eigentlich?

»Hör mal...«

»Bitte«, sein Ton war jetzt flehentlich. Er lächelte, aber seine Augen sahen sie ernst an. »Ich erklär es dir später.«

Sie löste sich energisch von ihm und ging mit gerecktem Kinn in den Konferenzraum. Blume folgte ihr und stellte sich hinten in den Raum. Im Saal gab es Bewegung, eine neue Rednerin wurde angekündigt. Emma blieb vorne stehen und überblickte den Saal. Vorne sprach jetzt eine Frau im hellgelben Kostüm. Ihr Namensschild wies sie als Helene Kaisen, parteilose Kreistagsabgeordnete von Märkisch-Oderland aus.

»... hoffen, dass wir gemeinsam mit den Kollegen aus Berlin diesen Fall schnellstmöglich aufklären werden.«

Emma schob sich durch bis zu Inga, der Kollegin von dpa. Im vergangenen Jahr waren sie sich oft auf Pressekonferenzen begegnet. Inga war unglaublich schnell im Texteschreiben. Sie war schon über zehn Jahre bei der Agentur, hatte sie Emma erzählt. Kaum jemand hielt den Druck und den Stress, der in den Presseagenturen herrschte, so lange aus. Inga sah kaum hoch, sie nickte in ihre Richtung, während sie bereits ihren Text schrieb. Emma warf einen Blick darauf. Es war, wie sie vermutet hatte – keine neuen Ermittlungsergebnisse. Sie beschloss, sich nicht mehr in die Anlage einzustöpseln, sondern sich einen O-Ton direkt nach der offiziellen Presseverlautbarung abzuholen. Vielleicht konnte sie damit noch einen Satz außerhalb der ewig gleich klingenden Phrasen erwischen.

Die Bürgermeisterin schloss mit ein paar Worten des Beileides für die Familie des Opfers, und Emma dachte an den Pastor. Sie hoffte, dass er es schaffte. Sie zog ihr Aufnahmegerät aus der Tasche und schob sich nach vorn. Dann spürte sie eine Hand auf ihrem Arm, die sie aufhielt. Emma stöhnte auf.

»Blume, lass mich los. Wenn ich jetzt nicht die Nachrichten beliefere, kann ich mir einen anderen Job suchen.«

»Hast du vor, über den Vater zu berichten?«

Emma wickelte das Mikrofon um ihre Hand und überprüfte noch mal das Aufnahmegerät. Die schweren Teile des Senders wogen doppelt so viel wie ihr kleiner Zoom.

»Sicher. Von der Polizei kommt ja nicht viel Neues.«

»Emma«, Blume hielt sie am Arm fest, »das darfst du nicht tun.«

Sie sah ihn erstaunt an. Die Ordner öffneten weit die Flügeltüren des Rathaussaals. Erste Besucher strömten ins Foyer. Blume ließ Emmas Arm los und sagte leise:

»Wir brauchen noch Zeit. Gib uns einen Vorsprung. Die Kollegen von der organisierten Kriminalität sind da dran.«

Emma sah ihn an, dann nickte sie: »Ich halte es ein paar Stunden zurück.«

»Kannst du hinterher noch bleiben? Ich muss mit dir reden.«

»Ja. Aber lass mich jetzt durch.«

Inga war ihre Rettung. Sie hatte ihren Bericht schon an Emma gemailt. Als dpa-Meldung hätte sie ihn ohnehin in rund 10 Minuten auf dem Rechner gehabt, so sparte sie entscheidende Minuten. Emma setzte sich nach hinten in den Saal.

An der Fensterseite hatte man Butterstullen aufgefahren, die Kollegen von der lokalen Presse bedienten sich. Emma sah die Kreistagsabgeordnete in Hellgelb am Kaffeetisch, sie würde also auch noch einen Ton bekommen.

Während sie die Zeilen auf ihrem Smartphone überflog, nahm sie sich vor, der Kollegin demnächst ein großes Stück Schokoladentorte zu spendieren.

Der Bericht war kurz. Die Polizei hatte keinen entscheidenden Hinweis auf den Mörder von Lukas Brinkmann. Zur Sprache gekommen waren nur seine rechtsradikalen Aktivitäten und die Kämpfe mit dem Anti-Rassismus-Bündnis von Konrad Weiß, das gegen Brinkmanns Anstellung als Lehrer an einer Berliner Grundschule protestierte. Inga ging an ihr vorbei und winkte mit einem halben Käsebrötchen. Emma hob den Kopf:

»Danke! Sag mal – hatte Brinkmann denn gar keine Vorstrafen, so als Rechter?«

Inga blieb stehen und schüttelte den Kopf.

»Nix. Ein braves Schaf der Gemeinde. Bisschen rechts – was ist schon dabei.«

Emma sah auf die Käsestulle und merkte, dass sie Hunger hatte.

»Ich weiß nicht – es kommt so rüber, als wäre der Brinkmann das Opfer.«

Inga lachte. Sie biss in ihr Brötchen und sagte mit vollem Mund: »Na, das ist er doch auch!« Dann sah sie auf die Uhr, winkte zum Abschied und ging davon. Emma stand auf und ging auf die Politikerin zu.

»Frau Kaisen, können wir kurz...«

Die Abgeordnete nickte, wischte sich einen Brötchenkrümel aus dem Mundwinkel und stellte sich gerade hin. Emma zog das Mikro hoch und fragte:

»Frau Kaisen, der tote Lukas Brinkmann war eine Schlüsselfigur in der rechten Szene von Brandenburg. Wird dort sein Mörder gesucht? In welche Richtungen gehen die Ermittlungen?«

Die Frau sah sie im ersten Augenblick etwas verängstigt an, dann legte sie los. Es dauerte nur einen Halbsatz, dann war sie von den laufenden Ermittlungen weggekommen und bei den allgemeinen Aufklärungskampagnen gegen Rechtsradikalismus ihres Wahlbündnisses angelangt. Sie sprach von Plakataktionen, von Ausstiegerprogrammen

305

und Alternativangeboten für Jugendliche. Emma versuchte zweimal, sie zurück zum Thema zu bringen, dann wurde langsam ihr Arm schwer. Deshalb war die Pressekonferenz hierher verlegt worden. Die Frau machte aus den Mordermittlungen eine Wahlkampagne. Schnell beendete sie das Gespräch. Sie schnappte sich zwei Stullen und ging im Eilschritt aus dem Gebäude. Draußen auf den Treppenstufen schweifte ihr Blick nach links zu den Parkplätzen. Der Schlaksige und seine Freunde hatten sich in einen Wagen gesetzt. Ein Sänger schrie etwas aus den Autoboxen, wenn er Luft holte, hörte Emma Flaschen klirren und Lachen. Sie ging zum Ü-Wagen. Kalle saß schon am Schnittcomputer. Emma reichte ihm eine der Stullen.

»Kalle, ich mach 'nen Alleingang. Wähl bitte das Haus an.«

Kalle sah sie erstaunt an, nickte dann aber und wählte am Computer die Verbindung. Susanne hatte Redaktion. Dem Ton nach hatte sie schlechte Laune.

»Was soll das heißen, ohne Töne? Schicke ich dich deshalb zur Presskonferenz?«

Nein, dachte Emma, du schickst mich nirgendwohin. Wenn einer schickt, dann Schneider. Laut sagte sie: »Kein neues Wort über die Ermittlungen. Das ist hier eine Wahlkampfparty.«

»Wieso Wahlkampfparty?«

»Warum findet das Ganze wohl hier in Brandenburg und nicht in Berlin statt? Warum in der Kreisstadt Müncheberg?«

»Emma, ich hab keine Zeit für Ratespiele.«

»Weil der Anlass sich hervorragend eignet, um die eigenen Leistungen so kurz vor den Landtagswahlen in die Medien zu bringen. Wer weiß, wer da im Hintergrund die Fäden gezogen hat. Von dem Mordfall war hier jedenfalls so gut wie gar nicht die Rede.«

»Dann können wir es auch gleich ganz lassen.«
»Von mir aus.«
»Warte mal.«

Emma hörte, wie der Hörer auf das Pult gelegt wurde. Im Regieraum herrschte das übliche Durcheinander. Der Song, der gerade im Radio lief, tönte leise aus den Lautsprechern, jemand kontrollierte die Trailer, die für den Tag geplant waren, Türen klappten, ein Mann lachte. Emma sah nach hinten zum Parkplatz. Die Rechten hatten sich jetzt wieder vor ihren Autos aufgebaut. Mit glasigen Augen standen sie da und wirkten ratlos. Dann wurde der Hörer wieder aufgenommen.

»Emma, hier ist Schneider. Was ist denn schon wieder los?«

Emma ärgerte sich über den Tonfall. Schneider klang, als wäre sie ein unartiges Kind. Sie wiederholte ihre Bedenken. Schneider fragte:

»Hast du denn trotzdem etwas zu sagen?«

»Ist doch wichtig zu erzählen, dass die nach drei Tagen noch immer keinen Schimmer haben, wer dahintersteckt. Dass die das hier zu einer Wahlkampagne umfunktionieren. Dass die Rechten hier auf dem Parkplatz stehen und das Ganze beobachten. Und...«

»Gut, mach mal. Lass das mit der Wahlgeschichte raus, das bringt nur Ärger.«

Emma wechselte einen Blick mit Kalle, der das Gespräch über den Computer mitgehört hatte. Er zuckte die Achseln und biss krachend in seine Stulle. Emmas Magen knurrte. Hoffentlich hört man das nicht auf dem Sender, dachte sie. Kalle legte das laufende Programm auf ihren Kopfhörer. Sönke war schon bei der Anmoderation.

»... ist jetzt live vor Ort in Müncheberg. Emma, hast du

was Neues erfahren über die Ermittlungen im Mordfall Lukas Brinkmann?«

»Wenig. Die Polizei sagt, sie ermittelt weiter in alle Richtungen. Das heißt im Klartext, sie hat noch keine Ahnung, wer der Mörder sein könnte.«

»Wir haben ja gleich nach dem Mord darüber berichtet, dass das Opfer sich im rechtsradikalen Milieu bewegte. Gibt es dazu neue Erkenntnisse?«

»Hier hält sich die Polizei bedeckt. Ich kann nicht sagen, ob sie auch hier noch komplett im Dunkeln tappt oder ob sie uns noch nicht einweihen will.« Emma warf einen Blick auf Kalle, der konzentriert ihre Aussteuerung regelte und holte tief Luft. »Ehrlich gesagt, Sönke, ich vermute eher Ersteres. Die Polizei hat hier heute kein kompetentes Bild abgegeben. Ich bin mir sicher, dass die Beamten gerne eine konkrete Spur präsentiert hätten.«

Sie sprach noch kurz über die Rechten auf dem Parkplatz und über die Brandenburger Wahlen in zwei Wochen. Dann beendete Sönke das Gespräch. Draußen klappten Autotüren zu und Motoren starteten. Emma zog den Kopfhörer herunter und sah zum Parkplatz. Die Rechten räumten das Feld.

»Emma!« Kalle hielt ihr den Telefonhörer hin. Es war Schneider.

»Das war jetzt das zweite Mal, dass der Ü-Wagen ohne Töne sendet, Emma. Dafür ist er nicht gedacht.«

Emma fühlte, wie sie wütend wurde. Sie hatte gerade einen Überfall erlebt. Ihr Kopf schmerzte, und sie hatte Hunger.

»Das ist mein Job, Schneider. Ich gehe hin und beschreibe, was passiert. Ihr sucht den Ort aus, aber hier bin nur ich. Wenn ihr mir nicht vertraut, dass ich das hier richtig einschätze, dann müsst ihr jemand anderes losschicken.«

»Vielleicht sollten wir das wirklich.«

Er hatte aufgelegt. Emma reichte den Hörer wieder an Kalle weiter. Sie nahm das Brötchen und biss hinein. Es fühlte sich an wie Gummi. Sie schluckte krampfhaft, der Hals tat ihr weh. Ihre Augen schwammen. Kalle drehte sich weg, er rollte die Kabel zusammen und fuhr den Computer herunter. »Du hast ja dein eigenes Auto dabei, oder?«

Emma nickte. Sie nahm einen großen Schluck aus ihrer Trinkflasche, dann hatte sie sich wieder unter Kontrolle. So ist er eben, dachte sie. Ein ungerechter, unsensibler alter Bürohengst. Sie nahm ihre Tasche und trat einen Schritt weg vom Wagen. Er wird es schon nicht so gemeint haben.

Der Sendemast war eingefahren, Kalle schmiss die Transportertür zu und setzte sich hinter das Steuer. Emma winkte, dann fuhr der Ü-Wagen auf die Straße und verschwand am Ortsausgang. Emma lief die Treppen hoch ins Rathaus.

Blume stand noch immer im ersten Stock am Fenster. Er telefonierte, aber als er sie sah, beendete er das Gespräch und steckte sein Telefon in die Jackentasche. Sie blieb mehrere Meter von ihm entfernt stehen und verschränkte die Arme:

»Mann, Blume, deinetwegen kriege ich Ärger mit Schneider. Den Überfall auf den Vater hätte ich exklusiv gehabt. Stattdessen hol ich mir 'nen Anschiss, weil ich nichts zu bieten habe.«

Blume zog sie etwas näher zu ihm in die Nische. Er sah sie einen Augenblick ernst an, dann sagte er halblaut:

»Vermutlich hat dir der Pastor schon erzählt, dass die Männer von dem Überfall Rocco Schmitz mitgenommen haben. Er ist in Lebensgefahr. Die Männer gehören zur tschechischen Drogenmafia, und sie suchen etwas, was Lukas Brinkmann versteckt hat.«

Emma starrte ihn an.

»Crystal.«

»Emma, von mir hast du das nicht. Aber ja, wir ermitteln in die Richtung. Schmitz hat die Drogen beschafft, Brinkmann war der Kontaktmann zur Partei.«

Emma schaute über die Schulter durch das weiträumige Treppenhaus. Alles war still, die Türen geschlossen. Sie trat noch einen Schritt näher an Blume heran.

»Was ist schiefgelaufen?« Blume sah sie schweigend an. Dann wusste sie die Antwort.

»Marlon.«

»Wir nehmen es an. Unser V-Mann bekam mit, dass es Streit gab. Die Tschechen wollten bezahlt werden, aber Rocco hatte das Zeug nicht verkaufen können. Brinkmann wollte nicht mehr mitmachen, er hielt die Ware zurück. Schmitz hat keine Rücklagen, seine Umsätze sind nach dieser Kampagne der Linken total eingebrochen. Die Tschechen gehen mit Schuldnern nicht zimperlich um.«

»Wenn ihr schon alles wisst, warum habt ihr Schmitz nicht verhaftet?« Emma sah Blume an. Sie sagte:

»Es geht euch gar nicht um den Mord. Es geht um die Wahl, nicht wahr?«

Blume strich Emma mit seinen Fingern über den Kopf.

»Deine Haare sind ganz verklebt. Ist das Blut? Du bist ja doch verletzt!«

Emma schüttelte unwillig den Kopf. Blume ließ seine Hand bis zu ihrer Schulter gleiten.

»Emma, der Mord wird aufgeklärt. Aber in zwei Wochen stehen die Wahlen an. Wenn wir den Schmitz jetzt verhaftet hätten, dann haben wir einen Mordfall mit zwei Drogendealern, die zufällig auch noch rechtsradikale Ansichten haben. Wenn wir aber nachweisen können, dass mit dem Geld aus dem Drogenhandel systematisch die Jugendarbeit der Rechten Liga finanziert wurde, dass Posten aus der Parteikasse für den Einkauf der Drogen unterschlagen wurden und dass bis in die Führungsspitze jeder Bescheid wusste – wenn wir das nachweisen können, Emma, dann bringen wir diesmal den Verbotsantrag durch.«

Er legte ihr seine Hände auf die Schultern und sagte eindringlich: »Verstehst du, warum du noch nicht über den Pastor berichten solltest? Wir brauchen ein paar Stunden Vorsprung. Unser V-Mann ist dran. Kommt das jetzt groß in die Öffentlichkeit, dann ist ganz schnell die Frage da, worum es hier eigentlich geht. Und dann vernichten die Brüder alle Beweise und halten die Füße still. Dann haben wir keine Chance mehr.«

Emma sah noch immer aus dem Fenster. Blume nahm seine Hand von ihrer Schulter. Emma spürte die Wärme, die er ausstrahlte. Sie hätte sich gerne an ihn gelehnt. Blume sagte:

»Ich brauche dich, um an die Frau ranzukommen. Gesine Lorenz.«

»Die Lehrerin?«

Er drehte sich zu ihr und nickte. Emma versuchte einen Scherz zu machen, obwohl ihr nicht danach zumute war.

»Zieht dein Charme bei ihr nicht?«

Blume lächelte nicht mal.

»Sie ist der Schlüssel, ich bin mir sicher. Sie war die Geliebte von Brinkmann, und sie ist in der Szene, wenn auch nicht offiziell.«

Emma rieb sich die Schläfen. Der Kopfschmerz löste sich allmählich aus der Betäubung und kehrte zurück.

»Emma, wir brauchen das Zeug als Beweis, sonst kriegen wir nicht mal einen Haftbefehl. Ich bin mir sicher, dass sie weiß, wo Brinkmann es deponiert hat.«

Emma nickte langsam. So rächen sich kleine Lügen, dachte sie. Blume gegenüber hatte sie so getan, als wären sie und die Frau vertraut miteinander. Dabei hatte sie keine Ahnung, wie sie etwas aus ihr herausbekommen sollte. Entschlossen holte sie Luft.

»Was springt für mich dabei raus?«

Blume sah sie erleichtert an.

»Du bekommst die Geschichte exklusiv. Wenn der Haftbefehl steht. Aber Emma«, er sah ihren interessierten Blick und hob abwehrend die Hand, »bis dahin muss das alles unter uns bleiben. Kein Wort. Auch nicht zu Bente oder Schneider. Wenn das platzt, weil die Presse es vorab versaut, dann...«

»Bist du deinen Job los.«

Er sah sie wütend an.

»Dann wird die Rechte Liga das Ganze zu Werbezwecken ausschlachten, den Rechtsstaat lächerlich machen und in den Landtag einziehen.«

Emma fragte sich, ob er übertrieb, um sie zu überzeugen. Sie räusperte sich.

»Ich muss los.«

Zögernd ging sie einen Schritt auf die Treppe zu. Blume fragte:

»Was ist, hilfst du uns?«

Sie blieb stehen, sah ihn an. Waren seine grauen Haare an den Schläfen mehr geworden? Seine schönen dunklen Augen sahen sie müde an.

»Hilfst du mir?«

Sie schluckte. »Ich denk drüber nach.«

Sie ging langsam zur Treppe.

»Emma?«

Die Hand am Geländer drehte sie sich um und sagte:

»Ich will jetzt zum Pastor ins Krankenhaus.«

»Ich vertraue dir. Aber wenn du uns nicht unterstützt, werde ich mit allen Mitteln gegen dich und deinen Sender vorgehen.«

Die Tür fiel hallend hinter Emma ins Schloss. Blume wartete noch einen Moment, dann zog er sein Smartphone aus der Tasche und wählte die Nummer von Staatssekretär Hirsch. Während es läutete, trat er ans Fenster und sah auf den Vorplatz hinunter. Emma ging über den Platz zum Wagen des Senders. »Hirsch?«

»Herr Hirsch, ich habe Emma Vonderwehr in unsere Pläne eingeweiht.«

In der Leitung blieb es einen Moment still, dann sagte der Mann:

»Das hatten wir anders besprochen.«

Blume holte tief Luft.

»Die Situation hat sich verschärft. Der Vater des Opfers ist angegriffen worden.«

»Was? Ich dachte, das hätten Sie unter Kontrolle?«

Blume beobachtete, wie Emma in den Wagen stieg. Laut sagte er ins Telefon:

»Herr Hirsch, ich übernehme die Verantwortung. Ich kenne Emma. Sie ist jetzt nur noch aufzuhalten, wenn sie weiß, worum es geht.«

Der Staatssekretär sagte eine ganze Weile wieder nichts. Blume blieb still und wartete ab. Schließlich seufzte der Mann am anderen Ende des Telefons und sagte:

»Es ist jetzt eh nicht mehr zu ändern. Ich hoffe, Sie wissen, was Sie tun.«

Blume sagte leise: »Vertrauen Sie mir.« Dann legte er auf.

Im Abgeordnetenhaus behielt Staatssekretär Hirsch den Hörer in der Hand. Ohne es zu merken, begann er, mit den Zähnen zu knirschen. Jetzt hatte er noch einen potentiellen Zeugen, um den er sich kümmern musste, ausgerechnet eine Journalistin. Entschlossen blätterte er in seinem Adressbuch. Ein alter Studienfreund von ihm saß im Bundesnachrichtendienst. Vielleicht gelang es ihm, über den kurzen Dienstweg eine Überwachung zu veranlassen.

Als der Hörer abgenommen wurde, bat er darum, mit seinem Freund verbunden zu werden. Unruhig tippte er mit den Fingern auf die Schreibtischplatte vor ihm. Diese Überwachung durfte auf keinen Fall an die Öffentlichkeit kommen. Je weniger davon wussten, umso besser.

*Brandenburg, Kreisstadt Müncheberg.
Kreiskrankenhaus*

Emma saß auf dem Plastikstuhl vor der Intensivstation und versuchte flach zu atmen. Der Krankenhausgeruch verursachte ihr Übelkeit. Draußen schien hartnäckig die Sonne. Noch immer hatte sich kein Arzt blicken lassen.

Sie stand auf und ging auf die Toilette weiter vorne im Flur. Sie pinkelte, dann stellte sie sich vor den Spiegel im Vorraum und betrachtete ihr Gesicht. Die Wunde am Kopf hatte schnell aufgehört zu bluten, der Schmerz, der sich bis in die Augen zog, war aber stärker geworden. Sie beschloss, sich Tabletten aus der Krankenhausapotheke zu holen.

Das Wasser kam kalt aus dem Hahn, sie ließ es über ihre Handgelenke fließen. Vorsichtig wusch sie sich das Blut aus den Haaren. Das kalte Wasser kühlte ihr Gesicht, sie lehnte sich gegen den Spiegel und schloss für einen Moment die Augen. Dann klappte die Tür, eine Frau kam herein, an der Hand eine kleine Tochter. Was macht die Frau da, wollte das Mädchen wissen, aber die Mutter schob sie schnell in die Kabine.

Die Papiertücher rochen säuerlich, Emma tupfte sich mit ihrem Pullover trocken. Dann ging sie wieder hinaus und setzte sich still auf den Plastikstuhl vor der Intensivstation.

Vom anderen Ende des Flurs näherte sich mit großen Schritten Heike. Emma schnappte nach Luft, als sie sie erkannte. Sie trug noch ihre Arbeitskleidung, ein graublaues Kittelkleid, auf der Brust stand Seniorenstift Rosenheim, darunter ihr Namensschild und eine violette Rose. An ihrer Hand zerrte sie August hinter sich her. Er sah starr auf den Boden und trippelte in kleinen Schritten, bemüht, nicht auf die Striche zwischen den Fliesen zu treten. Ohne Emma zu beachten, klingelte Heike Sturm an der Tür zur Intensivstation. Wieder erschien die Schwester. Heike fragte nach dem Pastor, ihre Stimme kippte hysterisch. Sie versuchte, an der Krankenschwester vorbei einen Blick in die Station zu werfen. Die Schwester schob sie energisch wieder auf den Flur und sagte knapp, der Doktor komme gleich. Heike blieb einen Moment vor der geschlossenen Tür stehen, dann drehte sie sich um und ging ein paar Schritte zur Wand. Sie lehnte sich dagegen und verschränkte ihre Arme. Emma saß ihr jetzt gegenüber und starrte sie an. Ein Abgrund von zwei Metern trennte sie. Emma meinte: »Du hast ja Nerven, hier aufzutauchen!«

Heike antwortete nicht. Nach einer Weile fragte sie im barschen Tonfall: »Wie geht's ihm?«

»Das weiß ich nicht.« Emma warf einen Seitenblick auf August, der zur Besucherbank getrabt war und die Zeitschriften durchblätterte. Sie senkte ihre Stimme. »Er hat viel Blut verloren.«

Heike schluckte, dann sah sie zur Seite. Mit zittrigen Fingern zog sie eine Zigarettenpackung aus der Tasche ihres Kleides, besann sich dann aber und steckte sie wieder ein. Plötzlich kamen ihr die Tränen.

»Wieso kommt denn keiner? Vielleicht ist er schon tot!« Das Weinen verstärkte sich. Heike schlug ihre Hände vor das Gesicht und rutschte langsam die Wand hinunter, bis sie am Boden hockte. Emma stand unschlüssig auf und ging auf sie zu. Wie ein kleines, sehr ängstliches Mädchen kauerte Heike vor dem Krankenzimmer, ihre Schultern zuckten. Emma hatte Mitleid mit ihr, dachte aber auch an ihren Kampf vor wenigen Stunden. Ihr Kopf brummte immer noch.

Als hätte Heike ihr Näherkommen gespürt, nahm sie die Hände von ihrem Gesicht und wischte sich über die Augen. Sie holte tief Luft und bemühte sich, ihre Schluchzer unter Kontrolle zu bringen.

Mit einem Seufzer ließ sich Emma an ihrer Seite nieder. Ihre Schultern berührten sich, und Heike fing wieder an zu weinen. Irgendwann legte Emma ihren Arm um die junge Frau, und die ließ es geschehen. Heike flüsterte: »Sie haben Rocco. Ich hab so Angst.« Eine Weile schwiegen sie. Dann räusperte sich Heike und sagte, etwas lauter: »Tut dein Kopf noch weh?« Emma sagte: »Fast gar nicht mehr.«

Heike kramte ein Taschentuch aus ihrem Kittel und schnäuzte sich lautstark. Dann sagte sie mit einem unsicheren Seitenblick auf Emma: »Entschuldigung.« Emma nickte. Im Flur war es still, bis auf das Rascheln des Filzstiftes in Augusts Hand. Er hatte sich eine Zeitschrift aus dem Stapel gezogen und malte jetzt Schnurrbärte auf die Gesichter. Heike flüsterte:

»Auf einmal standen diese Typen bei uns im Flur. Die knallten Rocco eine, Mann, der ist sofort auf den Boden gegangen, so schnell konnste nicht gucken. Ich war froh, dass August in der Schule war.«

Emma nahm den Arm von Heikes Schulter und setzte sich aufrecht hin. Sie sagte:

»Sie haben die Drogen gesucht, nicht wahr?«

Heike sah Emma erstaunt an. Langsam nickte sie.

»Sie meinten, wenn er nicht zahlen könnte, wollten sie die Ware zurück. Rocco sagte, er hat sie nicht mehr. Sie haben auf ihn eingedroschen, ich hab nur noch geschrien. Da hat er dann gesagt, der Pastor hätte das Zeug. Ich hab aber gleich gemerkt, dass er lügt.«

Heike sah an ihr vorbei zu August.

»Sie haben uns zum Auto gezerrt und gesagt, wir sollten vorfahren. Rocco meinte im Auto zu mir, ich sollte die Typen bei der Kirche ablenken und er würde abhauen.«

»Und dich und den Pastor alleine lassen? Schöner Freund.«

Heike kamen wieder die Tränen. Sie schluckte kräftig und meinte dann mit rauer Stimme:

»Er hat gesagt, sie wollten nur ihn, uns würde schon nichts passieren. Aber dann hatten uns die Tschechen gleich am Wickel. Der Pastor war so überrascht. Sie haben ihn einfach umgeworfen und auf ihn getreten. So einen alten Mann!«

Emma warf einen Seitenblick auf Heike. Die Brutalität der Rechten hat dich bisher auch nicht sonderlich gestört, dachte sie. Aber sie sagte nichts, sie wollte jetzt nicht Heikes Redefluss unterbrechen.

»Rocco wollte abhauen. Die Tschechen sind hinter ihm her. Da hat der Pastor mich in den Schrank gesteckt und sich selbst eingeschlossen. Dann hörte ich nur noch Rocco fluchen. Der Pastor schrie policejní, policejní, immer wieder. Und dann die Schüsse. Dann war alles still. Und dann kamst du.«

Emma wusste nicht, was sie sagen sollte. Wieder saßen sie stumm eine Weile da.

Ein Mann in weißem Kittel kam aus dem Zimmer. Die Frauen beeilten sich, auf die Beine zu kommen. Heike kreischte hysterisch auf: »Ist er tot, ist er tot?« Der Arzt wich vor ihr zurück, er sah Emma an und fragte: »Sind Sie seine Tochter?« Emma zögerte, dann sagte sie: »Wir sind sozusagen die Töchter seiner Gemeinde. Er ist Pastor.« Der Arzt sah sie prüfend an. Emma räusperte sich und sagte: »Sein Sohn ist letzte Woche gestorben. Er hat nur noch uns.«

Der Arzt sah die beiden Frauen an, dann seufzte er und meinte: »Wir mussten ihn in ein künstliches Koma legen. Er wird vermutlich den Arm verlieren.«

Keine sagte ein Wort. Der Arzt fuhr sich durch sein spärliches blondes Haar.

»Wir tun, was wir können. Aber die Verletzungen sind gravierend. Gehen Sie nach Hause, Sie werden ihn frühestens morgen sehen können.«

Emma sagte: »Ich lasse Ihnen meine Telefonnummer da. Könnten Sie mich anrufen, wenn es eine Veränderung gibt?«

Der Arzt nickte. Er nahm die Visitenkarte von Emma in die Hand und steckte sie achtlos in seine Kitteltasche.

»Wir haben Anzeige erstattet. Die Polizei wird sicher gleich da sein. Hat einer von Ihnen den Vorfall beobachtet?«

Emma sah zu Heike. Die schüttelte den Kopf und zog wieder ihre Zigarettenschachtel raus.

Der Arzt sagte: »Bitte warten Sie noch auf die Polizei. Und Rauchen ist im Gebäude verboten.«

Er lächelte noch einmal müde in die Runde und verschwand wieder hinter der Glastür. Heike steckte sich eine Zigarette an und blies den Rauch gegen die Tür. Irgendwo schrie jemand, dann hörte man nur noch ein leises Wimmern. Schnelle Schritte auf Gummisohlen, die über den Boden quietschten. Heike nahm noch einen Zug, inhalierte tief und stieß den Rauch den Polizisten entgegen, die auf sie zukamen. Es waren zwei, sie wiesen sich aus als ortsansässige Beamte und fragten sie, was sie beobachtet hatten. In erster Linie erzählte Heike. Beim Pastor sei sie nur zu Besuch gewesen, als mehrere ausländische Männer hereingestürmt seien. Ihren Freund Rocco hätten sie mitgenommen.

Ein Fahndungsbefehl laufe bereits, sagte einer der Beamten und sah seinen Kollegen vielsagend an. Emma vermutete, dass Blume das veranlasst hatte. Auf einmal wandte Heike den Kopf und sagte dann mit zitternder Stimme: »Wo ist August?«

Die Frauen sahen sich erschrocken an. Keiner hatte auf den Jungen geachtet.

Berlin, Charlottenburg

Bei den Treppen am U-Bahn-Tunnel nahm Bente zwei Stufen auf einmal. Ein paar Jungs klapperten mit ihren Skateboards die Kofferschneise herunter, einer rotzte ihr vor die Füße. Normalerweise hätte sich Bente darüber aufgeregt. Heute bemerkte sie es nicht einmal.

Sie hatte Martin eine SMS geschrieben, es gäbe etwas zu feiern, aber sie käme erst spät. Er und die Mädchen sollten mit dem Essen nicht auf sie warten. Das fing ja gut an. Aber sie musste sich doch erstmal einarbeiten. Vielleicht konnte sie ja auf dem Heimweg eine Flasche Champagner kaufen.

Ein Obdachloser lag am Treppenabsatz, Bente wäre fast gestolpert. Sie kramte nach ihrem Portemonnaie und legte ihm einen 5-Euro-Schein auf die Brust. Der Mann sah sie unbewegt an, als wüsste er nichts damit anzufangen. Bente ging schnell weiter.

Ein neues Auto musste sein, es lohnte sich einfach nicht mehr, den Peugeot zu reparieren. Und der Schornstein, der fiel ihnen bald auf den Kopf. Vielleicht konnten sie noch einen kleinen Kredit aufnehmen und einen Kaminofen besorgen. Das hatten sie jetzt lange genug aufgeschoben.

Vor dem Einkaufszentrum sah sie Schneider die Stufen herunterkommen. Sie überlegte eine Sekunde, sich hinter einem Bücherständer zu verstecken. Aber dann war es ihr zu dumm, schließlich hatte er ihr nichts vorzuwerfen. Sie warf ihr langes dunkles Haar in den Nacken und ging auf den Eingang zu. Schneider stand auf der untersten Stufe zum

Bürgersteig und blinzelte ins Licht wie eine Laborratte, die in die Natur ausgesetzt wurde. Bente blieb vor ihm stehen und wollte ihn grüßen, etwas sagen, genieß den Tag, zum Beispiel oder, komisch sieht das aus hier, am hellen Nachmittag, oder etwas in der Art. Aber sie brachte keinen Ton heraus.

Schneider sah sie an. Langsam verzog er seinen Mund – er lächelte. Auch er schien nach Worten zu suchen. Dann endlich nickte er ihr wortlos zu und ging an ihr vorbei auf den Bürgersteig. Bente blieb stehen und sah ihm hinterher. Bald war Schneider im Gewühl der Menschen verschwunden. Bente drehte sich um und ging langsam die Stufen hoch. Sie fuhr mit dem Fahrstuhl in die Funkhauszentrale im fünften Stock.

Brandenburg, Kreisstadt Müncheberg.
Kreiskrankenhaus

Sie waren durch das ganze Gebäude gelaufen und hatten jeden nach einem zehnjährigen Jungen in einem hellblauen Anorak gefragt. Sie schwärmten aus und trafen dann wieder in der Halle zusammen. Die Polizisten sprachen in ihr Funkgerät, und Emma versuchte, das aufkommende Panikgefühl zu unterdrücken. Heike hatte rote Flecken im Gesicht und lief ernst und verbissen immer weiter.

Sie fanden ihn schließlich in der Krankenhauskapelle. Er kniete vorne neben einer Muttergottesstatue und wandte nicht den Kopf, als sie die Tür aufrissen und bei seinem Anblick erleichtert halb weinend, halb lachend nach Luft schnappten. Heike lehnte sich an die Tür. Sie sah aus, als wenn sie gleich wieder anfangen würde zu weinen, aber sie atmete tief durch und wischte sich über die Stirn.

Emma stützte sich mit den Händen auf den Oberschenkeln ab und versuchte wieder Luft zu bekommen. Dann gab sie Entwarnung bei den Polizisten und dem Krankenhauspersonal. Nach einer Weile kam sie zurück. Sie blieb dicht vor Heike stehen und sagte:

»War Rocco Samstagnacht bei Lukas Brinkmann?«

Heike wich ihrem Blick aus. Sie war bleich im Gesicht, sagte aber nichts. Emmas Handy vibrierte. Sie warf einen Blick auf das Display, es war Bente. Bevor sie den Anruf annehmen konnte, hatte Heike sie am Arm gepackt. Sie flüsterte: »Bitte, sag niemandem, wo wir sind!«

Emma sah sie nachdenklich an. Ihre Mailbox sprang an, aber Bente hinterließ keine Nachricht. Wenige Sekunden später kam die SMS – Ruf mich an, ist wichtig. Bente.

Heike ließ ihren Arm los. Sie ging ein paar Schritte in die Kapelle hinein und setzte sich auf die hinterste Bank. August kniete noch immer vorne. Er hatte sich nicht umgedreht. Emma ging zu Heike, setzte sich in die Reihe vor ihr und drehte sich zu ihr um.

»Hast du jemanden, bei dem ihr euch verstecken könnt?«

Heike sah an ihr vorbei auf August. Nach einer Weile schüttelte sie den Kopf und flüsterte:

»Die kennen sich doch alle. Von denen hält keiner dicht.«

Emma seufzte. Heikes Lippen zitterten. »Emma, ich hab so Angst. Was sollen wir denn machen?«

Emma sah sie an und überlegte. Dann stand sie auf. »Warte mal kurz, ich geh mal eben telefonieren.«

Heike sah sie erschrocken an. Emma hob beruhigend die Hand. »Keine Sorge. Ich komme gleich wieder.«

Emma suchte sich draußen einen Platz auf breiten Holzbänken zwischen Patienten in Bademänteln und telefonierenden Besuchern. Fast alle rauchten. Die Kinder hielten statt einer Zigarette riesige Eiswaffeln in den Händen, Lohn für das Ausharren am Krankenbett.

Emma wählte Helenes Nummer. Sie war zuhause und reagierte erfreut auf den Anruf ihrer ältesten Tochter. Emma erzählte ihr knapp von Heike und August und bat ihre Mutter, sie für ein paar Tage aufzunehmen. Helene zögerte nicht lange und sagte, sie würde heute Abend auf die beiden warten.

»Du, Emma – sind diese Typen auch hinter dir her? Ich meine, bist du …«

»Nein, Mama. Mach dir keine Sorgen. Danke, dass du mir hilfst.«

Eine Weile blieb es still, und Emma hoffte, dass ihre Mutter nicht weiterfragte.

Eine hochschwangere Frau ging langsam und gekrümmt auf dem Kiesweg vor ihr. Der zukünftige Vater hielt ihre Hand und sah sie ängstlich an. Emma wandte den Blick ab. Helene sagte:

»Pass auf dich auf, meine Süße. Wir sehen uns am Samstag.«

Emma schluckte. »Ja, am Samstag.«

Helene legte auf, und Emma hielt noch einen Moment das Telefon ans Ohr. Dann holte sie tief Luft und wählte die Nummer der Redaktion. Bente nahm ab, ihre Stimme klang anders als sonst, knapp und etwas schrill.

»Emma, wo bist du, was machst du?«

»Ich bin im Krankenhaus. Keine Sorge, ich bin okay. Der Pastor ist angeschossen worden, und Schmitz ist verschwunden. Blume hat mir einen Maulkorb verpasst.«

»Kannst du trotzdem etwas davon bringen?«

»Ja, aber nur für die Nachrichten. Ich fahr nachher ins Funkhaus.«

»Soll ich auf dich warten? Ich bin sowieso noch 'ne Weile hier.«

»Brauchst du nicht. Ich kann mit Schneider reden.«

»Da wirst du kein Glück haben. Schneider ist gegangen.«

»Jetzt schon? Dann ruf ich ihn nachher aus dem Sender an.«

Bente schwieg einen Moment. Die Frau auf dem Kiesweg stöhnte. Ihr Freund sah sich verlegen um.

»Emma, pass auf dich auf. Dein Name ist in einem Blog aufgetaucht.«

Emma spürte, wie sich etwas in ihr zusammenzog.
»Was für ein Blog? Was steht da?«
»Ich schick dir den Link.«

Berlin, Charlottenburg.
Redaktion BerlinDirekt

Bente legte auf. Sie fror im kalten Zimmer, aber ohne Frischluft war der Raucherdunst hier nicht auszuhalten. Schneiders Schreibtischstuhl verursachte ihr Rückenschmerzen, ihre Knie stießen an die Tischkante, aber der Schraubmechanismus war eingerostet. Im engen Raum hatte sie das Gefühl, keine Luft zu bekommen. Vor ihr lagen der Wochenplaner und verschiedene Umlaufmappen, vollgestopft mit Zetteln, auf denen die unleserliche Handschrift von Schneider stand. Bente beschloss, sich die Sachen an ihrem Platz drüben im Großraumbüro anzusehen. Sie holte tief Luft und versuchte sich zu freuen. Wenn sie alles geprüft hatte, würde sie zu dem Delikatessenladen an der Ecke gehen und die teuerste Flasche Champagner kaufen.

Brandenburg, Kreisstadt Müncheberg.
Kreiskrankenhaus

Hier.«

Emma hielt Heike einen kleinen Zettel hin und sagte: »Das ist die Adresse meiner Mutter in Bremen. Ich fahre euch jetzt nach Berlin, dann nehmt ihr den nächsten Zug.«

Heike sah sie an, als verstünde sie nicht, was sie gerade gehört hatte. Emma drückte ihr den Zettel in die Hand. »Am besten sagt ihr niemandem, wo ihr hinwollt, und ruft auch nicht an.«

Heike starrte auf den Zettel in ihrer Hand und flüsterte: »Wenn ich noch mal fehle, schmeißen die mich raus.«

»Ich klär das. Gib mir die Adresse, ich rufe dort an. Ich sage, du hast einen Schock nach dem Überfall. Das ist vermutlich nicht mal gelogen.«

Heike sah Emma an. Etwas in ihrem Blick veränderte sich. Ihre Augen begannen zu schwimmen, aber sie holte tief Luft und drückte die Tränen weg. Sie nickte und sagte leise:

»Ich wollte nicht, dass dem Pastor was passiert.« Sie schluckte. »Die Partei will das Pfarrhaus übernehmen. Nach der Wahl. Als Ausbildungszentrum. Ich will da mitmachen. Ich kann gut mit Menschen umgehen.«

Emma fragte: »Was war in der Nacht? Als Lukas starb?«

Heike zögerte. Sie schloss ihre Finger um den Zettel und senkte die Augen. Emma sagte leise.

»Du hast ihn gemocht, oder? Den Lukas?«

Die junge Frau drehte sich weg. Emma seufzte und betaste vorsichtig ihre Wunde am Kopf.

»Wir sollten losfahren. Je schneller ihr beide hier raus seid, desto besser.«

Heike nickte. Emma ging zu August nach vorne in die Kapelle und setzte sich neben ihn auf die Bank.

»August, du machst jetzt mit deiner Schwester einen Ausflug. Ihr fahrt für ein paar Tage nach Bremen. Es wird dir gefallen!«

August hatte noch immer starr nach vorne gesehen. Jetzt drehte er seinen Kopf zu ihr und sagte: »Er hat gesagt, er bleibt immer bei mir.«

»Wer, der Pastor?«

»Nein, nicht der Pastor. Mein Bruder. Marlon. Er hat gesagt, wir müssten aufeinander aufpassen. Warum hat er das gemacht, Emma?«

Emma nahm seine Hand. »Ich weiß es nicht, August. Ich kannte ihn nicht.«

Der Junge sagte leise: »Vielleicht habe ich nicht gut genug auf ihn aufgepasst.«

Emma seufzte und strich ihm über den kahlen Kopf. »Du bist nicht schuld, August. Erwachsene machen manchmal komische Dinge.«

»Aber er war doch noch gar nicht richtig erwachsen.«

Er drehte sich wieder um und starrte nach vorne. Keine Träne fiel, aber seine Unterlippe zitterte. Emma streichelte seine Hand. Sie wusste nicht, was sie sagen sollte. Heike kam auf sie zu. Sie kniete sich neben August vor die Bank und sprach leise mit ihm.

»Komm jetzt, wir müssen hier weg.«

August wandte den Kopf und sah zu Emma. »Ich muss Burschi holen.«

Emma stand auf.

»Das geht nicht, August. Du kannst ihn nicht mitnehmen.«

Er wollte etwas sagen, aber Heike meinte schnell:

»Ich ruf die Frau Adam an, okay? Die hat ihn doch schon öfter genommen.«

Er nickte langsam. »Du, Heike«, er zog die Nase hoch, »ich hab ganz doll Hunger.«

Emma stand auf und meinte:

»Komm, wir beide essen was in der Kantine. Und deine Schwester ruft jetzt diese Frau an, die sich um Burschi kümmern soll.«

Sie zog ihn mit sich, und alle drei verließen die Kapelle. Emma und August folgten den Schildern zur Krankenhauskantine, Heike steuerte den Ausgang an. Emma wollte ihr noch etwas sagen und wäre beinahe mit einer Krankenbahre zusammengestoßen, die ein Pfleger schwungvoll aus dem Aufzug rollte. Ein älterer Mann lag darauf, der mit glasigem Blick an die Decke schaute. Er erinnerte Emma an ihren Vater. Wortlos starrte sie den Mann an, alte Bilder stiegen in ihr auf. Noch aus dem Krankenhaus heraus hatte ihr Vater versucht, sich mit seiner Frau zu versöhnen. Aber Helene hatte sich nicht überwinden können, ihm die Hand zu reichen. Emma starrte noch immer den Mann auf der Bahre an, sie schluckte an einem Kloß im Hals. Damals war sie auf Helenes Seite gewesen. Heute machte sie diese Härte wütend. Sie hatte ihren Vater vermisst und es sich aus Loyalität zur Mutter versagt, traurig zu sein. Und dann war ihr Vater gestorben.

Der Pfleger grinste sie an, als er das Bett an ihr vorbeirollte. August zupfte an ihrem Ärmel. »Komm, Emma!« Sie nickte.

In der Kantine wollte er Würstchen und Pommes und hinterher ein Eis. Sie versprach es ihm und trug das Tablett an einen Tisch, von dem aus er den kleinen Fernseher in der Mitte des Raumes im Blick hatte.

Mechanisch löffelte sie ihre Suppe, während August die Pommes in sich hineinstopfte, den Blick fest auf den Fernseher gerichtet. In ihrer Tasche surrte das Handy. Nachrichten, die über die Arbeitsadresse geschickt wurden, hatte sie mit dem akustischen Signal gekennzeichnet. Sie schob die halbleere Suppentasse von sich und zog das Telefon heraus.

Die Mail war von Bente, nur ein Gruß und der Link. Emma öffnete ihn. Ein schlechtes Foto von ihr baute sich auf. Sie stand auf dem Gemeindeplatz in Hofsmünde, neben ihr war noch der blaue Anorak von August zu sehen. Sie kniff die Augen zusammen und schien gerade etwas über den Platz zu rufen, vermutlich zu Schmitz und seinen Freunden. Sie sah ängstlich und wütend aus. Der Blogger hatte sie als linke Zecke benannt, der man es mal richtig besorgen müsste. »Also Jungs, wer gerade in der Nähe ist – tut uns den Gefallen!!!« Darunter standen ihr vollständiger Name und ihre Adresse. Emma schluckte und besah sich den Link genauer. Der Blog wirkte harmlos, angepriesen als Ort der wertkonservativen Diskussion. Im Impressum stand ein Vereinsname aus Sachsen.

Emma klickte das Bild weg und fasste das Telefon mit beiden Händen. Sie hatte auf einmal das Gefühl, sie brauche frische Luft. Abrupt stand sie auf und sagte: »Ich schau mal eben, wo Heike bleibt.« August hob nicht den Kopf. Emma verließ in großen Schritten die Kantine. Draußen vor der Tür des Krankenhauses sog sie gierig die kalte klare Luft ein. Heike lehnte an einem Pfeiler und telefonierte. Sie wirkte entspannt und lachte in den Hörer. Als Emma näher kam, hörte sie sie sagen: »So viel andere Geschäfte haben die da auch nicht. Das gibt's doch längst auch alles bei uns. Aber wenn ich was sehe, dann…«

Emma riss ihr wütend das Handy aus der Hand und machte es aus. Erschrocken sah Heike hoch, dann fauchte sie halblaut:

»Spinnst du? Kannst du mir mal sagen, wieso du…«

»Dein Freund ist entführt worden, du sollst in Sicherheit gebracht werden, und dann stehst du hier und erzählst was von Klamottenläden, oder was?«

Emma merkte, dass sie zu laut sprach, ein paar der Krankenhausgäste sahen neugierig zu den beiden Frauen herüber. Sie senkte die Stimme, noch immer wütend.

»Hast du der Frau erzählt, wo du hinfährst?«

Heike sah sie verunsichert an. Langsam schüttelte sie den Kopf.

»Ich hab nur ganz allgemein Westdeutschland gesagt.«

Ohne ein weiteres Wort drehte sich Emma um und ging zurück zum Eingang. Heike stapfte hinter ihr her, den Mund trotzig verzogen. Sie holten August, der sich nur ungern von dem Fernseher trennte, und gingen zum Besucherparkplatz. August kletterte hinten in den Wagen, Heike setzte sich auf den Beifahrersitz, und Emma startete das Auto. An der Schranke sah sie starr nach vorn. Als jemand hinter ihr hupte, schrak sie zusammen. Die Schranke war offen. Emma machte einen Satz nach vorn und hätte fast eine Fußgängerin gerammt. Erschrocken schimpfte die Frau in ihre Richtung. Emma gab Gas. Es war voll geworden, Emma sah müde Gesichter, Berufstätige, vermutete sie, die gleich nach Büroschluss ins Krankenhaus fuhren. Am Zebrastreifen hielt sie, eine Frau mit drei Kindern ging vor ihnen über die Straße. Ohne sich zur Seite zu drehen, fragte Emma:

»Der Pastor war euer Vormund, hat er mir erzählt. Das heißt, solange du noch nicht volljährig warst.«

Keine Reaktion. Jetzt warf Emma doch einen schnellen Blick nach rechts. Heike wies mit dem Kinn nach vorn.

»Jetzt ist frei.«

Emma gab Gas und fuhr vom Krankenhausgelände auf die Landstraße.

»Der Bürgermeister hat mir mal erzählt, dass der Pastor ganz schön schwierig war. Ein Querulant. Fandest du das auch?«

Wieder Stille. Dann seufzte die jüngere Frau, drehte sich zum Fenster und sagte bestimmt in abschließendem Tonfall:

»Er hat sich gut um uns gekümmert.«

Emma beließ es dabei. Eine Weile fuhren sie schweigend weiter. Draußen wurde es dunkel, und es hatte wieder zu regnen angefangen. Emma kniff ein wenig die Augen zusammen, die Sicht war schlecht. Sie war müde, und ihr Kopf schmerzte, sie hatte vergessen, sich Tabletten in der Krankenhausapotheke zu besorgen. Bilder stürmten auf sie ein, Heike aufgelöst im Pfarrhaus, der Pastor blutend auf dem Boden und August, der kerzengerade in der Kapelle saß und auf das Kreuz schaute. Ihr Bild im Internet. Ob Schmitz das veranlasst hatte? Wo war er – lebte er noch? Als Onlinehändler wusste er sicher, wie er sich als Absender verbergen konnte. Vermutlich hatte er Lukas getötet. Und Heike versteckte sich jetzt im Westen.

An der Autobahnauffahrt wurde gebaut. Emma drosselte das Tempo. Die roten Warnlichter leuchteten durch den trüben Spätnachmittag. Heike murmelte etwas. Emma beugte sich leicht zu ihr rüber. »Was hast du gesagt?«

»Hoffentlich lebt Rocco noch.«

»Komisch, das hab ich auch gerade gedacht.«

Heike sah sie von der Seite an, ein kleines Lächeln. Emma fragte:

»Wollte Rocco denn immer noch weiterdealen? Obwohl das mit deinem Bruder Marlon passiert war?«

Heike schwieg eine Weile. Die Scheibenwischer quietschten. Emma stellte sie auf Intervall. Heike sagte leise:

»Das war eben sein Geschäft.« Sie sah wieder aus dem Fenster.

»Das alles war ein Riesenunfall. Daran hatte keiner Schuld. Marlon hat doch nie Drogen genommen.«

Na klar, und Elvis auch nicht, dachte Emma. Sie meinte leise:

»Aber August hat mir das Crystal gezeigt. Er hat es in Marlons Zimmer gefunden.«

Heike seufzte. Sie warf einen Blick auf die Rückbank, drehte sich dann aber wieder nach vorn. »Ich weiß nicht, wie das Zeug in sein Zimmer kam. Ich hab ihn nie so erlebt. So – wie die anderen. Er war anders. Er wollte immer nur weg.«

August gab ein Geräusch von sich. Emma drehte sich rasch um. Er zog die Beine an, legte sich auf die Rückbank und schloss die Augen. Emma drehte sich wieder nach vorn und fragte etwas leiser:

»War Rocco in der Nacht bei Lukas?«

Wieder schwieg Heike lange. Emma überholte einen Laster, der nah an der Mittellinie fuhr. Als sie die Spur wechselte, sagte Heike:

»Rocco war schon seit Tagen schlecht drauf. Erzählt hat er nix. Als wenn die mir was erzählen.«

»Und in der Nacht?«

»Er war stinksauer.«

Heike versuchte ein Grinsen.

»War geblitzt worden. Der hat schon zweimal den Führerschein weg, so für einen Monat und so. Das wär echt mal ein Ding, wenn der nicht mehr fahren darf.«

»Hat er erzählt, was passiert ist?«

»Nee, Quatsch.«

Die Straße war jetzt frei. Emma blieb rechts, während links von ihr die Autos aufheulten und Vollgas gaben. Heike drehte an ihren Ringen. Ihre Hände hielt sie im Schoß verknotet.

»Ich bin wach geworden. Rocco war am Telefon, richtig geschrien hat der. Du musst mich da raushauen, hat er gesagt. Ich brauch das Auto und so. Also, der hatte richtig Schiss wegen seinem Führerschein.«

Emma sah noch einmal kurz nach hinten. August schlief. Sie fragte:

»Und sonst? Hat er sonst noch was erzählt von der Nacht?«

»Nee. Ich hab so getan, wie wenn ich schlafe. Weil, weißte«, sie sah kurz zu Emma, »wenn der sauer ist, dann will der immer mit mir schlafen. Und das ist dann nicht gerade Blümchensex, verstehste.«

Emma schwieg eine Weile. Dann sagte sie: »Mal ehrlich, was findest du eigentlich an dem Typen?«

Heike sah nach vorn. Sie schien zu lächeln. »Meistens ist der ja ganz lieb. Und da ist immer was los.«

Sie sah zu Emma. »Mir geht's nicht um die Kohle. Echt nicht. Aber der will was, verstehste? Der hat Ehrgeiz. Und den hab ich auch.«

»Und Marlon?«

Vor ihr war ein Großlaster. Emma blinkte, um links zu überholen, aber keiner ließ sie dazwischen. Sie riss das Steuer hart nach links, der Autofahrer hinter ihr bremste und ließ die Lichthupe aufleuchten. Emma sah stur geradeaus und scherte vor dem Laster wieder rechts ein. Dann fiel ihr die Stille im Wagen auf. Heike sah wieder nach rechts aus dem Fenster. Dann drehte sie sich zu Emma.

»Als meine Eltern den Unfall hatten, da war ich gerade 16. Ich hatte immer die Jungs. Der Pastor, der hat uns geholfen, klar, aber ich war doch mit den Jungs zuhause.«

Sie schwieg. Die Scheibenwischer quietschten, und Emma stellte sie aus. Heike meinte:

»Ich bin jetzt auch mal dran.«

Emma sah sie an, aber Heike schaute nach vorn. Den Rest der Fahrt schwiegen sie.

Am Bahnhof weckten sie August. Emma holte am Schalter Fahrkarten mit ihrer EC-Karte, kaufte etwas Proviant und gab Heike ihren letzten Zwanziger.

»Nehmt euch ein Taxi, wenn ihr da seid.«

Heike nickte. Etwas unbeholfen standen die beiden voreinander und wussten nicht, wie sie sich verabschieden sollten. Schließlich beugte sich Emma zu August und umarmte ihn.

Auf dem Gleis standen nur wenige Leute. Heike beobachtete ihren kleinen Bruder, der am Geländer turnte. Sie drehte sich zu Emma:

»Darf man im Zug rauchen? Nee, oder?«

»Nein.«

Heike seufzte. Sie hielt ihre Plastiktüte mit dem Proviant im Arm und sah sehr jung aus. Als der Zug kam, kletterte sie mit August in den Wagen. Emma winkte, bis sie nicht mehr zu sehen waren.

Berlin, Charlottenburg. Redaktion BerlinDirekt

In der Redaktion ging es hektisch zu. Ein Feuer war in der Nähe des Flughafens ausgebrochen und behinderte mit Rauchschwaden den Flugverkehr. Drei Kollegen saßen am Telefon und versuchten, den jeweils aktuellen Stand für die Nachrichten zu erfahren. Der Ü-Wagen war zur Brandstelle gefahren, und Susanne, die Spätredakteurin, war dabei, den Sendeplan umzustellen. Als Emma an ihr vorbeiging, sah sie von ihrem Telefon hoch und legte eine Hand über die Sprechmuschel.

»Ich hab dir auf den AB gequatscht, gilt jetzt aber nicht mehr. Kannst du gleich noch mal kommen, dann reden wir.«

Emma nickte und ging zu ihrem Schreibtisch. Drei Anrufe hatte ihr Telefon während der Autofahrt gespeichert. Susanne wollte eine Zusammenfassung für die 19-Uhr-Sendung, Bente fragte, ob sie sich den Blog angesehen hatte, und Sebastian, wann sie endlich den Dienstwagen zurückbringen würde.

Bei der letzten Nachricht grinste Emma. Sie nahm den Autoschlüssel aus der Tasche und rief Sebastians Namen. Als er sich umdrehte, warf sie ihm die Schlüssel quer durch das Großraumbüro zu.

»Hier, hab sogar getankt.«

Sebastian fing die Schlüssel auf. Sein Gesicht lief rot an, und er drehte sich abrupt wieder um. Ein paar der Umsitzenden lachten.

Emma suchte die Nummer von Heikes Arbeitgeber heraus

und erzählte der Vorgesetzten von dem Überall. Die Frau stöhnte, beharrte auf der Krankschreibung und legte dann auf. Wie es Heike ging, schien sie nicht zu interessieren.

Susanne hatte ihr Telefongespräch beendet, und Emma ging zu ihr. Sie ließ sich auf den Stuhl schräg hinter ihr fallen, und Susanne drehte sich halb zu ihr um.

»Ich wollte eigentlich eine Zusammenfassung von dir. Was seit dem Mord passiert ist. Ermittlungen, Pressekonferenz heute. Aber das bringe ich jetzt doch nicht mehr unter. Oder gibt's noch was Neues?«

»Der Vater vom Mordopfer ist heute angeschossen worden. Täter unbekannt, vermutlich ausländische Drogenbanden. Sie haben einen Neonazi aus dem Umfeld des Toten entführt.«

Susanne sah sie mit offenem Mund an. »Was kannst du davon bringen?«

»Nur die Tat, keine Aussagen von der Polizei. Eine Meldung für die Nachrichten.«

Susanne überlegte einen Moment. Emma stand vor ihr und beobachtete sie. Seit wann entschied sie das alleine? Wo war Schneider? Dann sagte die Redakteurin:

»Der Brand ist für die Berliner wichtiger. Wir nehmen dich auf die Zwei. Kriegst du die Pressekonferenz und den Rest in einer Meldung unter?«

Emma nickte.

Susanne drehte sich zu ihrem Schreibtisch und nahm wieder das Telefon zur Hand. Über die Schulter sagte sie:

»Denk an den Zeitbezug. Oder mach besser noch einen Aufsager für morgen früh.«

Emma stand auf und ging zu ihrem Platz zurück. Der Cursor blinkte. Aber Emma nahm zuerst den Telefonhörer in die Hand und wählte die Durchwahl der Verkehrszentrale.

»Ja?« Arianes Stimme klang gehetzt. Rushhour, Feierabendverkehr. Hochbetrieb für den Verkehrsfunk.

»Ariane, ich stör dich nur ganz kurz. Hier ist Emma. Kannst du mir sagen, ob es einen Blitzer gibt auf der B5 Richtung Hoppegarten?«

Ariane stöhnte. »Wie dringend brauchst du's?«

»Nicht dringend. Irgendwann in der nächsten halben Stunde?«

»Ok. Ich schick dir 'ne Mail.«

Emma bedankte sich und legte auf. Ein Blick auf die Uhr: noch zwanzig Minuten bis zur Sendung. Sie holte tief Luft und zog die Tastatur ran.

Als Leadsatz für den Nachrichtensprecher wählte sie den Anschlag auf den Pastor. Aktuell geht vor. Fokus auf den Zustand des Verletzten, mögliche Täter?

»Die Polizei ermittelt im Drogenmilieu. Hans Brinkmann ist der Vater des Berliner Neonazis Lukas Brinkmann, der vergangenen Sonnabend ermordet in seiner Wohnung gefunden wurde.«

Damit der Schlenker zur Pressekonferenz. Hinweis auf die Wahl in 14 Tagen, Ende.

Emma stellte die Meldung in den allgemeinen Speicher, ging ins Tonstudio und sprach sie auf. Am Nachrichtentisch saß Andreas. Sie legte ihm ihre Hand auf die Schulter.

»Die Meldung ist im Speicher.«

Er sah irritiert hoch, dann grinste er und nickte.

»Muss ich es noch mal abhören?«

»Wenn du mir vertraust, nicht.«

Er stand auf und tippte noch im Stehen die letzten Worte seines Textes.

»Spitze. Kommste mit, dann geh ich noch schnell eine rauchen.«

Emma nickte und holte ihre Geldbörse aus der Jackentasche an ihrem Schreibtischstuhl. Im Eilschritt gingen sie die Treppe hoch an der Kantine vorbei auf die Dachterrasse. Höchstens fünf Minuten blieben Andreas, bevor er wieder hinunterhetzen musste. Alle halbe Stunde war er mit einer neuen Sendung on air, dazu Wetter, Börse und Verkehr, alle drei Stunden noch ein Livegespräch mit dem Ü-Wagen. Manchmal schaffte er es in der Zwischenzeit kaum auf die Toilette.

Oben standen schon ein paar Süchtige, traten in ihren Bürohemden vor Kälte von einem Fuß auf den anderen und zogen an ihren Kippen. Andreas nahm eine Zigarette aus der Packung, steckte sie an und zog tief den Rauch ein. Er bot Emma eine an, sie schüttelte den Kopf. Sie plauderten über die Studiogäste des Tages, Andreas erzählte von einem Konzert, auf dem er gewesen war, und von einem neuen Kinofilm, auf den er sich seit Wochen freute. Emma hörte zu und dachte, dass ein bisschen mehr Normalität ihrem Leben guttun würde. Dann fragte sie:

»Hast du Schneider gesehen?«

»Nee, der ist schon weg.«

Emma wunderte sich. Der Chefredakteur blieb doch sonst immer bis zum Schluss.

»So früh schon?«

Andreas zuckte die Achseln und nahm noch einen Zug von seiner Zigarette.

»Scheint's ja gar nicht abwarten zu können, von hier wegzukommen. Aber nach so viel Dienstjahren – ich hätte auch keinen Bock mehr, glaube ich.«

Emma merkte, wie sich etwas in ihrem Magen zusammenzog.

»Wie meinst du das?«

»Na, Schneider geht doch. Vorruhestandsregelung. Hat der Chef heute Morgen erzählt. Warst du nicht in der Frühsitzung?«

Emma schüttelte stumm den Kopf. Sie sah vorsichtig zu Andreas, ob er sie auf den Arm nehmen wollte, aber er scherzte gerade mit einer Kollegin aus der Werbeabteilung, die mit einem Becher Kaffee quer über die Dachterrasse zu ihrem Büro ging, und achtete gar nicht auf sie. Konnte es sein, dass Schneider, ihr Onkel, einfach so das Feld räumte und ihr nichts davon sagte?

»Seit wann weißt du das?«

Andreas nahm noch einen Zug und drückte die halbgerauchte Zigarette vorsichtig im Sandascheneimer aus.

»Na seit heute Morgen. Wir haben alle blöd geguckt. War wohl ganz kurzfristig, sonst spricht sich ja so was auch rum.«

Er knickte die verkohlte Spitze ab, pustete leicht auf die unversehrte Hälfte der Zigarette und steckte sie wieder in die Schachtel.

»War Schneider dabei?«

»Na klar. Hat aber nicht viel gesagt. Du…« Andreas legte ihr die Hand auf den Arm, »ich muss wieder rein. Biste so lieb und bringst mir noch 'nen Kaffee mit?«

Emma nickte, Andreas drückte ihr den Arm und ging schnell zur Glastür. Bevor sie noch etwas fragen konnte, war er außer Hörweite.

Emma nickte den anderen Kollegen zu und stellte sich in der Kantine an die Kaffeebar. Während sie noch einen Espresso in den Cappuccino laufen ließ, fragte sie sich, wann sie das letzte Mal in Ruhe mit ihrem Onkel geredet hatte. Immer ging es um Abgabetermine, Pressekonferenzen und Beitragslängen. Nie hatte sie den Verdacht gehabt, dass die Arbeit ihn langweilte oder überforderte.

Sie stellte den zweiten Becher unter die Düse und wiederholte die Prozedur. Schneider hatte ihr im letzten Jahr den Rücken freigehalten. Er fragte nicht viel nach, solange die Ergebnisse stimmten. Er hatte kaum ein Thema, das sie wichtig fand, fallen lassen und ihre Einschätzung der Informationslage aus dem Ü-Wagen heraus in den meisten Fällen akzeptiert.

Die Becher waren heiß, Emma nahm eine Serviette und wickelte sie darum. Wer würde seinen Platz einnehmen? Und was bedeutete das für ihre Arbeit?

»Danke. Ich geb dir gleich den Euro.« Andreas hob den Blick nicht vom Bildschirm. Es war kurz vor sieben.

»Vergiss es. Sag mal, ist schon klar, wer Schneiders Job übernimmt?«

Andreas schickte die Datei in den Speicher des Sendestudios, stand auf und griff schnell nach dem Kaffee.

»Hat sie dir das nicht erzählt? Mann, ist der heiß.«

Eine Minute vor sieben. Andreas hatte es eilig. Er ging rasch zur Tür und sagte über die Schulter.

»Bente.«

Die Tür klappte. Emma starrte ihm mit offenem Mund hinterher.

Die Mail aus der Verkehrsredaktion war da. Emma überflog sie und nahm sich vor, Ariane beim nächsten Kollegengrillen auf der Dachterrasse eine Riesenwurst zu spendieren. Dann wählte sie Blumes Nummer.

Er ging ran. Seine Stimme klang leise und vor unterdrückter Wut heiser:

»Sag mal spinnst du? Du erzählst im Radio von der Schießerei auf den Vater? Ich denke, wir hatten uns da geeinigt?«

Emma griff sich einen Bleistift und schloss die Faust darum.

»Vielleicht änderst du mal deinen Ton. Ich bin keine Polizistin, die du rumscheuchen kannst.«

Blume schwieg für einen Moment. Emma hörte Wasser platschen und eine Kinderstimme, vermutlich Johann, der etwas erzählte. Dann sprach Blume wieder, und seine Stimme klang etwas ruhiger.

»Also, was hast du dazu zu sagen?«

Emma holte Luft und sagte: »Ich habe dir nichts zugesagt. Die Zeitspanne war das Äußerste. Ich hab dir stundenlangen Vorsprung gegeben.«

»Es gab Anrufe in der Pressestelle. Deine Konkurrenz wollte Stellungnahmen, und wir hatten noch nicht geklärt, was rausdurfte. Unser Pressemann rief mich an, aber ich konnte ihm auch nichts sagen. Das sah ganz schön blöd aus. Entschuldige bitte meinen Ton eben, aber ich finde trotzdem, du hättest uns informieren müssen.«

»Das mache ich ja gerade.«

»Bisschen spät, finde ich.«

Emma kritzelte auf der ausgedruckten Mail vor ihr herum.

»Ich wollte nicht riskieren, dass du sagst, das kann ich heute nicht mehr bringen.«

»Sowas Ähnliches hab ich mir schon gedacht.«

Beide schwiegen für einen Moment. Dann rief Johann etwas, und Blume legte den Hörer beiseite. Andreas kam aus dem Sendestudio zurück und ging an ihrem Schreibtisch vorbei. Er zwinkerte ihr zu, sie grinste. Dann war Blume wieder dran, und Emma sagte: »Pastor Brinkmann hat mir gesagt, Lukas habe ihn angerufen. Am Morgen, kurz bevor er starb.«

Sie wartete ab, aber Blume sagte nichts. »Kannst du mir sagen, wann genau?«

»Wieso kommst du denn jetzt darauf? Warte mal eben.«

Er bat Johann, aus der Badewanne zu kommen. Wie weich seine Stimme klang, wenn er mit ihm sprach! Johann erbettelte sich noch ein paar Minuten, es klang wie ein gewohntes Ritual. Dann war Blume wieder am Hörer.

»Wieso willst du das wissen?«

Mit dem Bleistift in ihrer Hand umkreiste sie die Worte auf der E-Mail. »Ich sage es dir, wenn du mir antwortest.«

Blume holte Luft, aber dann war er doch zu neugierig. Emma hörte, wie er auf seinem Smartphone herumtippte.

»Gegen 6 Uhr 20. Das Gespräch dauerte knapp 3 Minuten.«

Emma notierte sich die Zeiten. Dann sagte sie:

»Rocco Schmitz ist damit raus. Er hat Lukas nicht umgebracht.«

»Wieso?«

»Er ist in der Nacht geblitzt worden. Heike hat ihn gehört. Er hat mit jemandem am Telefon darüber geredet.«

»Das heißt aber nicht, dass ...«

»Momentan gibt es auf der Strecke nur einen Blitzer. Der steht in Friedrichsfelde Richtung stadtauswärts und kontrolliert das Tempolimit in der Nacht von 22 bis 6 Uhr morgens.«

Am anderen Ende der Leitung war es still. Nur Johann platschte leise im Wasser. Emma hörte Blume atmen. Passte es ihm nicht, was sie herausgefunden hatte? Sie sprach schnell weiter:

»Schmitz muss schon vor sechs Uhr die Wohnung von Lukas Brinkmann verlassen haben. Frag mal bei den Kollegen vom Verkehr. Vermutlich haben die ein Foto mit Uhrzeit für dich. Kein schlechtes Alibi.«

Noch immer sagte Blume nichts. Die Tür zum Redaktionsraum ging auf. Emma sah hoch und direkt in die Augen von Bente. Die Kollegin lächelte kurz, wirkte abgelenkt. Sie ging zu ihrem Schreibtisch und legte vorsichtig eine Tasche mit dem Aufdruck eines Delikatessengeschäftes darauf.

Emma sagte halblaut in den Hörer:

»Du, ich muss jetzt auch ...«

»Warte! Die Freundin von Schmitz, diese Heike und ihr kleiner Bruder – wir müssen sie schützen. Weißt du, wo sie sind?«

Emma beobachtete Bente.

»Sie sind in Sicherheit.«

»Was soll das heißen, in Sicherheit?« Blumes Stimme klang wütend. »Was ist denn, Papa?«, hörte Emma Johann sagen.

»Sie sind in Bremen. Bei Helene. Aber behalt es für dich.«

»Bei deiner Mutter?« Einen Moment schwieg Blume

überrascht. Emma sah, wie Sebastian einen Stapel Unterlagen auf Bentes Schreibtisch legte. Er lächelte die Kollegin dabei an. Zwei vom Nachrichtenteam kamen durch die Tür, plaudernd und lachend. Als sie Bente sahen, dämpften sie ihre Stimmen. Bente tat, als bemerkte sie die Veränderungen nicht. Sie saß wie immer sehr gerade auf ihrem Schreibtischstuhl und blätterte die Seiten durch, die der Redaktionsassistent ihr hingelegt hatte. In den Hörer sagte Emma:

»Ich muss arbeiten.«

»Jetzt warte doch mal! Was ist mit der Lehrerin?«

»Da bin ich dran! Ich ruf dich an, okay?«

Schnell legte sie auf, bevor Blume noch etwas antworten konnte.

»Wo bist du dran?«

Bente stand lächelnd vor ihr. Emma blinzelte nach oben.

»Fragst du mich das jetzt als Vorgesetzte?«

Bentes Lächeln verschwand.

»Hast du ein Problem damit?«

Im Raum war es still geworden. Emma sah kurz nach links und rechts, aber keiner der Kollegen wandte ihr den Kopf zu. Alle duckten sich hinter ihren Computerbildschirmen. Sie räusperte sich und zuckte mit den Achseln. Bente rollte einen Schreibtischstuhl vom Nachbartisch zu ihr und setzte sich dicht an ihre Seite. Leise fragte sie:

»Was ist los, Emma?«

Emma holte tief Luft und sah in das Gesicht der Kollegin. Ihre klugen grauen Augen sahen sie nicht unfreundlich an, aber sie war auf der Hut, das spürte Emma. Ebenso leise sagte sie:

»Was ist mit Schneider? Warum ging das jetzt alles so plötzlich?«

Bente lehnte sich wieder zurück und sagte in normaler Lautstärke:

»Der Wechsel ist zunächst nur kommissarisch. Es wird eine Ausschreibung geben. Du kannst dich auch bewerben, wenn du willst.«

Emma sah sie an, sagte nichts. Langsam kehrten die Geräusche zurück in den Raum. Kollegen riefen sich etwas zu, Türen klappten, Telefone klingelten. Emma setzte sich aufrecht hin, nahm ihr Notizbuch und berichtete im sachlichen Ton:

»Bei einem Überfall im Pfarrhaus ist auf den Vater von Lukas Brinkmann geschossen worden. Er liegt im Krankenhaus, zur Zeit noch im künstlichen Koma. Außerdem ist Rocco Schmitz verschwunden.«

Bente, äußerlich unbewegt, machte sich Notizen. Emma beobachtete sie einen Moment, dann sprach sie weiter:

»Rocco hat Lukas Brinkmann vermutlich nicht getötet. Seine Freundin hat ihn in der Nacht gehört, als er nach Hause gekommen ist. Er hat sich aufgeregt, weil er mit dem Auto geblitzt worden war. Ich hab in der Verkehrszentrale nachgefragt. Es gibt auf der Strecke nur einen Blitzer, und der ist bis sechs Uhr geschaltet. Brinkmann hat aber noch nach sechs Uhr mit seinem Vater telefoniert. Ich habe gerade Blume informiert, er wird vermutlich ein schönes Alibifoto finden.«

Bente nickte langsam und sagte dann:

»Als Meldung können wir das nicht bringen, aber es hilft uns intern. Die Polizei steht damit wieder am Anfang.«

»Wer weiß? Vielleicht steht die Drogenmafia auch hinter dem Mord an Lukas Brinkmann?«

Bente schüttelte energisch den Kopf.

»Das glaube ich nicht. Denk doch daran, wie er gestorben

ist! Er ist ja regelrecht gepfählt worden! Das war zu persönlich, so voller Hass.«

Die beiden Frauen sahen sich an. Ich mag sie so gern, dachte Emma. Ich will nicht, dass das jetzt zwischen uns steht. Sie beugte sich vor und sagte wieder mit leiserer Stimme.

»Bente, ich will den Job nicht. Du weißt, wie viel ich von dir halte. Mir gefällt nur dieses Geschachere von Schulenburg nicht.«

Bente nickte. Sie versuchte ein Lächeln und sah Emma von der Seite an.

»Was ist mit dir? Du wirst bedroht, Emma. Wenn du Angst hast, dann ziehe ich dich von der Geschichte ab.«

»Auf gar keinen Fall.« Emma biss sich auf die Lippen und überlegte. »Ich werde mich darum kümmern. Ich ruf den Anwalt an, Weiß. Der scheint sich ja mit so was auszukennen.«

Bente nahm ihre Notizen und stand auf.

»Tu das. Und fahr nicht mehr allein da raus, okay?«

Emma suchte in ihrem Telefonverzeichnis nach der Nummer. Zerstreut nickte sie. Bente seufzte und ging zu ihrem Platz.

Der Anrufbeantworter meldete sich. Emma lauschte der Stimme von Konrad Weiß, die sie so mochte, und bat ihn dann um einen Rückruf. Enttäuscht legte sie wieder auf. Sie hätte gern mit ihm gesprochen.

Berlin, Zehlendorf

Mit roten Wangen und noch feuchtem Haar saß Johann vor dem Fernseher und verfolgte die Abenteuer von Jim Knopf in der Drachenstadt. Blume lehnte am Türrahmen und beobachtete ihn. Mit offenem Mund starrte der Junge auf den Bildschirm, er lachte und staunte, und einmal schrie er leise, als der Drache Mahlzahn auf Jim Knopf losging. Manchmal schlief Johann schlecht, wenn die Gutenachtgeschichten zu abenteuerlich gewesen waren. Er war ein empfindliches Kind.

»Bleibst du zum Essen?«

Karin rief aus der Küche. Er ging die paar Schritte zu ihr und sagte: »Gern.«

Karin trug wie immer Jeans und ein verwaschenes Shirt. Ihre langen blonden Haare hatte sie zum Zopf geflochten. Sie schnitt Brot ab. Auf dem Tisch standen Käse und Schinken, Tomaten und ein Glas Nutella. Er runzelte die Stirn.

»Schokozeug am Abend?«

Sie hielt mitten in der Bewegung inne, drehte sich aber nicht um. Sofort bereute er seine Bemerkung.

»Entschuldige.«

Sie nickte und schnitt weiter. Er goss Wasser in den Kocher und füllte Tee in die Kanne. Alles war ihm vertraut hier. Diese Kanne stammte aus einer Töpferei in Rügen, sie hatten sie auf dem Heimweg von einem Urlaub gekauft. Kurzurlaub, würde Karin sagen. Bei der vielen Arbeit hatte es immer nur dafür gereicht.

Karin ging zum Wohnzimmer und schloss die Tür. Die Musik der Augsburger Puppenkiste drang jetzt nur noch leise bis zu ihnen in die Küche. Sie kam zurück und lehnte sich an die Küchenzeile.

»Ich möchte, dass Johann die Schule wechselt.«

»Was, warum denn?«

Das Wasser kochte. Blume goss es in die Teekanne. Karin seufzte.

»Er zeigt es nicht so, aber das nimmt ihn ganz schön mit. Erst dieser Jugendliche, den sie auf der Parkbank gefunden haben. Und dann sein Lehrer. Er …«

»Karin, der Jugendliche war fünfzehn. Johann geht erst in die erste Klasse.«

»Du nimmst das nicht ernst.«

»Und du kannst ihn nicht vor der Welt bewahren.«

Karin setzte sich an den Küchentisch und nahm ein Stück Brot. Sie schob es auf ihrem Teller hin und her.

»Ich hab mich erkundigt. Die Franziskaner würden ihn als Externen aufnehmen. Wegen des Geldes brauchst du dir keine Gedanken machen, ich habe meinen Vater gefragt, er würde uns helfen.«

Blume biss sich auf die Lippen. Sein Exschwiegervater hatte ihn nie gemocht. Ein Polizist war nicht das Richtige für seine Tochter.

»Wir brauchen deinen Vater nicht. Wenn es dir so wichtig ist, zahle ich das Schulgeld.«

Karin formte kleine Brotkügelchen.

»Du musst mir nichts vormachen. Ich weiß doch, wie …«

»Ich werde befördert. Bald.«

Kaum war es gesagt, bereute er es.

»Ach Edgar, das freut mich für dich.«

»Aber das ist noch …«

»Wem sollte ich das schon erzählen.«

Er stellte die Kanne mit dem heißen Tee auf den Tisch und setzte sich neben sie. Sie sah ihn an und lächelte. Ihm fiel auf, dass sie sich nicht mehr schminkte.

»Du siehst gut aus. So natürlich.«

»Norbert hat es so besser gefallen.«

Sie schwieg. Norbert war zu seiner Frau zurückgegangen. Blume hatte ihn nicht gemocht, aber er gestand sich ein, nicht sonderlich neutral gewesen zu sein. Karin sah starr geradeaus, sie schien mit den Tränen zu kämpfen. Blume verspürte einen Stich. Sie vermisste den anderen noch. Er legte seine Hand auf ihre. Sie lächelte, jetzt fielen glitzernd ein paar Tropfen. Sie legte ihm die andere Hand an die Wange und zog seinen Kopf dicht zu sich. Er flüsterte:

»Wir wollten doch nur eine Pause. Und dann war er da, und alles war auf einmal so endgültig.«

Sie legte ihre Wange an seine und sagte: »Ich hatte Angst. Du warst so weit weg, und ich wollte nicht allein zurückbleiben.«

Blume versuchte sich ihr zu entziehen, aber sie hielt ihn dicht bei sich. Er brummte: »Jetzt bin ich schuld, dass du sofort einen Neuen hattest, oder was?«

Sie schüttelte den Kopf und lehnte sich an ihn. Blume konnte ihr Herz klopfen spüren, und seine Wut verrauchte. Leise sagte er: »Ich fühlte mich so ersetzt. Ich dachte, er nimmt mir meine Familie.«

Ihr Atem streifte seine Wange. Ihr vertrauter Duft ließ ihn die Augen schließen. Er spürte ihre Lippen und öffnete seinen Mund.

»Zu Ende, Mama!«

Johann kam hereingestürmt und stoppte abrupt, als er seine Eltern sah, die so eng beieinander saßen und jetzt zurückwichen. Karin erwiderte etwas, sie klang erleichtert und wischte sich flüchtig die Wangen trocken. Der Junge ging langsam zu Blume und schmiegte sich an ihn. Blume strich ihm über das Haar und sah Karin an. Sie lächelte.

Berlin, Charlottenburg.
Redaktion BerlinDirekt

Auf ihrem Platz im Redaktionsbüro stützte sich Emma mit ihren Ellenbogen auf den Schreibtisch und scrollte missmutig durch die Seiten im Web. Sie las noch einmal den Aufruf, sie zu belästigen, dann klickte sie schnell weiter zum Trauerblog um Lukas Brinkmann. Sie ging die Einträge durch, er sitzt in Asgard, Thors Hammer soll den Mörder treffen, er war der Klingsor. Keiner der fiktiven Namen ließ auf einen Thomas schließen. Dann blieb ihr Blick an einem neuen Eintrag von Frid hängen – »er war ein Mann von Adel«, hatte sie gepostet. Ein Mann von Adel? Ob die Lehrerin wusste, wo der Jugendfreund von Lukas Brinkmann steckte?

Emma seufzte und breitete vor sich die kopierten Artikel aus dem Zeitungsarchiv aus. Bente kam herein. Emma sah sich um – sie waren mal wieder die Letzten im Büro. Bente kam zu ihr und setzte sich auf ihren Schreibtisch.

»Sitzt du immer noch an der Sache?«

Emma schob ihr die Artikel aus den 80er Jahren hin.

»Ich krieg das einfach nicht aus dem Kopf. Der Pastor hat gesagt, dass hier alles anfing. Und ich glaube, dass seit damals noch eine Rechnung offen ist.«

Bente zog sich einen Schreibtischstuhl vom Nachbartisch heran und durchforstete die Kopien.

»Was ist das hier?«

»1987 gab es einen Überfall in der Zionskirche. Ostdeutsche Neonazis prügelten auf die Besucher eines Konzerts ein. Element of Crime. Schon mal davon gehört?«

Bente schüttelte den Kopf.

»Was hat das mit dem Fall zu tun?«

»Lukas Brinkmann war dabei. Außerdem sein bester Freund mit Namen Thomas. Ein paar Typen sind verknackt worden. Jugendarrest, richtig lange Haftstrafen. Thomas wurde später ausgewiesen.«

Bente sah sie abwartend an. Emma drehte sich wieder dem Bildschirm zu und blätterte durch die Artikel:

»Ich suche die vollständigen Namen der Jugendlichen, die damals aufgegriffen wurden.«

»Mmmh.«

Bente kaute auf ihrer Lippe und meinte:

»Jugendliche aus der DDR? Ich glaube kaum, dass sie der Presse die Namen verraten haben.«

Sie überlegte. Emma blieb still und wartete ab.

Bente setzte sich an ihren Computer. Sie trommelte mit den Fingern am Rand der Tastatur:

»Das fällt ein bisschen durchs Raster. Die Antisemitismusforschung hat sich hauptsächlich mit westdeutschen Neonazis beschäftigt. Im Osten hieß es ja offiziell, so etwas gäbe es da gar nicht.«

Emma wies auf ihren Computer. »Das hat sich mit diesem Vorfall verändert. Die SED musste zum ersten Mal zugeben, dass es auch im Osten organisierte Gruppen von Neonazis gab.«

Bente schien eine Idee zu haben. Sie setzte sich aufrecht an ihren Rechner und rief eine Excel-Datei auf. Sie klickte sich durch Telefonnummern und sagte über die Schulter zu Emma:

»Es gab mal einen in der Gedenkstätte Berliner Mauer, der hat sich vor allem mit Jugendlichen in der DDR beschäftigt. Na ja, eigentlich mit denen, die versucht haben, über die Mauer zu fliehen. Aber vielleicht haben wir Glück.«

Emma sah zur Uhr. »Um diese Zeit ist der doch garantiert nicht mehr im Büro.«

Bente zwinkerte ihr zu. »Ich hab seine Handynummer.« Sie fand, was sie suchte, und wählte.

»Er heißt Martin Hufke.« Sie wartete, bis jemand abnahm, dann hellte sich ihr Gesicht auf. Sie brachte sich kurz in Erinnerung, entschuldigte sich für die späte Stunde und fragte nach dem Stand der Bauarbeiten. Kommenden Herbst sollten die Außenanlagen der Gedenkstätte eröffnet werden. Nach einem jahrzehntelangen Ringen um öffentliche Gelder war die Gedenkstätte jetzt in der Lage, unter dem Stichwort »Erinnerungslandschaft« den Todesstreifen an der Bernauer Straße als Gedenkstätte aufzubereiten. Der Sender war häufig mit dem Ü-Wagen vor Ort gewesen und hatte den Fortgang der Arbeiten verfolgt. Natürlich wusste auch Emma das. Aber sie fragte sich, ob sie je in der Lage sein würde, so elegant wie Bente zum eigentlichen Grund ihres Anrufes hinleiten zu können. Immer fiel sie gleich mit der Tür ins Haus. Bente dagegen schaffte es, dass sich die Gesprächspartner respektiert fühlten, dass sie mehr für sie waren als reine Informanten. Bente wies auf den Hörer.

»Willst du selbst mit ihm reden?«

Emma nickte, formte lautlos ein Danke und übernahm das Gespräch, das Bente auf ihr Telefon umstellte.

»Guten Abend, Herr Hufke, mein Name ist Emma Vonderwehr. Ich war schon oft in dem Ü-Wagen vor Ort an Ihrer Gedenkstätte, mittlerweile sollten doch auch die Stäbe draußen stehen, oder? Im Frühling war doch noch…«

»Frau Vonderwehr, es ist schon ziemlich spät. Ihre Kollegin sagte, Sie recherchieren über jugendliche Neonazis in der DDR?«

Emma gab es auf. Sie war keine Diplomatin.

»Genau gesagt geht es mir um den Überfall in der Zionskirche. 1987. Element of Crime spielte. Eine Gruppe von Neonazis griff die Besucher an.«

»Ich weiß. Ich war dabei.«

»Was?« Emma schrie so laut vor Überraschung, dass Bente sie erschreckt ansah. Emma griff mit beiden Händen nach dem Hörer und sagte:

»Wie wunderbar. Vielleicht können Sie mir weiterhelfen.«

»Ich wurde an dem Abend recht früh aus dem Verkehr gezogen.«

»Bitte, erzählen Sie mir davon, Herr Hufke.«

»Ich war damals Student und ging oft in die Griebenowstraße. Dort stand das Gemeindehaus der Zionskirche. Pfarrer Simon hatte uns zwei Kellerräume überlassen. Da bauten wir dann die Umweltbibliothek auf. Unter dem Dach gab es dann später Ausstellungen und Konzerte.«

»Warum gab es ausgerechnet an diesem Abend im Oktober so einen Überfall?«

Der Mann am Telefon lachte auf, es klang nicht lustig. Er sprach abgehackt, als wühle ihn die Erinnerung noch einmal auf.

»Die Frage war schon eher, warum es bisher gut gegangen war. Die meisten Gemeindemitglieder wollten uns am liebsten davonjagen. Die Stasi hatte uns im Visier. Sie hat jeden von uns einzeln bearbeitet. Pfarrer Simons Tochter wohnte im Westen. Sie durfte ihn dann nicht mehr besuchen.«

Emma sagte nichts. Der Mann holte tief Luft und redete weiter.

»Ich stand an der Jackenausgabe, deshalb habe ich erst

gar nichts mitbekommen. Die Band war schon weg. Sie sind durch die Sakristei und dann im Bus wieder über die Mauer. Draußen wurde es immer lauter, und ich lief hin. Ich sah, wie sie einer Freundin von mir auf die Brust schlugen. Ich wollte zu ihr laufen – dann bin ich wieder im Krankenhaus aufgewacht. Jemand hatte mir von hinten eins übergezogen.«

Emma sagte leise:

»Ich hab in dem Zusammenhang von vier Verurteilungen gelesen. Busse, Brand, Ewert und Brezinski. Gab es noch mehr?«

»Nein, nicht bei dem Prozess. Später gab es noch einige Verfahren gegen Skinheads und Neonazis.«

»Im Zusammenhang mit diesem Vorfall?«

»Ja. Die Sache sorgte mächtig für Wirbel, auch im Ausland. Für die SED-Führung war das ein großer Imageverlust.«

Der Mann räusperte sich und trank etwas. Emma klopfte ungeduldig mit den Fingerspitzen auf den Schreibtisch, aber sie schwieg und wartete ab.

»Rowdys hieß das damals offiziell, also auf Rowdys wurde richtig Jagd gemacht. Ob links oder rechts, das spielte irgendwann keine Rolle mehr. Es gab viele Verhöre. Ein paar nannten Namen, um die eigene Haut zu retten. Die Szene sollte zerrieben werden, aber im Grund ging sie nur tiefer in den Untergrund.«

Hufke seufzte. Dann sagte er:

»Wir von der Gemeinde versuchten alles zu dokumentieren. Ein paar schafften es immer, bei den Prozessen dabei zu sein. Leute sind von der Straße weg verhaftet worden, weil der Haarschnitt verdächtig war. Schräge Zeiten waren das.«

Emma meinte:

»Herr Hufke, diese Aufzeichnungen ...«

»Umweltblätter hießen die. Wir haben tagsüber geschrieben und nachts gedruckt.« Hufke lachte. »Heute klingt das vielleicht romantisch, aber damals war das nicht ungefährlich. Wir waren eh im Visier der Stasi, die warteten ja nur auf so was.«

»Herr Hufke, diese Umweltblätter – kann ich mir die ansehen?«

»Leider nein.« Er schwieg einen Moment. Schnell fragte Emma:

»Warum nicht?«

»Weil es sie nicht mehr gibt. Einen Monat nach dem Überfall stürmte die Stasi unsere Räume. Wir wurden festgenommen und die meisten Unterlagen beschlagnahmt, wie es so heißt. Sie sind nie wieder aufgetaucht.«

Emma atmete tief aus vor Enttäuschung. »Was passierte mit Ihnen?«

»Wir kamen bald wieder frei, es gab Proteste. Aber mein Studium konnte ich erstmal vergessen.« Jetzt lachte er leise.

»Sie konnten uns trotzdem nicht stoppen. Der Rest ist Geschichte, wie man so sagt.«

»Ja. Das sagt man wohl so.« Nachdenklich malte Emma Kreise auf das Blatt vor ihr. »Herr Hufke, können Sie sich im Zusammenhang mit den Verhaftungen an jemanden erinnern, der Thomas hieß?«

»Thomas?« Der Wissenschaftler dachte einen Moment nach, Emma hielt den Atem an. Sie hörte, wie er aufstand. Eine Tür bewegte sich, etwas Geraschel, dann Stille. Kurze Zeit später war er wieder da.

»Tut mir leid. Ich dachte, da wäre was, aber ich hab mich doch geirrt. Es ist alles schon wieder ganz schön lange her, nicht wahr.«

»Ja. Haben Sie die Unterlagen denn bei sich zuhause?«

»Wissen Sie, wenn man so etwas erlebt hat, dann traut man keiner öffentlichen Stelle mehr.«

»Danke, dass Sie sich die Zeit genommen haben.«

»Warten Sie! Wen suchen Sie denn konkret?«

Emma zog ihr Notizbuch zu sich heran und blätterte darin.

»Einen Jugendlichen, der am Überfall beteiligt war. Ich weiß nur, dass er Thomas hieß und später verhaftet wurde.«

»Komisch. Mir ist keiner bekannt in dem Zusammenhang.«

»Er saß ein halbes Jahr. Und ist danach ausgewiesen worden. Muss im Frühjahr '88 gewesen sein.«

»Das kann uns vielleicht weiterhelfen.«

Wieder hörte Emma die Rollen des Schreibtischstuhls. Bente streckte sich auf ihrem Platz, die Fingerknöchel knackten. Sie sah zu Emma rüber. Dann war Hufke wieder am Apparat.

»Wir haben hier eine Auflistung der Leute, die in den Westen abgeschoben wurden. 1988 waren auch ein paar dabei, die Thomas heißen. Ich hab das nicht online, aber ich könnte es fotokopieren und Ihnen rüberfaxen.«

»Herr Hufke, das wäre sehr hilfreich.«

Sie nannte ihm die Faxnummer im Büro, bedankte sich und legte auf. Bente sah sie an, und Emma begegnete nachdenklich ihrem Blick.

»Der Pastor hat mir davon erzählt. Warum kommt er mit dieser alten Geschichte? Was will er mir damit sagen?«

»Frag ihn doch.«

»Sehr witzig. Er liegt im Koma.«

Bente verzog das Gesicht. »Vergessen.« Sie rollte nachdenklich ihren Stift zwischen den Fingern. »Was glaubst du? Beichtgeheimnis?«

»Weiß nicht. Ist das nicht aufgehoben bei einem Mord? Außerdem sagt er doch dauernd, dass er kein Pastor mehr ist.«

»Vielleicht hat er selber ein schlechtes Gewissen.«

Emma nickte vorsichtig. Sie stand langsam auf und ging zum Platz des Redaktionssekretärs. »Als ich am Sonntag bei ihm war, hat er mir erzählt, dass er an allem schuld sei. Lukas habe nur aus Liebe zu ihm so gehandelt.«

Bente zuckte mit den Schultern und wandte sich wieder ihrem Computer zu. »Ehrlich gesagt klingt das für mich nach krasser Selbstüberschätzung.«

Das Faxgerät begann zu blinken. Emma starrte darauf und murmelte:

»Keine Ahnung, ob ich mich da verrenne, aber ich glaube, irgendwas an dieser alten Geschichte spielt da mit rein. Ich muss nur noch rausfinden, was es ist.«

Bente gähnte. »Mir scheint das, ehrlich gesagt, ziemlich dünn. Ich mach gleich Feierabend. Solltest du auch.«

Emma reagierte nicht, sondern starrte auf das Faxgerät. Als das erste Blatt herauskam, musste sie sich zusammenreißen, um es nicht vorzeitig aus dem Gerät zu reißen.

Sie überflog es, während das Fax weitere Blätter mit langen Namenslisten ausspuckte. Beim zweiten Blatt gab es einen Thomas, beim dritten gleich drei. Emma seufzte, ihr Mut sank. Jetzt lag es an ihr, diese Namen zu überprüfen. War einer von ihnen aus der Gegend um Hofsmünde, hatte er Lukas gekannt, war er in der Szene gewesen? Mühselige Arbeit, die vermutlich nirgendwohin führte.

Das Faxgerät schwieg, ein letztes Blatt lag in der Ablage. Emma griff zu und überflog es. Kein Thomas. Sie wollte es schon wieder weglegen, da stockte ihr Blick und blieb an einer Zeile hängen. Ein Name stand dort, den sie kannte.

Mit schnellen Schritten, das Blatt fest in ihrer Hand, ging sie zu ihrem Platz. Wer hatte sie auf den Freund aufmerksam gemacht? Nur der Pastor, Lukas Vater. Und er war ein Mann, der den Menschen in seiner Umgebung gern eigene Namen gab. Namen, die seiner Meinung nach passten.

Emma tippte den Namen Thomas in die Suchmaschine und drückte auf Enter. Sie ging auf eine Seite, in der die Bedeutungen von Namen erklärt wurden. Ihre Finger zitterten, als sie das Alphabet bis zum T hinunterfuhr. Da stand es. Thomas, der Zwilling.

»Und, was gefunden?«

Emma schreckte hoch, Bente stand vor ihr und sah interessiert auf das Blatt in ihrer Hand.

»Ja, vielleicht. Lass mich erst...«

Emma wählte Blumes Handynummer. Bente sah sie noch einen Moment fragend an. Als es läutete, drehte sich Emma leicht weg, und Bente verstand den Wink. Sie ging zurück an ihren Platz.

»Ja?«

Es war Johann. War Blume etwa immer noch dort? Und wieso war der Junge nicht im Bett?

»Hallo Johann, hier ist Emma. Ist dein Papa noch da? Kann ich ihn sprechen?«

»Ja, der ist noch da.«

»Dann gib ihn mir mal.«

»Nö.«

Sie holte tief Luft. »Johann, das ist jetzt wirklich wichtig. Ich muss mit ihm reden.«

»Papa ist bei Mama. Sie schmusen. Und jetzt ist die Tür zu. Ich hol ihn nicht!« Emma starrte auf den Hörer. Johann hatte aufgelegt. Sie wurde wütend, sie spürte, wie das Blut ihr in den Kopf stieg. Noch ein anderes Gefühl machte sich dumpf in ihrer Magengegend bemerkbar. War das nur ein Spiel von Johann? »Emma?« Sie sah hoch. Bente beobachtete sie mit gerunzelter Stirn. Um Zeit zu gewinnen, sammelte Emma langsam die herumfliegenden Blätter aus dem Faxgerät zusammen und legte sie auf einen Haufen. Sie schluckte ein paar Mal heftig.

»Emma, rede mit mir. Was ist los?«

Emma schüttelte den Kopf. »Es ist nichts, nur, ich kann Blume nicht erreichen. Er...«, sie stockte, strich über die Blätter, »geht nicht ans Telefon.«

Ihr Handy klingelte, und Emma hätte am liebsten aufgeschrien vor Erleichterung. Johann, dachte sie, während sie in ihrer Tasche nach dem Telefon wühlte, ich bring dich um, wenn ich dich das nächste Mal sehe! Ich kitzel dich...

»Ja?«

Ein leises Lachen, über das sie sich zu jedem anderen Zeitpunkt gefreut hätte. Jetzt sank ihr das Herz.

»Frau Emma! Sie wollten mich sprechen?«

»Ja, ich...«, sie räusperte sich, »ich würde Ihnen gerne etwas zeigen.«

»Oh. Augenblick bitte.« Emma hörte, wie Weiß den Hörer zur Seite legte und mit jemandem im Raum sprach. Sie holte tief Luft und verdrängte den Gedanken an Blume. Dann war er wieder am Apparat.

»Ich hoffe, es ist etwas Schönes!«

»Leider nein. Ich werde bedroht und wüsste gern, mit wem ich es zu tun habe.«

Sofort wurde Weiß ernst.

»Ich habe gleich noch eine Besprechung. Sagen wir in einer halben Stunde in der Letzten Instanz.«

Jetzt musste Emma doch lächeln.

»Letzte Instanz? Wo ist das denn?«

»Bei Ihnen um die Ecke. Sie scheinen nicht viele Juristen in Ihrem Freundeskreis zu haben, sonst würden Sie die Kneipe kennen.«

»Kann man denn mit Juristen befreundet sein?«

»Frau Emma, Sie flirten ja mit mir. So ist es recht, lassen Sie sich bloß nicht von denen unterkriegen.«

Wieder lachte er leise. Emma sah sein Gesicht mit den Clownsfalten vor sich. Sie sagte:

»Wir sehen uns in einer halben Stunde. Ich werde Ihre komische Kneipe schon finden.«

Emma legte auf. Sie öffnete ihren Mailaccount am Computer und druckte den Blogeintrag aus, den Bente ihr geschickt hatte. Dann stopfte sie ihn in ihre Tasche und zog sich die Jacke an.

»Hinter dem Amtsgericht Mitte. Waisenstraße.«

Emma sah hoch, aber Bente starrte weiter auf ihren PC.

»Was denn?«

»Zur letzten Instanz.« Bente sah sie immer noch nicht an. Sie tippte jetzt eine Nummer auf ihrem Telefon ein.

»Die Kneipe. Da musst du doch hin, oder?«

»Ja. Danke.«

Bente nickte nur und lauschte in den Hörer. Emma verließ rasch das Büro. Im Flur verschwand sie noch kurz auf der Toilette. Sie wusch sich die Hände und strich sich mit den Fingern durch das kurze Haar. Sei nicht albern, sagte sie zu ihrem Spiegelbild.

Brandenburg, Hofsmünde

Bürgermeister Christian Eichwald stand von seinem Schreibtisch auf und zog sich sein Jackett an. Es war kalt im Raum. Gegen 18 Uhr wurden automatisch die Heizungen heruntergeregelt, er selbst hatte das durchgesetzt. Damals erschien ihm die Kampagne – wir sparen bei uns zuerst – als guter Schachzug: wenig Aufwand, geringer finanzieller Gewinn, aber ein positives Signal im Wahlkampf. Er hatte nicht ahnen können, dass er wenige Jahre später meist als Letzter ging.

Er bewegte die Zehen in seinen schwarzen Lederschuhen. Gestern war er damit noch durch den Matsch auf dem Festplatz gelaufen, und heute hatte er sie in aller Frühe geputzt, falls er wieder zu einem unerwarteten Termin musste. Unermüdlich sei der Bürgermeister, hieß es in der Gemeinde. Gab es keine Veranstaltung mehr, keine Gemeinderatssitzung, kein Ausschusstreffen oder Jubiläum, dann häufte er den Tag über Papiere an, die er nach Dienstschluss noch durchsehen wollte. Zuhause entging er so dem stillen Essen und dem Fernsehprogramm.

Eichwald stand auf und ging nach nebenan in das Vorzimmer seiner Sekretärin. Er füllte den Wasserkocher an dem kleinen Spülbecken mit Wasser und suchte im Regal nach Teebeuteln. Seine Sekretärin, eine füllige Mittfünfzigerin aus dem Nachbarort, bevorzugte Earl Grey. Schwarzer Tee am Abend, aber im Grunde war es egal, wovon er nicht schlafen konnte. Meist lag er wach und lauschte seinem

Atem. Manchmal lief er durch das dunkle Haus und starrte durchs Fenster auf den verlassenen Dorfanger, bis sich die Lichter der Straßenlaternen im Grau des Morgens auflösten.

Der Kocher rauschte laut, und das Wasser sprudelte. Eichwald hob den Kessel vom Ständer und goss das dampfende Wasser in die Tasse. Er suchte im Regal nach Würfelzucker, als er meinte, ein Rufen zu hören. War noch jemand da? Er blieb in der Hocke sitzen, hielt sich am Regalbrett fest und lauschte angestrengt. Rief da jemand um Hilfe? Wieder dieser eigenartig langgezogene Ton. Mit einem Ruck war der Bürgermeister auf den Beinen. Er lief zur Tür, riss sie auf und lauschte wieder. Das Rufen kam von unten. Er ging schnell die breiten Stufen im Treppenhaus hinunter und steuerte die Toiletten an. Tatsächlich rief jemand mit heiserer, leicht zitternder Stimme um Hilfe. Eichwald zögerte einen Moment. Er glaubte jetzt zu wissen, wer dort rief. Dann riss er sich zusammen und öffnete mit Schwung die Toilettentür.

Der Gestank ließ ihn zurückfahren. Der säuerliche Geruch von Schweiß mischte sich mit dem alles betäubenden von menschlicher Scheiße.

»Herr Blattner – sind Sie das?«

»Christian, mein Junge, Gott sei Dank. Mir ist mein Bein weggeknickt, ich komm nicht mehr hoch, kannst du die Tür aufkriegen?«

Eichwald rüttelte an der verschlossenen Tür. Die Seitenwände der Kabinen endeten wenige Zentimeter über dem Boden, der Spalt war zu schmal, um unten durchzukriechen. Eichwald sah die blau geäderte Hand Blattners und Stoff von einem Hosenbein.

»Soll ich den Notarzt holen?«

»Nein, nein.« Die Stimme des Alten klang ärgerlich. »Es

ist alles in Ordnung, nur dieses Bein, es ist mir einfach weggeknickt, jetzt komme ich nicht mehr hoch. Kannst du nicht rüberklettern und mir aufhelfen?«

Eichwald ging in die Nachbarkabine. Er kletterte auf den Toilettensitz und stemmte sich an der dünnen Zwischenwand hoch. Der Gestank wurde immer schlimmer, langsam wurde ihm schlecht. Der Toilettenkasten knackte bedenklich, als er den Fuß daraufsetzte. Aber so konnte er über den Rand nach nebenan schauen. Blattner lag mit der Brust gegen die Tür geklemmt vor der Toilette. Jetzt drehte er leicht den Kopf und schaffte es, dem Bürgermeister ein schiefes Lächeln zuzuwerfen. Er sah aus, als ob er Schmerzen hatte. Eichwald ließ sich auf den Rand der Toilette gleiten. Vorsichtig stieg er auf den Boden, bedacht darauf, den Mann nicht zu treten. Sein erster Griff ging zum Toilettenabzug. Eine braune Masse, vermischt mit roten Schlieren, rauschte in den Abfluss. Er entriegelte die Tür, griff Blatter unter die Arme und drückte die Klinke mit dem Ellenbogen hinunter. Der alte Mann klammerte sich an ihn und versuchte, wieder auf die Beine zu kommen. Sein rechtes Bein hing schlaff an der Seite. Eichwald stellte überrascht fest, wie leicht der Mann war. Er trug ihn fast bis in den Vorraum und lehnte ihn dort an einen Heizungskasten. Dann löste er sich von ihm, trat zum Fenster und riss es auf. Mit einem tiefen Zug atmete er die kalte frische Luft ein.

»Gott sei Dank, dass du da warst und nicht eine von den Putzfrauen. Die hätten glatt die Feuerwehr gerufen oder so was.«

Blattner stützte sich mit einer Hand am Waschbecken ab, mit der Linken wischte er sich den Schweiß von der Stirn.

»Das hätte noch gefehlt, »Rechte Liga schwächelt, ich seh's schon vor mir.«

Eichwald musterte ihn.

»Soll ich dich nicht doch besser zum Krankenhaus fahren?«

»Unsinn. Lass mich nur einen Moment hier sitzen, dann geht's schon wieder. Gibst du mir bitte meinen Stock aus dem Scheißhaus?«

Eichwald ging zurück in die Kabine, in der es nun schon viel weniger schlimm roch, und holte den schwarzen Stock mit dem goldenen Knauf, der in der Ecke lehnte. Blattner schien sich langsam zu erholen, er lachte leise.

»Mann, so gestunken hat es nicht mehr, seit ich als Soldat die Latrinen putzen musste.«

Eichwald reichte ihm den Stock und fragte:

»Was machst du überhaupt hier, um diese Zeit?«

Ächzend erhob sich Blattner und stellte sich schwer auf den Stock. Dann winkte er Eichwald näher.

»Wollte dich sprechen. Hab mir gedacht, dass du noch hier bist. Komm, hilf mir mal. Lass uns in dein Büro gehen.«

Eichwald zögerte einen Moment, dann hakte er sich bei ihm unter. Jetzt hoffte er auch, dass niemand mehr im Gemeindehaus war.

»Macht nicht gerade einen guten Eindruck – wir beide zu so später Stunde noch hier, ganz allein.«

»Wieso, meinst du, sie halten uns für ein Liebespaar?« Der alte Mann lachte heiser über seinen Witz. Eichwald schwieg. Quälend langsam ging das Treppensteigen vorwärts. Einen Aufzug hatte das Gebäude nicht. Im Büro des Bürgermeisters angekommen ließ sich Blattner schwer atmend in den Besucherstuhl fallen. Eichwald ging nach nebenan und holte Gläser und eine Flasche Wasser. Sein kalt gewordener Tee war dunkel, schwarze Flecken schwammen an der Oberfläche. Er goss ihn weg.

Blattner griff nach dem Glas und trank gierig. Eichwald lehnte sich gegen seinen Schreibtisch und verschränkte die Arme. Er wartete ab. Blattner stellte das leere Glas ab. Langsam kehrte etwas Farbe zurück in seine Wangen.

»Ich wollte dich sprechen, Christian. Weil – nun, ich bin etwas beunruhigt.«

Eichwald ließ die Arme hängen. Er versuchte, entspannt auszusehen. »Wenn es um das Pfarrhaus geht, dann musst du dir keine Sorgen machen. Der Antrag läuft. Wenn der Pastor draußen ist, gehört es so gut wie uns.«

Der Alte winkte ab. »Darum geht es nicht.«

Er nahm noch einen Schluck Wasser, dann sprach er weiter.

»Sie wollen uns verbieten. Sie kriegen Angst.«

Schneller als gedacht kam der alte Mann auf die Beine. Er trat dicht an Eichwald heran und legte ihm die Hand auf den Unterarm. »Wir müssen jetzt Korpsgeist zeigen.«

Eichwald strich mit der Rechten über die alte Hand auf seinem Arm. Es sah aus, als wische er sie weg wie ein Insekt.

»Du kannst auf mich zählen.«

Blattner sah ihn lange an. Dann lächelte er und drückte seinen Arm.

»Wir müssen unsere Pflicht tun. Deutschland braucht uns.«

Eichwald nickte flüchtig. Er ging um seinen Schreibtisch herum und setzte sich in seinen lederbezogenen Chefsessel.

Blattner blieb stehen. Schwer auf seinen Stock gestützt ging er zum Fenster und sah hinaus.

»Manchmal wünschte ich, ich könnte alles hinwerfen.« Er drehte sich zu Eichwald um. »Ich bin krank, Christian. Sehr krank.«

Langsam ging er wieder auf den Schreibtisch zu und

nahm den Brieföffner in die Hand, einen schmalen Dolch aus Messing. Er strich ihn ein paar Mal an den Fingern entlang. »Die Welt ist schlecht, Christian. Kameradschaft zählt nicht mehr viel.«

Dann begann er, kleine Kerben in das Holz des Schreibtisches zu ritzen. Eichwald erstarrte, gab aber keinen Ton von sich. Blattner warf den Brieföffner wieder auf den Tisch und sagte:

»Jemand war an den Unterlagen. Es fehlen Belege.«

Er trat noch einen Schritt näher und legte seine Hand auf die Lehne des Schreibtischstuhls. Der modrige Atem des Alten schlug Eichwald ins Gesicht.

»Hast du da was mitbekommen?«

Der Bürgermeister schluckte. »Du weißt, dass ich so etwas nie tun würde.«

Blattner lächelte. Er hob seine Hand und tätschelte dem jüngeren Mann die Wange. Langsam wurden aus den Berührungen kleine Schläge, immer heftiger klatschte die Hand auf das Gesicht. Eichwald zuckte, aber hielt stand. Plötzlich ließ der alte Mann von ihm ab, als hätte er die Lust an der Züchtigung verloren.

»Du und ich, wir haben Lukas zu sehr freie Hand gelassen.«

Blattner nahm wieder seinen Stock. Er ging um den Schreibtisch herum und ließ sich in den Besucherstuhl fallen.

»Schäbig ist dein Büro, Christian. Und wie das hier riecht! Nach Essig! Hier stinkt's, Eichwald.«

Er beugte sich nach vorn und legte die Hände auf den Schreibtisch.

»Aber so einen Posten gibt man trotzdem nicht gerne auf, was, Eichwald? Wo wärst du denn ohne uns?«

Christian Eichwald schluckte.

»Ich habe viel für die Gemeinde getan. Ich habe ...«

Seine Worte gingen im Gelächter des Alten unter. Er verstummte. Blattner blinzelte ihn wütend an.

»Du bist und bleibst eine Ameise, und wenn wir wollen, zertreten wir dich.«

Er lehnte sich wieder zurück.

»Die Polizei weiß von den Drogengeschäften. Und sie haben die Unterlagen. Wenn sie das Zeug finden, können sogar sie eins und eins zusammenzählen. Wir müssen die Drogen vor ihnen finden.«

Blattner schwieg. Er stierte vor sich auf den Schreibtisch, als sei er kurz vorm Einschlafen. Eichwald holte Luft und spielte erneut mit dem Brieföffner. Er sagte gedankenverloren wie zu sich selbst:

»Mein Vater hat nach dem Krieg für die britische Rheinarmee gearbeitet. Hast du das gewusst?«

Eichwald schüttelte den Kopf, aber Blattner sah ihn nicht an.

»Als Fahrer! Er durfte seine geliebte Uniform nicht mehr tragen. Jeden Tag fuhr er diese angebliche Siegermacht. Er hat es gehasst, aber er hat es getan, für mich und meine Mutter. Und er hat sich genau gemerkt, wer zu denen nach hinten ins Auto stieg.«

Der Alte schwieg. Eine unbehagliche Stille machte sich breit. Dann sah er auf und lachte.

»Du solltest dir eine Frau suchen, Eichwald. Ein Kerl, groß und blond wie du! Du kannst das Kinderkriegen doch nicht den Kanaken überlassen!«

Eichwald presste die Lippen zusammen und sah weg. Blattner schien es nicht zu bemerken. Mit einem Seufzer stand er auf. »Lukas war für die Sache, aber er hat uns geschadet. Die Partei und Drogengeschäfte, das darf nicht an die Öffentlichkeit. Du sorgst mir dafür.«

Eichwald schluckte. »Wie soll ich dir garantieren, dass die Polizei nicht doch noch das Zeug findet, ich habe ...«

Blattner hob seine Hand mit dem Stock, als wischte er einen ärgerlichen Einwand beiseite.

»Geh zu Lukas' Freundin. Das ist doch eine vernünftige Person. Ich bin sicher, dass er ihr das Versteck verraten hat.«

Eichwald blieb stumm. Blattner sagte:

»Nach der Wahl wird vieles anders. Deutschland wird frei sein. Dann wird wieder jeder ehrlich sagen können, was er meint.«

Eichwald ließ die Schultern hängen. Der alte Mann ging zur Tür. Hart klopfte sein Stock auf den Boden. Vor dem Regal blieb er stehen und holte umständlich einen Gegenstand aus seinem Mantel. Es war ein Revolver. Er legte ihn ins obere Fach. Ohne sich umzudrehen, sagte er:

»Ich zähle auf dich, Christian.«

Der Bürgermeister sah Blattner an und versuchte ein Lächeln. Aber der alte Mann blieb ernst.

»Aber kein Einzelner ist so wichtig wie die Bewegung. Wenn du deinen Auftrag nicht erfüllst, dann bist du unser Feind. Und wir wissen alles über dich. Also besorg die Drogen und bring sie an einen sicheren Ort. Sonst bist du erledigt.«

Blattner ging durch die Tür und schloss sie leise hinter sich. Eine Weile hörte der Bürgermeister noch den Stock des Alten auf das Linoleum schlagen, dann war Stille. Eichwald vergrub seinen Kopf zwischen seine Hände, aber keine Träne wollte fallen.

Berlin, Schöneberg

Gesine Lorenz warf alles weg. Die zerrissenen Bücher, die aufgeschnittene Daunenjacke, das zerbrochene Geschirr. Und mit jedem Müllsack, den sie nach unten schleppte und im Hof neben den Containern abstellte, wuchs ihre Wut.

Den Sprengstoff hatte die Lehrerin ganz hinten im Wohnzimmerschrank verstaut. Wegen des zerstörten Klaviers mied sie den Raum sonst, aber jetzt brauchte sie den Platz. Sie holte es heraus und legte es auf den Tisch.

Sie nahm ihre Schultasche und kippte den Inhalt einfach auf ihr Bett. Das Leder war weich geworden in den Jahren, die sie die Tasche nun schon benutzte. Es war ein Geschenk ihres Vaters zum Examen gewesen. Er hatte stolz hinten im Saal gestanden, als man ihr das Diplom überreichte. Später beim Essen in dem armseligen Restaurant hatte er eine Rede auf sie gehalten, seine einzige Tochter. Sie würde den Stolz ihrer Familie wiederherstellen. Die Kinder sollten bei ihr lernen, welch großer Nation sie entstammten. Genug Lügen würden schon verbreitet.

Vorsichtig wickelte sie die Stangen zu einem kompakten Paket zusammen, das ohne aufzufallen in die Tasche passte. Ihr Vater hatte gewollt, dass sie Geschichte studierte, aber sie hatte schon immer die Kraft der Stoffe geliebt. Im Chemie-Leistungskurs hatte sie mit den Schülern kleine Sprengsätze in Colaflaschen gebastelt und sie auf dem Feld explodieren lassen. Wenn einer davon seinen Eltern erzählt hätte, dann wäre sie vermutlich von der Schule geflogen. Fast hatte sie es gehofft, aber alle hatten dichtgehalten. Und bald galt sie als coolste Lehrerin der Schule.

Sie suchte ihr altes Handy heraus und baute es auseinander. Mit ihrem kleinen Lötkolben fügte sie zwei Kabel an die Strompole und umwickelte das Ganze mit festem silbernem Panzerband. Die Kabel ragten heraus, und sie befreite sie von der Plastikummantelung. Die kleinen silbernen Drähte kitzelten ihre Fingerkuppen. Sie steckte einen davon unter ihren Daumennagel. Der Schmerz kam in Wellen zu ihr.

Lukas hatte ihrem Vater gefallen. Der Stolz für das Volk, die Wut des Nichtgeliebten, die Scham und der Schmerz. Auch wenn die Gründe andere gewesen waren, so blieben die Gefühle doch immer die gleichen. Aber Marlon war anders gewesen. Nicht so voller Wut. Dabei hatte er es nicht leicht gehabt. Für ihn gab es Hoffnung, eine neue Welt woanders, er hatte so große Pläne gehabt. Dieser Junge hatte alles in Frage gestellt und sie dazu gebracht, die Dinge neu zu sehen. Er hatte es geschafft, dass sie sich wieder selbst spüren konnte. Und jetzt?

Die Lehrerin schob den Draht noch ein kleines bisschen weiter unter ihren Nagel. Sie würde immun gegen den Schmerz werden, denn die Süße der Rache betäubte alles.

Sie fühlte sich unverwundbar.

Berlin, Mitte

In der Letzten Instanz war jetzt, kurz vor acht Uhr, jeder Tisch besetzt. Es roch nach feuchten Mänteln und dem Tagesgericht Kalbsleber. Emma drehte sich der Magen um. Sie hatte Innereien noch nie ausstehen können. In den dunklen Eichenregalen standen reich verzierte Bierkrüge, und ein Schild am Kamin pries die Gaststube als das älteste Gasthaus in Berlin. Emma sah durch den Raum, konnte Weiß aber nirgends sehen. Die Tür zur Küche schwang auf, und ein Kellner im Frack rannte mit vollen Tellern und weiteren Geruchsschwaden an ihr vorbei. Emma entdeckte im hinteren Teil eine schmiedeeiserne Wendeltreppe und stieg sie schnell hoch.

Oben war es etwas ruhiger und dank eines gekippten Fensters zwar kalt, aber geruchsärmer. Weiß saß an einem kleinen Holztisch. An der Wand hinter ihm hing ein auf alt getrimmtes Blechschild der Schultheiß-Brauerei. Vor ihm standen ein Glas Bier und ein Holzbrett mit Brot, Schmalz, Gürkchen und Aufschnitt. Als Emma zu ihm trat, hellten sich die Augen des Anwalts auf, und er lächelte.

»Frau Emma, wie schön. Es tut mir leid, dass ich Ihnen diese Berliner Folklore antun muss, aber ich habe gleich noch weitere Termine, und dies ist der einzige Ort, wo ich hier in der Gegend auf die Schnelle was Vernünftiges zu essen bekomme.«

Emma nickte, setzte sich zu ihm an den Tisch und lächelte.

»Haben Sie denn niemals Feierabend?«

»Doch, oder besser gesagt, die Arbeit, mit der ich mein Geld verdiene, ist für heute vorbei. Haben Sie Hunger?«

Emma hatte einen begehrlichen Blick auf das Brett vor ihm geworfen. Eben noch hatte sie gedacht, sie könne hier keinen Bissen herunterbekommen, hier oben fing ihr Magen wieder an zu knurren.

»Bitte, nehmen Sie nur, das ist sowieso zu viel für mich allein.«

Er schob ihr den Brotkorb zu und sagte:

»Dienstagabends berate ich Gruppen oder auch einzelne Bürger, die sich juristisch gegen Naziattacken wehren wollen.«

Emma nahm ein Brot und legte sich ein Stück Schinken darauf.

»Und, hat das eine Chance?«

»Manchmal schon. Aber es verlangt auch viel. Zeit, Nerven, manchmal auch Geld. Und man darf keine Angst vor denen haben.«

Emma dachte an den Eintrag im Blog, der zur Gewalt gegen sie aufgerufen hatte.

»Haben Sie denn niemals Angst?«

»Ich?« Weiß lachte. »Ich bin lieber wütend.«

Er trank einen Schluck von dem Bier, und eine Spur weißen Schaums blieb für einen Moment an seiner Oberlippe hängen. Emma hätte ihn gern weggewischt. Stattdessen machte sie ihn darauf aufmerksam, und er fuhr sich mit der Zunge darüber. Emma holte den Ausdruck der Blogattacke aus ihrer Tasche. Weiß nahm ihr den Zettel ab. Er griff nach einem Brot und kaute, während er das Papier durchlas. Dann sah er mit besorgtem Gesichtsausdruck zu Emma und sagte:

»So einen Eintrag im Netz juristisch zu verfolgen ist sehr schwer. Wir könnten allerdings den Administrator auffordern, den Eintrag zu löschen.«

»Könnten Sie das für mich tun?«

»Für Sie, Frau Emma?« Er lächelte. »Natürlich. Aber machen Sie sich nicht allzu viel Hoffnungen.«

»Wieso?«

»Die User melden sich anonym unter Fantasienamen an. Selbst wenn der Administrator den Teilnehmer sperrt – was nicht gesagt ist –, dann hat der morgen eine neue Identität im Netz.«

Emma kaute auf ihrem Brot, das ihr jetzt nicht mehr schmeckte.

»Dann hat es doch gar keinen Sinn.«

»Oh doch. Rechte müssen Gegenwind spüren. Das nervt sie, kostet Anstrengung und verunsichert.« Weiß nahm den restlichen Schinken von der Platte. »Und manchmal ist der Aggressor schlicht zu faul, das Ganze noch einmal zu starten.«

»Oder er hat gerade andere Sorgen.«

Weiß sah sie an, dann nahm er das Blatt in die Hand. Er tippte die Webadresse in sein Smartphone und fragte, ohne hochzusehen:

»Schmitz?«

»Sie haben davon gehört?«

Er nickte.

»Noch einer von denen. Was ist das, ein Bandenkrieg?«

Emma schluckte. Sie wusste nicht, was sie ihm erzählen durfte, ohne Blumes Ermittlungen zu gefährden.

Weiß beugte sich vor und sah ihr ins Gesicht.

»Wissen Sie, was ich denke?«

Sie lehnte sich ebenfalls über den Tisch. Ihre Gesichter

waren jetzt ganz nah beieinander. Langsam schüttelte sie den Kopf. Weiß sagte halblaut:

»Die Rechte Liga will ihren Hauptsitz nach Brandenburg verlagern. Sie operieren ganz unauffällig, aus einem kleinen Dorf. Schmitz hat der Partei geholfen und ist ihnen irgendwie in die Quere gekommen.«

»Haben Sie dafür Beweise?«

Er lehnte sich wieder zurück.

»Keine ausreichenden. Aber eines Tages werde ich sie haben.«

»Dann ist die Wahl gelaufen.«

Er sah sie an, sein Gesicht mit den Clownsfalten sah halb verärgert, halb belustigt aus.

»Der Kampf entscheidet sich nicht an dieser einen Wahl.«

Emma schwieg. Weiß nahm wieder sein Smartphone zur Hand.

Er scrollte durch den Blog und sah sich das Impressum an.

»Es könnte sein, dass Rocco Schmitz dahintersteckt. Towntalk ist eine kleine sehr lokale Community. Gegründet in Sachsen, jetzt sitzt die Zentrale in Neubrandenburg.«

»Ist das ein rechtsradikaler Verein?«

»Nicht unbedingt. Der Gründer hat ein abgebrochenes Informatikstudium. Er lebt noch zuhause bei seinen Eltern und hat das Ganze als Spaß für seine Clique gestartet.« Weiß trank das Bier aus. »Wollen Sie auch eins?«

Emma nieste. »Lieber einen Kamillentee.«

Weiß stand auf, trat an die Wendeltreppe und gab die Bestellung nach unten weiter. Emma beobachtete ihn. Er hatte den geschmeidigen Gang eines Mannes, der um seine Wirkung wusste. Es gefiel ihr und stieß sie gleichzeitig ab. Sie merkte, dass auch er sie beobachtete. Dann kam der Wirt und reichte ihm die Getränke hoch. Weiß stellte eine Tasse mit dampfendem Tee vor sie hin.

»Danke.«

Er nickte nur, setzte sich und nahm einen tiefen Zug von seinem Bier. Dann sprach er weiter.

»Die Nazis nutzen solche lokalen Netzwerke gern, um sich zu finden. Manche posen mit Hitlerfahne im Tarnanzug. Oder sie verabreden sich zu Schlägereien und Demos. Sogar Kontaktanzeigen gibt's da: Treudeutsches Mädel sucht echt deutschen Mann!« Weiß lachte, aber Emma blieb ernst. Sie schloss ihre Finger um die heiße Tasse und sagte:

»Aber wenn der Typ eine deutsche Domain betreibt, dann gilt für sein Unternehmen doch auch das deutsche Recht! Der kann doch da nicht veröffentlichen, was er will! Hetzreden, rassistische Beleidigungen oder,« sie stockte kurz, »einen Aufruf zur Gewalt. Gibt es da keine Gesetze?«

»Doch, sicher gibt es die.« Weiß sah sie an, fast zärtlich. »Morgen früh ruf ich den Betreiber an. Der ist dann verpflichtet, den Eintrag zu sperren. Wenn er keinen Ärger will, dann sperrt er auch gleich das Profil von dem Schreiber.« Er seufzte. »Aber nach kurzer Zeit wird er wieder auftauchen. Neues Profil, gleiche Ansichten. Wie gesagt, diese Typen laufen nie unter ihrem richtigen Namen. Wer wirklich dahintersteckt, ist nur sehr schwer rauszukriegen. Und adelig wird von denen auch keiner.«

Emma hatte gerade einen Schluck von dem Kamillentee trinken wollen, jetzt verbrannte sie sich an dem heißen Getränk.

»Was haben Sie da gerade gesagt?«

»Na, dass wir das Profil gesperrt bekommen, nur...«

»Nein, ich meine hinterher. Irgendwas mit adelig.«

»Ach so.« Weiß stutzte für einen Moment, dann sah er sie nachdenklich an. »Das ist so ein Ausdruck, der unter den Rechten kursiert. Manchmal muss man richtig aufpassen, dass man den Jargon nicht übernimmt.«

»Und was bedeutet das?«

»Adelig?« Emma nickte.

»Nichts Gutes. Die Rechten meinen damit Verrat. Von Adel ist einer, der seine Kameraden ausgeliefert hat.« Er trank noch einen Schluck Bier. »Das geht zurück auf die Männer vom 20. Juli. Das waren ja fast alle ranghohe und adelige ... was ist denn mit Ihnen los? Ist Ihnen nicht gut?«

Emma war aufgestanden. »Ich muss gehen.«

Weiß legte ihr die Hand auf den Arm. »Aber was ist denn passiert?«

Emma legte ein paar Euro auf den Tisch, dann zog sie hastig ihre Jacke über.

»Ich kann jetzt nicht darüber reden.« Weiß erhob sich ebenfalls. »Warten Sie, ich komme mit raus.« Er nahm seine Bücher und stopfte sie in seine Aktentasche. Dann zog er seinen Mantel vom Haken und hängte ihn sich über die Schultern. Emma stand schon am oberen Ende der Wendeltreppe.

Sie stiegen nacheinander hinunter. In der Schankstube war die Luft noch dicker geworden. Der Wirt, ein älterer Mann mit weißem Haarkranz, nickte ihm zu. Weiß stieß die Tür nach draußen auf, und Emma atmete erleichtert die frische und kalte Luft ein. Sie ging zu ihrem Fahrrad und entriegelte ihr Schloss. Umständlich zog Weiß seinen Mantel an. Dabei fragte er:

»Sie wollen mir vermutlich nicht sagen, wo Sie jetzt ...«

»Nein.« Sie beugte sich noch tiefer über das Schloss.

»Tut mir leid, Herr Weiß.«

Als sie den Kopf wieder hob, wäre sie fast mit dem Anwalt zusammengestoßen, so dicht stand er bei ihr.

»Frau Emma...«

Er küsste sie. Seine Lippen waren trocken und weich. Nach einer Schrecksekunde erwiderte sie seinen Kuss. Nach einer Weile löste er sich von ihr und strich über ihre Wange.

»Dann seien Sie wenigstens vorsichtig.«

Er trat einen Schritt zurück. Jetzt lächelte er wieder sein trauriges Clownslächeln.

»Es wäre schade um Sie.«

Emma wusste nicht, was sie sagen sollte. Jetzt stand er schon wieder zu weit entfernt, als dass sie ihn hätte berühren können. Weiß klemmte sich seine Tasche unter den Arm und ging mit raschem Schritt über die Straße. Emma sah ihm nach, aber er drehte sich nicht noch einmal um.

Eine Straßenecke weiter stand ein Mann, halb verborgen von einem alten steinernen Brunnen und löste das starke Teleobjektiv von seiner Kamera. Dann schickte er das Bild, das er soeben gemacht hatte, per Mail an eine inoffizielle Adresse, die im Innenministerium aufgerufen wurde.

Berlin, Schöneberg

Die alte Frau Hansen stand am Telefonschränkchen in ihrem Flur und blätterte in dem Adressverzeichnis. Wie war noch der Name gewesen von diesem gutaussehenden jungen Polizisten? Nelke? Rose? Er hatte ihr doch sein Kärtchen gegeben, das musste hier liegen. Sonne? So konnte sie doch nicht nach ihm fragen, die Beamten auf dem Revier würden sie doch für senil halten.

Schon wieder klingelte es an der Tür der Nachbarin. Vielleicht hatte sie Glück, und es war der Polizist? Sie drückte auf den Knopf ihrer Sprechanlage und rief:

»Frau Lorenz ist nicht da, kann ich Ihnen helfen?«

Eine Frauenstimme antwortete. Enttäuscht schmatzte die Hansen mit der Zunge. Aber die Frau sagte, es sei dringend, also drückte sie auf den Öffner. Sie hörte, wie jemand auf der Treppe lief, immer zwei Stufen auf einmal, bis in die Etage unter ihr. Dann war es plötzlich still. Lina Hansen spähte über das Treppengeländer. Hatte diese unvorsichtige Lehrerin etwa ihre Tür aufgelassen? Sie ging wieder zurück und überlegte, was sie tun sollte. Eine innere Stimme riet ihr, in der Wohnung zu bleiben und die Polizei zu rufen. Aber ihre Neugierde war zu groß. Eine Frau war es gewesen, das war doch kein Verbrecher, oder?

Sie nahm ihren Schlüssel und zur Sicherheit noch eine große und schwere Taschenlampe und ging vorsichtig die Treppe hinunter. Tatsächlich war die Tür nur angelehnt.

»Frau Lorenz, sind Sie doch da? Ich dachte, Sie wären...«

Die alte Frau verstummte angesichts der fast leeren Wohnung. Vorsichtig ging sie durch den Flur und fasste ihre Taschenlampe fester.

Sie fand die fremde Frau im Wohnzimmer. Sie stand am Tisch der Lehrerin und hielt ein altes Handy in der Hand. Die Lehrerin musste es repariert haben, es war mit dickem silbernem Klebeband umwickelt. Hatte die Frau es stehlen wollen? Aber wer stahl denn ein altes Handy?

»Legen Sie das wieder hin, das gehört Ihnen nicht!«

Die Frau legte das Telefon wieder auf den Tisch. Sie lächelte entschuldigend. Ihre Haare waren für den Geschmack der alten Frau Hansen zu kurz und eindeutig zu ungepflegt, aber sie sah nicht sonderlich gefährlich aus, so dass die alte Nachbarin fragte:

»Sind Sie von der Polizei?«

Die Frau schüttelte den Kopf und streckte ihr eine Hand entgegen. »Nein, ich bin vom Radio. Mein Name ist Emma Vonderwehr. Und Sie sind...«

»Hansen. Lina Hansen. Vom Radio?«

»Frau Hansen, wissen Sie, wo Ihre Nachbarin jetzt ist?«

Lina Hansen senkte den Arm mit der Taschenlampe.

»Ich hör ja so gern das klingende Sonntagsrätsel. Sagen Sie mal, wer denkt sich das denn immer aus?«

»Frau Hansen, ich suche Ihre Nachbarin.«

»Ja, die. Die ist weg.«

»Wissen Sie, wo sie hingegangen ist?«

»Also, wenn ich ehrlich bin«, die Hansen sah prüfend die junge Frau an, die da vor ihr stand. Eigentlich war sie hübscher als die Fernsehansagerinnen, aber mit der Frisur konnte sie wirklich nur im Radio arbeiten, »ich hab schon überlegt, ob ich die Polizei anrufen soll. Da war mal so ein netter Beamter hier, Nelke oder...«

»Blume?«

»Ja!« Die alte Frau strahlte. »Kennen Sie den auch?«

»Warum wollten Sie ihn anrufen?«

»Wir passen hier nämlich aufeinander auf. Meine Tochter lebt in Neuseeland. Sie hat da jemanden kennengelernt, der ein Hotel hat, also, kein richtiges Hotel, aber so eine Art. Und meine Enkelin...«

»Frau Hansen, was ist mit Gesine Lorenz?«

»Da war so ein Mann.« Die Hansen senkte ihre Stimme. »Gepflegt. Schöne dunkle Haare. Aber irgendwie war die Frau Lorenz komisch.«

»Wie komisch?«

»Wissen Sie, die Frau Lorenz, das ist ein feiner Mensch. Leise ist die. Als die hier einzog, dachte ich erst, jetzt wird's hier anders. So eine junge Frau, die will sich doch amüsieren, oder? Aber die ist nicht so. Höflich, grüßt immer und...«

Die Frau vor ihr stöhnte.

»Bitte, Frau Hansen, sagen Sie mir...«

»Ja, das tue ich doch. Sie war so laut!«

»Wie, laut?«

»Sie hat so laut geredet. Das ist nicht ihre Art. Ich dachte, vielleicht macht sie das mit Absicht. Sie weiß doch, dass ich hier oben stehe und nach dem Rechten sehe. Heutzutage muss man aufeinander aufpassen, sonst...«

Die Frau fasste sie am Arm. Sanft zwar, aber das mochte Lina Hansen nicht, sie bekam immer so schnell blaue Flecke. Deshalb sagte sie schnell:

»Von einer Kirche hat sie was gesagt. In Brandenburg. Dass sie keine Lust hätte, da jetzt hinzufahren.«

»Hat sie den Mann mit einem Namen angesprochen?«

»Ja, das war ja auch so komisch. Unnatürlich, oder? Irgendwas mit Wald!«

»Eichwald?«

»Ja. Aber nicht Herr oder den Vornamen oder so, es klang richtig unhöflich, wissen Sie, so ist sie sonst nicht, ich sag immer zu meiner Enkelin...«

»Danke!«

Die junge Frau drehte sich um und rannte aus der Wohnung, die Treppe wieder hinunter. Lina Hansen sah ihr nach. Dann ging ihr Blick über das kahle Zimmer. Wohnten junge Leute jetzt so? Sie machte sich Sorgen um ihre Nachbarin. Hoffentlich hatte sie sich nicht mit den falschen Leuten eingelassen. Sie seufzte und ging zur Tür. In der Hand hielt sie noch immer die große schwere Taschenlampe. In letzter Zeit liefen hier so viele Ausländer herum. Dabei war das so eine gute Gegend gewesen, damals, als sie hierhergezogen war. Sie zog die Tür hinter sich zu und stieg langsam wieder die Treppe hoch.

Emma zog noch im Laufen ihr Handy aus der Tasche. Sie drückte auf Blumes Nummer, klemmte sich das kleine Gerät zwischen Ohr und Schulter und öffnete ihre Autotür.

»Ja?«

Schon wieder Johann. Emma holte tief Luft.

»Johann, ich bin's, Emma. Bitte leg nicht auf, es ist wirklich wichtig, dass du jetzt deinen Papa ans Telefon holst.«

Johann schwieg. Dachte er nach? Emma ließ den Motor an.

»Hör mal, dein Papa jagt doch Verbrecher. Und ich weiß da was, das muss ich ihm sagen, das hilft ihm bei der Arbeit, verstehst du?«

»Mach ich aber nicht.«

Schon wieder aufgelegt! Emma schrie vor Anspannung laut auf und schlug auf das Lenkrad. Eine Frau mit Hund drehte sich erschrocken auf dem Bürgersteig um. Emma sah auf das Handy und wählte wieder die Nummer von Blume. Es klingelte. Als Johann ranging, legte sie wieder auf und wählte erneut. Hoffentlich wirft Johann das Telefon nicht weg, dachte sie, während sie blinkte und rasch aus der engen Parklücke fuhr. Oder der Akku ist alle. Sie gab Gas und lauschte angespannt. Beim vierten Mal ging Blume ran.

»Emma, bist du das? Tut mir leid, ich hab gar nicht...«

»Er hat die Lorenz!«

»Wer? Wer hat...?«

385

»Eichwald! Er hat die Lorenz und fährt mit ihr nach Brandenburg! Die Alte bei ihr im Haus hat sie belauscht.«

Die Ampel sprang zu Rot um, Emma gab Gas. Dann rief sie in den Hörer:

»Vielleicht hattest du Recht, vielleicht weiß sie, wo die Drogen sind, vielleicht...«

»Erklär es mir unterwegs.« Blumes Stimme hatte sich geändert, jetzt klang er entschlossen. »Wo bist du?«

»In fünf Minuten bin ich in eurer Straße.«

»Ich komme dir entgegen.«

Berlin, Zehlendorf

Blume drehte sich um. Johann stand im Flur und Karin oben an der Treppe. Er räusperte sich.

»Ich muss los.«

Er schlüpfte in seine Schuhe. Johann rannte zu ihm, schlang seine Arme um ihn und drückte die Nase in seinen Bauch. Blume streichelte ihm über das Haar und schaute zu Karin. In ihrem Blick lag Wehmut, als wüsste sie, dass dies hier kein Neuanfang war. Er löste sich sanft aus der Umklammerung und ging vor seinem Sohn in die Hocke.

»Johann, das ist wichtig.«

Das Kind zog einen Flunsch. »Aber kannst du nicht noch …«

»Johann.« Karins Stimme klang hart. Erstaunt sah sich der Junge um. »Lass Papa gehen.«

Blume kam hoch und griff nach der Jacke. Er wich Karins Blick aus. »Na dann.«

Johann weinte. Blume sah ihn an und schluckte. Dies hier hätte nicht passieren dürfen, dachte er. Nicht vor dem Jungen. Er nahm den Jungen noch einmal fest in die Arme. Dann machte er sich los und zog die Tür hinter sich zu.

Draußen war es dunkel, und es hatte wieder zu regnen begonnen. Blume lief den Bürgersteig entlang. Emma kam im Wagen des Senders um die Ecke und hielt mit quietschenden Reifen. Er stieg ein und schlug die Tür hinter sich zu. Emma blinkte schon wieder und fuhr zurück auf die Hauptstraße Richtung Stadtautobahn.

»Was ist mit diesem Bürgermeister?«

»Christian ist Thomas! Thomas, der Freund von Lukas!«

»Was? Und hör bitte auf so zu schreien!«

Die Ampel war rot, und Emma bremste scharf. Sie drehte sich zu Blume und sagte, etwas ruhiger:

»Lukas Brinkmann hatte einen Jugendfreund. Die Geschichte mit dem Konzert, der Überfall in der Zionskirche, du weißt doch! Die ganze Zeit habe ich mich gefragt, warum mir der Pastor davon erzählt hat.«

Die Ampel wurde grün, und Emma fuhr wieder los.

»Der Pastor nannte Christian Thomas. Thomas, den Zwilling. Er erfindet gern eigene Namen für die Menschen. Lukas hat ihn nach dem Überfall in der Zionskirche an die Stasi verraten. Christian kam in Einzelarrest, sie haben ihn gequält, er hat versucht, sich das Leben zu nehmen. Nach einem halben Jahr haben sie ihn ausgewiesen.«

»Woher weißt du das mit dem Verrat?«

»Ich wusste es nicht, aber Gesine Lorenz wusste es! Sie schrieb in einem Blog, Lukas Brinkmann sei ein Mann von Adel – seit Jahrzehnten!«

In einer Kurve hielt Blume sich an der Seitentür fest. »Ja und?«

»Ein Mann von Adel ist bei den Rechten ein Verräter! Sie nennen das so wegen der Hitler-Attentäter, weil die doch auch…«

»Schon gut, ich kann's mir denken.«

Blume schwieg und starrte nach vorn, während Emma auf die Stadtautobahn fuhr. Das war zwar ein Umweg, ging aber trotzdem schneller als durch Mitte zu fahren. Sie sagte:

»Wahrscheinlich ist Eichwald noch immer rechts und hängt sich nur das Mäntelchen der Parteilosigkeit um. Als Bürgermeister kann er denen viel nützen.«

Blume strich sich über das nasse Haar. Ihm war heiß, umständlich zog er seine Jacke aus. Dabei sagte er:
»Das kommt manchmal vor. Biedere Fassade, um den Rechten die Wege zu bereiten. Wenn die Gegend tatsächlich so etwas werden soll wie eine zentrale Schaltstelle, dann ist der Bürgermeister sehr wertvoll für die.«
Emma überholte einen LKW, der gefährlich nah an der Mitte fuhr. »Der Pastor sagte, sie wollten die Kirche und das Pfarrhaus für die Liga kaufen. Mit dem Bürgermeister als Strohmann ist das sicher einfacher.«
Beim Überholen sah er aus dem Fenster nach oben. Der LKW-Fahrer sang ein Lied aus dem Radio mit, dazu trommelte er mit den Fingern auf dem Lenkrad. Als Emma wieder einscherte, sah sie kurz zu Blume. Sofort wandte sie den Kopf wieder nach vorn.
»Dein Hemd.«
Er sah an sich herunter, suchte einen Fleck. »Was?«
»Es ist falsch zugeknöpft.«
»Oh.« Er fühlte, dass er rot wurde, und richtete schnell sein Hemd. Eine unangenehme Stille breitete sich im Wagen aus. Blume räusperte sich und fragte:
»Also gut, wie kommt die Lehrerin da ins Spiel?«
»Sie war Lukas' Freundin. Vielleicht hat er es ihr erzählt. Oder sie hat es rausgefunden. Zufällig?«
Emma kaute auf der Lippe. Nach einer Weile sagte sie:
»Vielleicht hattest du Recht, und sie weiß, wo Brinkmann die Drogen versteckt hat.«
Blume griff nach seiner Jacke und zog sein Handy raus. Während er tippte, sagte er:
»Ich weiß nicht, was diese Leute im Einzelnen bewegt. Aber ich hoffe, sie leben lange genug, um es mir erklären zu können.«

Blume hielt sein Telefon an das Ohr. Es läutete mehrmals, dann wurde abgenommen. Im Hintergrund war es laut. Menschen redeten, Gläser klirrten.

»Hirsch?«

»Herr Hirsch, hier ist Edgar Blume.«

»Blume! Moment.« Hirsch ging aus dem Raum. Er sagte zu anderen, dass er gleich wiederkäme, begrüßte, vertröstete auf später. Dann ein Türklappen, und der Lärm drang nur noch gedämpft zu Blume.

»So. Was gibt's?«

»Herr Hirsch, wir müssen zuschlagen. Veranlassen Sie die Razzia im Parteibüro der Liga und bei Rocco Schmitz. Außerdem brauche ich ein SEK-Team.«

»Was? Muss das denn... Was ist los?«

»Ich fahre mit Emma nach Hofsmünde. Wir hoffen, dass wir heute Nacht das Beweismaterial sicherstellen.«

»Mit Emma? Hören Sie, Blume...«

»Ich muss noch mit unserem Kontaktmann sprechen, Herr Hirsch, also bitte...«

»Nein, warten Sie! Sie sind noch im Auto, nicht wahr? Können Sie – kann Ihre Freundin Sie hören?«

Blume sah auf Emma. Sie fuhr eng auf einen Vordermann auf und attackierte ihn mit der Lichthupe. Der Wagen vor ihr blieb auf der linken Spur.

»Sicher.«

Hirsch schien einen Moment zu zögern, dann sagte er:

»Edgar, leider hat sich unser Verdacht bestätigt. Ihre Freundin Emma ist eine Gefahr für die Geheimhaltung. Sie hätten sie nie einweihen dürfen.«

»Das glaube ich Ihnen nicht.«

»Sie redet mit dem Anwalt Weiß über den Fall. Sie hat ihm Unterlagen gegeben.«

Endlich fuhr der Wagen vor ihnen rechts rüber. Emma gab Gas und raste vorbei. Blume sah einen Mann, der mit der Faust drohte. Er sagte leise in den Hörer:

»Das muss gar nichts bedeuten.«

»Edgar, wenn Weiß unseren Mann enttarnt, dann kann ich für nichts garantieren, sie ...«

»Das kann nur ein Missverständnis sein.«

Hirsch seufzte. Und sagte etwas ruhiger:

»Edgar, ich sag das ungern, aber Ihre Freundin und dieser Weiß – sie stehen sich näher, als Sie glauben.«

»Wie soll ich das verstehen?«

»Wie ich es sage. Ich schick Ihnen gleich ein Bild. Es wäre gut, wenn Sie es vor ihr verbergen könnten.«

»Veranlassen Sie die Verstärkung. Alles andere wird nicht nötig sein.«

»Blume, verdammt«, Hirschs Stimme klang jetzt wütend, »ich lass nicht zu, dass Sie die Ermittlungen gefährden.« Er schnaufte, dann klang seine Stimme wieder versöhnlich. »Sie haben doch so eine schöne Frau! Das haben Sie doch gar nicht nötig!«

»Danke für die Information. Ich warte vor Ort auf die Verstärkung.«

Blume beendete das Gespräch. Mit dem Telefon in der Hand schaute er zu Emma. Sie sah konzentriert auf die Fahrbahn, sie sah besorgt und nachdenklich aus. Im Profil sah er einen kleinen Leberfleck unter dem Ohrläppchen, der ihm bisher nicht aufgefallen war. Ich vertraue ihr, dachte er. Als hätte sie seine Gedanken erraten, fragte sie:

»Bist du dir sicher?«

»W-was?«

»SEK und Razzia? Wir wissen doch noch gar nicht, ob sie wirklich zum Versteck unterwegs sind.«

Blume holte tief Luft und sah aus dem Fenster.

»Besser voreilig als zu spät. Lukas Brinkmann ist tot, der Pastor liegt im Koma. Und jetzt haben wir Rocco Schmitz gefunden...«

Emma sah zu ihm rüber. »Tot?«

Blume nickte. »Er lag auf einem Parkplatz in der Nähe der tschechischen Grenze. Sein Schädel war eingeschlagen.«

Emma schwieg eine Weile. Dann murmelte sie: »Na dann kann ich die Rechnung für den Zoom ja wohl vergessen.«

Blume tippte schon wieder in sein Handy.

»Was hast du gesagt?«

»Egal. Was ist mit den Tschechen? Haben deine Kollegen schon jemanden verhaftet?«

Blume presste sein Telefon ans Ohr, dass es wehtat.

»Das ist nicht so einfach.«

Emma verzog den Mund, sagte aber nichts.

Es läutete lange, dann meldete sich Achim. Seine Stimme klang matt, als habe er geschlafen. Blume sah zur Uhr auf dem Armaturenbrett – es war kurz nach 23 Uhr.

»Was ist denn los?«

»Eichwald ist mit Gesine Lorenz losgefahren. Wir glauben, dass sie nicht freiwillig mitgekommen ist.«

»Mit dem Bürgermeister? Was haben die vor?«

»Wir hoffen, dass sie ihm zeigt, wo das Crystal ist.«

Achims Stimme klang plötzlich hellwach.

»Was? Wieso denn der Bürgermeister?«

»Wir vermuten, dass er ein Strohmann der Liga ist. Ist dir mal etwas aufgefallen?«

Stille. Blume hörte das laute Atmen seines Gesprächspartners. »Ehrlich gesagt hab ich das mal vermutet. Er war immer so nachgiebig, die Liga konnte in der Gegend ja machen, was sie...«

»Vermutet! Und wann, dachtest du, wolltest du uns davon in Kenntnis setzen, von deinen Vermutungen?«

Achims Stimme klang jetzt weinerlich. »Es war doch nur so ein Gefühl, da sollte ich dir mal mit kommen, so ohne Beweise.«

Blume seufzte. Er wischte sich über das Gesicht und sah angestrengt nach draußen.

»Ich bin auf dem Weg nach Hofsmünde, ich brauch aber noch 10 Minuten. Geh raus und sieh nach, ob sie irgendwo sind. Und nimm deine Waffe mit!«

»Edgar, so kannst du nicht mit mir umspringen, nur weil du meinst, du bist der, der es immer zu sagen hat, kannst du nicht…«

»Verdammt!« Edgar schrie laut in das Telefon, Emma zuckte zusammen, und der Wagen geriet ins Schlingern. »Fahr endlich los!«

Blume kappte die Verbindung. Als sein Handy sofort darauf erneut piepste, dachte er, es sei wieder Achim, und seine Halsschlagader pochte. Aber es war eine Nachricht von Hirsch – er hatte ein Bild geschickt. Blume wandte sich ein wenig ab und schirmte das Display ab. Emma tat so, als fiele es ihr nicht auf. Blume tippte auf das Bild und zog es mit seinen Fingern auseinander. Er starrte auf Emma und Weiß und fühlte, wie etwas ihm den Boden wegzog.

Brandenburg, Hofsmünde

Sie parkten gleich hinter dem Ortseingangsschild. Emma zog den Schlüssel ab und stieg rasch aus. Die dicken Tropfen waren einem feinen Sprühregen gewichen. Sie zog den Reißverschluss ihrer Jacke hoch und vergrub ihre Hände in den Taschen. Blume lief bereits lautlos am Rand der Straße zum Dorf, und Emma beeilte sich, ihm zu folgen. Auf dem Kirchplatz war es dunkel, kein Fenster war erleuchtet. Nur die Buchstaben des Netto-Marktes flimmerten schwach in der Ferne. Sie lauschte konzentriert, aber der Wind übertönte alle Geräusche.

Eine massige Gestalt trat aus dem Schatten der Kirchmauer, und Emma erschrak, dann erkannte sie Achim Schrandt, den Fahrschullehrer. Sie wollte Blume darauf aufmerksam machen, aber der hatte die Gestalt schon gesehen und ging auf sie zu. Sie redeten miteinander, und Schrandt zeigte auf die Kirche. Emma kam näher. Der Mann sah ihr entgegen und sagte etwas zu Blume. Obwohl sie nur noch wenige Meter entfernt war, konnte sie es nicht verstehen – der Wind brauste zu laut. Jetzt drehte sich Blume zu ihr um. Er zog sie dicht an sich und sagte in ihr Ohr:

»Sie sind in der Kirche. Bleib du mit Achim hier vorne, ich sehe beim Seiteneingang nach.«

Sie nickte und sah zu, wie Blume zwischen den Kirchhofsmauern verschwand. Sie drehte sich zu dem Fahrlehrer um, musterte ihn und sagte leise:

»Sie sind das also.«

Er sah sie verständnislos an. Sie kam einen Schritt näher, und er beugte sich vor. Er roch nach Schlaf und altem Schweiß.

»Sie sind der Maulwurf.«

Er sagte nichts, sondern fuhr mit den Augen an ihrer Statur entlang. Sie drehte sich fröstelnd zur Straße um, sollte nicht die Polizei bald kommen? Der Wind zerrte an den Büschen und Sträuchern, eine vergessene Papierserviette vom Fest wehte über die Straße. Als Achim ihr etwas ins Ohr sagte, schrak sie zurück, weil er ihr so nahe gekommen war.

»Sie sind auf dem Orgelboden!« Sie sah ihn an, dann streckte sie ihren Hals, um zum Turm der Kirche zu schauen.

»Woher wissen Sie das?«

Er grinste und winkte ihr, ihm zu folgen. Sie liefen geduckt an der Kirchhofsmauer entlang. Emma hielt Ausschau nach Blume, aber der war vermutlich schon beim Seiteneingang.

Das ehemalige Haupttor war mit Bauschutt überlagert. Durch diesen Eingang war das Kircheninventar abtransportiert worden. Was sich als wertlos herausstellte oder kaputtging, hatten die Weiternutzer gleich hier vor dem ehemaligen Haupteingang entsorgt. Achim blieb schnaufend stehen. Emma folgte seinem ausgestreckten Finger mit ihren Augen. Über dem Eingangsdach des Portals war ein rundes Fenster aus Bleiglas eingelassen. Es zeigte eine weiße Taube mit einem Zweig im Schnabel. Von Zeit zu Zeit flackerte ein winziges Licht wie von einer Taschenlampe durch das Bild. Emma trat nah an die Mauer heran und besah sich das Portal. Dann winkte sie Achim. »Mach mal Räuberleiter!«

Er sah sie misstrauisch an, aber als sie ihn zur Mauer zerrte, ließ er es sich gefallen. Er verschränkte seine Finger, und Emma trat in seine Hände, dann auf seine Schultern und zuletzt vorsichtig auf den Kopf. Ihre Hände tasteten über das grobe Mauerwerk, bis sie in die Regenrinne des Vordaches fassen konnte. Mit einem Schwung zog sie sich hoch. Ein leises Klack machte es, als ihre Schuhe auf den Schindeln auftraten. Emma hielt die Luft an und horchte. Achim schaute zu ihr hoch, er hatte seine Hände vor den Mund geschlagen. Die Schindeln waren nass und glatt, und Emma schob sich Zentimeter für Zentimeter vorwärts. Endlich hatte sie den First des Vordaches erreicht und schwang ein Bein darüber. Langsam robbte sie so zum Fenster. Sie meinte, Stimmen zu hören, und presste ihr Ohr an das kalte Blei der Einfassungen.

Ein Scharren und Poltern war zu hören, als rücke jemand Möbel. Sie hörte Gesine Lorenz fluchen, als habe sie sich wehgetan, dann drang ihre Stimme klar zu ihr:

»Christian, das bist du doch gar nicht. Das hat er dir doch eingebrockt. Willst du denn immer noch nach seiner Pfeife tanzen?«

»Mach weiter. Hol es raus, Gesine.«

»Aber er hat dich betrogen, er hat dich von Anfang an belogen und...«

Emma hörte ein Rascheln, etwas fiel zu Boden, und dann schrie Eichwald:

»Jetzt mach endlich, du verdammte Fotze!«

Emma versuchte, durch das farbige Glas des Kirchenfensters zu sehen. Irgendetwas schien vor dem Ausguck zu stehen. Eine Weile war nur Geraschel zu hören, dann sagte die Lehrerin wieder etwas. Ihre Stimme klang zittrig, aber sie redete.

»Eigentlich komisch, dass du nicht auf diesen Ort gekommen bist, Eichwald. Was habt ihr früher hier versteckt, du und Lukas? Zigaretten? Pornoheftchen?«

»Pornos? Hier hatte Lukas die Springerstiefel gelagert, und die CDs und Klamotten für die anderen. Der hat doch schon damals gut daran verdient.«

»Hilf mir mal. Und leg das Ding weg, du willst mich doch nicht wirklich erschießen, oder?«

»Sei dir da nicht zu sicher.«

Emma hörte Schritte, dann ein Scharren, als zöge jemand etwas Schweres über den Boden. Keuchend sagte die Frau:

»Er hat mir erzählt, dass du erst gar nichts von den Rechten wissen wolltest. Wie er dich überredet hat, da mitzukommen.« Eine Pause, in der nur das schwere Atmen zu hören war. Dann wieder die Frauenstimme:

»Er konnte es nicht ertragen, wie gern dich der Pastor hatte.«

Eichwald brummte:

»Was weißt du schon von damals.«

Er wollte verächtlich klingen, aber etwas anderes schwang im Ton mit – Traurigkeit. Sie hat den wunden Punkt erwischt, dachte Emma und rückte noch einen Zentimeter näher an das Glas. Die Stimme der Frau war jetzt ruhiger. Sie musste Eichwald sehr nah gekommen sein.

»Er war eifersüchtig auf dich. Er hat aus dir einen Nazi gemacht und gehofft, dass sein Vater dich fallen lassen würde. Aber das hat er nicht getan. Der Pastor hat um dich gekämpft. Also hat Lukas dich nach dem Überfall auf die Zionskirche verpfiffen. Stasiknast und dann Abschiebung in den Westen.«

Emma hörte ein Keuchen, Schritte, dann klang es, als falle ein Körper zu Boden. Die Frau japste nach Luft, er stieß sie gegen Holz und schrie:

»Ach ja? Habt ihr zusammen gelacht über den Idioten, der sich alles gefallen lässt?«

Schläge klatschten, die Frau schrie auf vor Schmerz.

»Hat er dir auch erzählt, was sie mir damals angetan haben, im Knast? Wie sie mich gequält haben? Nee, davon wusste er ja nichts, der saubere Lukas. Vor mir hat er gelegen und gewinselt, Rocco hat ihn halb tot geprügelt und er wollte immer noch sagen, wo's langgeht, aber nicht mit mir, nicht mit mir, nicht mit mir…«

Emma hörte nur noch das Klatschen auf Fleisch, die Frau gab keinen Ton mehr von sich. So schnell sie sich traute, rutschte sie die glatten Schindeln bis zur Dachrinne herunter und rief leise nach Achim.

»Was?«

Er stand noch immer direkt unterhalb des Eingangs. Der Wind hatte etwas nachgelassen, und die Wolkendecke war aufgerissen. Im trüben Licht des Mondes sah Emma Achims weit aufgerissene Augen. Sie flüsterte:

»Wo ist Blume?«

Achim schüttelte den Kopf, wies aber mit dem Arm zum Nebeneingang.

»Immer noch vorn, denke ich.«

»Wir können nicht mehr warten. Der bringt die Frau um!«

Achim sah abwartend zu ihr hoch, und sie überlegte. Dann beugte sie sich runter und sagte:

»Ich werde für Lärm sorgen, drüben, gegenüber vom Seiteneingang. Dann soll Blume versuchen reinzukommen. Und sag ihm, Eichwald hat eine Waffe!«

Der Fahrlehrer nickte und verschwand hinter dem Portal. Emma kletterte wieder vorsichtig nach oben. Am Fenster horchte sie. Jemand schien dort drinnen zu wüten –

Emma hörte Stöße gegen Gegenstände, etwas flatterte vom Orgelboden nach unten und landete mit einem Knall auf den Fliesen. Eichwald schrie unverständliches Zeug. Dazwischen klang das Wimmern der Lehrerin. Emma tastete nach den Schindeln des Vordaches und zog eine heraus. Sie lag schwer in ihrer Hand. Emma versuchte, sich halbwegs stabil zu stellen und warf die Schindel mit Schwung in den Hof. Sie zerschellte mit einem lauten Knall auf den Steinen.

In der Kirche war es schlagartig still. Emma drückte sich eng an die nassen Schindeln. Und jetzt drang Blumes Stimme durch die Dunkelheit: »Geben Sie auf, Eichwald. Lassen Sie die Frau gehen. Sie haben keine Chance.«

Emma hielt die Luft an. Drinnen schnelle Schritte, dann schrie die Lehrerin auf, sie schien sich zu wehren, schrie immer wieder: »Nein, nein!« Eichwald rief: »Ich bring sie um, wenn ihr reinkommt!«

Eichwalds Stimme kippte, es klang panisch, als habe er komplett die Kontrolle verloren.

»Ich komme mit ihr raus und gehe zum Auto. Wehe, jemand hindert mich!«

Emma kletterte vorsichtig über das rutschige Dach. Die Seitenteile reichten bis an die Eckpfeiler der Kirche. Wenn sie sich streckte, konnte sie auf das Rasenstück vor dem Seiteneingang sehen. Mit dem rechten Fuß suchte sie Halt in der Regenrinne, die voller Wasser und altem Laub war.

Blume stand auf dem Rasen, vom Mondlicht beschienen schemenhaft zu erkennen. Er hatte die Hand mit der Pistole gesenkt und starrte auf den Seiteneingang. Emma streckte sich, konnte aber die Tür von ihrer Position aus nicht sehen. Ihre Finger tasteten über die nassen Schindeln, um noch ein paar Zentimeter vorrücken zu können.

Jetzt glaubte Emma, die Scharniere der alten Tür zu hören. Blume änderte seine Haltung, behielt aber die Waffe unten. Eichwald schob sich in ihr Blickfeld. Er hielt Gesine Lorenz mit der Linken an sich gepresst und ging langsam vorwärts. Sie blutete – wie stark, konnte Emma aus der Entfernung nicht erkennen. In der Rechten trug Eichwald einen kleinen Aktenkoffer. Von der anderen Seite tauchte jetzt Achim auf – ein dunkler Koloss. Er rief:

»Christian, was wird das hier – hast du den Verstand verloren?«

Eichwald schien einen Moment verwirrt, aber dann drängte er die Lehrerin weiter vorwärts. Er schrie: »Hau ab, Achim! Hier ist überall Polizei!«

»Das stimmt nicht, Christian.« Achim kam näher, seine Stimme wurde leiser. »Er hat geblufft. Es ist niemand hier, nur wir vier.«

Eichwald blieb stehen. Unsicher sah er von Achim zu Blume.

Der legte die Waffe vor sich ins Gras, kickte sie leicht in Eichwalds Richtung und sagte:

»Er hat Recht, Eichwald. Wir sind allein. Das wird sich aber in fünf Minuten ändern. Also sollten Sie sehr gut überlegen, was Sie jetzt tun.«

Die Lehrerin löste sich ein wenig von ihm. Sofort riss Eichwald sie wieder näher an sich, und sie schrie vor Schmerzen auf. Jetzt konnte Emma sehen, dass er in der Linken eine Waffe hielt. Achim kam noch näher und stand jetzt fast direkt vor den beiden.

»Nimm mich, Christian, und lass sie gehen.«

Eichwald lachte, es klang verzweifelt. »Für dich gibt keiner einen Cent, Fleischklops. Kapier das endlich!«

»Eichwald«, Blumes Stimme klang beschwörend, »lassen Sie doch den Scheiß. Da kommen Sie doch nie mehr raus!

Wir vergessen das jetzt hier, und Sie geben mir den Koffer. In ein paar Minuten ist hier alles voller SEK!«

Eichwald sah in Blumes Richtung. Emma war zu weit weg, um seinen Gesichtsausdruck erkennen zu können. Achim sagte:

»Menschenskind, Christian – denk doch an die Liga!«

»Immer die Liga!« Eichwald schrie zuerst, am Ende war es nur noch ein Flüstern. »Immer die Liga. Der Einzelne zählt nicht, du bist nur in der Gruppe stark, ein ganzes Leben hör ich mir diesen Scheiß schon an. Aber mir hat keiner geholfen, als ich im Bau war, ganz allein und immer das Licht an, immer wieder diese Verhöre, ich wusste doch gar nicht, was los war. Er hat mich verraten, Achim, er hat denen alles über mich erzählt, Lukas war doch mein Freund, mein Kamerad...«

Er weinte, und Achim ging zu ihm und legte einen Arm um seine Schulter. Blume nahm ihm sanft die Waffe aus der Hand. »Christian Eichwald, ich verhafte Sie wegen Mordes an Lukas Brinkmann.«

Eichwald sah hoch. »Gesine hat mich angerufen und mir alles erzählt. Ich wusste, dass Rocco ihn sich vornehmen wollte. Ich stand an der Straßenecke und wartete, dass Rocco rauskam. Dann ging ich hoch und und stellte ihn zur Rede. Er hat um Gnade gewinselt, aber in mir war alles tot. Er hatte mich verraten. Er hat mein Leben zerstört.« Dann drehte er seinen Kopf zu Achim.

»Den Helm hatte ich ihm damals geschenkt. Ich war ja noch in der Lehre, weißt du, wie lange ich für das schwere Scheißding gespart hab?« Er lachte bitter unter seinen Tränen. »Ihm ging es immer noch nur um sich. Er jammerte und schrie rum, aber kein Wort über mich, dass es ihm leid tat, was er damals... da hab ich den Helm genommen und damit gegen seine Brust geschlagen. Es... es ging ganz leicht. Und dann war er auf einmal still. Er hielt den Helm an die Brust gedrückt und sah mich an, als dachte er, Alter, das hätte ich dir nicht zugetraut.«

Er senkte den Kopf, dann murmelte er noch leise: »Und dann ist er einfach umgefallen.«

Emma starrte wie gebannt auf die Szene. Achim löste sich von Eichwald und versuchte, einen Schritt zurückzutreten, aber der Bürgermeister klammerte sich an seinen Arm und schrie fast in sein Gesicht:

»Er hatte es verdient. Aber Marlon, Achim. Was wir Marlon angetan haben, das kann ich nie...«

Schnell sagte Achim: »Alles wird zur Sprache kommen, Christian. Später.«

Eichwald heulte auf und schlug mit der Faust auf Achim ein. »Du bist doch schuld! Du hast den Jungen gefunden! Du hättest – du hättest...« Gesine Lorenz gab einen Laut von sich und brach zusammen. Blume konnte sie gerade noch stützen und legte sie ins Gras.

Emma schob sich zurück auf das Dach und kletterte vorsichtig auf die andere Seite. Sie wollte sich von der Dachrinne auf die Schuttberge hangeln. Von ferne hörte sie jetzt die Polizeisirenen. Und dann fiel ein Schuss. Emma schrak zusammen und rutschte die Dachrinne herunter. Schmerzhaft riss sie sich die Handflächen an der Mauer auf, dann sprang sie und landete auf dem nassen schweren Rasen, der schmatzend nachgab. Sie rannte um das Portal und blieb im Licht der Scheinwerfer stehen. Polizisten sprangen aus den Wagen, Blume schrie ihnen entgegen, sie sollten stehen bleiben. Eichwald hatte jetzt plötzlich wieder eine Pistole in den Händen. Emma wich zurück in den Schutz der Dunkelheit und presste sich an die kalte Steinmauer der Kirche. Eichwald drehte ihr den Rücken zu und richtete die Waffe auf Achim. Er schrie, völlig von Sinnen:

»Marlon war erst fünfzehn Jahre alt! Ihr habt ihn abgefüllt, du und Lukas. Ihr habt ihn fertiggemacht!«

Achim hob beschwörend die Hände. Die Panik schwang in seiner Stimme.

»Ich war doch selber völlig dicht. Ich hab das doch alles gar nicht mitbekommen. Lukas hat ihm das Zeug in die Zähne gerieben, ich konnte gar nichts tun, ich ...«, Achim sah getrieben von Eichwald zu Blume, der sich die Szene hilflos ansah, und fuhr fort: »Er zuckte, ja, aber das ist uns allen doch schon mal passiert. Ich dachte nicht, dass er stirbt. Ich war drauf, ich dachte, da muss er durch!«

Eichwald lud die Waffe durch, und Achim brach in Tränen aus. Seine Stimme überschlug sich: »Rocco ist ausgerastet, er sagte, das sei schlecht fürs Geschäft und wir sollten Marlon nach Berlin bringen, vor den Tresor, da gäbe es doch dauernd solche Typen. Aber Rocco war zu voll, genau wie ich. Wir haben es einfach nicht geschafft, den Jungen ins Auto zu tragen. Deswegen hat Lukas dich angerufen.«

Eichwald hob den Arm mit der Waffe. Tränen liefen ihm über die Wangen. Er stand dort, im Scheinwerferlicht der Polizeiwagen, die Menge um ihn herum war wie in einem Standbild erstarrt. Nur der Wind pfiff und zerrte kalt an ihm. Achim fasste sich etwas und trat einen Schritt auf Eichwald zu.

»Du hast doch immer gemacht, was Lukas wollte. Du hast den Jungen in den Kofferraum getragen. Du hast ihn mit auf den Bürgersteig gelegt. Er hat noch gelebt. Er hätte gerettet werden können. Du bist genauso schuld wie wir, Christian.«

Emma sah nur die zuckenden Schultern von Eichwald. Dann hörten sie von fern die Sirene eines Krankenwagens, der sich rasch zu nähern schien. Emma sah einen Moment auf die Straße. Dann hörte sie nur noch, wie Blume »Nein« schrie. Und dann kam der Schuss. Sie schrak zusammen und starrte nach vorn. Eichwald lag auf dem Boden. Er hatte sich die Pistole an die Schläfe gehalten und den halben Kopf weggeschossen.

Blume schrie jetzt nach dem Krankenwagen und wischte sich das Blut aus den Augen.

Auch Achim und Gesine Lorenz trugen Spuren von Blut und Hirn auf ihren Körpern. Die Lehrerin schrie, Achim versuchte, sie zu beruhigen. Aber sie schlug panisch nach ihm.

Emmas Knie zitterten, langsam ließ sie sich ins feuchte Gras fallen. Der Notarztwagen hielt auf dem Kirchplatz, zwei Männer und eine Frau in den orange-weißen Jacken stiegen aus. Ein Blick auf Eichwald genügte – die Ärzte wandten sich den Lebenden zu. Gesine Lorenz wurde auf eine Bahre gelegt, die Männer angesprochen. Blume sah sich suchend um, und Emma kam wieder auf die Beine. Weinend stolperte sie in seine Richtung. Als er sie sah, schob er die Leute um sich aus dem Weg und schloss sie in die Arme.

»Emma, Gott sei Dank!«

Sie lehnte sich an seine Schulter und schloss die Augen vor dem Anblick, der sich ihr bot. Blumes Schulter war klebrig, aber sie verdrängte den Gedanken daran. Als sie die Augen wieder öffnete, breiteten ein paar Männer bereits einen Plastiksack über der Leiche aus. Blume fasste sie an den Schultern und sah ihr ins Gesicht.

»Bist du okay?«

Sie nickte. »Ich bin gerade vom Dach runter, als ich den ersten Schuss hörte. Was ist passiert?«

Blume wischte sich durchs Gesicht. Er sah voll Ekel auf seine Jacke und zog sie aus, trotz der Kälte.

»Ich hatte mich zu der Lehrerin gedreht. Ich dachte, er fällt, aber er hat nach meiner Waffe gegriffen. Ich war nicht schnell genug, Emma, ich war nicht...«

Emma strich ihm über die nassen, verklebten Haare. Sie zog ihn an sich, wärmte ihn mit ihrem Körper. Ein Sanitäter kam und legte Blume eine Decke um. »Bitte kommen Sie mit.« Er wandte sich an Emma. »Sind Sie verletzt?« Emma schüttelte den Kopf, dann fühlte sie, wie ihr das Blut aus dem Kopf in den Boden rauschte und der Schweiß ausbrach. Sie murmelte: »Ich glaube, ich habe einen Schock.« Dann wurde ihr schwindelig, und sie konnte sich noch an der Jacke des Mannes festhalten. Langsam führte er sie die wenigen Schritte bis zu einer provisorisch aufgebauten Station. Auch Emma bekam eine Decke und sollte sich flach hinlegen, aber es hielt sie nicht lange dort. Sie setzte sich auf eine Klappbank und nahm dankbar den Tee entgegen, den ihr ein Sanitäter anbot. Um sie herum war ein geschäftiges Treiben, Beamte der Spurensicherung arbeiteten am Tatort, über Funkspruch wurde eine Razzia in den Büros der Rechten Liga organisiert. In einem Rettungswagen sah sie Achim. Auch er trank aus einem Becher, eine Ärztin maß seinen Blutdruck. Für einen Moment hob er den Kopf. Ihre Blicke trafen sich, dann wandte er sich der Ärztin zu, die ihn etwas fragte. Emma hielt Ausschau nach Blume. Er stand mit der Lehrerin und einem Trupp von Zivilpolizisten im Halbkreis um ein Auto. Emma rutsche etwas vor. Jetzt sah sie den Koffer auf dem Heck des Wagens. Blume machte ihn auf, ein Beamter richtete den Lichtstrahl einer starken Taschenlampe darauf. Selbst von ihrem Platz aus konnte Emma die kleinen weißen Tütchen erkennen. Blume schloss den Koffer wieder, reichte ihn an den Beamten mit der Taschenlampe und sagte etwas zu der Frau. Gemeinsam gingen sie zur Kirche und verschwanden durch den Seiteneingang. Emma stand auf, wickelte die grobe Wolldecke enger um sich und lief zum Eingang. Zögernd blieb sie an der Tür stehen. Sie hatten die Deckenbeleuchtung angemacht und gingen gerade die Stufen zum Orgelboden hoch. Gesine Lorenz sagte:

»Er hat mir von seinem Geheimnis, dem Versteck, erzählt. Nach dem Tod von Marlon war ihm das alles zu heiß geworden. Er wollte nur etwas abwarten, damit Gras über die Sache wachsen konnte. Aber Rocco hat das nicht verstanden.«

Blume meinte: »Er hatte seine Zulieferer im Nacken. Er konnte nicht warten, er brauchte das Geld.«

»Meinen Sie, das hätte Lukas interessiert? Dem ging es nur um seine eigene Haut.«

»Zeigen Sie mir das Versteck.« Die Lehrerin ging voran, Blume folgte ihr, und Emma schlich hinterher. Die Treppe knarrte auf dem letzten Absatz. Als sie den Orgelboden betrat, starrten ihr die beiden entgegen.

Emma schluckte und sah sich um. Der Orgelboden war voller Kisten und verpackter Statuen. Ein schmaler Weg war frei geblieben, um bis zur Orgel zu kommen. Lose Karteiblätter, Aktenordner und Liederbücher lagen auf dem Boden.

»Hier.«

Gesine Lorenz hatte sich hinter die schmale Sitzbank gehockt. Sie zeigte auf eine kleine Tür zu einem Verschlag, die offen stand. Vermutlich war sie einmal als Zugang zu den Orgelpfeifen angebracht worden, wenn einzelne Pfeifen repariert oder ausgetauscht werden mussten. Blume und auch Emma traten einen Schritt näher an das Versteck heran. Blume nahm eine kleine Taschenlampe von seinem Schlüsselbund und leuchtete in den Verschlag. Im Lichtstrahl wirbelten Staubkörner durch die Luft. Auf dem Boden war der Abdruck des Koffers zu sehen. Blume starrte in den Verschlag und sagte tonlos:

»Sie haben uns wichtige Informationen vorenthalten, Frau Lorenz. Dafür werden Sie sich verantworten müssen. Vielleicht hätten zwei Menschenleben gerettet werden können.«

Es war still in der Kirche. Emma hielt den Atem an und sah zur Lehrerin. Gesine Lorenz murmelte:

»Lukas hat den Verschlag vor Jahren mal erwähnt. Ich hab nicht daran gedacht. Eichwald hat mich erst wieder darauf gebracht.«

Emma starrte die Frau an. Sie wurde nicht schlau aus ihr. Lange hatte es so ausgesehen, als deckte sie die Drogengeschäfte der Rechten Liga und trauerte um ihren Freund Lukas Brinkmann. Jetzt schien es so, als habe sie kaltblütig abgewartet, bis es weitere Tote gab. In ihren Worten über Lukas Brinkmann lag so viel Verachtung. Gleichzeitig nahm Emma eine Verzweiflung an ihr wahr, die ihr Angst machte. Irgendetwas verbarg sie noch.

Die Lehrerin verschränkte die Arme, als friere sie, und fragte, an Blume gewandt:

»Was passiert jetzt mit Achim?«

Blume hob den Kopf, und Emma erschrak bei seinem Anblick. Sein Gesicht war eingefallen, tiefe Kerben gruben sich in seine Mundwinkel. Offenbar war auch er von den Worten Achims getroffen. Sein Kontaktmann hatte sich mitschuldig gemacht an Marlons Tod. Hatte Blume nichts davon gewusst?

»Wir werden das prüfen. Ich sage jetzt erstmal einem Beamten Bescheid, dass er Sie zurückfahren soll. Halten Sie sich zur Verfügung.«

Sie gingen an Emma vorbei zur Treppe. Emma drückte sich an die Bretterwand und sah stirnrunzelnd auf die Lehrerin. Sie traute ihr nicht über den Weg. Oder hatte sie bei all der Aufregung, Kälte und Angst etwas falsch verstanden?

Als Blume an ihr vorbeiging, sah er ihr fragend ins Gesicht. Aber sie schüttelte nur den Kopf und versuchte, den Gedanken daran zu verdrängen. Schweigend ging sie hinter den beiden die Treppe hinunter.

Draußen verzog sich ganz langsam die Schwärze der Nacht und wich einem diffusen Grau. Emma sah auf die Uhr. Halb vier. Jetzt kam die Frühschicht der Nachrichten, in einer halben Stunde der Frühredakteur. Sie musste anrufen, aber noch waren nicht alle Fragen geklärt. Sie sah sich um. Gesine Lorenz saß bereits in einem Wagen der Polizei, Blume stand davor und sprach mit dem Beamten. Emma ging darauf zu und klopfte mit den Fingerknöcheln an die Scheibe. Die Lehrerin sah zu ihr und lächelte. Dann ließ sie die Scheibe wenige Zentimeter hinunter.

Emma sagte: »Frau Lorenz, eins beschäftigt mich die ganze Zeit: Woher wussten Sie von Brinkmanns Verrat damals, als er seinen Freund Christian an die Stasi auslieferte? Das hat er Ihnen doch nicht einfach so erzählt, oder? Das ist doch nichts, mit dem man angibt!«

Die Lehrerin lächelte immer noch kalt. Sie streckte den Arm aus, um das Fenster wieder zu schließen, aber Emma fasste mit der Hand nach der Scheibe.

»Wieso hat Lukas Brinkmann es Ihnen erzählt?

Die Frau sah starr vor sich hin. Dann sagte sie: »Sie kannten Lukas nicht. Für ihn war seinen Freund zu verraten eine tolle Tat! Ich kann jeden aus dem Weg räumen, hat er gesagt.« Sie sah hoch, Emma in die Augen. »Es war eine Warnung, Frau Vonderwehr. Du kannst mich nicht verlassen, hat er gesagt. Keiner nimmt mir die Frau weg.«

Emma beugte ihr Gesicht tiefer zum Fenster hinunter. »Wollte Sie ihm denn einer wegnehmen, Frau Lorenz? Wollten Sie ihn verlassen?«

Die Frau im Wagen sah sie an. Einen Moment schien es, als wollte sie noch etwas sagen, aber dann presste sie die Lippen aufeinander und sah starr geradeaus. Emma spürte eine Hand auf ihrer Schulter.

»Ich glaube, wir müssen uns jetzt alle erstmal erholen.«

Sie richtete sich auf und sah Blume neben sich. Er schien sich jetzt wieder in der Gewalt zu haben. Die Lehrerin beugte sich nach vorn und fixierte Blume. »Was passiert mit Achim Schrandt?« Blume antwortete nicht. Er gab dem Beamten ein Zeichen loszufahren. Gesine Lorenz sah ihm forschend ins Gesicht. Dann ließ sie sich in den Sitz zurückfallen und starrte wieder nach vorn. Der Beamte startete den Wagen, und sie wandte nicht noch einmal den Blick zurück.

Emma sah ihr hinterher, in ihrem Kopf drehte sich alles. Blume versuchte sie in den Arm zu nehmen, aber sie wand sich heraus und zog ihr Smartphone aus der Tasche. Blume sah ihr dabei zu, wie sie die Nummer der Redaktion antippte.

»Du willst doch jetzt nicht wirklich arbeiten gehen! Emma, du...«

»Ja, Harms, ich bin's, Emma.« Sie sah zu Blume hoch, der seine Arme verschränkte und sie musterte. »Der Mordfall Lukas Brinkmann ist aufgeklärt. Ich komme rein und mach es live.«

Harms hielt sich vor sechs Uhr nicht mit vielen Worten auf. Er fragte nur: »Wann?«

»Ich bin noch in Brandenburg. In einer Stunde bin ich da.« Sie beendete das Gespräch und stapfte zum Auto. Blume stellte sich ihr in den Weg.

»Du kannst nicht fahren, Emma. Du hattest einen Schock. Ich lass dich so nicht gehen.«

Sie blieb stehen und fuhr sich mit den Händen durchs Gesicht. »Dann sag einem von deinen Leuten, dass er das Auto fahren soll. Ich werde auf jeden Fall jetzt zum Sender fahren.«

»Nein.«

Erstaunt sah sie ihn an. »Sag mal, spinnst du?«

»Ich kann dich nicht gehen lassen.«

»Dann versuch doch mal, mich aufzuhalten.«

Sie drückte auf den Türöffner, und der Wagen leuchtete auf. Als sie die Hand am Türgriff hatte, legte Blume seine darüber.

»Gut, aber lass uns vorher abklären, worüber du redest. Sonst lass ich dich verhaften, ich schwör's dir.«

Sie sah ihn wütend an. »Steig ein.«

Sie öffnete die Tür und ließ sich in den Sitz fallen. Sie schloss kurz die Augen. Das Adrenalin rauschte noch immer durch ihren Körper, sie war hundemüde und gleichzeitig mit allen Sinnen auf Empfang. Blume setzte sich neben sie. Als sie sich drehte, sah sie, dass auch er die Augen geschlossen hatte. Für einen Moment überkam sie große Zärtlichkeit, und sie hätte gerne die Hand nach ihm ausgestreckt. Er öffnete die Augen und sagte:

»Okay, sag mir, was du erzählen willst.«

Sie setzte sich aufrecht hin und räusperte sich. »Der Mord ist aufgeklärt. Ein Jugendfreund hat ihn getötet, weil er ihn an die Stasi verraten hat. Der Täter, Christian Eichwald, war der Bürgermeister des Heimatortes, außerdem ein Strohmann der Rechten Liga. Der Mann hat sich nach seinem Geständnis selbst getötet.«

Blume nickte. »In Ordnung.«

»Das Mordopfer war Teil eines Drogenrings, das die gefährliche Droge Crystal in Umlauf brachte. Auch die Rechte Liga, dessen Mitglied Lukas Brinkmann war, ist in das Drogengeschäft verwickelt. Die Polizei hat heute Nacht Razzien in Parteibüros und Privatwohnungen durchgeführt. Die Beweise sollen die Grundlage für einen neuen Verbotsantrag gegen die Rechte Liga bilden.«

Blume sah durch die Windschutzscheibe. »Wie spät willst du damit rauskommen?«

»Nicht vor sechs.«

»Einverstanden.«

Emma schloss erneut die Augen, um sich zu konzentrieren.

»Im Zuge der Ermittlungen gab es auch Geständnisse in Bezug auf den Drogentod des Jugendlichen Marlon Siebenbacher. Männer aus dem Umfeld der Rechten Liga, darunter das Mordopfer Lukas Brinkmann und der Täter Christian Eichwald, legten den Jungen in Berlin vor einer Disko ab, wo er starb. Noch immer laufen Männer frei herum, die sich zumindest der unterlassenen Hilfeleistung, vermutlich der fahrlässigen Tötung schuldig gemacht haben. Der Fall muss neu aufgerollt werden.«

»Nein.«

Erstaunt riss Emma die Augen auf.

»Warum nicht?«

»Marlons Tod wird nicht erwähnt.«

Sie drehte sich zu Blume.

»Sie haben Marlon krepieren lassen. Sie haben ihn einfach aus dem Auto gekippt. Er war 15, Blume!«

Blume sah noch immer starr nach vorn.

»Das ist jetzt nicht Bestandteil der Ermittlungen.«

Emma fühlte, wie sie wütend wurde. »Dann werde ich das ändern.«

Jetzt sah er sie an.

»Emma, du ...«

»Es gibt immer noch Achim. Er war dabei, das hast du doch selbst gehört. Er muss aussagen, was in der Nacht passiert ist.«

»Das wird er nicht tun. Nicht, bevor der Verbotsantrag durch ist. Achim Schrandt ist unser Hauptzeuge in der Anklage gegen die Rechte Liga. Nur mit ihm können wir den Rechten die Drogengeschäfte nachweisen. Und nur damit bekommen wir den Verbotsantrag durch.«

Emma starrte Blume an. Langsam begann sie zu begreifen. Er sah sie bittend an.

»Achim ist unser Kronzeuge. Wenn er jetzt wegen Mordes angeklagt wird, dann ist er nicht mehr glaubwürdig.«

Emma hatte das Gefühl, keine Luft mehr zu bekommen. Sie öffnete einen Spaltbreit die Fahrertür. Blume legte seine Hand auf ihren Arm. Emma fuhr herum.

»Hast du es gewusst? Hast du gewusst, dass er dabei gewesen ist?«

Blume zog seine Hand zurück. Er schluckte, dann schüttelte er den Kopf. »Nicht genau. Ich hab befürchtet, dass er da irgendwie mit drinhängt, aber ...«

»Vermutlich wolltest du es auch gar nicht näher wissen, oder? Schließlich ist er dein Kronzeuge!«

Blume sah sie bittend an.

»Du hast es doch selbst gehört. Er war high. Er hat doch gar nicht mehr mitbekommen, was da los war.«

Er drehte den Kopf wieder nach vorn und sah durch die Scheibe.

»Er wollte abnehmen. Deswegen hat er das Zeug genommen. Er musste nichts mehr essen. Hatte zum ersten Mal in seinem Leben keinen Appetit mehr. Das war so wichtig für ihn, dass er drogensüchtig wurde. Ist das zu glauben?« Er sah Emma an, als stecke ihm ein Lachen im Hals, aber sie erwiderte nur ernst seinen Blick. Dann sagte er:

»Ich kenne ihn schon ewig. Er war immer der Dicke, alle haben ihn verarscht. Er ist meinetwegen zurückgekommen. Wenn ich nicht wäre, dann säße er immer noch im Ruhrpott und würde Fahrstunden geben.«

Emma rückte näher an ihn und sagte:

»Glaubst du, du kannst mich einlullen mit deinen sentimentalen Erinnerungen? Ich bin nicht blöd, Blume! Dein Mann ist ein Mörder! Du kannst ihn jetzt nicht mehr decken!«

Er sah sie an und strich mit den Fingern über ihre Zornesfalte auf der Stirn.

»Marlon ist tot, Emma, und nichts macht ihn wieder lebendig. Aber wenn wir es schaffen, die Partei zu verbieten, dann können wir sehr vielen Jugendlichen in diesem Land helfen.« Er machte eine Pause, dann sprach er leise weiter: »Ich brauche Achim noch.«

Emma seufzte und fuhr sich mit den Händen über das Gesicht. Sie sah sich im Senderauto um und fragte Blume dann:

»Hast du was zu trinken?«

Er sah sie an und lächelte.

»Ich hol dir was.«

Blume stieg aus und ging zu einem Streifenwagen. Die meisten Beamten waren bereits weg, nur die Männer der Spurensicherung taten noch ihre Arbeit. Sie drehte ihren Kopf wieder in Blumes Richtung. Er sprach gerade mit einem Beamten, dann zog er eine Flasche Wasser aus dem Kofferraum und kam rasch wieder auf sie zu. Er sah müde aus, sein Haar hing ihm über den Hemdkragen. Das Hemd, das er heute Nachmittag in aller Eile angezogen und dabei falsch zugeknöpft hatte.

»Danke.«

Sie trank in großen Schlucken. Als sie absetzte, wischte er ihr zart einen Tropfen von den Lippen. Sie wich aus. Auf einmal konnte sie die Berührung seiner Finger nicht mehr ertragen. Er lehnte sich zurück und betrachtete sie nachdenklich. Es schien, als schob sich eine unsichtbare Wand zwischen sie. Dann räusperte er sich und sagte:

»Emma, ich muss wissen, wie du zu der Sache stehst.«

Sie trank noch einmal, um Zeit zu gewinnen. Dann sagte sie:

»Was ist, wenn ich es trotzdem bringe?«

Er sah sie an. Dann zuckte er mit den Schultern.

»Ich kann dich nicht über Wochen mundtot machen. Ich kann dich nur bitten.«

Sie spielte mit dem Deckel der Wasserflasche und sagte leise:

»Wie soll ich denn August noch ins Gesicht sehen können?«

Blume legte seine Hand auf die Ablage und beugte sich zur ihr rüber.

»Gerade um solche wie August geht's mir, verstehst du das nicht?«

Sie schwieg lange. Dann nickte sie.

»In Ordnung. Marlons Tod wird in dem Zusammenhang nicht erwähnt. Bis das Verbot durch ist.«

Er sah sie an, nickte zögernd. »Kein Wort on air. Und ... auch kein Wort zu deinem neuen Freund.«

»Was? Wen meinst du damit?«

Statt einer Antwort zog Blume sein Smartphone heraus und zeigte ihr das Foto, das Hirsch ihm geschickt hatte. Weiß hatte den Arm um sie gelegt und die Augen geschlossen. Von Emma sah man nur das kurze schwarze Haar und die schmalen Schultern. Emma betrachtete es lange. Dann sah sie hoch und fragte leise: »Du lässt mich bewachen?«

»Ich nicht.« Er nahm das Telefon und steckte es in seine Tasche. »Hirsch hat das angeordnet. Ich wusste davon nichts.«

Sie spürte, wie die Wut in ihr hochkochte. Sie holte tief Luft und schluckte sie hinunter. Dann steckte sie den Zündschlüssel ins Schloss. »Ich werde jetzt fahren.«

Er sah sie besorgt an. »Wenn du ein paar Minuten wartest, dann komme ich mit. Ich kann auch fahren. Du bist doch völlig kaputt.«

Sie ließ den Motor an. »Es geht schon. Ich möchte jetzt gerne allein sein.«

Blume stieg aus, und sie drehte auf dem Platz. Dann kam er noch mal an ihr Fenster. Sie wartete ab bei laufendem Motor. Er sagte: »Ich weiß, dafür ist jetzt eigentlich kein Raum, aber... das mit Karin...«

Sie unterbrach ihn: »Du hast Recht. Dafür ist jetzt wirklich kein Raum.« Sie wollte losfahren, aber dann zögerte sie doch noch und sagte: »Und weißt du, Blume – im Grunde ist es egal, was zwischen mir und Weiß oder zwischen dir und Karin läuft – hier geht es jetzt um etwas ganz anderes. Und das weißt du genauso gut wie ich.«

Er sah sie an und schwieg. Sie rollte langsam vom Kirchplatz. Im Rückspiegel sah sie ihn dort stehen, noch immer regungslos. Dann sah sie nach vorn und gab Gas.

Berlin, Friedenau

Vielleicht hätte er der Putzfrau doch hin und wieder erlauben sollen, das Arbeitszimmer zu betreten. Mehr Chaos als das vorhandene hätte sie auch nicht anrichten können. Schneider seufzte. Er schloss die Tür, stellte das Fenster auf Kipp und zündete sich eine Zigarette an. In seiner eigenen Wohnung ließ er sich das Rauchen nicht verbieten.

Jetzt hast du endlich Zeit für deine Projekte, hatte seine Frau gesagt und war zur Arbeit gefahren. Musste sich abhetzen im Verkehr, um nicht zu spät zu kommen. Er konnte sich eine zweite Tasse Kaffee einschenken und die Zeitung in Ruhe zu Ende lesen. Viel Gehaltvolles stand ja nicht drin. Aber er hatte ja vorgesorgt! In seinem Arbeitszimmer lag ein riesiger Stapel Zeitungsausschnitte, alles Artikel, die er irgendwann hatte lesen wollen.

Er seufzte und spielte mit dem zuoberst liegenden Blatt. Ein Artikel über steigende Aidszahlen in Berlin, das war ihm als Morgenlektüre zu unbekömmlich. Das Blatt darunter war ein Porträt des neuen Polizeichefs, der es dann doch nicht geworden war. Und darunter lag eine Reportage über die baldige Eröffnung des Großflughafens, längst Makulatur. Schneider seufzte wieder. Er stand auf und überlegte, ob sein Magen noch einen dritten Kaffee vertragen könnte. Seine Frau war jetzt vermutlich schon im Büro, falls sie nicht im Stau stand. Aber er konnte hier in aller Ruhe...

Als er an seiner Schlafzimmertür vorbeikam, dachte er an den Bücherstapel, der sich neben dem Bett auftürmte. Allein die Buchpreisgewinner! Er ging ins Zimmer, setzte sich auf das Bett und nahm ein Buch zur Hand. Früher hatte er doch auch gern gelesen. Sein Blick fiel auf das Ziffernblatt seiner Uhr. Es war erst sieben. Sie waren immer Frühaufsteher gewesen. Die frühen Vögel gehen zum Radio, hatte sein Chef damals gesagt, nicht der vor Schulenburg, der davor, oder war noch einer dazwischen gewesen?

Er ging in die Küche und schaltete das Radio ein. Sonst lief es um diese Zeit schon zwei Stunden, aber seine Frau hatte es ausgeschaltet. Das brauchst du jetzt nicht mehr, hatte sie gesagt. Und dass sie ihn beneiden würde! Aber so richtig angesehen hatte sie ihn dabei nicht, sie war schon in Eile. Den Song, den sie spielten, das war doch keiner für das Frühprogramm! Schneider stellte das Mahlwerk ihrer italienischen Kaffeemaschine an und verpasste die Anmoderation. Erst als Emma zu reden begann, hörte er zu. Der Mord war also aufgeklärt. Der Bürgermeister der Stadt, ein Jugendfreund. Und das so kurz vor den Landtagswahlen! Schneider drückte vorsichtig das Kaffeepulver in den Siebträger. Emma klang anders als sonst, dachte er. Mechanisch. Sönke hakte gut nach, daran lag es nicht. Sie redeten über einen neuen Verbotsantrag gegen die Rechte Liga. Spannendes Thema, sehr emotional. Der Espresso rann zähflüssig in die kleine Tasse. War sie nur müde? Immerhin hatte sie sich die Nacht mit der Aktion um die Ohren geschlagen. Aber seit wann machte ihr das etwas aus?

Er nahm die Tasse und rührte Zucker hinein. Er nahm noch einen Löffel extra, jetzt begann das gute Leben. Der Bericht war zu Ende. Schneider sah sie vor sich, wie sie das Gespräch in Takes auseinanderschnitten, um sie für die Nachrichten und für das backsell am späten Vormittag zu verwerten. Der Bericht war ohne Zweifel die Sensation des

Tages. In der Redaktionssitzung würde es das Hauptthema sein. Vielleicht käme sogar Schulenburg und lobte Emma. Sie hätte es verdient. Keine rieb sich so auf wie sie. Er trank einen Schluck, der Kaffee schmeckte süß und heiß. Wenn nur ihre Stimme nicht gewesen wäre. So tonlos. Als interessiere es sie nicht. Als wären ihre Gedanken woanders.

Er seufzte, setzte sich auf einen Stuhl an den Küchentisch und schlug den Sportteil der Zeitung auf. Es ging ihn nichts mehr an. Er konnte ja endlich tun, was er wollte.

3 Tage später, Freitag, 28. März.
Berlin, Kreuzberg

Mit Ihnen hätte ich jetzt nicht gerechnet.«

Die tiefen Falten am Mund verzogen sich zu einem spöttischen Lächeln. Weiß stützte sich mit der rechten Hand am Türrahmen ab. Blume sah ihn ernst an und räusperte sich.

»Ich wäre nicht hier, wenn es nicht sein müsste.«

Weiß sah ihn neugierig an, dann ging er voraus in die Wohnung. Blume trat über die Schwelle und schloss die Tür hinter sich. Er folgte Weiß einen langen schmalen Flur entlang, an dem sich rechts eine Bücherwand bis unter die Decke streckte. Blume hatte das unangenehme Gefühl, von dieser Masse an Wissen erschlagen zu werden. Weiß war vor ihm in ein Wohnzimmer getreten. Der Parkettboden knarrte, ein schwarzes Sofa, ein grober Holztisch mit Stühlen. Blume sah sich um und fragte sich augenblicklich, ob Emma auf diesem Sofa gelegen hatte, unter Weiß. Mit steifen Knien ging er zum Tisch und setzte sich. Weiß blieb breitbeinig stehen.

»Tut mir leid, dass ich Ihnen nichts anbieten werde, aber ich bin auf dem Sprung.«

Blume suchte nach Worten. Er hatte sich keine Strategie ausgedacht, er war einfach losgefahren und hatte unten auf den Klingelknopf gedrückt, schnell, bevor er es sich anders überlegen konnte.

»Ich möchte Sie um Hilfe bitten.«

Weiß zog seine Augenbrauen hoch.

»Ich dachte, Sie mögen meine Methoden nicht.«

»Das tue ich auch nicht.« Blume wischte sich über die Stirn. Er schwitzte. »Aber ich werde darüber hinwegsehen.«

»Wie großzügig.« Weiß ging zu dem schwarzen Sofa und setzte sich. Er strich mit der Hand über den Bezug, als verbinde er damit eine angenehme Erinnerung. Blume musste den Blick abwenden. Er starrte auf die Tischplatte. Dort lagen erste Druckfahnen eines Buchumschlages und verschiedene Porträtaufnahmen von Weiß. Blume schob die Fotos leicht zur Seite und sagte:

»Sie sammeln seit Jahren Informationen über die Liga. Und das mit so fragwürdigen Methoden, dass Sie vermutlich mehr wissen als wir.«

Weiß verschränkte die Arme. »Ist das jetzt ein Kompliment?«

»Nehmen Sie es, wie Sie wollen.« Blume starrte auf ein Foto, auf dem Weiß ernst in die Kamera sah, und entschloss sich, direkt vorzugehen.

»Ich brauche Beweise für die Beteiligung der Liga an den Drogengeschäften. Und ich glaube, dass Sie solche Beweise haben.«

Weiß lehnte sich zurück und lächelte.

»Was ist denn mit Ihren Spitzeln? Die Liga muss doch durchseucht sein von euch!«

Blume schüttelte leicht den Kopf. »Diesen Fehler haben wir einmal gemacht.«

»Dass sich herausstellt, dass ein Großteil der bösen Buben vom BND bezahlt wurde?« Weiß lachte. »Stimmt, so blöd seid sogar ihr nur einmal.«

Blume sah in dieses lachende Gesicht. Er lehnte sich vor und sagte ernst:

»Dass ich hier bin, sollte Ihnen klarmachen, wie ernst die Lage ist. Wir haben bei der Razzia gutes Material gefunden.

Aber die Aussagen konzentrieren sich auf einen Hauptzeugen, unseren V-Mann. Und der ...«

Blume stand auf und ging zum Fenster. Weiß lehnte sich vor.

»Was ist mit ihm? Zu unglaubwürdig? Oder ...,« er senkte die Stimme, »zu nah dran?«

Blume drehte sich um. Er sah den Mann an und fragte sich, ob Emma auch ihm das Haar mit den Fingerspitzen aus der Stirn schob, ob sie seinen Mund berührte oder seine Augenbrauen entlangstrich. Weiß fixierte ihn, als versuche er, seine Gedanken zu erraten. Blume räusperte sich.

»Es gibt Komplikationen.«

Weiß lächelte. »Komplikationen. Aha. Nehmen wir mal an, ich hätte solche Beweise. Was machen Sie, wenn das mit – wie haben Sie gesagt – fragwürdigen Methoden zu uns gekommen ist?«

Blume hielt dem Blick stand.

»Ich kann nicht wählerisch sein.«

Weiß' Mund verzog sich immer mehr in die Breite. Er schien die Situation zu genießen. »Wer hätte das gedacht. Der überkorrekte Beamte Blume, bereit, unsere Grauzonen zu betreten. Ihnen muss der Arsch ganz schön auf Grundeis gehen.«

Blume hatte Lust, das Fenster aufzureißen. Ihm wurde die Luft im Raum eng.

»Was ist, helfen Sie mir?«

Weiß stand auf und ging zum Tisch. Er begann, die Fotos zusammenzulegen.

»Leider völlig unmöglich.«

Mit einem schnellen Schritt war Blume bei ihm. »Was ist unmöglich?«

»Meine Informanten sind nicht bereit, vor einem Gericht

auszusagen. Ich habe ihnen absolute Geheimhaltung versprochen.«

Blume hielt die Hand des anderen fest. Er drückte zu, bis Weiß das Foto, das er in den Händen hielt, fallen ließ. Blume sagte leise: »Wissen Sie, was ich glaube? Sie wollen gar nicht, dass die Liga verboten wird. Wer würde denn dann noch Ihr Buch kaufen? Sensationen über eine Partei, die nicht mehr existiert. Ein Experte für eine Bewegung von gestern.«

Weiß riss sich los und rieb sich das schmerzende Handgelenk.

»Ach ja? Und soll ich Ihnen mal sagen, was ich glaube? Ich glaube, es ist Emma einfach zu langweilig mit Ihnen geworden. So ein treuer Beamter, was können Sie ihr schon bieten?«

Weiß bückte sich und hob das Bild von sich auf. Während er es ansah, schien er den lächelnden Ausdruck darauf imitieren zu wollen. »Sie sind ihr einfach nicht gewachsen.« Blume sah ihn an und dachte, er habe selten so einen Widerwillen gegen einen Menschen gehabt. »Sie sind ein Arschloch, Weiß. Und Emma wird Sie schnell durchschauen.« Dann drehte er sich zur Tür. »Ich finde den Weg allein. Sortieren Sie ruhig weiter Ihre Fotos.«

Samstag, 29. März.
Berlin, Alexanderplatz, Mitte

Es klingelte. Ein paar Mal kurz, dann Sturm. Emma rollte sich in ihrem Bett zusammen und zog das Kissen über die Ohren. Als es nicht aufhörte, strampelte sie sich aus der Decke und ging langsam zur Tür. Sie lehnte ihren Kopf an den Rahmen und drückte den Knopf der Gegensprechanlage.

»Was ist denn?«

»Emma, das Auto!« Khoys Stimme klang genervt. »Du wolltest es abholen! Um zehn kommt deine Familie am Bahnhof an!«

Emma öffnete die Haustür mit dem Summer, schob ihre Wohnungstür einen Spalt weit auf und ging zurück ins Bett. Bis Khoy bei ihr war, war sie schon wieder eingeschlafen.

»Emma!« Sie schlug gehorsam die Augen auf und gähnte. Khoy verzog das Gesicht.

»Komm, du musst dich waschen. Hier muffelt's vielleicht!«

Er riss das Fenster auf, kalte Luft wehte herein. Emma zitterte und versuchte, sich wieder in die Decke zu wickeln, aber Khoy riss sie weg und schob Emma ins Bad.

Eine Viertelstunde später kam sie gewaschen und angezogen in das große Zimmer. Hier gab es eine Kochnische, einen Tisch am Fenster und ein braun gestreiftes Sofa vom Vormieter. Khoy hatte Kaffee aufgesetzt und war dabei aufzuräumen. Emma benutzte die Wohnung als Schlafstätte, ihre Sachen ließ sie einfach stehen und fallen. Zum Glück besaß sie kaum etwas.

Der Kaffee in der Espressokanne blubberte. Emma goss sich etwas in eine kleine Tasse mit Goldrand, Teil des Services, das Khoys Mutter ihr zu Weihnachten geschenkt hatte. Sie schloss die Hände wärmend um die Tasse, es war kalt im Raum. Wortlos sah sie Khoy bei seinen Bemühungen zu. Ich bin die einzige Frau in Berlin, die einen Punk zur Putzfrau hat, dachte sie und lächelte. Khoy kam zu ihr, nahm ihr die Tasse aus der Hand und trank einen Schluck.

»Warum gehst du eigentlich nicht mehr ans Telefon?« Sie zuckte mit den Schultern und sah zu, wie er einen Teelöffel Zucker in die kleine Tasse tat.

»Hier, trink mal, du brauchst jetzt ein bisschen Energie. Kommt am besten gleich zu uns rüber, dann mach ich euch was zum Frühstück.«

Emma nickte und trank den süßen heißen Kaffee. Khoy sah sie an und lächelte.

»Jetzt kriegst du ein bisschen Farbe. Du musst dich beeilen.«

Emma sah auf die Uhr. »Ich schaff es schon noch.«

Er hielt ihr den Schlüssel hin. »Ja, aber der Wagen steht im Halteverbot.«

Sie nahm den Schlüssel und küsste Khoy auf die Wange. Er nahm ihr Gesicht in beide Hände und sah sie an. »Alles okay mit dir?«

»Na klar.«

»Bist du nervös wegen deiner Mutter?«

»Nee, wieso denn?«

Khoy ließ sie los. »Keine Ahnung, du bist so komisch.«

Emma zog ihre Jacke an. »Quatsch.«

Khoy warf ein paar alte Zeitungen weg.

»Fahr schon mal los, ich mach hier noch weiter. Ich warte mit dem Frühstück drüben auf euch.«
»Danke Khoy.«
Er nickte, und sie ging zur Tür.

Berlin, Charlottenburg. Redaktion BerlinDirekt

Bente tippte die Themenliste in das Formular für die Schaltkonferenz. Noch während sie schrieb, ärgerte sie sich darüber. Sie machte doch schon die Leitung und hatte den Ü-Wagen-Dienst übernommen. Warum konnte niemand den Schreibkram erledigen?

Das Programm war gut, sie hatten gestern noch bis neun Uhr abends daran gesessen. Martin war wütend gewesen. Soll das jetzt immer so laufen, hatte er gefragt. Anna war mit einer Fünf in Französisch nach Hause gekommen, und Miriam hatte gestern Abend nach Alkohol gerochen. Und er musste alles alleine regeln. Sie war müde gewesen und hatte gesagt, ich verstehe dich, aber im Grunde war sie enttäuscht. Konnte er ihr nicht einmal nur eine Woche den Rücken freihalten?

Ihr Blick fiel auf Emmas Schreibtisch. Nach der Frühkonferenz am letzten Dienstag war sie einfach verschwunden und bisher nicht wieder aufgetaucht. Schulenburg hatte sie vor der versammelten Mannschaft gelobt, und sie hatte nur still dagesessen und kaum hochgeschaut.

Bente seufzte. Vier Tage, so lange war sie noch nie weggeblieben.

Kalle, der Ü-Wagen-Techniker, kam rein. Wortlos nickte er Bente zu, dann trat er ans schwarze Brett und überflog den Einsatzplan. Die Techniker wussten in der Regel am Abend vorher, was sie erwartete, aber natürlich konnte etwas Unvorhergesehenes in der Nacht die Pläne umwerfen.

Bente musterte Kalle. Sie würden heute wie abgesprochen auf die Beerdigung des Lehrers fahren, was Kalle nicht davon abgehalten hatte, seine knallrote Daunenjacke und ein Käppi mit einem Ibiza-Werbeaufdruck zu tragen.

»Ging's nicht ein bisschen dezenter?«

Kalle sah an sich herunter, zuckte die Achseln. »Is meine wärmste Jacke. Und für so'n Rechten...«

Bente wollte widersprechen, aber dann ließ sie das Thema fallen. Seit über 15 Jahren fuhr sie mit Kalle durch die Stadt, aber seit letzter Woche hatte er sich verändert. Er war stiller geworden, erzählte nichts mehr von seiner Frau aus der Ukraine und seinen beiden Kindern. Sie wollte jetzt nicht den Chef rauskehren und die Distanz zwischen ihnen verstärken.

»Wann geht's los?«

Sie sah auf die Uhr. »In zehn Minuten. Ich schreib das hier noch zu Ende.«

Kalle rückte sein Käppi zurecht. »Ich hol schon mal den Wagen.«

»Is gut, Harry.«

Er grinste und stapfte aus der Tür. Bente sah ihm nach. Meistens hatte sie sein ewiges Gerede gestört, vor allem, wenn sie sich noch vorbereiten musste oder bereits den Text für die Nachrichten schrieb. Aber die Stille der letzten Tage hatte sie schrecklich gefunden. Sie speicherte die Themenliste und schickte sie über den Verteiler. Die Beerdigung fand auf dem Dorotheenstädtischen Friedhof in Mitte statt. Brinkmann hatte zwar in Zehlendorf gewohnt, aber sein Vater hatte vor Jahrzehnten in der Gemeinde in Mitte gepredigt. Pastor Brinkmann war mittlerweile aus dem Koma erwacht, aber noch zu schwach, um an der Beerdigung seines Sohnes teilzunehmen. Vom Krankenbett aus hatte er sich bemüht, Lukas auf diesen Friedhof betten zu können. Vielleicht war es ein Zeichen, dass er ihn weit weg haben wollte von den Geschehnissen der letzten Jahre. Und von dem Umfeld der Rechten Liga.

Bente runzelte die Stirn. Ausgerechnet der Dorotheenstädtische. Es war der Prominentenfriedhof in Berlin, von Brecht bis Johannes Rau las man dort viele bekannte Namen auf den Grabsteinen. Wenn dort eine Beerdigung anstand, kamen viele Schaulustige in der Hoffnung, ein paar private Momente der großen Stars mitzuerleben. Als wäre das nicht schon schlimm genug, gab es auf dem Friedhof einen großen Gedenkplatz für Widerstandskämpfer im Nationalsozialismus, Namen wie Dietrich Bonhoeffer und Hans von Dohnanyi waren in Stein gemeißelt. Bente fürchtete, die Rechte Liga würde auch hier, auf dem letzten Weg des Lehrers, noch einmal die Gelegenheit für einen großen Auftritt nutzen.

Während der Computer ihre Abmeldung registrierte, griff sie nach ihrer schwarzen Wolljacke. Sie zog ein paar Fäden aus dem Ärmel und seufzte. Für den Bericht über die Beerdigung war eine halbe Stunde Ü-Wagen-Zeit eingeplant. Wenn es Ärger gab, musste sie länger bleiben, dann geriet das ganze Programm durcheinander. Der Mord am Lehrer durch seinen ehemaligen Freund und die Verbindung zur Rechten Liga hatten für Aufsehen gesorgt. Sie rechnete mit einer großen Menschenmenge. Und sie war sich sicher, dass sie heute auf allen Wellen gesendet werden würde.

Sie nahm ihre Tasche und ging über den Flur ins Sendestudio. Susanne saß am Mischpult und lächelte ihr mit müden Augen entgegen. Auf einmal spürte Bente, wie die Wut in ihr aufstieg. Die Redakteure am Wochenende, die Nachrichtensprecher und Aufnahmeleiter, sie alle waren freie Mitarbeiter. Bente konnte sich nicht erinnern, wann sie zuletzt einen festen Mitarbeiter an einem Samstagmorgen hier gesehen hatte. Ohne etwas zu sagen, griff sie zum Telefonhörer und drückte auf die eingespeicherte Nummer des Wellenchefs. Das mache ich anders, dachte sie, während sie dem Tuten zuhörte, wenn ich den Vertrag unterschrieben habe, dann wird das das Erste sein, was ich...

»Schulenburg?«

»Hallo, hier ist Bente, entschuldigen Sie, dass ich Sie am Wochenende störe«, sie fing einen erstaunten Blick von Susanne auf und ärgerte sich sofort, dass sie sich für den Anruf entschuldigte, »also, ich bin gleich weg zu dieser Beerdigung und...«

»Ist irgendwas damit nicht in Ordnung?« Schulenburgs Stimme klang ungeduldig.

»Nein, alles okay, also, ich wollte nur sagen, ich fahre gleich los und...«

»Bente, können wir das nicht am Montag besprechen, ich habe jetzt wirklich keine Zeit für Ihre Bürosorgen.«

Nein, dachte Bente, nein, wir können das nicht Montag besprechen, weil wir hier auch am Samstag sitzen, und auch am Sonntag, und das habe ich auch am letzten Wochenende gemacht und an dem Wochenende davor auch... »Herr Schulenburg, wissen Sie eigentlich, dass hier am Wochenende nur freie Mitarbeiter auf der Welle sind?«

Einen Moment war es still. Susanne saß starr in ihrem Stuhl, sie schaute nach vorn durch die Scheibe auf den Moderator, aber es war klar, dass sie die Ohren spitzte. Schulenburg räusperte sich.

»Nur freie... ja, ist das denn ein Problem für Sie, Bente?«

»Nein, das heißt ja, ich meine, kein Problem, aber ein Zustand, den ich ändern möchte. Ich weiß nicht, das ist doch irgendwie – nicht gerecht, oder?«

Schulenburg seufzte. »Und wie denken Sie, das zu ändern?«

Bente schluckte. Langsam verwünschte sie ihren Anruf. Was hatte sie sich nur dabei gedacht?

»Ich wollte Sie fragen – wo ich doch jetzt den Chefredakteursposten bekommen soll. Wenn der Vertrag vorliegt, dann ...«

»Moment mal.« Es klang, als setze Schulenburg etwas ab, eine schwere Tasche. »Ich glaube, Sie haben da etwas missverstanden. Ich habe Sie gebeten, Schneiders Position kommissarisch zu übernehmen. Dabei war nie die Rede, dass Sie seinen Vertrag bekommen.«

Bente starrte nach vorn. Etwas stach in ihrer Brust. »Sondern?«

»Aber liebe Bente«, Schulenburg lachte sein butterweiches Lachen, »ich werde doch nicht meine beste Mitarbeiterin fest anstellen!«

Bente schwieg. Schulenburg fasste sich anscheinend wieder und sagte im normalen Tonfall. »Wenn es Ihnen um eine Zulage geht, dann können wir darüber reden. In der momentanen Situation hab ich da wenig Spielraum, aber im nächsten Jahr ließe sich da vielleicht etwas machen.«

Jetzt das Gespräch beenden und auflegen, dachte Bente. Sie wusste, dass es nichts brachte, aber sie schaffte es nicht.

»Warum bekomme ich nicht seinen Vertrag, wenn ich seine Arbeit mache?«

»Schneiders Stelle stand klar im Rationalisierungsprogramm. Für den Verdienst kann ich vier freie Mitarbeiter beschäftigen und zwar ohne Weiterzahlung, wenn ich sie nicht mehr brauche. Sollten Sie dazu noch Fragen haben, wenden Sie sich an meine Sekretärin. Oder noch besser, kopieren Sie sich die Zielvorgaben des Senders. Sie finden Sie auf unserer Homepage. Und jetzt wünsche ich Ihnen ein intensives Arbeitswochenende, Frau Kollegin!«

Bente legte langsam den Hörer auf die Station. Sie spürte noch immer ein Stechen in ihrer Brust. Ihr fiel auf, dass sie in ihrer dicken Jacke schwitzte. Susanne spielte mit ihrem Kugelschreiber und sah sie von der Seite an. Bente drehte sich um und ging mit einem neuen, merkwürdig steifen Gang aus dem Studio.

Berlin, Mitte. Hautpbahnhof

Ein Ball in einer gelben Daunenjacke war auf sie zugehüpft und hatte sie fast umgeworfen. Emma schlang die Arme um Ida und sog ihren Duft ein. Das Mädchen legte ihre Wange an Emmas Gesicht, und Emma fühlte die Tränen, ihre und die ihrer kleinen Schwester. Das Gewimmel am Bahnsteig verlor sich, und Emma sah jetzt auch Helene. Sie trug einen Rucksack auf ihrer rechten Schulter und sah lächelnd auf ihre Töchter. Ohne Ida loszulassen, hob Emma eine Hand, und Helene fasste sie. In diesem Moment fühlte Emma sich so stark und getröstet, dass es weh tat. Dann sah sie hinter Helene August und Heike auf sie zukommen, und das Gefühl verlor sich. Sie sagte zu Helene:

»Du hast sie mitgebracht?«

Ida löste sich von ihr und meinte: »Wir haben Mau Mau mit Foltern gespielt, August und ich, die ganze Zeit.« Sie lachte und drehte sich zu August um. »Komm, zeig mal deinen Arm!«

Helene ließ den Rucksack zu Boden gleiten und sagte zu Emma:

»Heike will zur Beerdigung. Und irgendwann müssen sie ja auch zurück. Die Sache ist doch ausgestanden, oder?«

Ida rannte zu August, der leicht zurückwich. »Zeig mal deinen Arm, August, zeig mal!«

Helene nutzte die Gelegenheit und zog ihre große Tochter in die Arme. »Es ist schön, dich zu sehen.« Emma ließ sich umarmen und legte ihren Kopf an die Schulter ihrer Mutter.

Aber Helene drehte sich schon wieder zu Ida um. »Lass mal den August in Ruhe, Ida.«

Emma räusperte sich und nahm den Rucksack. »Wir gehen erstmal was frühstücken. Hast du Hunger, Ida?«

Die kleine Schwester nickte begeistert. Sie verlor ihr Interesse an August und seinen Folterspuren und nahm Emmas Hand. Auf der Rolltreppe erzählte sie von ihrer Schule und der Lernwerkstatt, und Emma gab sich Mühe, alles mitzubekommen. Einmal warf sie einen Blick über die Schulter auf die anderen. Helene betrachtete mit großen Augen den riesigen Hauptbahnhof. Heike hatte die alte Reisetasche von Helene vor sich auf die Stufen gestellt. August kam als Letzter und verschwand fast hinter seiner Schwester.

Am Parkplatz wuchtete Emma den Rucksack in den Kofferraum und öffnete die Tür zur Rückbank. Ida wollte schon reinklettern, als sie bemerkte, dass ihr niemand folgte.

Heike zögerte, dann streckte sie Helene die Hand entgegen. »Danke. Wir werden jetzt gehen.«

Helene betrachtete sie nachdenklich, dann nickte sie und drückte ihr die Hand. August sah zur Seite. Ida kletterte zurück auf den Bürgersteig und fragte:

»Kommt ihr nicht mit?«

Keiner sagte ein Wort, bis Helene ihr über das Haar strich und meinte:

»Sie wollen zu einer Beerdigung, Süße. Wir müssen jetzt tschüss sagen.«

Ida nickte. Sie ging auf August zu und umarmte ihn. Nach einer Weile strich er ihr vorsichtig über den Rücken. Er sah Helene an und sagte leise: »Wiedersehen.« Dann löste er sich vorsichtig von Ida und trat auf Emma zu.

»Heike hat mir erzählt, dass der Bürgermeister Lukas umgebracht hat.«

Emma nickte. Sie sah ihn an, sein Haar wuchs schon in ersten Stoppeln nach. Er meinte: »Bestimmt kommen heute viele zu der Beerdigung. Bei Marlon waren auch viele da.«

Es war, als suchte er noch nach den richtigen Worten für das, was ihn beschäftigte, aber Heike zog ihn mit sich. Über die Schulter sagte sie zu Helene:

»Ich schick dir die Tasche zurück. Und die anderen Sachen.«

Helene sagte: »Schon gut. Nicht nötig.«

Heike und August gingen in Richtung Busbahnhof. Emma, Helene und Ida sahen ihnen nach, bis sie im Gewühl der Leute verschwunden waren. Emma schluckte. »Ihr seid wohl nicht Freunde fürs Leben geworden, was?«

Helene öffnete die Tür und scheuchte ihre kleine Tochter hinein. »Ida fand August prima. Jedenfalls nachdem er aufgehört hatte, sie Spasti zu nennen.«

Emma wurde blass. Sie drehte sich zu Ida um, aber das Mädchen hatte gerade die kambodschanischen Sitzdecken im Wagen entdeckt und strich bewundernd über den bunten Stoff. »Guck mal, Mama.«

Helene lächelte sie an und nickte. Emma sagte leise: »Daran habe ich nicht gedacht. Ich hab ihn nie… so war er nicht für mich. Ich wusste nicht…«

»Man kann nicht nur den Netten helfen.« Helene setzte sich auf den Beifahrersitz und schnallte sich an. Emma ging um den Wagen herum und stieg auf der anderen Seite ein. Sie startete den Motor, fuhr aus der Parklücke und reihte sich in den Verkehr ein. Ida drehte hinten im Wagen den Kopf in alle Richtungen und kommentierte, was sie zu sehen bekam. Emma war froh über das Geplapper der kleinen Schwester.

Berlin, Mitte. Dorotheenstädtischer Friedhof

Würden Sie bitte Ihre Tasche von der Bank nehmen?«

Gesine Lorenz drehte erschrocken den Kopf und sah in das lächelnde Gesicht eines älteren Mannes. Dann verzog sie ihre Mundwinkel nach oben und nahm ihre Tasche auf den Schoß. Der Mann nickte dankend und setzte sich neben sie auf die Bank. Im Innern der Kapelle war es voll, die Luft wurde langsam unerträglich. Der Mann schwitzte in seinem dunkelgrauen Mantel. Er musterte die Frau an seiner Seite und beugte sich vertraulich zu ihr rüber.

»Kannten Sie den Verstorbenen gut?«

Sie packte ihre Tasche fester und schüttelte den Kopf. Durch das dünne Leder fühlte sie den Rand der Glasflasche.

»Ich auch nicht.« Der Mann lächelte wieder. »Ich kannte nur seinen Vater, der war hier mal Pastor.« Er sah sich in der Kapelle um. »Der Tote soll ja bei den Rechten gewesen sein. Hab ich gelesen. Und wenn man sich so das Volk hier anguckt.« Er schien auf eine Reaktion von ihr zu warten. Als nichts kam, redete er weiter. »Dabei war der Lehrer. Das ist doch nicht zu glauben!«

Die Lehrerin rückte etwas von ihm ab und sah suchend durch den Raum. Weiter vorne standen Kollegen von ihr, die Rektorin und die Schulsekretärin. Ein paar Schüler langweilten sich in der Bank hinter ihr, sie raschelten mit den Gesangbüchern und ignorierten die leisen Ermahnungen ihrer Eltern. An der Tür versammelten sich die Männer der Liga. Der alte Blattner stand schwer auf seinen Stock gestützt, ein Junge neben ihm hielt die Fahne, hier in der Kapelle ließ er sie aufgerollt. Die Lehrerin drehte den Oberkörper noch ein wenig weiter. Achim war nirgends zu sehen, aber sie entdeckte den Polizisten, Blume. Er neigte den Kopf und sprach leise in den Kragen seiner Jacke. Funk, vermutlich. Er hob den Kopf, und sie drehte sich rasch wieder um. Ihr Nachbar sah sie neugierig an. Sie senkte den Kopf und legte beide Arme auf die Tasche.

Der Geistliche betrat vom Seiteneingang den Raum. Ein Messdiener hielt eine astdicke Kerze, ein anderer trug das Gebetbuch. Die drei blieben vor dem Sarg stehen und verharrten eine Sekunde, dann drehten sie sich um. Die Trauergäste standen auf und stimmten ein Lied an. Die Lehrerin nahm ihre Tasche und streifte beim Aufstehen den Tragegurt vorsichtig über die Schulter. In der Bank vor ihr rückten zwei Menschen vom Gang in die Reihe. Gesine Lorenz spürte, dass jemand sie ansah. Sie hob den Blick und sah August. Die gleichen Augen wie Marlon, dachte sie und lächelte. Der Junge sah sie ernst an, dann erhielt er einen Stoß von seiner Schwester und drehte sich nach vorn zum Geistlichen.

Berlin, Mitte. Imbiss Sampeah

Die Kapelle ist mittlerweile überfüllt, und noch immer strömen Trauergäste auf den Friedhof. Schulklassen sind gruppenweise hier angekommen, sie stehen bedrückt zusammen und werden von ihren Lehrern betreut. Eine große Anzahl von«, Bentes Stimme zögerte, »von jungen Männern mit sehr kurzen Haaren steht vor der Kapelle, in der Hand halten einige von ihnen schwarz-rot-weiße Fahnen. Es sind offensichtlich Anhänger der Rechten Liga, zu denen auch der Verstorbene zählte.« Bente machte eine kurze Pause, leise hörte man im Hintergrund den Gesang eines Chorals.

»Zu Beginn der Trauerfeier kam es zu Auseinandersetzungen zwischen den Anhängern und weiteren Trauergästen. Vor dem Tor zum Friedhof sammelten sich die Einsatzwagen der Polizei. Der Pfarrer unterbrach seine Ansprache. Er ging zu den Streitenden nach draußen und ermahnte sie, sich dem Anlass gemäß respektvoll zu verhalten. Bisher lief die Trauerfeier ohne weitere Zwischenfälle ab.«

Khoy kam in den Gästeraum und brachte frischen Kaffee. »Das ist Emmas Geschichte«, rief er fröhlich von der Theke, »sie hat den Mörder geschnappt!« Emma sprang auf und drehte das Radio leiser. Helene sah sie nachdenklich an, sagte aber nichts. Ida war längst mit Khoys Vater in der Küche verschwunden, sie hörten ihr lautes Lachen und das amüsierte Brummen des Mannes. Von Zeit zu Zeit kam sie mit einer neuen Entdeckung angerannt und ließ Emma und Helene einen Löffel Krebspaste oder kambodschanische

Mango probieren. Helene stützte ihre Unterarme auf den Tisch und sah zu Emma. »Warum bist du denn nicht dort und berichtest?«

Emma legte die Frühstücksteller zusammen. »Und wer sollte euch abholen?« Helene ging nicht darauf ein, sondern sah sie nur weiter an, deshalb zuckte Emma die Achseln. »Bente macht das sehr gut.«

»Das ist nicht die Frage.«

Emma stellte die Reste ihres Frühstücks auf ein Tablett und trug es zur Durchreiche. Mit dem Rücken zu ihrer Mutter meinte sie: »Du sagst doch immer zu mir, dass ich zu viel arbeite. Mach ich eben jetzt mal ein bisschen weniger.«

Khoy kam herein und drehte das Radio wieder lauter.

Jetzt hörten sie die Stimme der Rektorin, Sabine Ansbach. Bente hatte sie vermutlich vor der Übertragung interviewt.

»Wir haben die Kinder entscheiden lassen, einige Klassen wollten hierher.« Die Rektorin räusperte sich. Emma sah sie vor sich, die schmale ältere Frau mit dem Dutt, sicher im dunklen Mantel. »Er war ja kein Klassenlehrer, aber doch sehr beliebt bei den Schülern. Wir fanden – nun, ein Gebet ist wohl in jedem Fall eine richtige Entscheidung.«

Jetzt sprach wieder Bente, sie beschrieb den Trauerzug und erzählte dazwischen immer wieder mit wenigen Sätzen, was in den letzten Tagen geschehen war. Emma versuchte zuzuhören, aber Ida stand vor ihr und redete auf sie ein. Sie hielt etwas hoch, das nach einem gegrillten Froschbein aussah, eine kambodschanische Spezialität, mit der Khoys Vater gerne neue Gäste schockierte. Emma lächelte, aber in Gedanken war sie bei dem Radiobeitrag. Irgendetwas irritierte sie. Was hatte die Rektorin gerade gesagt?

Khoys Mutter rief nach Ida, und das Mädchen rannte mit

rotglühenden Wangen wieder in die Küche. Die Übertragung machte eine Pause, Werbung schallte ihnen jetzt entgegen, fünf Minuten vor dem Nachrichtenblock. Emma ging auf die Toilette. Als sie wiederkam, saß Helene über den Tisch gebeugt und unterhielt sich leise mit Khoy. Helene sah ihr verlegen lächelnd entgegen. Emma war sich sicher, dass sie über sie geredet hatten. Die Ladentür nebenan klingelte, und Khoy erhob sich. »Kundschaft.«

Emma funkelte ihn an, als er an ihr vorbeiging, er tat, als sähe er es nicht. Sie setzte sich zu ihrer Mutter. Helene sah sie ernst an, und Emma stöhnte.

»Jetzt guck nicht so, Mama. Ich kann mich auch mal zurücknehmen. Du hast doch gesagt, ich bin immer so neugierig.«

Helene sah sie erstaunt an. »Aber das war doch kein Vorwurf, Emma!«

»Du warst viel zu nachlässig mit mir. Damals, als das mit«, Emma senkte ihre Stimme, »mit Jenni passierte, da hättest du mich zurückhalten müssen. Vielleicht würde sie dann heute noch...«

»Emma«, Helene legte ihr die Hand auf den Arm, »ist das denn immer noch auf deiner Seele? Du warst nicht schuld! Wie oft muss ich dir das sagen! Du hast getan, was du für richtig hieltest!«

»Manchmal sollte man besser gegen seine Überzeugung handeln. Wenn es gute Gründe dafür gibt, dann...«

»Tut mir leid, Emma, aber das kann ich nicht glauben. Jeder von uns hat eine innere Stimme, die ihm sagt, was richtig und was falsch ist und...«

»Ja, du!« Emma wurde laut, aber sie merkte es nicht. »Du weißt immer, was richtig ist. Du hast es ja auch gewusst, als du Papa aus unserem Leben geschmissen hast!«

Helene zuckte zusammen. »Worüber reden wir jetzt eigentlich?«

»Schneider hat mir erzählt, wie es damals war, Papa wollte kein Kind mehr, und du hast dich einfach durchgesetzt, weil du so genau weißt, was richtig ist und ...«

Helenes Gesicht erstarrte. Mit schmalen Lippen sagte sie: »Schneider war nicht dabei. Im Gegensatz zu dir. Du solltest dich auf dein eigenes Urteil verlassen.«

Ein Mann und eine Frau betraten das Restaurant. Sie stellten sich mit dem Rücken zu den Frauen und studierten das Angebot auf der Tafel hinter der Theke. Emma schluckte und sagte noch immer heftig, aber etwas leiser:

»Ich war siebzehn, und du hast es nicht für nötig gefunden, mich um meine Meinung zu fragen. Du hast mir einfach meinen Vater genommen.«

Helene wurde rot. Sie schlug mit der Faust auf den Tisch und sagte laut: »Verdammt, ich hab dir Ida geschenkt!«

Das Paar an der Theke drehte sich um und flüsterte miteinander. Khoys Mutter kam aus der Küche gehastet, Ida im Schlepptau. Emma wurde der Hals eng. Sie nahm einen Schluck Wasser und sah ihrer kleinen Schwester mit einem schiefen Lächeln entgegen. Ida rannte zu Helene und fragte:

»Was ist denn Mama? Was ist mit mir?«

Helene strich ihr über den Kopf und sagte: »Ich wollte Emma nur erzählen, wie toll du dich mit August verstanden hast.«

Ida kicherte. »Er war so dumm, Emma. Das glaubst du nicht. Er hat keines meiner Bilder erraten, und kochen konnte er auch nicht. Ich hab gesagt, er muss noch lange auf die Schule gehen, aber das wollte er auch nicht. Sein Bruder war auf einer ganz tollen Schule, aber er ... oh, wusstest du Emma, dass sein Bruder gestorben ist?« Idas Gesicht verzog sich, als wollte sie anfangen zu weinen. »Du darfst nicht sterben, Emma, ja, du bist jetzt so weit weg, und ich weiß gar nicht, ob du noch lebst oder ob du schon tot bist.«

Emma legte ihren Arm um die kleine Schwester. Ein Gedanke in ihr fing sich ganz langsam an zu formen, noch war er verschwommen, aber sie wusste, dass sie etwas Wichtiges übersehen hatte, sie wusste es, seit sie die Rektorin auf der Beerdigung gehört hatte. »Nein, Ida, ich bleibe ganz lebendig, und du kannst mich immer hier besuchen, okay? Aber jetzt sag mal, was hat August über seinen Bruder erzählt?«

Ida schien für den Moment getröstet, sie lächelte wieder und lehnte sich eng an ihre große Schwester. »Er sagte, er wäre zu dumm für diese feine Schule, und sein Bruder wäre es eigentlich auch gewesen. Und er hätte es nur geschafft, weil seine Lehrerin so viel mit ihm gelernt hat, aber das wäre ihm ja zu anstrengend, jeden Abend, und manchmal ist er die ganze Nacht da geblieben.«

Emma starrte Ida an. Kein Klassenlehrer, hatte die Rektorin gesagt. Die Schüler mochten ihn, sie wollten zur Beerdigung, aber er war kein Klassenlehrer gewesen.

»Emma, was ist denn?« Ida sah sie fragend an.

Emma fasste über den Tisch nach Helenes Hand. »Mama, hast du die Handynummer von Heike?« Helene nickte. Sie sah immer noch wütend aus, aber als sie Emma jetzt ansah, zog sie rasch ihr Handy aus der Tasche und reichte es ihr wortlos. Emma tippte auf das kleine Symbol für die Kontaktdaten und drückte Heikes Nummer. Während sie das Telefon an ihr Ohr presste, tauchte ein Bild vor ihr auf: Gesine Lorenz, voller Schmerz vor den Klassenfotos. Ein Bild an der Wand mit einer schwarzen Schärpe – Wir sind so traurig.

Heike meldete sich zaghaft. »Helene?«, fragte sie. Kein

Klassenlehrer, dachte Emma. Er war nicht auf den Fotos. Wen hatte die Lehrerin betrauert?

»Heike, hatte Marlon ein Verhältnis mit seiner Lehrerin?«

Die Frau am anderen Ende der Leitung schwieg. Dann sagte sie leise: »Ich hab es befürchtet. Aber er hat alles abgestritten. Und sie war doch die Freundin von Lukas. Oder?«

Genau das, dachte Emma. Das war das Problem. Laut meinte sie: »Du hast gesagt, Marlon hat das Crystal nicht angerührt. Bist du dir sicher?«

Wieder brauchte Heike eine Weile, bis sie antwortete. »Er hat nicht mal geraucht.«

Emma hielt sich am Tisch fest. Es war jetzt ganz still, Helene und Ida sahen erschrocken auf Emma. Sie starrte ihre Mutter an, als könne sie in ihrem Gesicht lesen, was sie jetzt tun sollte. Nach einem langen Augenblick sagte sie leise und bestimmt ins Telefon: »Heike, kannst du Gesine Lorenz irgendwo sehen?«

»Warte mal.« Heike schien das Handy herunterzunehmen und sich umzusehen. Emma lauschte gespannt.

Ida trommelte nervös mit ihren Fingern auf die Tischdecke, bis Helene die Hand ihrer Jüngsten nahm und sie festhielt.

»Ja, sie steht hier hinten. Bei den Jungs von der Liga. Komisch, dass die gar nicht bei ihrer Schule...«

»Heike, hör mir jetzt gut zu.« Emmas Stimme klang entschlossen. »Ich will, dass du August nimmst und weggehst. Geh runter vom Friedhof. Macht einen Bogen um Gesine Lorenz und geht. Jetzt!«

»Aber...« Emma hörte nicht mehr, was Heike sagte, sie hatte schon die Verbindung gekappt, das Handy ihrer Mutter auf den Tisch gelegt und ihr eigenes gegriffen. Helene fragte leise: »Emma, was ist denn?« Emma hob ihre linke Hand, um ihre Mutter zu bremsen. Mit der rechten tippte sie bereits auf Blumes Nummer. Bitte, geh ran, bat sie stumm. Dann hörte sie seine Stimme, die Mailbox war angesprungen. Emma fluchte, schnappte sich ihre Jacke und die Tasche und wollte rausrennen.

»Emma?«

Helene und Ida sahen sie an, Ida war aufgesprungen. Emma war bereits an der Tür. »Bleibt einfach hier, bleibt bei Khoy. Ich komme...« Jetzt war die Ansage zu Ende, Emma stieß die Tür des Restaurants auf und rief im Laufen ins Telefon:

»Räum den Friedhof, Blume, du musst die Lehrerin finden, sie ist da, du musst sie festnehmen, pass auf, Blume, ich bin mir sicher, sie hat etwas vor, ich bin... gleich da.« Emma ging die Puste aus, sie steckte das Handy in die Hosentasche und rannte die Straße hoch. Die Schönhauser entlang, an der Volksbühne vorbei. Die Autos standen im Stau, sie überlegte einen Moment, ob sie umkehren und ihr Rad holen sollte, aber ihre Beine liefen einfach weiter. Der Dorotheenstädtische Friedhof war nicht weit, sie musste nur die Torstraße entlanglaufen. Als sie endlich die Chausseestraße erreichte, brannten ihre Lungen. Ihr war so schwindelig, dass sie taumelte.

Wie immer an einem Samstagvormittag war es hier voll, Touristen, junge Mädchen auf Shopping-Tour und Mitte-Bewohner auf dem Weg zum späten Frühstück. Vor dem Eingang des Friedhofes war ein solches Gedränge, dass es die Umstehenden auf die Straße schob und die Autofahrer wütend hupten. Junge Männer in gebügelten Hosen standen an beiden Seiten des steinernen Tores und trugen schwarz-weiß-rote Fahnen. Viele hatten sich eine schwarze Binde um den Ärmel gelegt. Polizeibeamte waren dazu übergegangen, den Zugang abzusperren, und herrschten Passanten an, die neugierig ihre Hälse reckten, sie sollten weitergehen. Weiter hinten auf dem Friedhof spielte eine Trompete ein Trauerlied, es ging fast unter im Tumult. Emma blieb auf der gegenüberliegenden Seite und überquerte erst am Brecht-Haus die Straße. Sie lief durch die Gedenkstätte auf den Hof des Hauses, dort, wo das Kellerrestaurant ein paar Tische stehen hatte. Sie stieg auf eine Bank, von dort auf die Linde und dann mit einem wackeligen Schritt auf die Mauer, die das Haus vom Friedhof trennte. Einen Moment blieb sie stehen, laut keuchend. Der Schweiß lief ihr in die Augen, und sie blinzelte. Auf dem Weg unterhalb der Mauer schoben sich Trauergäste und Neugierige in den hinteren Teil des Friedhofs, dort, wo neu bestattet wurde. Emma sah eine Menge Menschen in dunklen Mänteln, Mützen und Regenschirmen, aber niemanden, den sie kannte. Der Friedhof war von allen Seiten mindestens zwei Meter hoch ummauert. Wenn jetzt eine Panik ausbrach, würde das in einer Katastrophe enden.

Am Ende des Weges, kurz vor dem Lutherdenkmal, sah sie den Ü-Wagen. Gerade wurde die Antenne eingefahren. Sie griff nach ihrem Telefon, das ihr bei der Eile beinahe heruntergefallen wäre, und tippte auf Bentes Nummer.

Sie ging sofort ran, ihre Stimme klang erleichtert.

»Emma, du, grad passt es gar nicht, aber ich bin froh, dass du...«

»Bente, du darfst nicht wegfahren! Sag Kalle, dass er die Antenne wieder ausfahren soll!«

Einen Moment war es still. Emma sah auf den Boden und versuchte die Entfernung abzuschätzen. Sollte sie einfach herunterspringen?

»Was redest du denn da?«

»Bente, ich bin hier, beim Brecht-Haus, ich komme. Du musst unbedingt hierbleiben! Kannst du Blume sehen? Er muss doch da sein, oder?«

Emma stopfte kurz das Telefon unter die Jacke und sprang auf die andere Seite der Mauer. Ein Schmerz fuhr ihr durch den rechten Fuß, als sie aufkam, aber sie stand auf und drängte sich an den Leuten vorbei. Wütende Blicke richteten sich auf sie, manche murmelten etwas, aber Emma sah starr nach vorn. Ihr Handy vibrierte, und sie zog es aus der Jacke. Es war Bente.

»Emma, was soll das? Wo bist du? Ich kann doch nicht einfach hierbleiben, wir haben heute noch ...«

Emma schirmte ihren Mund mit der Hand ab und sagte leise ins Telefon:

»Bente, ich glaube, hier passiert gleich etwas. Kannst du Blume sehen?«

»Nein. Er war vorne am Trauerzug, keine Ahnung, wo der jetzt ist.«

»Warte auf mich, ich bin gleich da!«

Emma drängte sich weiter durch die Leute. Jemand gab ihr einen Stoß von hinten, der sie gegen die Mauer taumeln ließ. Für einen Moment fasste sie in den efeuumrankten Backstein. Als sie sich wieder wegdrehen wollte, spürte sie eine Hand, die sie gegen das Laub presste.

»Na, wenn das nicht die Zecke ist! Die überall rumschnüffelt und Ärger macht.«

Emma schlug die Hand weg und versuchte zur Seite auszuweichen. Doch jemand hielt seinen Arm wie eine Schranke vor sie. Es war der große Dünne vom Hofsmünder Dorffest. Er sah noch ausgemergelter aus als am letzten Sonntag. Seine Mundwinkel waren eingerissen, seine Augen schwarz, die Pupillen riesig. Emma sah sich um und blickte in feindselige Gesichter. Sie versuchte, eine Lücke zwischen den Männern zu finden, aber der Schlaks trat ihr in den Weg. Emma sagte barsch:

»Gehen Sie weg, ich muss durch!«

Einer der Jungs lachte, Emma sah, dass ihm mehrere Zähne fehlten. Sie sah sich um. Dies hier war ein öffentlicher Ort, und viele Leute waren anwesend, auch Polizei. Es gab keinen Grund, Angst zu haben, sagte sie sich, aber sie fühlte, wie ihre Hände feucht wurden. Um ihre kleine Gruppe herum war es merkwürdig leer. Die Leute drehten ihre Köpfe weg und machten einen Bogen um sie.

»Jungs, macht keinen Unsinn, hier ist jede Menge Polizei.«

»Ach wirklich?« Der Schlaks kam näher, Emma roch seine Bierfahne. »Hast du immer noch nicht kapiert, dass wir machen können, was wir wollen?«

»Wo ist eigentlich Rocco?« Einer der Männer, etwas älter und in einem altmodischen Anzug, drängte sich vor. Ein anderer stieß ihn in die Rippen. »Mensch, der ist doch tot, raffst du eigentlich noch was?« – »Genau«, der Schlaks drückte Emma mit der Schulter gegen die Mauer, »steckst du dahinter, Zecke?« Er klemmte sein Knie zwischen ihre Beine und presste seine Hand gegen ihre Brust. Sie versuchte, ihn wegzuschlagen, aber seine Kumpels kamen ihm zu Hilfe, einer drückte ihr seine Hand auf den Mund, ein anderer hielt ihre Arme fest. Der Schlaks leckte ihr über das Gesicht und flüsterte: »So'n Friedhof is ein geiler Ort, was? Das macht mich richtig scharf...«

Das Handy im Ü-Wagen klingelte, und Bente riss es von der Station, sie erwartete Emmas Stimme zu hören, aber es war Susanne.

»Bente, seid ihr schon bei der Messe angekommen? Euer Gesprächspartner wartet am nördlichen Eingang, gleich hinter...«

»Ich bin noch auf dem Friedhof. Und ich bleibe hier.«

Einen Moment schien Susanne zu brauchen, um ihre Worte zu verstehen.

»Spinnst du? Es ist alles vorbereitet, das Fernsehen...«

»Susanne, ich werde jetzt hier nicht wegfahren. Sag den Messebericht ab. Und ruf die Schaltzentrale an. Wir brauchen vielleicht eine Leitung zur ARD.«

»Was? Aber was ist denn?«

»Das kann ich dir nicht sagen. Ich... ich weiß es nicht. Emma hat mich angerufen. Sie will, dass wir bleiben.«

»Dass ihr... spinnst du denn total? Nur weil Emma...«

»Ich übernehme die Verantwortung. Was immer hier jetzt geschieht, ich brauche dich in der Regie. Ruf die Schaltzentrale an und bestell eine Leitung.«

»Bente, sag Kalle endlich, er soll den Ü-Wagen bewegen, und du hör auf, einen auf dramatisch zu machen! Ich hab Stunden gebraucht, bis ich auf der Messe...«

»Susanne«, Bente brüllte jetzt ins Telefon, und es war ihr egal, ob die Umstehenden draußen am Ü-Wagen sie hören konnten, »ruf jetzt die Schaltzentrale an!«

Einen Moment war es still, dann sagte die Redakteurin kleinlaut: »Ich weiß gar nicht, was ich da tun muss.«

Bente stöhnte und warf einen Blick zu Kalle. Der kaute angespannt auf einem Bleistift und sah zu ihr rüber. Bente sagte in den Hörer: »Ich ruf gleich zurück.« Sie legte auf und öffnete die Tür des Ü-Wagens einen Spalt. Emma konnte sie in der Menge nicht entdecken. Sie ließ sich in den Sitz zurückfallen und starrte auf das Telefon in ihren Händen. Dann drückte sie entschlossen eine Nummer im Speicher.

»Ja?«

Bente holte tief Luft. »Manni, ich brauche dich. Du musst in die Regie.«

»Was ist los?«

»Ich bin auf dem Friedhof. Emma ist unterwegs, sie ist völlig aufgelöst, wenn ich sie richtig verstanden habe, denkt sie, dass hier gleich ein Anschlag passiert.«

Einen Moment war es still. Dann hörte Bente Schritte, Schuhe auf hartem Boden, Schlüssel klirrten. Schneider sagte:

»Wo ist sie jetzt? Und wo bist du?«

»Sie ist irgendwo auf dem Gelände. Es ist tierisch voll hier, sie versucht zu uns durchzukommen. Ich stehe am Lutherdenkmal.«

»Habt ihr die Polizei informiert?«

»Ich weiß doch noch gar nicht, was los ist!«

Eine Automatik piepste, eine Autotür klappte auf. »Ich bin in zehn Minuten im Sender.«

Emma riss ihren Kopf zur Seite und biss kräftig in die Hand vor ihr. Sie schnappte nach Luft und schrie dann laut auf. Ein paar Leute kamen auf die Gruppe zugelaufen. Der Schlaks ließ sie los und wollte zur Seite verschwinden. Sie holte aus und rammte ihm ihren Fuß zwischen die Beine. Mit einem spitzen Schrei krümmte er sich zusammen. Ein paar Männer und Frauen in Kapuzenpullis und schwarzen Wollmützen mischten sich unter die Rechten und schubsten sie gegen die Mauer. Der Schlaks versuchte, hinter einem Kameraden in Deckung zu gehen.

Emma fühlte plötzlich, dass eine Hand ihren Arm umfasste und sie von der Mauer wegzog. Dunkle Augen unter tiefen Clownsfalten sahen ihr besorgt ins Gesicht. »Bist du okay?«

»Weiß!«

»Du weißt doch – ich hab dich im Blick, Frau Emma.«
Mehrere Männer in schwarzen Kapuzenpullis drängten sich nach vorn. Einer stieß den Schlaks hart gegen die Schulter, der Mann schrie leise auf und stolperte nach hinten. Er hob abwehrend die Hände nach oben und machte dann den anderen ein Zeichen. Sie verschwanden in der Menge. Als wäre nichts geschehen, löste sich das Handgemenge auf. Emma wischte sich mit zitternden Fingern den Speichel von der Wange.

»Weiß, ich brauche deine Hilfe!«

»Unglaublich, was die sich trauen. Du solltest sie anzeigen, wir haben ja gesehen, wie...«

Emma legte ihm eine Hand auf den Arm. »Vergiss das jetzt. Du musst mir zuhören! Bring deine Leute von hier weg. Schnell!«

»Eine Farce ist das doch hier. Wir haben vorne Flugblätter verteilt. Die meisten wissen doch gar nicht, was der Brinkmann getrieben hat.«

»Weiß!« Emmas Stimme kippte hysterisch, und die Leute drehten sich nach ihr um. Sie zog mit ihrer Hand den Kopf des Mannes zu sich. Leise sagte sie: »Ich glaube, hier passiert gleich etwas. Ihr müsst von hier abhauen!«

Jetzt nahm er wahr, was sie sagte. Er sah sie befremdet an. »Passieren? Was?«

Sie schluckte. »Ein Anschlag. Ich weiß nicht. Aber diese Frau – es ist noch nicht zu Ende.«

Weiß löste sich von ihr.

»Emma, du hast einen Schock. Du solltest jetzt besser nach Hause gehen und...«

»Nein, warte! Du musst mir glauben. Zieh deine Leute ab, aber sag ihnen nicht, was los ist. Es darf auf keinen Fall eine Panik ausbrechen!«

Der Anwalt musterte sie. »Das hätte ich nicht von dir gedacht.«

»Was? Was ist?«

»Dass du dich so benutzen lässt.« Er sah über die Menge der Köpfe. »Wo ist er?«

»Wer?«

»Dein Polizistenfreund. Der hat dich doch vorgeschickt, damit wir von hier verschwinden.«

Emma starrte ihn an. »Was erzählst du denn da, hast du mir nicht zugehört, du...«

»Ich soll hier verschwinden. Das hab ich auch schon verstanden, als dein Bulle das vor einer halben Stunde zu uns gesagt hat.«

Weiß drehte sich um. »Tut mir leid, den Gefallen tun wir euch nicht.« Emma drängte sich an ihm vorbei und legte einer der Frauen, die ihr gerade geholfen hatten, die Hand auf die Schulter.

»Bitte, kannst du deinen Leuten sagen, dass sie von hier wegmüssen? Es ist gefährlich hier, ich will euch doch nur...«

»Emma!« Weiß war jetzt neben ihr und sah sie wütend an. »Lass uns in Ruhe unsere Arbeit machen, okay?«

Die Frau schüttelte sie ab und meinte unfreundlich: »Sag das diesen Typen und nicht uns. Wir lassen uns nicht vertreiben.« Emma blieb stehen und sah zu, wie Weiß und seine Leute weiter nach vorne drängten. Die Wut trieb ihr die Tränen in die Augen, aber sie beherrschte sich und drehte nach rechts ab, um zum Ü-Wagen zu kommen.

Die Lehrerin schob sich langsam, aber bestimmt durch die Menge. Sie ging wie eine Schlafwandlerin, und die Leute machten ihr Platz. Sie war noch mal zum Eingang zurückgegangen, dann über den alten Teil des Friedhofs, über die

Prominentenecke bis zur anderen Seite, wo die Mauer an das Gelände der Charité grenzte. Die Männer und Frauen der Liga waren überall, sie standen in kleinen Grüppchen zusammen, starrten schweigend vor sich hin oder beobachteten drohend die Autonomen. Eine größere Gruppe stand bei dem Mahnmal für die Widerstandskämpfer. Der Schnee auf der Gedenkplatte war von gelben Rotzschlieren übersät. Weiter vorn am Grab standen Blattner und die Sippschaft aus Hofsmünde. Auch Heike und August waren dort. Die Lehrerin hatte erstaunt gesehen, dass Heike weinte. August starrte wütend vor sich hin, er sah genauso aus wie auf der Beerdigung seines Bruders. Sie sah den Autohändler aus dem Ort und die Frau aus dem Supermarkt – nur Achim fand sie nicht.

Sie fühlte, wie die Enttäuschung in ihr hochkroch. Sie steckte die Hände tief in ihre Manteltaschen und streichelte mit dem Zeigefinger über den Zünder. Vielleicht war seine Deckung bereits aufgeflogen und er befand sich unter Polizeischutz. Hatte die Aussage schon gemacht und lebte ein neues Leben im Zeugenschutzprogramm. Konnte jemand in Deutschland untertauchen?

Der Geistliche stand jetzt vor dem Grab und breitete seine Arme aus. Was er sagte, war von ihrem Standort nicht zu verstehen. Nur Fetzen wehten herüber. Die Frau meinte, den Johannes-Vers zu hören: »Wer an mich glaubt, der wird leben, wenn er auch stirbt. Wer lebt und an mich glaubt, der hat das ewige Leben.«

Unter ihrem Finger spürte sie die Fasern im Panzerband, mit dem sie den Zünder abgeklebt hatte. Ihre Tasche hing schwer an ihrer Schulter. Ihr kamen die Tränen. Wie passend für eine Beerdigung, dachte sie und musste lächeln. Ihr Blick schwamm, die Menschen vor ihr lösten sich auf.

Am Grab war jetzt eine Gestalt neben Blattner getreten, ein mächtiger Körper. Sie zwinkerte mit den Augen, bis ihre Sicht wieder klar war. Neben Blattner stand Achim.

Emma riss die Transportertür vom Ü-Wagen auf. Bente fegte den Kopfhörer auf die Ablage und sprang auf.

»Emma! Was ist hier los? Wenn du einen Witz gemacht hast, dann landen wir beide ...«

Sie brach ab, als sie Emmas Blick sah. Sie stand keuchend vor ihr, dreckig und verschwitzt. Kalle reichte ihr vom Technikerplatz aus eine Wasserflasche. »Trink erstmal was.«

»Hast du Gesine Lorenz gesehen?« Emma nahm die Flasche und trank in gierigen Zügen. Bente sagte: »Die Lehrerin? Ich hab keine Ahnung, wie die aussieht.«

»Und Blume?« Als Bente den Kopf schüttelte, öffnete Emma die Wagentür und ging ans Ende des Transporters. Dort war eine kleine Leiter angebracht, gedacht für den Techniker, wenn der ausfahrbare Sendemast stecken blieb oder sich im Geäst eines Baumes verfing. Emma kletterte die wenigen Stufen hoch und sah sich um. Von hier aus hatte sie einen weiten Blick über das Gelände, der Platz war von Kalle gut gewählt worden. Der Sarg war bereits in die Erde gesenkt worden, die Träger rollten gerade die Seile ab und traten zurück. Der Pfarrer nahm eine Schippe voll Erde von einem Sandhügel und ließ sie auf den Sarg rieseln.

»Von Erde bist du genommen; zu Erde wirst du wieder werden. Gott selbst wird dich auferwecken am Jüngsten Tag.«

Emma sah Blattner, gleich daneben Achim. Nur wenige Schritte entfernt standen Heike und August. Emma biss sich auf die Lippen vor Wut. Warum waren sie noch hier?

Der Geistliche nahm eine zweite Schippe voll Erde.

»Erde zu Erde, Asche zu Asche, Staub zu Staub.«

Dann trat er beiseite und ließ Platz für die Trauergäste. In die Menge geriet Bewegung. Statt vorzutreten, drückten sich die Umstehenden nach hinten, keiner wollte der Erste sein. Schließlich ging der Parteivorsitzende Blattner einen Schritt vor und griff nach der Schaufel. Hinter ihm formierten sich die Trauergäste in einer Reihe. In dem Augenblick sah Emma zwei Menschen fast gleichzeitig. Auf der anderen Seite des Friedhofs, ungefähr in gleicher Entfernung zum Sarg wie sie selber, stand Edgar Blume. Er trug eine dunkelblaue Jacke, hatte die Hände in den Taschen vergraben und sah wachsam um sich. In der Reihe am offenen Grab war eine etwas korpulente Frau zur Seite getreten. Hinter ihr stand Gesine Lorenz. Sie hielt eine hellbraune Ledertasche dicht an den Körper gepresst. Sie kehrte Emma den Rücken, den Kopf hatte sie nach rechts gedreht, zu der Gruppe um Blattner.

»Siehst du was?« Bente stand am Heck des Transporters. Emma stellte sich aufrecht an die Leiter und winkte heftig. Ein paar Leute am Grab sahen zu ihr rüber und schüttelten missbilligend die Köpfe. Emma hoffte, dass die Lehrerin sie nicht wahrnahm, aber die sah in die entgegengesetzte Richtung. Endlich registrierte Blume sie. Er sah sie fragend an, sie hielt ihr Handy hoch. Er nickte und zog sein Telefon aus der Tasche.

Kalle steckte den Kopf aus dem Wagen. »Schneider ist jetzt im Sender.«

Emma und Bente wechselten einen Blick. Emma sagte leise: »Nimm das mobile Gerät und stell dich damit hier vorne hin. Du musst alles sehen können, aber bleib beim Wagen.« Während sie redete, schrieb sie bereits eine SMS an Blume. Bente fasste ihren Fuß an und fragte ebenso leise:

»Was hast du vor?« Emma schickte die SMS ab. Sie beugte sich runter und sah Bente in die Augen. »Das Verrückte ist – ich hab mich die ganze Zeit gefragt, was diese Frau umtreibt. Ihr Freund, Lukas Brinkmann, war tot, und sie war so kühl. Und jetzt hab ich es verstanden Es ging gar nicht um Brinkmann. Es ging um Marlon. Man hat ihr das Liebste genommen, was sie hatte, Bente. Und sie durfte es nicht zeigen. Sie stand den Mördern ihres Geliebten gegenüber und sollte zusehen, dass sie davonkommen.«

Blume sah auf sein Telefon und las. ANSCHLAG VON LORENZ HABE ZEITZÜNDER GESEHEN. Er sah hoch und nickte, dann neigte er den Kopf und sprach in seinen Kragen hinein.

Emma sagte leise: »Aber sie selber kann nicht weitermachen, als wäre nichts geschehen. Es gibt für sie kein Danach. Nie wieder. Sie will es beenden. Und zwar endgültig.« Sie sprang vom Wagen und Bente hielt sie am Arm fest. »Was kann ich tun?« Emma stellte sich dicht neben sie.

»Es kann sein, dass hier gleich ein Sprengsatz hochgeht. Halt dich auf jeden Fall beim Wagen auf. Bleib solange es geht auf Sendung. Ich habe eine Idee – aber ich weiß noch nicht, ob sie funktioniert.«

Schritt für Schritt zogen die Trauergäste am Grab vorbei. Nachdem die erste Scheu überwunden war, drängten sie nach vorn, begierig, Erde auf den Sarg zu schütten, zudecken und dann vergessen, was geschehen war. Das Herz der Lehrerin schlug hart gegen die Rippen, sie konnte nicht vergessen, bis dieser letzte Schritt getan war.

Nur noch zwei Menschen trennten sie von Achim. Sie sah seinen dunkelblauen Blouson und den braunen Gürtel, der die mächtige schwarze Hose hielt. Vor ihr stand die Frau aus dem Supermarkt, sie kam nicht an ihr vorbei. Eine Bewegung in ihren Augenwinkeln ließ sie erstarren. Langsam drehte sie den Kopf. Ein Mann im schlecht sitzenden Anzug schob sich nach vorn. Er sah nicht wie alle anderen zum Grab, sondern nach rechts. Eine dünne Leitung ragte aus seinem Kragen. Sie folgte seinem Blick. Ein anderer Mann mit auffällig breiten Schultern nickte ihm zu. Dann sah er in ihre Richtung, und ihre Blicke kreuzten sich. Sie wollten sie aufhalten.

Die Lehrerin drehte sich um und stieß die Frau vor sich mit aller Kraft zur Seite. Mit einem spitzen Schrei taumelte sie gegen ihre Begleitung, einen alten Mann, der heftig mit den Armen rudernd um sein Gleichgewicht kämpfte, um nicht in das Grab zu fallen. Die Lehrerin machte zwei große Schritte und stand jetzt direkt hinter Achim. Ihre linke Hand schob sie unter den braunen Gürtel, mit der rechten griff sie nach dem Zünder und hielt ihn hoch in die Luft.

455

»Gesine!« Der Ruf schallte über die Trauergesellschaft, alle wandten ihren Kopf und sahen Edgar Blume an, den Mann, der da so laut rief. »Gesine, tun Sie das nicht!«

Erst jetzt drehten sich die Leute zu ihr um. Im Nu hatte sich ein Kreis um sie und Achim gebildet. Die Supermarktverkäuferin starrte sie mit offenem Mund an. Ihr Mann zog sie zur Seite. Achim stand ganz still. Die Lehrerin fühlte das angeraute Innenleder seines Gürtels unter ihren Fingern.

»Gesine«, der Polizist Blume kam langsam näher. Die Leute machten ihm Platz, er ging wie durch eine Gasse von Menschen. Sie streckte die Hand mit dem Zünder in die Höhe, und er blieb stehen. Er hob beruhigend den Arm und sagte: »Niemand wird dadurch wieder lebendig.«

Sie fühlte, wie ihr der Schweiß ausbrach. Ganz langsam drehte Achim seinen Oberkörper und sah sie mit panischen Augen an. Sein mächtiger Körper zitterte. Sie umklammerte den Gürtel und rief: »Keiner darf davonkommen!«

Blume sagte laut: »Und was ist mit all den unschuldigen Menschen hier? Was ist mit August – er ist doch noch ein Kind!«

Die Lehrerin sah auf Marlons kleinen Bruder. Er starrte sie an. Ein Schweißtropfen lief ihren Rücken hinunter. Seine Augen, dachte sie. Er hat seine Augen. Sie sagte: »Niemand bewegt sich.«

Bente stellte sich auf die erste Sprosse der Leiter und starrte nach vorn. »Was passiert da?«

Emma trat in den Wagen und setzte den Kopfhörer auf. Kalle stellte die Leitung her. »Schneider? Hier ist Emma.«

Sie lauschte, dann sagte sie: »Mach du die Anmod. Bente wird übernehmen. Gib ihr Zeit, lass sie laufen, aber hab die

Hand am Regler. Wenn es hier knallt, musst du wegschalten.«

Sie lauschte noch einen Moment seinen Worten, dann legte sie den Kopfhörer auf die Ablage, nahm das mobile Aufnahmegerät mit dem Mikrofon und stieg wieder aus dem Wagen. Sie reichte Bente das Gerät.

»Hier. Schneider moderiert dich jetzt an. Geh in die Beschreibung, kann sein, dass du ein bisschen Zeit schinden musst. Sag einfach, da vorn sorgt eine Frau für Unruhe, sie bedroht einen Mann. Bleib, solange du kannst, auf Sendung.«

Bente nickte. Sie nahm das Mikrofon und hielt dabei Emmas Hand fest. »Pass auf dich auf.«

Emma entzog ihr die Hand. Beide sahen sich an und umarmten sich für einen Moment. Dann drängte sich Emma durch die Menschen nach vorn zum Grab. Bente setzte sich den Kopfhörer auf und wartete auf Schneiders Anmoderation.

Berlin, Mitte. Imbiss Sampeah

Khoy ging zum Radioapparat und drehte noch eine Spur lauter. »Womit bedroht sie den Mann, Bente?«

»Das kann ich von hier aus nicht genau sagen, Manfred. Sie steht dicht bei dem Mann und hält in der rechten Hand einen Gegenstand, kaum größer als ein Telefon. Jetzt dreht sie mir den Rücken zu. Ein Polizist nähert sich ihr langsam von der anderen Seite des Friedhofs. Er scheint mit ihr zu reden.«

Helene legte einen Arm um Ida. Ihre kleine Tochter spürte ihre Anspannung, und sie fragte: »Was ist denn, Mama? Wo ist Emma hingelaufen?«

»Schscht«, machte Helene. Khoys Mutter kam aus der Küche und stellte sich neben ihren Sohn. Khoy war sehr blass und starrte angestrengt nach vorn.

»Noch hat nur ein sehr kleiner Teil der Menschen hier gemerkt, dass dort am Grab etwas Ungewöhnliches geschieht. Sie bilden einen Kreis um die Frau, niemand läuft weg. Noch immer strömen Besucher auf den Friedhof. Der Weg zum Ausgang ist versperrt.«

Helene schnürte sich der Hals zu. Wo ist Emma, dachte sie. Ida sah sie forschend an. Sie versuchte zu lächeln und strich ihr über den Kopf. Khoys Vater verließ seinen Platz an der Supermarktkasse und stellte sich neben seine Frau. Es war still in dem Imbiss, nur Bentes Stimme füllte den Raum.

»Jetzt reißt sie den Arm hoch. Manfred, ich glaube, sie hält einen Zeitzünder in der Hand.«

Berlin, Charlottenburg. Golfclub Weekend

Gregor Schulenburg hatte gerade seine Golftasche hinten in den Wagen geworfen und den Motor gestartet. Im Radio kam Bentes Stimme, sie klang ungewöhnlich ernst. Sollte sie jetzt nicht bei der Messe sein? Er legte den Rückwärtsgang ein und drehte den Oberkörper nach hinten. Dann hörte er sie über Menschenmengen und einen Zeitzünder sprechen. Er ließ den Wagen im Leerlauf, beide Hände hielten das Steuer umklammert. Hinter ihm hupte es, er sah in den Rückspiegel, sein Golfpartner hob fragend die Hände. Schulenburg gab Gas und fuhr mit einem kleinen Hüpfer auf die Ausfahrt. Dann raste er zum Sender.

Berlin, Mitte. Dorotheenstädtischer Friedhof

Emma drängte sich vorsichtig an den Menschen vorbei. Die meisten standen unschlüssig auf den Wegen, wussten nicht, warum es stockte. Manche reckten die Hälse, die meisten warteten einfach ab. Eine seltsame Stille lag über allem. Emma kam es vor, als wäre die Welt in Wachs gegossen, und nur sie schaffte es, durch die schwere zähe Masse voranzukommen. Ihr Herz klopfte hart, und sie hatte Angst. Aber das Gefühl, die Frau zu verstehen, trieb sie voran. Nach ein paar Minuten war sie nahe genug, um hören zu können, was sie sprachen. Gesine Lorenz drehte ihr den Rücken zu, das Telefon mit dem silbernen Klebeband leuchtete in der kalten Märzsonne. Emma rief:

»Ich weiß, dass Sie wütend sind. Ich verstehe das.«

Ganz langsam drehte sich Gesine Lorenz zu ihr um, ohne Achims Gürtel loszulassen. Sie sagte:

»Keiner redet mehr von Marlon. Alles soll weitergehen, als wäre nichts passiert.« Die Frau schluchzte auf. Ihre Stimme klang zittrig, als wäre sie kurz vorm Zusammenbruch.

Emma kam vorsichtig näher, dann blieb sie wieder stehen.

»Sie können nicht vergessen. Sie können nicht mehr schlafen. Alle sollen es wissen. Ich verstehe Sie. Aber wenn Sie das jetzt tun, dann weiß niemand, warum. Dann denken alle, Sie sind nur eine Verrückte.«

Gesine Lorenz war jetzt ganz Emma zugewandt, sie hörte ihr zu und schien zu überlegen. Blume trat langsam näher. Als er nur noch wenige Meter von der Lehrerin entfernt war, streckte er die Hand aus und sagte laut: »Geben Sie mir den Zünder.«

Die Frau fuhr herum und lachte. Es klang wie ein wütendes Fauchen.

»Sie stecken doch mit denen unter einer Decke! Sie haben doch dafür gesorgt, dass Marlons Tod vergessen wurde! Sie wollen Achim schützen.«

»Das war ein Fehler. Das weiß ich jetzt.« Blume kam noch einen Schritt näher.

»Bleiben Sie stehen!« Sie schrie es, und durch die Menge ging ein Zucken. »Ich traue Ihnen nicht!«

Emma streckte sich und rief mit klopfendem Herzen: »Dann erzählen Sie uns, was passiert ist!«

Alle Köpfe fuhren zu ihr herum. Emma hätte gern Blume angesehen, aber sie hielt den Blick starr auf Gesine Lorenz. »Kommen Sie, erzählen Sie es der ganzen Stadt.« Emma ging auf die Lehrerin zu, dabei sprach sie weiter halblaut in ihr Mikrofon. »Ich stehe jetzt vor Gesine Lorenz.«

Die Lehrerin starrte Emma entgegen. Sie schien nicht sicher, was sie tun sollte. Emma hob das Gerät hoch, ohne den Blick von der Lehrerin zu lassen. Langsam ging sie auf die Frau zu.

»Wir sind auf Sendung, Frau Lorenz. Die ganze Stadt hört zu. Sie können alles öffentlich machen, nichts wird mehr verheimlicht.«

Emma hielt das Mikrofon in ihre Richtung.

»Sie haben Ihren Geliebten verloren, nicht wahr? Ihren jungen schönen Geliebten Marlon.«

Gesine Lorenz starrte sie an. »Ich hätte ihn nicht lieben dürfen.« Emma sagte: »Nein. Aber wie kann man sich wehren gegen die Liebe?«

»Lukas hat mich gewarnt. Niemand verlässt mich, hat

er gesagt. Ich dachte, er zeigt mich bei der Schulleitung an, aber er wusste, dass mich das nicht aufhalten konnte.«

Die Frau atmete geräuschvoll ein, als bekäme sie nicht genug Luft. »Lukas dachte, er könnte die Liebe erzwingen. Damals schon. Er und sein Freund Christian waren wie Brüder, aber sein Vater liebte den anderen mehr. Lukas hat es mir erzählt.«

Sie sah starr zu Emma, als erzählte sie es nur ihr allein.

»Also hat er ihn aus dem Weg geschafft. Er hat ihn mitgenommen zu diesem Konzert und hinterher ausgesagt, Christian sei der Rädelsführer gewesen.«

Blume trat leise vor und zog August und Heike vom Grab weg.

Die Lehrerin ließ den Arm sinken.

»Er hat es mir erzählt, bei einem Glas Wein. Wir waren ausgegangen, ich wollte erst nicht, aber er meinte, es wäre wichtig. Er erzählte die Geschichte wie eine lustige Anekdote.«

Emma sagte leise: »Es war eine Warnung.«

»Ja. Er sagte, niemand kommt ihm ungestraft in die Quere. Er würde Marlon erledigen, wenn ich mich weiter mit ihm treffen würde.«

»Aber Sie haben nicht aufgehört, Marlon zu sehen.«

Die Lehrerin weinte. Leise sagte sie: »Ich wollte es. Ich hab ihm gesagt, dass es vorbei sein müsste. Aber es ging nicht.«

Emma kam noch einen Schritt näher. Sie sagte:

»Und dann war Marlon tot. Gefunden mit einer Überdosis auf dem Bürgersteig.«

Die Frau weinte jetzt heftiger. Sie schlug mit der Hand, in der sie den Zünder hielt, gegen den mächtigen Leib von Achim. Er stand starr vor Angst da. Emma redete schnell weiter.

»Also haben Sie dem Bürgermeister alles erzählt. Die alte Geschichte. Wer ihn damals ins Gefängnis gebracht hat.«

Die Lehrerin hielt inne. Sie keuchte, ihre Haare hingen ihr im Gesicht. Dann rief sie laut: »Lukas tat, als hätte es Marlon nie gegeben. Er sagte, wir würden heiraten, jetzt, wo alles geklärt wäre. An dem Abend rief ich Christian an. Ich sagte ihm, ich hätte Informationen von damals. Er kam zu mir. Ich erzählte ihm alles, und er wurde weiß wie eine Wand. Konnte sich kaum auf den Beinen halten.«

Emma fragte, und ihre Stimme krächzte dabei, als koste es sie Mühe, es auszusprechen: »Wollten Sie, dass er seinen alten Jugendfreund tötet?«

Die Lehrerin sah sie unsicher an. »Ich habe nicht darüber nachgedacht. Ich wollte nur – dass es ihm schlecht geht! Ich wollte ihm dieses Siegerlächeln aus dem Gesicht schlagen!« Sie sah auf den Zünder in ihrer Hand und rief plötzlich laut: »Aber es tut mir nicht leid! Ich war froh, als ich hörte, dass er ihn umgebracht hat!«

»Eichwald hat es getan, aber er wurde damit nicht fertig, er hat sich erschossen.« Emma stand jetzt ganz nah bei der Lehrerin. Blume hielt den Atem an. Hatte sie überhaupt eine Ahnung, in welche Gefahr sie sich begab? Emma fragte: »Und Rocco Schmitz? Die Tschechen hätten ihn laufen lassen, nicht wahr? Vielleicht war er ein lausiger Geschäftspartner, aber sein Tod nützte ihnen nichts. Sie haben seinen Tod veranlasst, nicht wahr?«

Die Frau verzog ihr Gesicht, harte Linien ließen sie plötzlich hässlich erscheinen.

»Er machte einfach weiter, als sei nichts geschehen. Das konnte ich nicht zulassen.«

Achim, Emma und Gesine Lorenz standen nun am Grab.

Die Menschen um sie herum waren zurückgewichen, langsam und leise. Emma sagte:

»Aber es wird nicht besser, oder? Das Gefühl, Schuld zu haben, Schuld an Marlons Tod, geht nicht weg. Es wird nie weggehen. Egal, wie viele Menschen sterben, es ändert nichts.«

Helene hielt den Atem an. Sie hörte den Schmerz ihrer Tochter in der Stimme. Khoys Mutter fasste nach der Hand ihres Mannes. Die Gäste im Restaurant hatten aufgehört zu essen.

Die Lehrerin sagte leise: »Er musste sterben, weil ich ihn nicht aufgeben wollte. Ich hätte es wissen müssen. Jetzt ist es zu spät. Ich kann damit nicht leben.«

»Doch.« Emma sagte es mit so viel Nachdruck, als müsste sie sich selber überzeugen. »Sie sind nicht schuld an Marlons Tod. Sie müssen es sich sagen, jeden Tag. Immer wieder: Ich bin nicht schuld.«

Die Lehrerin weinte. Sie schüttelte den Kopf. Emma sagte es immer wieder, sanft und leise wie eine Beschwörungsformel.

»Sie sind nicht schuld an Marlons Tod.« Mit hängenden Armen stand Gesine Lorenz vor ihr. Sie flüsterte jetzt: »Er war so kostbar. Ich hätte es am liebsten der ganzen Welt erzählt, dieses wundervolle Wesen liebt mich! Aber wir konnten es niemandem sagen. Nirgendwo zusammen hingehen. Nur gestohlene Zeit, kurze heimliche Momente. Wenn ich fertig bin mit der Schule, hat er immer gesagt. Wenn ich fertig bin, gehen wir zusammen weg.«

Blume stand jetzt neben ihr und nahm der Lehrerin vorsichtig den Zeitzünder aus der Hand. Sie sank auf die Erde am frisch ausgehobenen Grab. Achim machte einen schnellen Schritt zur Seite von ihr weg. Er keuchte, sein Gesicht war schweißnass. Die Trauergäste, die noch immer in der Nähe standen, lösten sich aus ihrer Starre und beeilten sich jetzt wegzukommen. Die Stille war gebrochen. Eltern riefen nach ihren Kindern, manche schrien, andere weinten, alle rannten sich gegenseitig in die Arme, traten auf Hacken und Zehen und schoben sich mit den Ellenbogen nach vorne. Blattners Begleiter drängten sich mit dem alten Mann durch die Menge und waren bald nicht mehr zu sehen. Heike stand mit August weiter hinten am Weg, vor sich vermummte Beamte mit Schutzschilden. Blume versuchte, Gesine Lorenz hochzuziehen, aber sie schlug um sich und weinte laut. Emma sah zu Bente rüber. Sie stand auf den Sprossen außen am Ü-Wagen und beobachtete die Szene. Auf der internen Leitung hörte Emma Kalles Stimme im Kopfhörer. »Emma, gib ab! Schneider soll die Sendung beenden. Hier bricht das Chaos aus. Komm in den Wagen!«

Berlin, Charlottenburg. Redaktion BerlinDirekt

Schulenburg riss die Tür zum Studio auf. Schneider saß mit dem Kopfhörer am Regiepult. Die Telefonleitungen blinkten, Susanne und die Technikerin, die heute Innendienst hatte, telefonierten pausenlos. Schneider schien alles zu dirigieren, er bestellte Leitungen, schaltete Verbindungen und sprach Anmoderationen. Dabei strahlte er eine Ruhe aus, die sich trotz der Hektik auf die anderen übertrug. Als er Schulenburg wahrnahm, hob er für eine Sekunde den Kopf in seine Richtung und sagte: »Das Thema Vorruhestand ist hiermit beendet.«

Der Wellenchef stieß einen erleichterten Seufzer aus. Er hätte nicht gedacht, dass er sich einmal so freuen würde, seinen Chefredakteur zu sehen.

Berlin, Mitte. Dorotheenstädtischer Friedhof

Emma sah zu Blume. Sein Blick lag auf seinem Freund Achim. Emma hob die Hand mit dem Mikrofon und bat leise um die Abnahme. Schneider zog den Regler. Die Sendung war zu Ende.

Emma ging mit steifen Beinen zum Ü-Wagen und legte das Gerät auf die Rückbank. Bente ging auf sie zu, aber Emma winkte ab: später. Sie drängte sich durch bis zum Ausgang, langsam löste sich die Menge auf. An der Chausseestraße fing sie an zu laufen. Sie musste nur bis zur Hälfte der Torstraße, dann kam Helene ihr entgegengerannt. Emma fiel in die Arme ihrer Mutter. Sie grub ihr Gesicht in Helenes Schulter und weinte sich ihre Anspannung vom Leib. Helene wiegte sie, sagte unsinnige Worte und streichelte immer wieder über ihren Rücken. Lange standen sie so, Passanten gingen um sie herum, und Autofahrer hielten im Stau neben ihnen auf der Straße. Niemand beachtete sie. Es gehörte schon mehr dazu, um in Berlin aufzufallen.

Sonntag, 30. März.
Berlin, Mitte. Imbiss Sampeah

Am nächsten Tag feierten sie bei Khoy ihren Geburtstag. Helene schenkte ihr einen Pullover und Ida eine Mappe mit Fotos. Blume hatte angerufen. Helene wollte den Hörer weiterreichen, aber Emma schloss sich in der Toilette ein. Das verschaffte ihr wieder einen nachdenklichen Blick von ihrer Mutter.

Später kam Schneider im Imbiss vorbei und überreichte ihr ein nagelneues Aufnahmegerät – mit einem Gruß von Schulenburg. Emma konnte sich vorstellen, was ihn das an Diskussionen mit dem Chef gekostet haben mochte, und umarmte ihn fest. Schneider war zunächst unruhig gewesen, er hatte laut und viel geredet und es vermieden, Helene anzusehen. Nach einer Weile hatte sie einfach ihre Hand auf seine gelegt, und er war zusehends ruhiger geworden. Am Ende erzählten die beiden abwechselnd von ihren Studienjahren, in denen Helene ihn und seinen Bruder kennengelernt hatte. Da hast du dich dann für ihn entschieden, sagte Schneider mit einem merkwürdigen Blick. Sie redeten über den Vater, wie Helene es sonst nie tat. Emma saß mit leuchtenden Augen dabei und saugte jedes Wort auf.

Auch Bente war noch aufgetaucht. Sie sprach lange mit Schneider. Dann gingen Bente und Emma allein vor die Tür, obwohl keine von beiden rauchte. Erst sprach Bente, dann Emma. Am Ende umarmten sie sich.

*8 Tage später, Sonntag, 6. April
Berlin, Alexanderplatz, Mitte*

Als der Anruf aus dem Krankenhaus kam, hatte Emma noch geschlafen. Es war der Arzt, dem sie ihre Visitenkarte gegeben hatte. Er sagte, dass es dem Pastor besser ginge und dass er sich über Besuch freuen würde. Emma versprach, sich gleich auf den Weg zu machen.

Sie war die ganze Woche zuhause geblieben, hatte einen Brief an ihre frühere Nachbarin Penelope geschrieben, sie war spazieren gegangen und hatte im Café gelesen. Am folgenden Tag wollte sie wieder ins Büro fahren, und sie fühlte sich stark genug dafür.

Sie ging zu Khoy rüber, trank einen Kaffee mit seiner Mutter und borgte sich noch einmal seinen Wagen aus. Auf dem Weg nach Brandenburg stellte sie das Radio an, es kamen erste Hochrechnungen von den Wahlen in Brandenburg. Die Bemühungen des Innenministeriums unter der Leitung von Staatssekretär Eberhard Hirsch, die Rechte Liga mittels eines Verbotsverfahrens an der Aufstellung zur Wahl zu hindern, waren gescheitert. Die Geschichte der Liebe einer Lehrerin zu ihrem Schüler hatte sich nach der Radiosendung wie ein Lauffeuer verbreitet. Dabei interessierten sich die Menschen besonders dafür, wie Marlon Siebenbacher zu Tode gekommen war – und wer sich daran mitschuldig gemacht hatte. Achim Schrandt war nach dem Zwischenfall auf dem Friedhof untergetaucht. Offiziell hieß es, er habe einen Schock erlitten. Sobald es sein Zustand zuließe, würde er für sein Verhalten zur Verantwortung gezogen werden. Seine Rolle als Kronzeuge war damit hinfällig geworden. Staatssekretär Hirsch sah sich gezwungen, den Eilantrag zum Verbot der Rechten Liga noch am selben Abend zurückzuziehen. Zur gleichen Zeit startete eine Gruppe von Anhängern der Rechten Liga eine großangelegte Internet-Kampagne, um die Partei als wertkonservative Alternative darzustellen, die von Drogensüchtigen und linken Gewaltverbrechern in den Schmutz gezogen werden sollte.

Ob der Trubel der letzten Tage und Wochen der rechten Partei geholfen oder geschadet hatte, darüber wurde jetzt auf allen Kanälen diskutiert. Der Moderator kündigte Konrad Weiß an, Deutschlands Experte für die Rechte Liga, ein Mann, dessen Gesicht spätestens heute Abend nach den Diskussionen im Fernsehen jeder Deutsche kennen würde und dessen neues Buch schon vor der Veröffentlichung alle Vorbestellungslisten sprengte. Als die markante Stimme von Weiß ertönte, stellte Emma das Radio aus.

Langsam ließ sie die Autoschlangen hinter sich. Die weißen Flecken auf den Feldern waren nun endgültig verschwunden, und trotz der Kälte, die sich hartnäckig hielt, war schon der Geruch des Frühlings in der Luft.

Staatssekretär Eberhard Hirsch hatte die Kollegen in Brandenburg darüber informiert, dass die Rechte Liga den Kauf des Pfarrhauses plante, um ein Schulungszentrum aufzubauen. Die Verwaltung hatte interveniert, und mittlerweile verkündete auch die Kirche, den Verkauf des Geländes noch einmal überdenken zu wollen. Ministerpräsident Platzeck nahm den Vorfall zum Anlass, einen Appell an die Brandenburger zu richten, an der Wahl teilzunehmen. Jede Stimme für die bürgerlichen Parteien war eine Stimme gegen rechts.

Emma blinkte und fuhr bei Straußberg von der Bundesstraße.

Hier trugen die meisten Wagen vor ihr das Kennzeichen für Märkisch-Oderland.

*Brandenburg, Kreisstadt Müncheberg,
Kreiskrankenhaus*

Der Parkplatz vor dem Haupteingang war voll, Familien im Sonntagsstaat strömten in das Gebäude, die Arme voller Blumen und Obst. Emma fragte sich durch und klopfte bald an eine Zimmertür der chirurgischen Station.

Der Pastor lächelte ihr entgegen. Er sah blass und schmal aus, der rechte Armstumpf wirkte frisch verbunden. Emma grüßte verlegen und ärgerte sich, dass sie nicht an Blumen gedacht hatte. Der Pastor fragte sie über die Vorfälle bei der Beerdigung aus und gestand, dass er froh war, nicht daran hatte teilnehmen zu können. Sie legte ihm die Hand auf den linken Arm. Dann fiel ihr noch etwas ein.

»Pastor Brinkmann, warum haben Sie mir nicht gesagt, dass der Bürgermeister der beste Freund Ihres Sohnes war? Dass Thomas in Wahrheit Christian Eichwald hieß?«

Der Pastor sah sie erstaunt an.

»Aber das habe ich Ihnen doch gesagt, Enna!« Er beugte sich, so weit es ihm möglich war, nach vorn. »In unseren Berufen, Frau Journalistin, ist es wichtig, gut zuhören zu können!« Er lehnte sich wieder zurück und lächelte trotz der Schmerzen, die er offensichtlich empfand. »Bei Ihnen und bei mir in der Kirche. Aber Sie, Enna, Sie brennen einfach zu sehr.«

Emma schwieg. Dann fragte sie den Mann nach seinen Plänen.

»Das hängt davon ab, wie sich die Kirche verhält. Heute früh war eine Frau aus dem Dorf hier zu Besuch, sie erzählte mir, dass sich eine Bürgerinitiative gegründet hat. Es könnte sein, dass ich dort wohnen bleibe und sehe, was ich tun kann.«

Emma lächelte und dachte an Heike. Vielleicht wurden doch noch ein paar Träume der jungen Frau wahr, wenn auch anders, als sie es sich vorgestellt hatte. Der Pastor würde sie sicher unterstützen. Ein Blick auf den Kranken zeigte ihr, dass ihn das Gespräch angestrengt hatte. Sie verabschiedete sich, versprach, bald wiederzukommen, und ging leise aus dem Zimmer. Als sie die Tür hinter sich zuzog, war der Pastor schon eingeschlafen.

Als sie aus dem Fahrstuhl trat, sah sie Blume am Empfang stehen. Er hatte die Arme verschränkt, wippte ungeduldig mit den Schuhspitzen und wartete, dass er an die Reihe kam. Sie ging auf ihn zu und sagte: »Er liegt auf Station 7, Zimmer 114. Aber lass ihm noch etwas Zeit, er ist gerade eingeschlafen.«

Blume hatte beim Klang ihrer Stimme überrascht hochgesehen. Jetzt löste er seine Arme aus der Verschränkung und nickte verlegen.

»Trinkst du noch einen Kaffee mit mir?«

»Ich will lieber zurück.«

Er nickte wieder. Sie lächelte knapp zum Abschied und wandte sich zum Ausgang. Vor der Tür hatte er sie eingeholt.

»Emma. Warte doch mal.«

Sie blieb stehen. Eine Gruppe in Bademänteln sah ihr neugierig entgegen. Sie standen um einen zylinderförmigen Standaschenbecher herum und zogen an ihren Zigaretten. Blume trat an ihre Seite und schob seine Hände in die Hosentaschen.

»Herzlichen Glückwunsch zum Geburtstag.«

»Danke.«

Einer der Männer in der Raucherecke lachte. Sein Atem stieg in Wolken nach oben, es war immer noch empfindlich kalt.

»Na, dann...«

»Emma...«

Sie entzog sich ihm, blieb aber stehen. Er fragte, ohne sie anzusehen:

»Bist du wütend auf mich?«

Sie überlegte einen Moment, dann sagte sie: »Ja. Ich bin wütend auf dich und auf mich auch.«

»Wegen Karin?«

»Karin?« Emma lachte ein trauriges Lachen. »Nein.«

»Warum dann? Weil ich dich gebeten habe zu schweigen? Es war doch für die richtige Seite, wir wollten doch nur...«

»Blume! Hör auf!«

Er sah sie jetzt an und schwieg. Eine Frau ging an ihnen vorbei in das Gebäude. An ihrer Hand lief ein kleines Mädchen, es plapperte und lachte. Emma sagte leise:

»Ich hab deinetwegen geschwiegen, obwohl ich wusste, dass es falsch war, und es wäre beinahe eine Katastrophe passiert. Ich will so krampfhaft alles richtig machen, ich...«

Blume wollte etwas sagen, aber Emma war noch nicht fertig.

»Ich glaube mir selbst nicht mehr und schon gar nicht jemand anderem. Vielleicht geht das vielen Menschen so, aber in meinem Fall scheinen die Folgen besonders verheerend zu sein.«

Sie holte tief Luft und sagte bestimmt: »Ich will jetzt eine Weile mal nur auf mich hören. Bis ich weiß, ob es da eine Stimme gibt, der ich trauen kann.« Blume sah sie an, dann sah er auf den Boden vor sich. Emma hob leicht die Hand, als wolle sie ihn trösten, aber dann drehte sie sich um und ging über den Kiesweg in Richtung Parkplatz. Als sie den Wagen erreichte, sah sie, dass Blume ihr hinterhergerannt war. Direkt vor ihr stoppte er und sagte atemlos: »Ich liebe Karin nicht mehr. Es war ein Fehler.« Emma sah ihn an, aber sie wusste nicht, was sie noch sagen sollte. Sie schloss den Wagen auf, setzte sich hinein und startete den Motor. Im Rückspiegel sah sie Blume, er stand noch immer auf dem Parkplatz. Sie konzentrierte sich auf die Ausfahrt und schaltete in den nächsten Gang.

Danke an:

Meine Lektorin Sarah Leibl und meine Agentin Anna Mechler.

Nina Portheine und der Presseabteilung von btb.

Jorge Garcia Vazquez, Zeitzeuge und die Gedenkstätte Berlin-Hohenschönhausen
Professor Roderich Süßmuth vom Institut für Chemie der TU Berlin

Außerdem:
Thorsten Braunschweig, Carsten Mensing, Claudia Messemer, Anja Müller, Klaus Rosenbaum, Michael Terwelp, Michael Wildenhain

und ich danke meinen Freunden und meiner Familie für die Liebe und Unterstützung.

btb

Mechthild Lanfermann

Wer im Trüben fischt
Kriminalroman. 320 Seiten
ISBN: 978-3-442-74376-6

Die Journalistin Emma Vonderwehr hat nach einem Skandal ihre Heimatstadt Bremen verlassen. Gerade versucht sie Fuß bei einem Berliner Radiosender zu fassen, da wird der amerikanische Professor Tom Rosenberg ermordet. Emma berichtet als erste von dem Vorfall in der Universität. Bei ihren Recherchen kommt sie nicht nur dem ermittelnden Kommissar Edgar Blume in die Quere - sie merkt fast zu spät, dass der Täter es längst auf sie abgesehen hat.

www.btb-verlag.de